沈嘉禄 著

上海文艺出版社

书法：刘一闻　陈　康　江　宏
篆刻：一　毛

伟大艺术的三个条件（代序）

上星期我收到来自北京的一份信函——《关于提请沈嘉禄同志早日履新协会终身名誉主席函》，这个协会，就是中国当代艺术协会。与这份装帧与设计均相当气派、精致的文件一起送达的，还有《中国当代艺术协会领导人增补函》和《中国当代艺术协会领导人档案表》。一个月前我就收到了这个协会的公函，一顶"中国制造"的乌纱帽，关山万里远远抛来，本人没有理会，此番又像一道金牌，催促我"早日履新"，仍然没有兴趣回应。我还没有糊涂到夜郎自大的地步——我根本不够格！

看了一下协会概况，得知这个协会是经民政部门批准的，"在全国人大、政协、中宣部、文化部等领导的关心指导下成立"的，协会成立以来，已经举办过四十余场沙龙、年会、画展及中外交流。组织机构也很完善，从会员代表大会到主席团、从秘书长到分支机构，一个机关团体应该有的"配件"，一样也不缺，皇城根下的能人，操办起这种事情来像煞有板有眼。

但我还是有几个疑问：

大名鼎鼎的宋庄可能是该协会的大本营，而宋庄最近的处境不大妙，正面临着整体拆迁的尴尬，一拨还没混出名堂来的草根艺术家不知明天在哪里安放自己的肉身，还有那颗狂野不羁的心。难不成拆平了再盖一幢专供中国当代艺术协会使用的大楼？饶是如此，岂不成了空中楼阁？

担任领导得一次缴纳费用，费用不高，但还是有卖官鬻爵之嫌。

本人不是当代艺术家，只是经常撰写有关传统艺术和当代艺术的长短文章，协会对本人的情况也不是太清楚，何以轻率地将乌纱帽善价而沽？

协会给会员统一印制名片、信封、信纸等，还可以出版个人画册，组织出国考察等，这个钱不知由谁出……

以艺术先锋、社会精英自居，举手投足无一不散发贵族气质的当代艺术也沦落到摆地摊的局面，让我这个对缪斯女神向来敬畏有加的文字工作者相当沮丧。

这份俱乐部会员卡认购单式的信函，可能从一个侧面说明中国当代艺术面临的诸多问题，也印证了一句老话："病急乱投医"。

中国当代艺术怎么了？

中国当代艺术一路走来，在上世纪八十年代勃兴之初与思想解放运动相呼应，元气丰沛，充满了批判精神，但进入市场经济之后不久便出现了思想贫乏、价值观混乱、模仿拙劣等现象，艺术家本身也受到了资本的腐蚀与权力的收买。从社会大环境看，九十年代以来，"向前看"演化为"向钱看"，国民——包括此前一直耻于谈钱的精英分子——对财富的欲望，比任何一个时期都表现得强烈，而且肆无忌惮，毫无掩饰。可以说，这种普遍心态不可避免地影响到当代艺术的发展形态与路径，以及艺术家的价值观。同时，所谓的全球化呼声，在当代艺术这一块也就简单地、幼稚地、媚态地表现为对西方文化、包括文化垃圾在内的全盘接收。人家玩不下去了，扔给我们玩，我们玩了一阵，眼见着山穷水尽，但仍然装模作样、载歌载舞去欺骗政府和人民。

当然，也有一小部分以政治波普博出位的当代艺术家被西方人锁定并连番炒高，他们的艺术符号和风格成为市场上被持续追捧的对象，与此对应的是，保有原创精神的艺术家不得不小心翼翼地维护、经营相对稳定的作品语言，那些已经获得话语权的成功者则在自己的地盘上徘徊，作品的符号化、弱智化、空洞化倾向越来越严重，思想内涵被一再稀释。是的，就以北京和上海为例吧，有成千上万的未名者蚁聚于M50、八号桥、红坊、798、宋庄……他们梦想成为第二个王广义或岳敏君。他们每天在苦心孤诣地破解老前辈的成功密码，不惜为此改弦更张，不知不觉中就沦为一批丧失独立性和判断力的复印机。

不过当经济金融危机席卷全球，艺术市场骤然进入冰河期，在苦苦扛了一段时间后，投资者终于看到了高台跳水的景观。近来大陆和境外的拍卖会上，标价过千万元的当代艺术作品已几乎全线流标，即使有资金雄厚的投资者为使资产不至快速贬值而暗地护盘，也因为缺少响应者而只能来一场自拉自唱的表演。

无论是游龙戏凤还是游园惊梦，都很少有清醒者对中国当代艺术的行走路径和思想内涵进行深度反思。这不能不说是一个遗憾。

中国当代艺术缺少的就是思想。模仿别人、复制自己、创新精神匮乏、人文情怀缺失，是中国当代艺术徘徊不前的深层次原因。中国当代艺术以观念领先起家，最后被束缚在市场利益上，这也对应了其身上的妥协精神以及由此带来的滞后性——在中国当代艺术迎来了可以计较得失的阶段之后，实际上其保守性也显现出来。正如评论家李小山所说："市场对很多艺术家的腐蚀力量是巨大的，艺术家原有的激情与理想、才华和追求，都在市场的利诱下一点点消失。与上世纪八十年代比较，其后的中国当代艺术家无论在整体的冲击力上还是在艺术的表现力上，都显示出了平静和世俗。"

中国传统书画也面临同样的困惑，文学界的情况也大抵如此。其他的，电影、电视、戏剧、音乐……

"伟大的艺术必须具备三个条件，那就是：准确、真实、自由。"

说出这句话的，是可能还排不上当代艺术第一方队第一排的四川当代艺术家钟飙。但是，他道出了艺术的真谛，包括当代艺术。

上面是我写于三年前的一篇文章，挪来用于这本集子的自序仍然适用——这是我近年来文艺评论文章的精选。

我没有请人写序，出于这样的考虑：首先是这本书的内容有点杂芜，分作三辑。

第一辑是艺术家的"微评传"——这是我的杜撰。近年来艺术家的传记出得比较多，有些还列入政府重大文化项目，但一写就写成"一块砖头"。除了艺术家本人，从头读到底的人估计也不会多。我写的评传每篇才几千字，有点弹性地梳理艺术家的人生和艺术贡献。艺术家的经验体会是我着墨最多的部分，我认为有专业素养的读者感兴趣的也许就是这一块。在八卦成为卖点的今天，我不会改变严肃的态度。经过艰难的取舍，收录10篇。

第二辑是艺术家的艺术实践与案例分析，通过生动有趣、纹理清晰的故事来表达，也许能让读者保持好奇心和耐心。文体像采访，但不同于报刊上的采访，以对话形式撰写的只有一篇，更多的是我比较愿意写的散文，松散一点，朴实一点，留下更大的空间。有些艺术家是我多年的朋友，趣味相投，性格互补，价值观相近，写出他们的真性情，以及在目前文化环境下的种种苦恼，是我的责任和义务。再比如，与画家对话当然要涉及专业话题，那么我就事先临摹他几幅作品，通过笔墨破解他的密码，这个过程绝对愉悦。同样经过艰难的取舍，奉献了20篇。

第三辑是书评，这一部分属于文学。我是读书比较勤快的人，有时候三四本书同时开卷，坐到哪里拿起一本就读。读到好书是一份福气，人生由此更加丰满，更加坚韧，更加温暖，更加深沉，随手在小纸条上记下一点感想，好比与作者烹茶对谈，整本书读完，就写成一篇书评。我不说自己的书评写得如何，但有一点让我坦然：值得我记下点滴体会的那些书，都认真拜读过，有的读了两三遍。经过选择，有23篇入选。

其次要说到不请人写序的另一个原因，那就是我深知写序是一件很麻烦的事，尤其是为一本评论集写一篇锦上添花的评论文章。我为人写过序，吃过这个苦头，明知如此而诱人入彀，不厚道。另外，按照江湖规则，请一位名家写序，或许能提升点什么，但适得其反的例子也不少。据说在京城，请名家写一篇序的润笔已经涨到几万、十几万了。花钱买来的文字，能做到准确、真实、自由吗？

于是我拣出了这篇文章，好比旧衣改制新衫，既可保暖蔽体，又加载一些新意。大雁尚未北迁，花苞静待春讯，在民族复兴的呼声中讨论这些问题想必会引起读者朋友的共鸣。

  最后，感谢刘一闻先生为拙作题写书名，感谢陆康、江宏两位先生为拙作题写辑封，感谢上海市文化发展基金会资助本书的出版。

2016年10月，适逢农历霜降

目 录

辑一　花开艺文家

- 011　谢之光：是真名士自风流
- 019　海派第一是唐云
- 025　任微音：修鞋匠或者油画家
- 037　刘一闻：栽竹嘉平堂，得丘发春华
- 045　陆康：一个人的四重奏
- 053　敦邦先生在地平线上
- 061　江宏：笔底流淌着彻底的快乐
- 071　韩天衡的襟怀
- 083　杨正新：像孩子那样任性
- 095　王达麟：从"方苹果"中间穿过

辑二　花浥艺文志

- 109　施大畏：以英雄主义诠释中国神话
- 119　琉璃葵灯千字咏
- 125　"花王"在前传中遭遇"众神"
- 133　蓬舟吹取三山去
- 137　老髯一毛
- 141　邵琦：隐逸在自己的"城市山林"
- 147　绣球花，盛开在莫奈花园
- 151　一米阳光有知弥
- 155　舒伯展，向来不买账
- 159　戴红倩：用画笔修复城市的肌理
- 163　刘沙：我只比你多走了一步
- 169　水墨影像细雨后
- 173　上海变奏中的瞬间
- 177　文明的碎片
- 185　罗敬频：窑变的艺术人生

叶放：从花径走向世界　　　　　　193
大漆屏风上的那只宽纹黑脉绡蝶　　199
　　　　　毛焰与托马斯　　　　　205
　　　　石在，云在，她就在　　　 213
　　　　当动物有了人的表情　　　 219

辑三　花飞艺文笺

还原鲁迅的几大难点——与谷白对话的不完全记录　227
　　　　　　锦城红叶，诗歌灵光　　　　　235
　　　　　《繁花》，闪亮着窥视的眼睛　　239
　　　　　　看老金怎样"洗牌"　　　　　245
　　　　　　爱恨交加的无尽思念　　　　　249
　　　　　　美食，也是一种乡愁　　　　　253
　　　　　　欣赏别人，是一种修养　　　　257
　　　　　　潘向黎：更深的蓝　　　　　　261
　　　　　　应缘我是别茶人　　　　　　　265
　　　　　野芒坡：幼安的心灵史　　　　　269
　　　　　　很有心相的"致青春"　　　　275
　　　　　一个小店员的抱负与沉沦　　　　285
　　　　　　一个真诚的敲门者　　　　　　289
　　　　　　上海制造了什么　　　　　　　293
　　　　　文人的最后一次性情书写　　　　297
　　　　　杨忠明的雅趣与情怀　　　　　　303
　　　　　左手铁观音，右手白兰地　　　　307
　　　　　　杨葵，在胡同口聊天　　　　　311
　　　　　　今日，正在呼唤昨夜　　　　　315
　　　　　　北岛的城内城外　　　　　　　321
　　　　　《同和里》与市民生态　　　　　325
　　　　坐《绿皮火车》，去心的远方　　　329
　　　　　日本值得敬重与惜别吗?　　　　333

辑一

花开艺文家

谢之光学了近四十年的任伯年,看画真假立辨,后来他又学了石涛、八大,他最佩服两个人,一个是齐白石,愿做他门下走狗,另一个便是钱瘦铁,毕恭毕敬地称之为『老师』。

谢之光国画作品

谢之光：是真名士自风流

极富时代气息的"野路子"

艺术评论家陈鹏举这样评价谢之光：谢之光是我们这个城市一个令人难以忘怀的画家。可惜，因为他的广告画名声和成就太大，他那安放了他的不羁的艺术灵魂的可以称之为"谢之光的画"的画，却被看轻了。以致今天，谢之光的画还没有被这个时代和画坛清晰记忆。

其实，谢之光没被时代忘记，我特别注意到中华艺术宫"海上升明月"常设展里就陈列着他的三幅作品，肯定了他在上海美术史上的地位和作用。

照现在人的说法，谢之光的路子有点"野"。辛亥革命后，谢之光从浙江余姚来到上海谋生，14岁时师从周慕桥学习国画，继后又跟随张聿光、刘海粟学水粉、油画，所以后人说他眼界宽阔，不是没有道理的。人物、鸟兽、花卉等他信手拈来，无所不包，尤其擅长表现含苞待放、楚楚动人的古典仕女，说是古典，却与明清画师笔下的美女并不一样，谢之光让她们的眉宇间散发出摩登时代的气息。从上海美术专科学校毕业后，漂在十里洋场的谢之光尚不能成为职业画家，吃饭、住宿是第一要务，好在那时上海戏剧繁荣，在市中心开了许多戏院，他就到那里画布景，爬上爬下，一身油彩一身臭汗。

上世纪二三十年代的上海，正处于民族资本崛起并与外资抗衡的时期，引进资本的同时，也大规模地吸纳了移民，娱乐业也随之繁荣，大大小小戏院书场电影院建了很多，新闻出版业也步入蓬勃发展的阶段，而这些，都是需要吆喝的买卖，那么广告业也迎来了黄金时代，各种广告信息铺天盖地，无孔不入地渗透到市民的日常生活之中。

照今天的审美眼光来看，那个时候的广告形式比较土，清末民初出现的月份牌、香烟广告就是进入千家万户的载体，自命清高的画家是不肯放下身段染指这路东西的，但初出茅庐的谢之光并不在乎，而且乐此不疲，不久即成为闻名上海的广告画家，23岁那年出版了第一张月份牌《西湖游船》。此画虽属传统题材，却因为运用了西画的透视原理与色彩浓淡过渡晕散等技法，使美景如彩色照片那般鲜艳夺目而宛在眼前，很受市民欢迎。后来他画了一枚美丽牌香烟烟标，名声大噪，家喻户晓，南洋兄弟烟草公司和华成烟草公司还为延聘他当广告部主任而闹得不开心呢。此时谢之光一张广告画开价500块大洋也不愁出路，他的兄弟姐妹全靠他供养。今天回顾上海美术史时，史家将他与金梅生、李慕白放在三足鼎立的位置。

将画中美人迎来栩栩斋

成名后的谢之光娶了个银楼老板的女儿，叫潘锦云，与她育有一子一女，潘锦云性格开朗，爱好跳舞、打麻将。她玩她的，谢之光则画自己的画，赚钱养家。这个时候风气已新，画家画模特儿已属正常，有一个名叫芳慧珍的青楼女子与谢之光熟识，愿意做他的模特儿。谢之光画中的仕女身着时髦衣裳，粉臂玉腿，肌肤凝脂，薄施脂粉的脸蛋特别惹人疼爱，按小报记者的说法就是"吹弹得破"，甚至连当时稀罕的"玻璃丝袜"也画得像真的一样。日夜厮磨，仿佛旧小说里的情节，两人便产生了感情。谢夫人发现了这个秘密，狮吼几声，于1930年春节过后离家去了澳门，据说后来嫁给了一个富商。

当年，谢之光终于冲破世俗偏见与芳慧珍喜结连理。此时的芳慧珍曼妙可人，容光焕发，但自从进入谢家之门后，除了探望自己父亲外，一直幽居不出。

著名书画篆刻家陆康是陆澹安的孙子、陈巨来的学生，在六十年代初的上海书画界就是一位令人瞩目的白马小将，经常随祖父走访文化名流，后来几乎成了澹公的联络员。见到谢之光的第一面，印象深刻："他第一句话就是：你要我画什么快点说，宣纸就在竹榻上，要长要短自己裁！后来我发现，他见到任何一个陌生人都是这么说的。有一次在他家里见到来楚生，他就指着我对来先生说：小康是陆澹安的孙子，你快点给他画一张。"

谢之光住在山海关路山海里5号，典型的石库门弄堂，二楼老长老长的通厢房割成几间，卧室兼画室名为栩栩斋，而厨房就紧挨在后面。有一次陆康前去拜访，谢之光正在生煤球炉，一张清瘦白净的脸颊上已经留下了几道煤炭污痕，面无窘色，还兴致勃勃向陆康介绍起生炉子的秘诀："柴爿要架空，使空气上升，煤球才会引着而燃烧起来。画画也一样，留白顶顶重要，有些人画得密不透风，结果一团乱麻。"厨房内烟雾缭绕，陆康被熏得眼睛也睁不开，眼泪水嗒嗒滴，但谢先生依然津津乐道。他抽烟厉害，有时一天三包，何惧这点柴火烟！

陆康还说："正是史无前例的年代，乌云密布，万马齐喑，一家人就靠谢之光在上海中国画院的每月五十元过日子，经济条件不会很好，但谢师母每天还是要喝点酒，从早喝到晚，面前摆八九个碟子，看上去排场老大，只不过每样一点点，一块排骨一个碟子，几颗油汆花生米也是一个碟子。一只高脚玻璃杯倒了一点点白酒，吱的一声抿一小口，扑在窗前看弄堂里邻居淘米烧饭哄孩子，一时技痒，也会作诗填词聊以自娱。日出日落，一天就这样平平淡淡地过去了。"

忽然江声夜听潮

建国后，谢之光进入中国画院任画师，与周炼霞和张迪平分在人物组。谢之光文化程度不大高，故而不按常规出牌，纯粹凭自己的感觉来，日常生活中的任何一件东西都是他的表现对象，落的都是穷款，逸笔草草的"之光"二字。谢之光的作品，形式上是中国画，却时常借用西画的技法，花卉的颜料堆得很厚，甚至出现了宝蓝色的花朵！

陆康家中挂着一幅谢之光专为他写的对联。陆康说："他写这幅对联时极有意思，先用一块湿毛巾扔在纸上，随便扔几下，纸上便留下几摊湿痕，再用浓墨去写，就会出现不规则的晕散，后人若不知，肯定搞不懂如何会出现这样的奇特效果。"

谢之光是画月份牌名扬海上的。陆康有一篇回忆文章里写道："在我那时经常踵门叩教的日子里，偶有一次谢老从床底下取出数件以前还未落款的画稿，画面是时尚的旗袍女子，丽质娇容，含情无语，端坐阳台上，不知道为什么，我当时脑子里只闪出二句旧诗：'每从台前见玉客，今朝不与昨朝同'"。

建国后这路题材与技术吃不开了，就必须告别旧我，再造新我，所以除了传统一路的山水花鸟，反映社会主义建设成就的宏大题材他也画得相当积极，也非常精彩。他画过工人、农民，还画过工厂、电站，比如《万吨水压机》《造船基地》《教爷爷识字》《拆旧轨，辅新路》《毛主席和我们在一起》等等，都为那个火红的时代留下珍贵的美术珍档。前不久露面的一幅南湖红船，就是实地写生了一个星期后创作的，现在是令人望而感慨的红色经典。

谢之光学了近四十年的任伯年，看画真假立辨，后来他又学了石涛、八大，他最佩服两个人，一个是齐白石，愿做他门下走狗，另一个便是钱瘦铁，毕恭毕敬地称之为"老师"。上世纪七十年代，谢之光一改画风，用抽象概括的手法画山水，善用赭石和花青，参灵酌妙，色墨交融，在纸墨间显示"峭壁上瞰尽云海，双足下拂千江流"，"忽然江声夜听潮，又见攒峰入霄汉"的意境与灵气。

两毛钱一天的"闲适生活"

回头再说"文革"，金猴奋起千钧棒，书画家都成了牛鬼蛇神，一个个打趴下，谢之光无所事事，心里闷得发慌。有一天，带着陆康瞎逛至新华电影院门口，一屁股坐在人行道的台阶上。陆康怕弄脏裤子，略有迟疑，他就说："你这个人气量这么小？不就是一条裤子嘛！"陆康只得坐下。

谢之光说:"我请你在这里看电影,可惜我没有钞票买票子,不过在这里照样可看。你看这些路人在我们眼前走过,这是没有导演的电影。他们好看吗?好看极了,线条、色彩、动感一样也不缺。旧社会上海的男男女女不是穿长衫就是穿旗袍,一般情况下良家妇女绝对是不露小腿的。现在解放了,大家就可以露出小腿了,当然好看。还有,以前这条路上跑的是黄包车,后来是三轮车,现在是乌龟车,说明时代不同了,那么画画也要跟上形势。"

兜了一个圈子,原来谢之光还想着如何画画。

有一天陆康在谢之光的栩栩斋闲聊,正好评弹演员杨振雄来访,一副愁眉苦脸的样子。原来杨振雄家被抄了,工资也被割了,太太因为张春桥的一个指示也不能见面了。谢之光是如何开导这位名演员的呢?

谢之光对杨振雄说:"我每天从太太那里领取两角钱的零花钱。这笔钞票如何开销呢?告诉你,从家里出去,走到北京路,四分钱买张电车票坐到静安寺,花三分钱买张门票进静安公园,看看花草晒晒太阳,中午出来到静安寺对面一个小摊头上,花三分钱买块炝饼,慢慢啃完,饱嗝连连。眼看太阳快落山了,再坐公交车原路返回,两角钱还没有用光!这样的日子多安逸啊,吃喝不愁,你总比我要有铜钿吧,还有啥个心事呢?"

谢之光不会饮酒,有些回忆文章说他善饮,那是瞎说,但他喜欢喝咖啡。"文革"期间上海还有喝咖啡的地方吗?有,金陵东路、马当路就有两家点心店,一边供应大饼生煎馒头小馄饨,一边供应咖啡,咖啡是用铝壶烧的,来客人了,服务员就倒在玻璃杯里,加了糖后用筷子搅拌,卖一角一分一杯。有些属于死老虎的"遗老遗少"经常去喝,顺便会会朋友,打听打听消息。中央商场以出售廉价小百货和日用品维修著称,也是饮食摊店的集中场所,所以也有现煮咖啡供应,天气好的时候,谢之光就会叫陆康陪他去喝一杯,消磨时光,一老一少就坐在长条凳上呷一口,表面悠闲,内心沧桑。

有一次陆康陪他在中央商场喝了咖啡后一起回家,谢之光在摸钥匙开门时,从兜里带出一枚硬币,叮叮咚咚滚得无影无踪。石库门房子的楼梯口很暗,陆康俯身去找,被他一把拖住:"这只角子滚落了,是它的造化,再说它让你听到这么好听的声响,还不满足吗?"

有一年春节前,谢先生的女儿给他做了一件的确凉棉袄罩衫,大年初一,谢先生穿了这件新衣裳,神清气爽。朋友一个个来拜年,他照例要画画给大家,题目随你点。谢先生心情好,挥洒起来格外豪放,水墨淋漓,色彩缤纷,俯身收拾细部时,笔头总要小心点,那么新罩衫的袖口难免要沾上颜料,大家看到有点急。谢先生看看大家,再看看新衣裳,突然大喝一声:"我吓侬点啥!"干脆将整个衣袖压在画纸上了,待他再抬臂时,新衣遂成花衫,于是满房间笑声。

谢之光的咖啡瘾头是当年在广告公司里画广告时养成的,一辈子难戒,当时上海第一食品商店偶尔有听装咖啡出售,但谢之光没钱买,就拖着陆康到朋友家里蹭咖啡。朋友关了门窗,小心翼翼烧好咖啡让他们喝,同时在桌子上摆了笔墨纸砚,谢之光喝好咖啡起身:"要我画什么说吧,买路钿总要留下的。"

谢之光与南京路上绿杨村饭店的员工相当熟悉,有时积攒下三五元钱就会叫上几个青年朋友去打牙祭,跑堂的服务员会偷偷多给他几个菜,让他们吃得稍许尽兴些。饭后,谢之光就会当场画画分送他们,无论厨师还是服务员,人人有份。一时没笔,饭店里刷墙壁的排笔、抹布甚至旧报纸卷一卷,也可以画,而且画得相当生动传神。

生命最后时刻的遗憾

"文革"后期,林彪摔死在温都尔汗,形势有所松动,大家都来求他的画,一包香烟、一包咖啡、甚至几只番茄都能换得他一幅画。前来向他求画的朋友骑自行车进入弄堂,他在窗前看到墙根下一溜自行车就非常高兴,马上铺纸磨墨。据一位朋友说,有一天谢师母卧病不起,想吃鸡蛋,谢先生马上到菜场去买,可是口袋兜底翻转也没有几个钱,卖蛋姑娘知道眼前是个响当当的画家,就开玩笑说:你可以用一张画来换鸡蛋呀!谢之光一听来劲了，转身跑回家找了两本册页，换回十几个鸡蛋，乐呵呵地对夫人说：你看，我的画居然可以换鸡蛋，今晚你可以吃番茄蛋汤啦。

而今天在拍卖行里，谢之光的一幅画要拍到多少价位呢？

谢之光在生活中极为幽默，而且十分超脱，早把生死置之度外。晚年他参加同仁的追悼会，就对人家说：本来应该是我去的，想不到这位老兄性子太急，插在我前面了。

谢之光的儿子大学毕业时才23岁，正是风华正茂之际，不幸罹患血吸虫病，在当时是不治之症。晚期肚胀如鼓，滴水不进，弥留之际流露出对死亡的恐惧，谢之光坐在床头噙着泪水紧紧握住儿子的手："不要怕，每个人都要走这条路的，你先走一步，我随后来陪你。"

谢之光晚年患了肺癌，但他在去世前一个月仍作画不止，因为向他索画的人实在太多了。他对家人说："来我家讨画的人，要待他们客气点，他们有的赶老远路来上海，还要买来宣纸毛笔，其实是给我练功的机会。买了炮仗给我放，我应该感谢他们才对啊！"

病重了，陆康等朋友再次抬着谢先生送进肿瘤医院。那天早上，衰弱的他靠在叠起的被子上，地板上平放着一早偷偷画好的六张花卉册页，水墨淋漓，华光四射。陆康有点责备他不该违背医嘱而不好好休息，他笑着对眼前这位青年书法家、也是患难之中的忘年交说："小康啊，魔鬼上身啦，但看到自己的画还存在毛病，急啊，可惜时不我待啦。"

危急时刻，女儿谢碧玉急唤医生来抢救，他摇手制止，轻轻吐出两字："等死"。1976年9月12日，谢之光在穷困潦倒中与世长辞。女儿整理病床时翻起枕头，发现200元钱，这是他为自己一点点积蓄起来的丧葬费用。几个学生把他在医院的遗物送回家，看到夫人芳慧珍已经从棉被一角扯了一团棉絮，捏成一朵白花戴在头上，再将丈夫的照片紧紧抱在怀里，静坐在床上，从此茶饭不进。

三个星期后一个黄昏，突然一股秋风吹来，四扇窗户"砰"地一下全部打开，家人连忙关上，回头看时，她已经面目安详地随夫君而去了。

他为了观摩学习之需,节衣缩食收藏前辈书画,还喜欢收藏一些容易为人忽视的佳器妙物,可玩又可用,比如名家砚台,买来即研墨,名家紫砂壶,买来就泡茶,一点也不小气。

海派第一是唐云

"海派"一词，一般用来标示上海的文化品格和城市精神，但在民间话语中，还经常形容处事待人的豪爽洒脱。唐云先生是一个海派画家，他以个人风格鲜明的花鸟画卓然立于中国画坛，早在上世纪四十年代，即与张大壮、陆抑非和江寒汀并称海上画坛"四大名旦"。但为人津津乐道的倒是他的为人：海派第一！

唐云的笔墨，从八大、石涛、金农、华新罗、齐白石等大家寻求滋养，融会贯通而自开面目，这里就不多说了。他还是一个极有情趣的人，是"艺术生活化，生活艺术化"的践行者。他为了观摹学习之需，节衣缩食收藏前辈书画，还喜欢收藏一些容易为人忽视的佳器妙物，可玩又可用，比如名家砚台，买来即研墨，名家紫砂壶，买来就泡茶，一点也不小气。他还会自己用椰壳做茶叶罐。传为美谈的是他在南京画家亚明家的厨房里发现一把用来装酱油的紫砂壶，原来是遗珠人间的曼生壶，当即倒掉酱油揣在怀里。他一生收藏有八把曼生壶，还将自己的书斋称为"八壶精舍"，但最后呢，这八把曼生壶都捐给博物馆了。

上世纪七十年代末，他从一位宁波籍的古董商人那里得到线索：有两把梅调鼎的紫砂壶流落在民间，马上表示愿意购藏。几天后，宁波人捧着宝贝来了。唐先生拿起一看，果然是梅调鼎的作品，但撮起盖子轻击壶身，声音不对。跑到院子里细察，果然发现两把壶身上各有冲线（裂缝）一条。收藏界有规矩，器物有损，只及原价什一。老宁波估计紫砂壶在途中经受磕碰，当即脸色大坏，看来这趟买卖要亏了。唐先生觉察到对方的神色，马上宽慰他：两把壶我都要了，一分钱也不会少你。

这是张大根告诉我的。"唐先生还请老宁波吃了饭走，买火车票的钱也硬劲塞给他。"张大根是"江南活武松"盖叫天的孙子，也是张大壮的学生，经常请益唐先生，对唐云的"海派第一"深有体会。

有一次，张大根又去大石斋请安，唐云见他来访，便分配后辈"任务"：将一方砚池已经坑坑洼洼的汉砖砚用砂轮磨平。张大根即按唐云吩咐到卫生间内操作起来。磨了一会，隐隐看到砖边出现了几个小字，拿进画室报告唐云。唐先生大喜过望，有字的汉砖可就好玩啦：不要磨了，哈！你立了一功。

既然立功，就要行赏。唐先生记起张大根曾经求他写斋名，就让张大根在书桌下翻出一张粉绿底的雪花笺，提笔写了"燕南寄庐"四个字。这本是盖叫天的斋名，张大根借此缅怀祖父，勉励自己。为了提升张大根的画技，唐先生还多次送他作品，毫无门户之见。

许四海是一个自学成才的紫砂陶艺家。上世纪八十年代初他从广东空军部队转业回上海后，在公用事业学校任干部，下了班就琢磨着做紫砂壶。跑到宜兴求教，却在数位大师门外吃了闭门羹，回沪后只得自己苦苦探索，所以他的第一把壶是用汤匙挖出来的。几天后他拿了这把"处女作"去请教唐先生，唐一看就哈哈大笑，提笔在壶底题了一首小诗以资鼓励。并说："既然你是爱壶人，就顺着这条道一直走下去吧。中国的科长有千千万万，但杰出的紫砂艺人不多，你不要当科长了，就做紫砂壶吧。你也不要担心，你做壶，我来画，不怕没饭吃。"

后来，许四海果然脱身出来做紫砂壶，并正式拜唐云为师，师徒俩联袂创作了一百把紫砂壶，许四海做壶，唐云在生坯壶上题诗作画，再请名家镌刻后入窑烧成。此壶被人誉为"云海壶"，是收藏家追寻的宝贝，但绝大多数被唐先生送人了。

现在我去老许那里喝茶，总要站在唐先生书赠他的一幅对联前细细品赏一会：但吃肉边菜，何劳弦上音。

十年动乱中，唐先生与许多画家一样被迫搁笔，心死如灰。但林彪摔死后，他又开始研墨作画，常以红梅、青松、苍鹰等寄情明志，而且喜欢送给靠边站的老干部，比如李研吾先生就得到过他画的陈毅诗意图。1976

年秋天，唐云从老干部李研吾那里得知"四凶"被捕的消息，但上海的余党还想垂死挣扎，张春桥的老婆文静就向他布置一个任务：画一幅咏梅图。唐云不睬她，不久局势明朗，春回大地，唐云即画了一幅《双松图》送给李研吾先生。

动乱结束后，德高望重的唐先生被推选为上海美术家协会副秘书长、上海博物馆鉴定委员、上海中国画院副院长。童衍方也是此时师从唐先生的。不久，唐云还画了两幅大尺寸作品祝贺童衍方新婚，之后又派人邀他来大石斋共赏一副吴昌硕的对联。吴昌硕的作品笔力雄健，气息醇厚，师徒二人都抚掌叫好。唐云见他喜欢，就豪爽地说："喜欢吗？喜欢就送给你做贺礼。"童衍方受宠若惊，马上说："这副对联在我新房挂一个月，算是度个蜜月，也感谢唐老的美意。"但唐先生坚持相赠，恭执子弟礼的童衍方只好带着深深的感激收下。

这个时候童衍方的新居只有十平方米，墙上空白处只够悬挂半幅对联。于是选择题有落款的下联上墙供养，朝夕相对，悉心研摩。后来我在童府看到这幅对联装在红木镜框内，下联颜色果然比上联黄些，就是久经日光散射所致。我凑近看个仔细，落款中还写着"吴昌硕八十一岁书"等字样，缶老晚年翰墨精品，加上恩师的情缘，自然弥足珍贵。

数年后，唐云在家招待外国友人，嘱童衍方作陪宴饮。席间谈及吴昌硕，唐先生就指着童衍方对外国友人说："他也研究吴昌硕，我还送过他吴昌硕的对联。"大家顿时艳羡不已，或问："此物还在你手里吗？"唐先生抢过话头说："东西送人了，或易物，或转赠他人，都是归宿，不必再多问。"童衍方马上起身应道："唐老厚礼，我一直珍藏无损，并且已经有了'孩子'了。"所谓"孩子"，就是童衍方在数年间陆续收集到的九件吴昌硕作品。

唐云先生饭后送走客人，按习惯小睡片刻，童衍方则遵嘱回家取来大小十件缶老作品，等唐云睡醒后，呈请先生细细品赏。唐先生边看边跟童衍方讲解作品特点、人物掌故。暮色将合时，唐先生面露欣慰的笑容："我的吴昌硕对联没有送错人。"

唐先生晚年常为失眠而苦恼，我有一朋友是医生，在一次饭后闲聊中跟唐先生说：我给你推拿一下，保证你在一刻钟之内入睡。唐先生说："是吗？你送我一觉，我就送你一画。"我朋友给唐先生按摩了十分钟不到，满屋子人就听到鼾声如雷了。唐先生午睡醒来，顿感神清气爽，当即铺开宣纸画了一幅四尺整张送我朋友。但我这个朋友马大哈，随手一塞，后来医院搬家，也不知去向了。现在眼瞅着拍卖会上唐云的作品一路看涨，他肠子都悔青了。

唐先生喜欢交朋友，不限书画圈，各界朋友中都有知音者。裘沛然是中医学界泰斗，有一次自行找上钻石公寓以求"切磋"，两人一见如故，谈起诗词与掌故，相见恨晚，自此订交。没几天，一幅笔墨酣畅的中堂就送到裘老手里。小朋友求画于唐先生，他也会给的，而且画得格外认真。唐先生还交了不少军中儒将，比如陈老总、叶帅、张爱萍、肖华等。

有一次，唐先生去杭州休养，有一慈善组织负责人找到他，希望唐先生帮一把，赠画五十张，义卖后的资金投入到日常运转之中。唐先生略作沉吟后表示：要画就画一百张。于是整整一个月，唐先生将自己关在望湖宾馆，天天挥毫不止，挥汗不止。画成了，还请人精心装裱，配上锦盒送去。

唐先生是这样的，陌生人上门，他是欢迎的，高兴起来留人吃饭喝酒，送画也是大方的。比如有一次刘一闻带朋友去看望唐先生，他正在独自喝茶，情绪不错，此前一位浙江老板送他的两只金戒指，也没包装，就在砚台边上闪烁着耀眼的光芒，他顺手拿起塞给刘一闻和同行朋友："这种东西我没用，你们拿去玩玩。"看不入眼的人，他连站也不会站起来，惹他讨厌的人，还会大声斥退，一点面子也不给。有一次，市委一位领导升任中南海要职，秘书上唐府索画。这位领导可能平时对艺术家关心较少，故而给唐先生的印象不佳，面对秘书直截了当的要求，他也毫不客气地回敬一句："领导上北京，那是好事情。但你向我要画，我向谁去要啊？"秘书看到横贯书房的一根铅丝上挂着刚刚画好的一幅画，眼睛一亮："这张就不错嘛。"正欲伸手，唐先生抢先一步扯下，三下两下揉成一团掷向废纸篓："这张画得不好。"

茶也不得吃一盏，领导秘书只得怏怏离去。

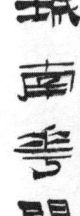

任微音的油画作品给人以富于东方情调与审美趣味的印象,这种美感来自他首推的薄彩画法。他先用色块敷设沉郁典雅的意境,再从形象中提炼出线条,最后将点线面安排妥帖,从布局到结构到总体感觉浑然天成,无论是静物、花卉或风景,都充满了温暖、沉郁或略带惆怅的诗意。

任微音：修鞋匠或者油画家

不该遗忘，美术史有他的位置

前不久，上海美术馆为任微音办了个画展，展线拉得似乎像长城那么长，然而不少观众对任微音这个名字还很陌生，有人以为他是北方画家，还有人在打听他的年龄。任微音属于上海，老一辈画家跟他很熟，只是在建国后的狂风暴雨中，他被湮没了很长时间，那种陌生感缘于时代的隔阂。1994年他掷下画笔去了天堂，如果天边出现一道绚丽的彩虹，我愿意相信是他在写生。

我查过任微音的资料，在上海地方志网站有难得一见的介绍，却很吝啬地给了寥寥四行字。但在中国美术界，他是一个绕不过去的人物。

任微音1918年出生在云南昆明一个世代大家族。识字后他从家谱中得知，祖上是明代一位建有军功的将军，被皇帝派到昆明靖边，在那里安家落户。

小时候任微音在昆明第五小学念书。这所小学条件不错，从师资到教学设备都相当完善。小学里图画老师教的是国画，上第一课时，老师在黑板上画的是下雪天一个渔翁独坐孤舟，在江上垂钓的情景，还题了柳宗元《江雪》一诗。这是任微音最初接触绘画的印象，不禁神往。

后来任微音才知道云南的很多风云人物和赴外留学生，都是从这个小学出来的，他作为校友感到自豪。

任微音的老家有很大的房子，从昆明东门的一条巷底进门，穿过多进庭院、正厅厢房，推开后门就是一条大河。还有很大的花园，典型的中国式园林，亭台楼阁一应俱全，还有一棵老梅树，初夏时任微音常常爬上去摘梅子。多出来的一部分房子就借给英国驻昆明领事馆办公。

任微音的父亲名叫嗣昌，弟弟叫嗣达，他们兄弟俩感情极好，张之洞办洋学堂那会，选派一部分学生去美国留学，他叔父报了名，是我国第一批留美学童中的一员。后来他叔父获得了芝加哥大学的博士学位，回到家乡创办了"富滇银行"，这是云南最早的新式银行。

任微音的母亲去世很早，后来他父亲娶了个继母，任微音跟着父亲和继母一起搬到了上海。当时从云南到上海交通很不方便，必须绕道香港才能到达。

到了上海，任微音的父亲开了个商行，他父亲年轻时在昆明做过好几个高级官员的幕僚，所以在省内也算知名人士，奔走于主流社会。他还精研中医，不过那只是为了满足业余爱好。由于医术高明，求诊的人几乎踏破门槛，但他是从不收费的。任微音的中学教育是在当时很有名的太仓中学完成的，这所学校以教学严谨出名。

他叔父留美时，与一个纽约市警察局长的女儿结婚了，这个漂亮的美国小姐就成了任微音的婶母。

到上海没几年，任微音的父亲得暴病去世，数年后他的继母也谢世了。叔父闻讯赶回来，承担起抚养他的责任。任微音后来对女儿任安慈说："美国婶母对我也非常好，是她最早发现了我在绘画上的天分，请了好几位外国老师教我绘画，有法国人、西班牙人还有个俄国人。后来我才听说这个画师原来是沙皇的宫廷画师，是流亡到中国的俄罗斯人"。

任微音的叔父当时任美国华昌公司远东总经理，与上层阶级接触很频繁，孔祥熙、宋子文以及上海市长吴铁城等都是任家的常客。克莱门太太（克莱门公寓的犹太籍业主）跟年轻的任微音也很熟。

任微音中学毕业回到上海，他没有按部就班地去读高中，而是凭兴趣考取了新华艺专。三十年代的上海有很多外侨，还有两万多个在沙皇政权垮台后辗转来上海避难的俄罗斯人，他们中有些落魄的艺术家带来了西洋油画，这使任微音有机会在各种展览会上和私人客厅里近距离地观摩大师原作。当时上海的文化水平不仅在国内，甚至可以说在整个东亚也是最高的，很多高级别的美术展都选择在上海举办。

不久，大江南北乌云密布，上海的抗日气氛也越来越浓，新华艺专的师生经常组织抗日活动。1937年"八一三"淞沪抗战爆发后，位于华界的新华艺专为求安全，迁至法租界薛华立路薛华坊（今建国中路155弄内），租下几幢石库门房子作临时校舍。但在搬家时，日伪方面向校方索要进步学生的名单，汪亚尘校长虚与委蛇，敌方就暗中派人将艺专烧毁，只剩下一间木工车间和半边校门。任微音在艺专时，潘天寿、朱乐之、黄宾虹等著名的画家都曾经教过他，并给予肯定。

任微音没有亲历母校的这次灾难，因为他在此前几个月就离开上海到江西南昌农村参加劳动服务了。在南昌郊区农村，任微音潜心创作了一批画，受到了江西省政府的好评，报纸特地为他出了专刊，南昌青年会也为他办了个人画展，这是他的第二次个人画展。第一次还是在他读小学时，美国婶母为他操办的家庭画展。

但画展开了没几天，青年会就遭到日军飞机的袭炸，展厅里挂着的作品被炸得灰飞烟灭。任微音气愤至极，画了一幅很大的抗日宣传画，挂在南昌行营大门上，号召民众起来抗战。那时他叔父从上海来电，告知他全家即将移往美国，催他尽快赶回去。可此时交通已经中断，没法回去，于是任微音只得留在国内，开始了前路渺茫的流亡生活。

一路风尘，从战地记者到中学校长

从南昌到桂林，一路上硝烟弥漫，难民如潮，最后任微音来到汉口，在那儿遇上了中国电影制片厂的厂长郑用之，他安排任微音在电影厂画海报。有一天任微音正在为高占非、白杨主演的电影《热血忠魂》画海报时，得知有一支中国机械化部队在前线与日作战，而且是中国第一支机械化部队，顿时热血沸腾，第二天就辞了电影厂的工作，跑到湖南湘潭。

这支机械化部队原来的编制是200师,后来扩编成第五军,师长是杜聿明,副师长是戴安澜,司令部设在湖南湘潭,所有武器都是苏联支援的。

机械化部队急需有文化的青年才俊,就在社会上招收了不少大学生,官兵的文化素质也比较高,为适应这个基础,师部还办了一份军报,任微音就担任编辑、记者,他先后采访过李宗仁、白崇禧、张茂奎、徐庭瑶、郑洞国等将领。

任微音参加过战斗,他记得最清楚的就是两次著名的战役。一次是反攻收复桂南昆仑关,日军攻打昆仑关是急于打通中国中部的交通线。昆仑关的陷落,使全国上下为之震动。最后中国军队英勇反攻,完成了收复,这是抗战初期的一次著名战役。另一次是湖北战役,中国军队抵达时,日军已闻风退却了。

部队平时的生活也是丰富多彩的,任微音曾经导演过四幕抗日话剧《凤凰城》。后来因为思念家乡,他的妹妹也没去成美国,流亡到昆明,不久他就退役回到了昆明。

当时昆明是抗战的大后方,除机关学院云集外,也集中了大量的文化人,西南联大、国立艺专等学府也搬到了昆明。任微音在那里交了许多朋友,其中有罗隆基、闻一多、姚蓬子、老舍等人。

在家乡的一年多时间里,任微音先后在昆华师范、泸西中学教过书,并且还担任过西南联大的讲师,但教书匠的工作并没让他安下心来,后来在朋友的介绍下,他辗转来到陪都,在重庆卫戍司令部以升一级任用,当上了指导员,佩中校军衔,同时出于对美术的爱好,在西南美专、国立艺专兼职讲课。

在重庆他认识了张大千、吴一峰、徐悲鸿、吴作人、李可染和郑君里、史东山等许多文艺界人士。那段日子他很轻松,并对艺术的社会价值和大众教育有了更深一层的认识。

当时在重庆的中央训练团,是国民党最高政治学府,自军长、师长以下军官以及地方行政官员等都分批调来受训。任微音很想进去见识一下,于是找关系转到里面，在励志社候差。每个星期，蒋介石及各部长、院长都要来训练团巡察或参加活动。他在励志社（从前的蓝衣社）中工作，相当于委员长侍从室的地位，这使他有机会与国民党上层人物接触。

这是任微音威风八面的时候，但他还是书生本色，从不以势压人，有时候还能为老乡办点事。不久美军开始在太平洋反攻，东京也接连遭到轰炸，轴心国败象已露。任微音在与军方高层的接触中预感，一旦抗战结束，内战将不可避免。在他的诸多朋友中，国共两大阵营都有，都谈得来，他不愿意看到中国人打中国人，更不愿意看到朋友自相残杀，于是决定离开国民党机关。他去拜见父亲的老朋友李根源先生，李先生得知他的来意后就给四川省主席张群写了封推荐信。

任微音拿了信到成都去见教育厅长郭有守，当上了盐亭中学校长。

做了一年校长后，任微音又不干了，因为这时抗战已经胜利，他觉得应该回归自己的老本行。于是他先后游历了峨眉山、青城山、都江堰以及剑门等名胜古迹，画了不少写生画，还办了个人画展。

逃回上海，修了十七年的鞋子

国民政府还都南京后，流亡四川的人也陆续东归，任微音的叔父也从美国回到上海，准备接他去美国发展，但这时任微音已经结婚，舍不得抛下家庭远走他乡。不得已，叔父让他暂时住在上海，把他安排在上海银行工作。叔父带了任微音的一些作品回美国去了。

不久，任微音要求调到上海银行附属的中国旅行社工作，因为旅行社办了份《旅行杂志》，是当时全国唯一的大型旅行杂志，他对这项"文化性质的工作"很有兴趣，便在那里担任编辑。两年中他跑了许多地方，写了一百多篇报道、游记，在本刊也在其他杂志、报刊上发表。现在这些报刊还保留在他女儿任安慈手里。

1949年，中国迎来了一个新纪元。上海解放，接下来是公私合营，《旅行杂志》并入北京《旅行家》杂志,任微音留在上海继续采访、写稿。这里插一句,有一次我在任安慈上海的临时居所里见到她父亲在建国后撰写的一些文章剪报,歌颂新中国、赞美大好河山是他的总基调,任微音有一篇文章写到毛泽东在都江堰视察,当随行人员问他此刻的心情时,毛泽东欣然回答:我想跳到江里游泳。

但是不久,随着国内政治气候的变化,有历史问题的人不再适宜担任文化工作了,任微音在莫知莫觉中被安排到上海第一百货公司去当一名营业员,当时上海人对站柜台是轻看的,称之为"柜台猢狲"。任微音一气之下辞职不干了,用五根金条在淮海中路淮海大楼(今天的美美百货)顶楼借了几间房子,办了一个东方画室,开始授徒讲学。在当时上海几个私人办的画室中,东方画室的条件大约是最好的,足足有500平方米,每到周末任微音就利用这个空间举办家庭舞会,而且一闹就是通宵达旦,整夜碰嚓嚓的噪音对楼里的居民影响当然很大。邻居就向马路对面的徐汇公安分局举报:任微音在家里举办黑灯舞会,一片乌烟瘴气!很快,公安局把他叫去训话,办过舞会吗?有的,那好。勒令他在四天之内搬出去,一只杯子也不能留下。那么到哪里呢?到甘肃去,下乡劳动。

这种处理的根据是什么?任微音早已吓得两脚发软,问都不敢问。

任微音在四天之内关闭了画室,将油画割下来装箱,来不及带走的作品只得寄存在刘海粟家里。许多书和资料由于来不及带走,堆在一起烧了。汽笛声中,没有一个亲戚送行,任家五口人带了三十多件行李离开了伤心之地上海。

任微音一家人来到甘肃玉门饮马农场,放眼望去一片荒凉,寸草不生,而且非常寒冷。半年后,那里又遇上了严重的灾荒,任微音在饥寒交迫中还得了严重的哮喘病,走投无路之际只好重新倒流回上海。

逃回上海的经历至今让任安慈惊悚:"逃的时候兵分两路,母亲、姐姐和我一路,姐姐比我大十岁,我走不动了,她就背我一段。父亲带着我哥哥,拖着一大堆行李是另一路。半路上还有狼叫,我父亲随身带了一把不知从哪里找来的匕首,说要么我们被狼吃掉,要么我们把狼杀掉,我们好吃一顿狼肉。好在一路上狼群没跟上来。最后我们在火车站会合了，来不及喘一口气，就赶紧上火车。火车上拥挤的状况我依然清晰记得，很多人挂在上面的，窗口窗户上面能够吊上就吊上，我母亲的手都被划出血了。……那个火车慢吞吞的，开开停停，一直开了四五天，总算进了杭州站——我们还不敢直接到上海。在杭州站旁边借了一个小旅馆，我浑身上下都是虱子，好不容易洗了个澡，换上干净衣服。父亲出去走走看看，看见有一家西餐馆，橱窗里摆了一个大蛋糕，父亲就将身上所有的钱掏出来买下这只蛋糕。我们全家分了吃，味道好极了，但两三个小时后我们都上吐下泻，死去活来。大概是长期来肚子里没有油水，突然间吃了这么多，肠胃接受不了，还有一个可能就是那个蛋糕不知道在橱窗里放了多少时间，已经变质了。"

几天后他们回到了上海，但房子已经被别人占了，任微音只好求助政府，在延庆路上找了一间不足10平方米的小屋暂住，这一住就是二十多年。

任微音走在陌生而萧索的街道，发现上海已经不是原来的上海，自己也不是原来的任微音了，以往过从甚密的朋友在路上远远看到他，都急忙回避，躲不开的就十分尴尬地投来一缕异样的目光。最后，任微音被安排到街道服务站工作，服务站里有十几个工人，修修补补，他在那里几乎什么都干过，接传呼电话、修玩具、敲核桃，最后专门修塑料鞋。

但是任微音并没有轻视这份工作，他把各种类型的塑料原材料合理应用，尽一切可能整旧如新，一双破旧的鞋子经他一修，焕然一新。他将气味很重的鞋子捧在手里左右端详，觉得这也是一件艺术品啊。他这样一想，就觉得工作很有趣了，也练出了坐功。有些顾客得知他的修鞋本领大，口口相传，有些人还从很远的地方跑来指名要请任师傅修鞋。

任安慈对我说："我父亲在五十年代初的时候，你不知道他有多神气，穿西装、香槟式皮鞋，梳个大包头，外出散步牵两条哈巴狗，一副旧上海的少爷派头。现在呢，穿着打满补丁的衣服，蜷作一团在那里修鞋子。这种安排对一个画家的自尊心是毁灭性的打击。好在我父亲还算豁达、坚强，苟且下来了，也不知道他从哪里来的毅力和勇气。"

只是任微音没有想到,十年浩劫突然来袭,这鞋子一修就是十七年。在波澜壮阔的运动中,任微音这样有历史问题的人怎能幸免?参加过三青团,当过国民党中校,相当于蒋介石侍卫室军官,这样的字眼一出现在大字报上,绝对是惊天动地的新闻!于是他每年要被拉出来斗一斗,批一批。大家像看戏一样看着他低头认罪,并不觉得他是一个应该被尊重的天才画家。

比较有意思的是,奉命斗任微音的大多是生活在同一街坊里的妇女,这倒使他暗暗有一点阿Q式的快感,居然有人记得要把他打倒,说明他不但存在,而且还有被打倒的价值。但她们把任微音打倒一番之后,回头暗地里又来安慰他。

就是在这种恶劣的生存环境下,任微音始终没有放弃对绘画的热爱,他还偷偷地跑到郊区或公园里写生,并且教学生画画。但当时吃饭都成问题啊,买画布又要布票,后来学生知道后,就偷偷地塞点钱在他家的茶杯下面。有一次,有个学生带来作品请他指教,走时将夹画的瓦楞纸板留下了,他就用这种纸板箱画画,效果居然不错,后来这个学生一直提供废纸箱给他。也为了节省油画颜料,他自创了薄彩画这路风格,用很薄的油彩平涂在纸板上,水墨淋漓地达到了很绚丽、很奇谲的视觉效果。

艺术上的探索与试验,大大缓解了他在现实中的失望和苦楚。偷偷摸摸中进行的实验也给了他莫名的快意,更重要的是,给了他生存的勇气。

"薄彩油画",每一笔都是真情大爱

海晏河清,在美术界同行和一些领导的推荐下,任微音重见光明,被上海文史馆聘为馆员,有了固定的津贴,有关方面还为他举办画展,以示平反。

任安慈再三跟我说:"帮助我父亲重见天日的有两位老先生,他们都是大好人,一位是蔡上国先生,一位是张乐平先生。他们向有关方面领导

如实反映情况,争取给父亲一个公正的结论。你若是写文章纪念我父亲的话,这几句话一定不要忘记啊!"

文史馆馆员,人们戏称相当于清朝的翰林院,但任微音没有躺下任人供养的意思,他收到文史馆的通知书后,就准备行装,去上海郊区朱家角、七宝、江苏的周庄等地写生了。后来脚头散了,便在一位热心的邻家小弟兼忘年交——也是我朋友、文汇报摄影部主任谢震霖——的陪同下去张家界、九寨沟和黄山。登上始信峰,面对潮水般涌来眼前的云海,他痛痛快快地吼几嗓子,似乎在跟一个暌违已久的老朋友打招呼。然后挑一个地方坐下,摆开画具。过了一会,游人慢慢增多,有个曾在他手上修过鞋子的上海游客围着他左看右看:"这不是修鞋的任师傅吗?想不到你还会画画!"

任微音笑着回答:"啊,这是我的业余爱好嘛。"

非常可惜的是,任微音几度在黄山上的写生作品,后来都听信了一位画廊老板的花言巧语,交给他"保管并展览"了。在他去世后,这批画也没要回来,在任微音的艺术档案里,留下了难以弥补的空白。

1978年春,广东美术家协会邀请任微音赴广州举办个展,他的绘画作品也入选第一届全国油画展,并受到好评。美国石油大王哈默亲自选中他一幅画,参加纽约由哈默主办的中国美术展。哈默是个很有艺术感觉的实业家,他在一次乘飞机的时候与邻座的陈逸飞结识,一番交谈后邀请他为自己的一批藏画实施修复。在操作中,陈逸飞扎实的基本功让哈默非常吃惊。从此,在哈默的帮助下,陈逸飞的留美生涯出现戏剧性的转折。最后,哈默在访华时将陈逸飞的《双桥》送给了邓小平,陈逸飞由此名声大噪——虽然他早就在美术界立身扬名,但世俗的荣誉则来自这一经典的"营销案例"。也因此,哈默选择任微音的作品送展中国美术展,不仅是对他艺术成就的肯定,还有更深一层的意思。

此后,任微音又被广西漓江画院聘请为院士,并受桂林文华大酒店、渡江书画院联合邀请,赴广西展出作品。

任微音迎来了艺术的第二春,他还经常深入工矿企业,为工人们画画。

1990年,他的作品代表上海参加横滨友好交流展并获奖。1989年和1992年,任微音曾先后两次应邀在纽约的哈夫那画廊、印象派画廊举办薄油彩个人画展,有三分之一的展品被美国个人收藏家争相收藏。

在赴美之前,上海美术馆为任微音举办了个人画展,他则将14幅作品赠予上海美术馆收藏。

上海美术馆馆长方增先认为,早在上世纪40年代,任微音就试图将中国画笔墨书写的自由性和灵活性引入油画创作,使其摆脱油彩本身的厚重与凝滞,由此来创造一种新的中国风格的油画,任微音这种取中国画所长补油画之短、对油画艺术所进行的东方式实验和思考非常独到。

的确,任微音的油画作品给人以富于东方情调与审美趣味的印象,这种美感来自他首推的薄彩画法。他先用色块敷设沉郁典雅的意境,再从形象中提炼出线条,最后将点线面安排妥帖,从布局到结构到总体感觉浑然天成,无论是静物、花卉或风景,都充满了温暖、沉郁或略带惆怅的诗意。

许多老画家从外省市赶来上海观展,一个圈子兜下来吃了一惊:这个家伙还活着!

2010年春天,上海美术馆再次为任微音这个被人淡忘的天才画家举办了大型个展,任微音的家属拿出了珍藏的三百多幅作品与观众见面。

有个小插曲很有意思,当时任微音的画展放在三楼,底楼是陈逸飞艺术展,这也是陈逸飞去世后在国内最大规模的个展。英国驻上海领事馆的一位文化参赞前来参观陈逸飞画展,在美术馆门口看到了任微音个展的海报,仅仅看了一眼就觉得这位画家不同凡响,于是在匆匆地看过陈逸飞的画展后,三步两脚登上三楼参观任微音的个展,并流连了一个半小时。他对在现场忙碌的任安慈说:"这是一位了不起的艺术家!我在他的画作里看到了中国的历史和中国人民忍辱负重又不屈不挠的精神。"

是的,任微音是一位天才的画家,在抗战烽火燃起时投笔从戎,此后在国民党政府机关中身居敏感职位,但是大节无亏。特别是在天翻地覆之际,他选择留在大陆,说明他对新政权是寄予极大希望的。

2010年全国两会期间,温家宝总理的一句话温暖了两岸人心:"不要因为五十年的政治而丢掉五千年的文化"。何况在六十多年前全国抗战的大背景下，像郭沫若、田汉、老舍、郁达夫等许多文化人一样，他们投身抗战，而不代表政治阵营，他们心里装的是中华民族，还有文化艺术。

今天，我们重读任微音的画，是读一个艺术家的人生，浮华、绚丽、悲壮、惨痛、惆怅、渺茫、淡泊……画的后面，或许藏着一个民族的感情与沧桑。

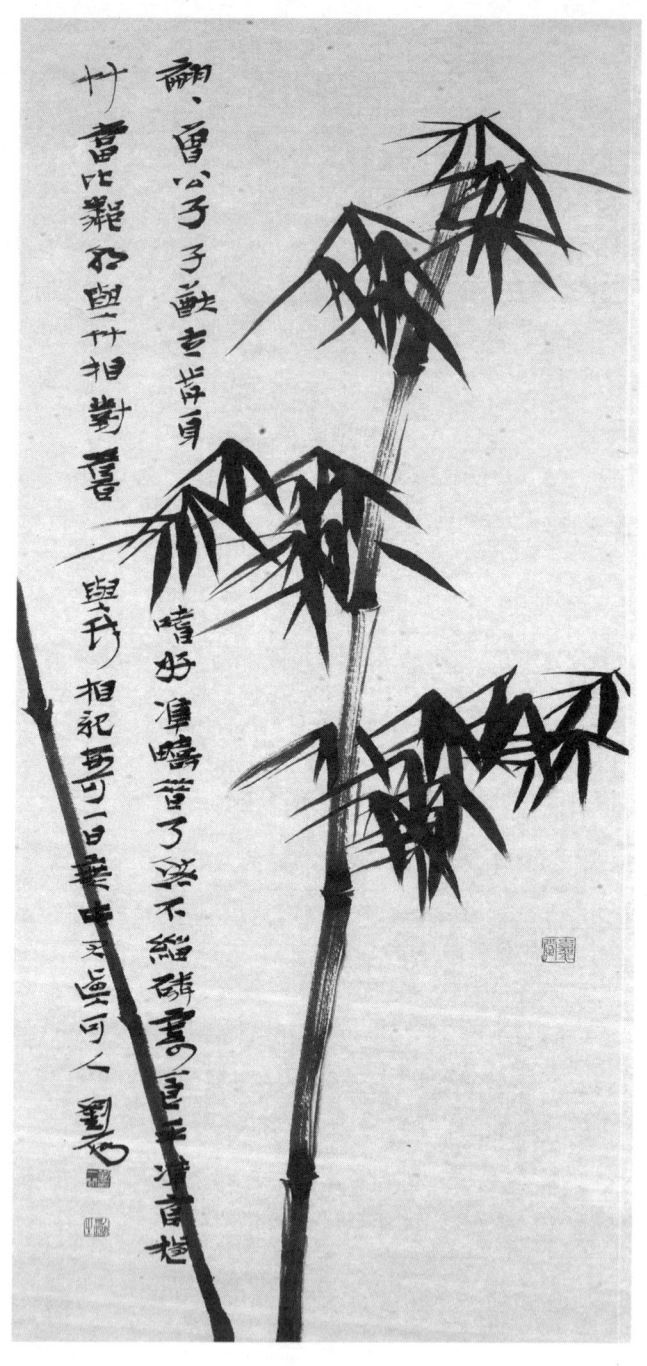

刘一闻国画作品《墨竹图》

每个从事艺术创造的人,一定要开阔眼界,在很大程度上,可以说眼界决定审美高度,眼界一开,以前觉得完美的事物,就能一下子看出它的破绽与不足,每到此时,就意味着又前进了一大步。

刘一闻：栽竹嘉平堂，得丘发春华

刘一闻，名动华夏的书法篆刻家，也是早生华发的美男子，魁伟沉稳，玉树临风。他的书法、篆刻与绘画，如风如雨，如雷如电，阳春烟景，山花烂漫。

刘一闻祖籍山东日照，出生于上海，是共和国的同龄人。总角之年初入校门，他就表现出与常人不同的秉性，同学们放学后总爱在操场上踢踢球、跳跳绳，或者到郊外去钓钓鱼，掏个鸟窝什么的，他却窝在家里看看连环画，或与年龄比他大一点的同学聊聊科学知识或"天下大势"。等到嘴唇上边长出柔软的、黄绒绒的须毛后，刘一闻意识到人生有志，趁早规划。但往哪个方向发展呢，心里还没个谱。后来经学校推荐，他考进了少年宫的学生课余文工团，找到一点归属感。

少年刘一闻在少年宫里放飞梦想，神清气爽，朗诵唱歌，相当活跃。不过也有让他束手无策的时候，比如在无线电兴趣小组安装半导体收音机，捕捉到了虚无飘渺的电波，高兴得一下子跳起来，甚至萌生了长大当一名科学家的念头，可是他一直讨厌数学，逻辑思维是他的软肋，遇到计算电容值或校偏电阻时就要出错，一出错就导致短路，弄得他满脸通红，手足无措。好在他总有过人之处，比如字写得好。

刘一闻在书写这档事上应该是有天赋的。在他还是小学一年级学生的时候，在田字格里写个"一"，他就不按照老师的教法老老实实写那个呆板僵硬的一横，而是根据自己从马路店招上看到的楷书字体来写，将"一"字写得有波有折，载歌载舞。但是老师是按照体制内的教育大纲设计来授课的，这个不按套路出牌的"一"字自然被视作"异化"，就将刘一闻批评了一通。刘一闻深感委曲，但他执着地认为，字就应该怎么好看怎么写。这个朴素的道理，成了他自习书法的原动力。读到三年级，他就找来《玄秘塔》等名帖苦苦临摹，不久令老师、同学刮目相看。学校里出墙报，要请他，有校际书法比赛，也要请他，并且只要他出场，总能拿个奖回来，从老师到校长都相当得意。

进了中学后，他遇到了两位好老师。严格来说，这两位老师都不是立讲台的，而是总务处的后勤老师。当时还是钢板蜡纸的"洪荒时代"，他们都是刻蜡纸的高手，写得一手绢秀的硬笔书法，令刘一闻相当佩服。在他们的鼓励和引荐下，刘一闻认识了仰慕已久的任政先生，拜任先生为师。任先生看了刘一闻的习作后，便嘱他从隶书学起，临《曹全碑》，每周一次。有一次刘一闻带着习作去任府请先生批改，正好另一个师兄弟前来叩教，任先生让他带走一张自己写的《兰亭序》。刘一闻在一旁瞥了一眼，像触电似的震颤了一下，觉得任先生的这件作品，无论从结体还是布局上说，简直完美无瑕，甚至比王右军《兰亭序》的原本还精彩。等这位师兄弟向先生告辞后，刘一闻坐不住了，找了个借口离开任府，出门追上那位师兄弟，只求再细细看一眼。回家路上，刘一闻仰天长叹：哪天能写得跟老师一样，就太好啦！

作为一位在企业指导工人群众学书法的书法家，任先生还经常要受单位安排，到工厂或农村参加运动，一去就是一两个月。但是任先生临走都会给学生布置好作业，对刘一闻这样的"资深学生"，他就写一张字，放在大衣橱顶上。刘一闻上门，交上每月二元钱的笔墨费，师母就从橱顶上取下一张交给刘一闻，回去细细领会。

刘一闻就这样跟了两年时间，除了在任先生那里受教，还看了一些名碑法帖，眼界开阔了不少。同时也觉得任先生隶书的那套技法自己已窥破门径，烂熟于心，不禁心有旁骛，偷偷临摹起更具挑战性的《礼器碑》，并将习作带去给任先生看。任先生看了一言不发，等到下个月刘一闻送交笔墨费时他就说：你的字写得不错，我教到你这一步就可以了，接下来你自己朝前走吧。

这让刘一闻颇感意外，他知道先生不高兴了。

数十年之后，等刘一闻自己带学生时，他才更真切地体会到当年任政先生的复杂心情。他对我说："学习书法是一个艰苦而漫长的过程，是自己与古人的对话，是心智与体力的较量，更是阅历与人生感悟的累积。切忌自以为是，沾沾自喜，当初匆促地改变先生为自己设计的学习计划，现在看起来真是太肤浅了。当然，每个从事艺术创造的人，一定要开阔眼界，在很大程度上，可以说眼界决定审美高度，眼界一开，以前觉得完美的事物，就能一下子看出它的破绽与不足，每到此时，就意味着又前进了一大步。"

刘一闻中学毕业那年，神州赤地烽烟四起，革命狂飙席卷南北，中国大地再也放不下一张宁静的书桌了。但素喜独处的刘一闻既不串联，对满街的大字报也无兴趣，躲在家里学起了篆刻。家里本来藏了一些旧印谱，就照着刻，摸索过程虽然不乏犹豫迟疑，却也自得其乐。不久他得到方去疾选编的《吴昌硕印选》，薄薄一本，也使他豁然开朗，信心大增。两年之后，他被分配进工厂当学徒，在蒸汽机时代的烟雾中做三班倒，获知"东方红书画社"（上海书画出版社前身）计划出版一部集体创作的以样板戏唱词为刻印内容的《新印谱》，并登报向工农兵爱好者征集稿件，即从书箧中检出几枚印稿寄去。一周后，正在上中班的刘一闻接到一个电话，电话那头传来亲切浑厚的声音："我是方去疾。"啊，刘一闻当即血脉贲张，欣喜若狂，那是自己倾慕已久的篆刻名家啊！

方去疾先生是《新印谱》这项工作的主持人之一，他在一大堆来稿中发现了刘一闻作品，耳目一新，格外重视。第二天，刘一闻就前往"东方红书画社"出版组的办公室，不仅拜见了方去疾，还见到了单晓天先生。不久，刘一闻就悄悄地拜方先生为师，经常将自己的篆刻作品带去请教。"除了简化字刻印之外，我还带去了自己摹古篆刻习作，每一次方先生仔细看过后，都会提出具体的问题，让我受益匪浅。这样，一直到1976年初夏我被借调到方先生身边工作，那段日子是我一生中最难忘却的美好时光。"刘一闻对我忆及这段日子，脸上便难以掩饰地泛起幸福的表情。

在传统文化遭到大面积毁坏的那个年代，师生关系的确立只能是肝胆相照的交契。但似乎出于对历史悲剧中艺海漂零而不知彼岸者的格外垂爱，方去疾先生对刘一闻可说是倾注了更多的心力。"让我最受感动最觉珍贵的，是先生对我毫不留情的直面批评。每次去向他讨教，几乎都要受到挑剔，不是用刀不妥，就是用字和布局的毛病。直到八十年代后期，一次我拿出为山东魏启后先生刻制的'魏启后'、'晋元斋'一朱一白两方印蜕去求教，方先生居然一声不吭地示意我将印蜕留下,事后我才知道他是为向某出版社推荐出版我的个人作品集作为印样用的,并且着实还为我说了不少好话。"这是日后刘一闻在《怀念去疾师》一文中特别提到的经历。青年一闻胸怀大志,但他明白:老师的每一次横挑竖剔,都是菩萨心肠的砭石针刺,都是拈花一笑的智慧开示。

从老法的规矩上说,学生拜访老师是天经地义,但老师屈尊去学生家却极少。但方先生经常造访刘府,家长里短无所不谈,甚至开开无伤大雅的玩笑,摆开酒菜痛快一场也是经常有的。有一次刘一闻去出版社看望方先生,聊到午饭时分,方先生拖着刘一闻来到西藏中路上的本帮百年老店同泰祥。进了饭店,方先生闪进厨房打探到某个熟识的师傅正在班上,就摸出几张皱巴巴的钞票,叫了一碗三鲜汤和两碗白饭。"那个老师傅还特别提醒我们注意碗底的货色,我拨开上面一层饭粒一看,哈哈,碗底埋了一块肥瘦相兼的走油肉,一口吞下,细细回味,感觉真是幸福极了。"刘一闻说。

上世纪七十年代末刚刚恢复稿酬制度后,方去疾篆刻的收费标准是每字八角,他经常靠这笔外快请爱徒补充营养。

刘一闻还有一位老师,是居于青岛的苏白先生,虽然关山阻隔,却在他的艺术历程中产生了至深至远的影响。他们在那个非常时期的交往,有着黑白电影一般的情节,环境愈险恶,感情愈真切,外界的干扰既如魔法,也被一一化解为功德圆满的契机。

苏白先生的老师是邓散木,邓先生被划为右派后,在山东德州任团市委干部的他也因为性情梗直、说话坦率而沦为黔首。苏白先生黯然神伤,打算与艺术决绝而去做木匠为生。刘一闻的舅父舅妈在青岛生活,1972年,刘一闻随他母亲去青岛探亲访友,舅父得知他喜欢刻印,就带他去拜见苏白先生。

苏白先生从事印学研究数十年,短短几句交谈,彼此就有相见恨晚之感,从此,刘一闻开始与苏先生书信往来,也正是刘一闻的真诚叩教,重新点燃苏白先生对生活与艺术的希望。"那个年头的我,对于学习书法篆刻真可说有种饥渴感。每一次刻完印,我就立即寄给苏老师,顶多三五天,苏老师就会回信给我。"

彼时苏白还是"摘帽右派",刘母有点担心儿子惹上麻烦,所以刘一闻请苏先生将书信寄往单位，时间一长，同事都以为那个写得一手娟秀好字的"苏白"一定是一位漂亮小姐，强烈要求刘一闻将"心上人"带到上海来让大伙瞧瞧。

八十年代初，海晏河清之际，调入青岛工艺美术所不久的苏白先生来上海出差，刘一闻还安排他与方去疾先生晤面，两位篆刻大师相见恨晚，谈得非常尽兴，方去疾还由衷地称赞苏先生为"山东印学第一人"。

从1972年10月至1983年5月苏白先生去世，师生间的通信从未中断，刘一闻至今保留苏白先生的信札就有四百通之多。如果说苏白对刘一闻的亲炙多为理论指导的话，那么他的人格魅力对刘一闻的影响更加深远。今天，刘一闻已著作等身，但他更想出版的却是苏刘师生书信集。

后来，刘一闻在沪上已经别开生面自成一家了，仍抓住机会拜见了来上海的方介堪先生，开始了长达十余年的师生情缘。

在中国现当代艺苑，如果说画坛的代表人物是张大千的话，那么印坛的代表人物非方介堪莫属。在刘一闻早年初涉篆刻时就听前辈艺术家说，上海篆刻界有方、陈、叶"三驾马车"。陈是陈巨来，作品以富丽堂皇取胜，叶是叶露园，以静穆沉着著称，而方介堪则以清秀典雅令人高山仰止。

刘一闻还清晰地记得第一次见到方介堪先生时的情景。那是落日时分，夕阳最后一抹余晖正好轻轻地打在窗户上，方先生埋头刻着印，小书桌上摆满了已经写好印稿的各式印章，方先生仔细审视过刘一闻的作品后感觉不错，当即嘉勉几句。而刘一闻偷眼一看，方先生正在创作的作品中居然有谢稚柳先生的斋名"壮暮堂"。接下来的闲聊中得知方先生与谢稚柳、唐云等都是几十年的老交情了。原来方先生在青年和壮年时期就两度来沪谋业，未及而立即任教于刘海粟当校长的上海美术专科学校以及新华艺专和中国艺专，专司篆刻一门。后来刘一闻一直遗憾地认为，像方先生这样一位名满艺坛的篆刻大师偏居于温州老家，这不能不说是现实的无奈和历史的误会。

除了鸿雁往返，每次方先生从温州光临沪滨，都会与刘一闻相约于市肆小酌一壶，谈艺论道，直抒胸臆，击箸而歌，微醺而归。刘一闻从方先生那里获得的，除了艺术上的肥沃滋养，还有一种历经狂风暴雨冲洗后没有丝毫涣散的大师风范与旷达乐观的人生态度。

　　1986年秋天，刘一闻去厦门办完公事折返途中绕道温州去探视缠绵病榻的方介堪先生，年逾杖朝的方先生非常高兴，执意弃枕而起："你来我非常高兴，我非但要拍照，还要写字给你哩。"次日，方先生请理发师打理一番，换了衣服，使亲属将自己抬下病床，精神抖擞地与刘一闻合了影，还为他题写了斋名。师生执手告别时，方先生又以一种近乎征询的口吻对一闻先生说："解放后我总共收了三个学生，我打算把你当作最后一个学生，你觉得可妥当？若允，我将把'丙寅重阳后第九天'这一内容写进我的《年谱》。"

　　秋风落叶，暮色四合，刘一闻紧握先生的手，心潮起伏，热泪盈眶。

　　从艺数十年来，刘一闻还从来楚生、商承祚、唐云、谢稚柳、赵冷月诸先生处汲取了丰富的艺术滋养，在人格上感受尤深。刘一闻今天卓然而成大家，固然在于自身砥砺，艰难困苦，玉汝于成，然中华文明即便在恶劣的环境中仍由诸位大师薪火相传不绝，也是他的福分。

　　上世纪九十年代初，刘一闻以书法家身份与学术造诣调进上海博物馆，在书画部当研究员，上博每年按惯例更换三四次展品，书法展品的遴选就由他一槌定音。由是，他得以饱览古代书法精品，眼界大开，时有顿悟。他从前贤的法迹中细细琢磨中国书法的要义与发展轨迹，厚积薄发，广采博取，敢于否定旧我，鼓足勇气创新，从而形成迥异时趣的典雅风格。

　　上海艺术评论家胡传海在总结刘一闻的艺术品性时说：（刘一闻）将书法作品引向简约的方向是艺术观念成熟的标志，加上他在作品中将自己的个性符号处理得如此强烈，只要看一眼他的作品就不会和其他人的作品混淆。他是维护古典尊严的艺术家，与此同时，他也是善于将现代感充分地运用到作品中来的书法家。刘一闻是全能型的艺术家，书法、篆刻、绘画都别具一格，自创面貌。艺术门类中的融会贯通和深刻的理解使得他的作品迥异时趣，尤为难得。

　　后来，我还惊喜地看到了刘一闻先生的绘画作品，那是一种典型的文人画，是继承了板桥、八大、青藤那路风格的。他以金石书法入画，不拘章法，恣意汪洋，随心所欲，山花烂漫。而从细处看，分明是从传统绘画中汲取了灵感和养分，滋养了一闻先生的锦心妙笔，造就了他闳约娟秀的格局。他喜画修竹、丑石，这两种被传统文化赋予高尚人格的灵物，在刘一闻的笔下，可视作他个人姿态的投射。

刘一闻几乎在立雪程门的同时，也在传道授业了。大约才二十二三岁时，他就受母校老师的委托，收了第一个学生吴友琳。"文革"结束后，全国范围兴起书法篆刻热，刘一闻在全国性大赛中屡屡出镜，好评如潮，空谷幽兰，标新立异，阳春白雪，誉满天下。青年才俊慕名而来叩访者日益增多，或呈上书法习作请求点睛，或带来印花祈望朱批。刘一闻每去外省讲学，总希望于万花丛中发现亭亭玉立、迎风标举的那一株，谨慎考察，终欣然收于门中。

善歌者使人继其声，善教者使人继其志（《礼记·学记》）。刘一闻对学生的要求是极为严格的，目光犀利，近乎苛责，点评不加粉饰，使学生汗流浃背，豁然开朗。但看到弟子稍有精进，悟道有得，出手不凡，遂嘉奖喜形于色，令学生如沐春风。他特别强调"内圣外王"、"功夫在诗外"，谆谆教导学生从传统国学及前辈大师的作品中寻找继续前行的能量，而不是好高骛远、邯郸学步，也不要陈陈相因，亦步亦趋。他特别反对书法篆刻中的习气、匠气与工艺化倾向，极其厌恶做作与伪饰。所以，他的数十个学生都有相当的成就，百花齐放，各显妍媸，铺排成动人的春色。

2005 年，山东临沂"王羲之故居"内特别辟建了"刘一闻艺术馆"，这是刘一闻对书圣的敬仰，更是故乡人民和全国书法篆刻界对"日照将军"（刘一闻在书画界获得的雅号）的充分肯定。自 1987 年 10 月在上海首次举办《刘一闻书画篆刻展》以来，三十年来，几乎每隔一两年就会在全国各地举办刘一闻个展或刘一闻师生作品展。2010 年，以刘一闻为精神领袖的得涧书画研究院在上海闵行得丘园成立，接着又在上海与长沙成功举办刘一闻师生作品展，引起书坛震动。2016 年夏天，刘一闻的个人艺术工作室又在得丘园落成，同时落成的还有得丘文化创意空间、得丘艺术馆，刘一闻在闵行的这个"文化道场"必将上演更多更精彩的义化大戏。

老郎来何暮，高唱久乃和。树兰盈九畹，栽竹逾万个。长绠汲沧浪，幽蹊下坎坷。波涛夜俯听，云树朝对卧……我愿从韩愈的《合江亭》里选数行诗来为拙文收尾，这也是刘一闻与他的学生们数十年来精心营造的诗意场域。

陆康篆刻作品

「老克勒」在上海的语境中，特指在海派文化的熏染下行世，对城市文明有深刻理解，对城市风尚也敏感领会，特别是对市井社会与上流社会的处世为人，都能严格遵循，并应付如裕，也因此能对周边的人群起到一定的示范作用。从这个意义上说，陆康确实是当今上海滩进退如仪、举止有范的「老克勒」。

陆康：一个人的四重奏

作为书法家的陆康

陆康字如其人，豪迈洒脱，刚柔相济，既远眺大江东去，又俯察小桥流水，眨眼间又风云突变，银瓶乍裂。看他现场作书真是过瘾，丈二匹的榜书，如黄河之水自天而来，一路上跌宕起伏，惊涛拍岸，横扫千军如卷席的气势怎么也挡不住。瓷瓶或紫砂壶上的蝇头小字也如针尖上的跳舞，一支长锋紫毫在手，手腕则暗暗用劲，转眼间便是满天星斗、满架紫藤。

早在上世纪七十年代，就有前辈大师称陆康为上海书坛的"青年近卫军少帅"、"领军人物"。更早些的六十年代初，还处于弱冠之年的他，作品就与周慧珺、胡考一起参加上海首届青年书法大展，有位亲临现场观展的老前辈至今记忆犹新，他跟我说："当时陆康的作品已掷地有声，不同凡响，作品展示的位置也比周、胡两位显著，一进门便映入眼帘，印象深刻。"

纵览中国历代优秀篆刻家的书法，往往于线条章法之中，透露出沧桑感极强的金石气。这一点，陆康的书法作品也同样具备。他的大篆或甲骨文，写得生动而别有新意，丝毫没有那种食古不化的匠气和陈腐之气。据海上书法家、书法理论家管继平分析，陆康的隶书也是别出机杼，令人一见便忘不了的，他兼融诸家众体而自成一家，无论结体或扁或长，都能随意挥洒，笔力遒劲，潇洒卡仪。陆康的隶书其实自有渊源，《礼器》和《乙瑛》有之，《石门》和《汉简》也有之，甚至有人说还带点金冬心和伊汀洲的意思。但是他说自己并没有专门学过金、伊两家，虽有巧合，也只能解释为古今三百年间的灵犀相通吧。陆康的行草书法,往往是浓墨枯笔一气呵成,其线条非常的劲健而富有弹性;章法上即便是大草书,也写得很稳。虽有飘逸之气,却无轻浮之态,这便是和他有深厚的金石功力大有关联。

尽管陆康先生有着如此深厚的传统功力,但从不满足停留在前人的窠臼中,他是食古而化、敢于创新的。即便是表现传统的笔墨艺术,他依然会写出新意。近年来他还以开放的心态进行探索:以传统书法的线条来表现现代水墨的意韵,以古老的甲骨象形文字来展现当代艺术的构图趣味,以线条的造型和黑白两色构成的韵味给人审美启示,充分体现了他将西方视觉艺术和东方的笔墨工夫糅合于一体的智慧。

作为篆刻家的陆康

陆康出身书香门第,自小就拥有了一个良好的读书学艺环境,祖父乃中国近代国学大家、南社巨子陆澹安先生。在祖父的亲授下,他六岁始学古文辞,八岁即执笔临池。由于祖父的交游,陆康还有一得天独厚的条件,少年时即游学于丰子恺、刘海粟、谢之光、唐云、钱瘦铁诸大师间,之后拜著名印学大家陈巨来先生为师。陈先生的印章以雍容华贵、精严工整的风格独步印坛,有"天下元朱第一人"之誉。陆康16岁立雪"陈"门,从《十钟山房印举》入手,临摹了三百余方秦汉古印,青灯黄卷,衣带渐宽,练就了运斤成风、踏雪无痕的"童子功"。

但是作为一个艺术家,要想确立的自己的江湖地位和个人风格,必须走出老师的巨大影子。陆康对此有清醒的意识,所谓"师其意不师其迹",所以后来他稳中求变,一改陈巨来先生那种规矩整饬的元朱文风格,代之以跌宕奔放、洒脱不羁的印风,章法上求疏阔,刀法上求生辣,在传统中求变化,运匠心、出新意。程十发先生曾这样评价他的印章:"独辟蹊径"。而陈巨来先生呢,则干脆跟前来求印的人说:"我已老矣,今后就叫我学生陆康刻章吧!"

陆康自由奔放的这一路印风我是非常喜欢的，比如早几年他为澳门特区历史景点所刻的一组印章，就是陆氏大写意印风，但又在方寸之间注意避让与穿插，或如幽兰出寿石，或如紫竹立晚风，在有限的空间中表现自由延伸的意念和舒展的动姿。其中一方"关闸"，繁体字恰好是对称的，而且有四扇"仪门"如画屏并列，弄不好就失之呆板。而在陆康安排下，四扇"仪门"似开似合，繁简有致，肥瘦得体，变化无穷。这幅得意之作已被不少印谱收入，垂范后学。

再比如前几年出版的《陆康吉祥印语》，收录了陆康镌刻的闲章凡一百方，我获赠后再三赏读，犹在山阴道上策马徐行，山花烂漫目不暇接，又常有意外的惊喜扑面而来，一惊一愣而抚掌大喜。一本印谱能予人如此惬意的视觉享受，我以为是每一方印章都蕴含着鼓胀于方寸世界的蓬勃张力，流转着艺术人生的戏剧性创意。

陆康的元朱文深得陈巨来先生衣钵，如梅派唱腔，满台富贵气怎么也压不住。满白文如裘派唱腔，苍劲有力，韵味绵长。鸟虫篆则酷似程派，婀娜多姿，余音绕梁。而最让我啧啧赞叹的是大刀阔斧的秦汉缪篆，金钩铁划，屋脊春雷，并于密不透风中慷慨留出一段疏可走马的空间，从而使有限的印面获得了广阔的回旋余地，纵使想象力策马驰骋——好不痛快！

作为作家的陆康

陆康常说自己为报刊写文章是玩票，是人家逼的。近年来一口气出版了二十多部著作，明明享受了笔耕之乐，又说是给自己找麻烦。每年上海书展，都有他签售活动的信息见诸报端，到时候一帮粉丝早早来到展览大厅排起长队，拿着一大摞陆康的新作等他出场。

陆康青年时代即博览群书，国学功底深厚，同时又频频从西洋文学中寻找新感觉与新思维。上世纪八十年代去澳门闯荡世界，做过中医、开过饭店，最后还是做回一个文化人。但在弹丸之地涉足文化圈，四周局促，交游空间有限，可作竟夕长谈者也就二三子。所以他经常往返于上海、澳门之间，书写属于自己的"双城记"。从澳门返还沪滨后，他每年还经常去那里与澳门文化部门一起策划重大项目，后来撰写了《感觉上海》等随笔集，反响相当不错。后来上海锦绣文章出版社、上海文化出版社、上海书画出版社纷纷找他，几乎每年都要推出好几本书法集、篆刻集、随笔集。陆康对外部世界的随笔，感性温热、鞭辟入里，同时又不乏幽默与机巧，开阔了大陆读者的眼界。

这几年来，吮笔奏刀之余，陆康还要整理祖父陆澹安先生遗存的百十种遗稿。继祖父陆澹安先生三大卷遗作《说部卮语》、《小说词语汇释》、《戏曲词语汇释》在上海文化发展基金会资助下出版后，由他精心整理编辑的《澹安藏札》也于2011年问世，这本书与早些时候出版的《澹安日记》交相辉映，堪为双璧，不仅可一窥以上海为活动中心的民国文人之间的交游经历，更可感受彼时旧知识分子的文采、趣味、操守和真挚情谊。2012年又有两本书推出，一部是陆澹安成稿于上世纪四十年代的《庄子末议》，系澹安先生对《庄子》中几段最有争议的文字的注释与解读，但由于种种原因，一直没有出版，现在被陆康从故纸堆里意外发现，经过一番精心整理校订，交由出版社以影印本形式推向社会，在学界广受关注。另一本是陆康的书法集《金石兰亭》，由上海文化出版社根据他本人的一轴手卷，加以艺术装帧后推出，同样受到读者的好评。

最近几年陆康又玩起了新花样，以他最新创作的书法篆刻作品为主题，配上其他几位习相近、气相通的海上艺术家作品，或绘画，或现代书法，或摄影，亦中亦西，亦古亦新，组成全新的视觉图像，出版后也成为人们竞相购藏玩赏、礼赠友朋纪念的妙物。

作为玩家的陆康

陆康在朋友眼里还是一位标准的上海"老克勒"。所谓"老克勒"，与北京人口中的"玩家"有点相近，但在概念上并不完全重合。"老克勒"在上海的语境中，特指在海派文化的熏染下行世，对城市文明有深刻理解，对城市风尚也敏感领会，特别是对市井社会与上流社会的处世为人，都能严格遵循，并应付如裕，也因此能对周边的人群起到一定的示范作用。从这个意义上说，陆康确实是当今上海滩进退如仪、举止有范的"老克勒"。

与许多书画家一样，陆康历年来也积有一些字画收藏，但都是书画界老前辈们赠予他的，有的是对他刻印的回报，有的是答谢他持赠的书法作品。陆康特别珍惜谢之光先生留给他的一些绘画作品。谢之光是一位颇有造诣的艺术大家，在旧上海以月份牌、电影广告、舞台布景等有鸣于世，学术界梳理上海美术史，他是绕不过去的人物。建国后谢之光成为中国画院专职画师，他与时俱进，创作了许多反映新时代精神风貌的中国画，特别是在推进中国画融和当今审美意识方面贡献很大。十年动乱期间，陆康与落难的谢之光先生多有交往，感受到老艺术家通脱豪放、自由无羁的性格与人格魅力。我多次参加由陆康主持的午茶便宴，席中与友朋话说玄宗，趣味横生，妙语联珠，而一旦提及谢之光先生的奇闻轶事与艺术功绩，则往往语言哽噎，热泪纵横。

在遍访欧美的同时，陆康也很注意搜集各国古董或小玩意，在英国伦敦、意大利罗马、法国巴黎、澳大利亚悉尼等大型跳蚤市场，他看到了许多老器物，比如西洋瓷器、錾花烟盒、胡桃木烟斗等，品相之好，就像新的一样。"青铜雕塑、大理石胸像、手工陶器、刻花玻璃，卖得真便宜！在伦敦我还看到几百支司迪克堆在那里，都有一两百年历史了，说不定是狄更斯或毛姆用过的呢。"但陆康是一站一站的巡游，只能求其小而舍弃大。

陆康还喜欢收藏古陶器、文房四宝、景泰蓝、名人信札，还有与他本行有关的各类印石。对了，还有一项大宗：古典家具。年轻时他与父母同住在虹口溧阳路，十年祸起，家中被抄，一堂红木家具也被扔上卡车运走。后来陆康只身闯荡澳门，功成名就后，心底的红木家具情结发作。但兜遍澳门也很难买到正宗的老红木家具，后来他发现在烂鬼楼一带的古董店里倒是堆放着不少白木古旧家具，那种诚实质朴的式样和风格倒可以抚慰陆康的乡愁。重返沪滨后，他在虹桥置业安身，就用老家具将居室布置一番，那种浓郁的中国传统风格总令登门求书的老外或澳门同胞啧啧称羡。

二十年前，虹桥地区多有老家具商店，陆康得了闲就往那里钻，经年累月老鼠搬家似的积攒，倒也蔚为大观：客厅里放置着十几件流行于上世纪二三十年代上海滩的西式家具。窗下一对专供客人小坐的硬靠背围栏式皮面沙发椅，坐下感觉很舒适。面窗一对布面软包扶手椅，中间夹一具南美风格的绿漆底绘彩小柜，兼作茶几之用。窗的右面是一件顶天立地的黑漆底橡木雕花吧台，饰有欧洲古典主义风格的雕柱，这是当时西洋建筑在家具上的精巧移植。所谓吧台，是现在老家具行内的不规范称呼，其实它是一种既可放置在酒吧，又可放置在家里客厅或餐厅里的一种大型家具。窗的左面是一张棋牌桌，这是欧洲人常用的小型家具，可供四个人打牌，也可放在卧室里进早餐时用。

客厅深处，还有两具银器柜被他用来存放印章石和古董，一具五屉柜被用来存放上好的宣纸和印章石。而一张柚木看宝台被他用来向朋友展读书画珍品。

在吧台对面的墙前，搁着一对纤巧的柚木雕花餐椅，上面挂一副老楠木对联。我凑近一看，好家伙！由清晚期书法家王文治所书，内容又是从《兰亭序》里提炼出来的：林荫清和兰言曲觞，流水今日修竹古诗。整件藏品没有一丝火气，幽幽地泛出如羊脂玉般的包浆，品相完好，感觉古雅得很呐。

陆康笑嘻嘻地告诉我，有一次他陪朋友到吴中路一家老家具商店淘宝，朋友看中一件中式的朱金木雕大柜，正在讨价还价时，他却发现仓库的一角斜搁着一对老对联，蒙上了厚厚一层尘埃，估计老板也不当它回事。陆康随手翻过来一看，依稀看到一行典雅的王（王羲之）字，心想肯定是一副书房老对联了，又用掌心抹去浮尘，"王文治"三字落款赫然入目，心底顿起狂澜。

陆康跟老板谈价钿，老板没文化，不知对联的价值，开出的价钿出乎意料的低。陆康便以很便宜的价格买下来，并要求他整修一下，并且是整旧如旧，连阴刻的字里面油漆斑驳的效果也不能破坏，完了再配了一对旧的铜挂钩。"现在你看看，修旧如旧，清水蜡克，收拾得天衣无缝，放在我这里才算是宝贝回家了。"

陆康的书房布置以中式为主，晋式家具、苏式家具都有，那张阔大的榉木霸王枨明式书案还是我陪他去威宁路买来的呢。也是在书房，我看到了一些七十年前日本侨民遗留至今的和式老家具。

陆康收藏中西老家具纯粹出于爱好，一切看缘分，也不奢求成对成套，材质也不怎么讲究，关键是式样要大气，积有时代风云和城市气息。现在有不少老家具商店的老板找到陆康，希望他将前几年买走的吧台和餐椅再卖回给他，价格翻倍。陆康说：老家具都成了我的老朋友，他们在这里很高兴，不肯离开啊！

也因为老家具买得兴起，原有的二室一厅日显局促，陆康干脆在同幢楼的二楼再买下一套房子。于是，新一轮的淘宝行动开始了……

陆康活得充实饱满，乐趣无穷，保持着卧龙先生般的散淡性情。每天忙至下午夕阳射进西窗，他就洗砚净手收工了，喝一杯午后红茶等待朋友接他去喝酒聊天。饭桌上的陆康，仿佛化身为另一个人，说噱逗唱，大开大阖，妙语连珠，暗藏机锋。每年辞旧迎新之际，邀挚友一桌畅饮，锦囊内已"埋伏"宝贝若干，酒酣耳热之际旋转台面让大家抓阄，或印章，或扇面，或册页，或瓷瓶，我等皮厚小弟如得压岁之赏，不亦乐乎！

戴敦邦国画作品《贾母见外孙女》

叶浅予曾经称赞他："运用中国画的造型用笔，描绘历史故事人物，是当今独树一帜的高手。"

敦邦先生在地平线上

老城厢有许多藏龙卧虎的小街小巷,比如城隍庙南边的三牌楼路,据说任伯年28岁到上海后一直住在这里。今天,这条小马路上还有一家汲古斋,号称"北有荣宝斋,南有汲古斋",不过老板杨育新与上海书画家的关系一直很好。元宵节那天下午飘着牛毛细雨,一年一度的元宵书画笔会照例开笔,我应杨老板之邀去看看。登上二楼,已是人声鼎沸,眼镜片顿时蒙上一片白雾,有点老城厢混堂(浴室)里的感觉。

三十多位书画家各显神通,笔走龙蛇,墨迹未干的作品挂得层峦叠嶂,似乎接续一百年前豫园书画善会的遗韵。最里面一间人气爆棚,溢出阵阵笑声,谁在里面?里三层外三层将画家围了个密不透风,有人将手机举过头顶拍了照,哦,原来是戴敦邦先生!赶快在人群中拨开一条缝与戴老拜个晚年。两道目光从老光眼镜的玻璃片上飞来,透着紧迫与慈祥,又朝我拱了拱手,指间夹着一枝墨汁淋漓的长锋狼毫。大家都来求他的墨宝,斗方、横披、中堂,还有一个粉丝捧着一大摞画册请戴老签名,被大家"驱逐出境"。戴老欠着身子说:"嗳……别走远,等歇我帮你签!"

粉丝源源不断涌来,戴老忙得头也抬不起来。戴师母为他抻纸添墨,戴老的两个公子——红傑、红倩,本来也准备大显身手的,此时只得充当书僮,为老爸钤印,维持秩序。宣纸上鲜红着两方戴老常用印,一方名章,一方闲章:民间艺人。

没错,戴老一直说:"我就是在行走在地平线上的民间艺人。"几十年来人家给他这个"著名"那个"大家"的冠冕,他统统不要。"读者的肯定是最高的奖赏。"他这样说。不能与戴老聊天,我只得退到一边,看看,转转。陷身于热烈气氛之中,思绪像孩子吹的肥皂泡泡随风飞扬。

戴老出生在江苏丹徒,少年时来上海求学,先在敬业中学,后在第一师范学校。学生时代的戴敦邦,数学成绩一塌糊涂,他的志向是做一名画家。学校里画宣传画、出墙报、布置会场等等,没有他就不行。他与另两个同学梦想成为中国的库克列尼克塞(苏联画家库普里扬诺夫、克雷洛夫、索科洛夫三人共用笔名)。课余时间里,戴敦邦还画起了连环画,处女作《梨》就是在这个背景下诞生的,那一年他才14岁。后来他还创作过《杏花盛开的时节》、《为了庄严的国旗》、《狄青》等。

从上海第一师范学校毕业后,他到北京团中央工作,后来又到中国福利会的《儿童时代》杂志社。编辑工作之余,他创作了《三边一少年》等连环画,并从陈老莲的《水浒叶子》及任伯年的作品中汲取中国传统人物画的养料。可以说,这为他日后成为一个风俗人物画家打下了坚实的基础。

许多人都知道,戴敦邦曾于上世纪八十年代为电视连续剧《水浒》画了一组人物造型,每集播出前,随着主题歌旋律起伏,这一串栩栩如生、性格毕现的天罡地煞依次登场,令人血脉贲张。四大名著改编的影视好像只有《水浒》享有这个"待遇"吧。从此戴敦邦的画名不胫而走,家喻户晓。其实,戴老的艺术成就何止于此!最早看到戴老的作品是一本连环画《一支驳壳枪》,那时我不满十岁,小屁孩一个,但连环画中好人坏人的鲜明形象深深地镌刻在记忆当中。数十年后,有一次与王震坤兄谈及戴老,不约而同对这支"驳壳枪"赞不绝口。

但是戴老对这一时期创作的连环画——包括《陈胜吴广》、《水上交通站》、《大泽烈火》等"不堪回首",认为是过于沉重地承载了政治使命,有违于艺术的本质和规律。最使他命运跌宕起伏的是参与创作《智取威虎山》,那个时候画家不能署名倒也算了,只是戴着镣铐跳舞,难免闹出笑话。好不容易画成后,上了文汇报头版,直送中南海而得到伟大领袖的肯定。这下张春桥等人认为有资本可捞,着令有关方面清除创作队伍中的异己分子,确保重大任务顺利完成。戴老(那时还是小戴)难逃一劫,被批判为"没有改造好的一小撮知识分子","妄图窃取无产阶级文化大革命的伟大成果"。在参与《沙家浜》连环画的创作后也被缴了画笔,下放到儿童剧场扫地、撕门票，被剥夺了画画的权力，"连死的心都有"，幸亏得到一位戏剧界朋友的宽慰，才鼓足勇气坚持到云开日出。

拨乱反正后，《智取威虎山》再次出版，前几年我在连环画收藏家归琪先生那里看到了《智》的初版本和纸型，还有厚厚一包创作人员的检讨书，其中就有戴老的，真不知这批"宝货"从哪里觅得。此事我没跟戴老说过，怕他更加"不堪回首"。

后来，戴老为杨宪益、戴乃迭夫妇汉译英的《红楼梦》配过插图，一下子震惊艺坛，接下来又根据《白蛇传》、《长恨歌》等创作过连环画，在国内外频频获奖。华君武欣然表示："鲁迅曾预言画连环画的会出大画家，我看戴敦邦就是其中的一个。"但在新世纪前夜，连环画遭到动漫挤迫，渐行渐远。戴老一直有一个心愿：办一个连环画博物馆。有几次眼看要成了，半路上却杀出程咬金，功亏一篑。在市场经济背景下，像戴老这样纯粹的艺术家在各种力量的博弈中常常处于劣势，玉壶冰心又如何？现在他每年自掏腰包资助《连博》杂志，似乎在为这个曾经辉煌一时、影响过无数读者的小画种打吊滴。

当然，戴老是一位生命力极强的艺术家，他不仅传承了历代中国人物画大家的美学遗产与精湛技艺，还能与时俱进，适者生存。事实上，在创作连环画的同时他已经在艺术天地中开疆辟土了，他创作的大型历史人物画，比如《红楼梦》《西游记》等，并非连环画的放大版，而是对中国画中人物画的重新定义和提升。尤其是《红楼梦》，三十多年里一画再画，每次创作前都要精读一两遍原著，加深理解，因而每次创作都能实现一次提升。

他创作主题性人物绘画，其主要路径就是依托一部经典名著或一个民间传说专题进行"考古挖掘加情景再现"式的创作，通过大量文学信息和"决定性瞬间"来彰显人物性格与命运，再现历史场景和文化环境，从而使经典名著更容易为读者所接受、所理解、所铭记，由此赢得了美术界同仁和广大读者的好评。叶浅予曾经称赞他："运用中国画的造型用笔，描绘历史故事人物，是当今独树一帜的高手。"辽宁著名画家王弘力干脆就说："戴先生是现代任伯年"。蔡若虹、丁聪等人也有很高评价，只是戴老素来低调，像头老黄牛那样默默耕耘，许多人只能远远望见他在地平线上的宽厚身影。

今年刚刚故世的前辈作家沈寂以上海近现代史为素材创作了许多脍炙人口的作品，他长篇历史历史小说《大亨》是以杜月笙为中心人物的，当年在《新民晚报》上连载，一时轰动沪滨，在北京的华君武在得知将出版单行本时便按捺不住写信给沈寂说："应请一画家插图，我想非戴敦邦莫属。"于是就有了两位文艺家的合作。

戴敦邦投入半年多时间完成了连环画《大亨》的画稿创作，篇幅达到290幅之巨。他采用中国画的白描手法，以酣畅有力的线条和精准的人物造型，将每个主要人物的角色与性格刻画得栩栩如生，跃然纸上。《大亨》出版后果然洛阳纸贵，我也购得一书，至今成为我每年都要拿出来温故知新的"保留节目"。后来还听说这本连环画参加了比利时"首届中国连环画展"。过了一年，戴老与沈寂再度合作的《老上海小百姓》也获得一片掌声，戴老精准而传神地描绘出了旧上海社会底层三教九流的业态、生态与神态，不仅让我们这一代人获得了一个窥视旧上海众生相的窗口，更是日后研究上海城市史的珍贵文献。沈寂由此感慨："这些画使我回到过去，重又见到那些可爱可敬又可怜的小百姓的面貌、表情和动静。也使我记起发生在小百姓身上的可歌可泣又可悲又不同一般的真实故事。我顿时心潮澎湃，创作冲动，不用构思，也不寻资料，单凭我自己的亲身经历，长辈们的忆旧，和我耳闻目睹，以及我熟悉和不相识的小百姓的本人口述，一一照实记下，尽力做到真有其人、实有其事的真实记录。"据此可以判断，他们的这次合作，是先有戴老的画，然后才有沈寂的文字的。两位文艺界老前辈在这个题材上获得了高度共识，并在自己调动起来的记忆内存中擦出了思想与感情的火花。

戴老创作的《新绘旧上海百多图》、《旧上海三百六十行》也是我非常喜欢并时常翻阅的，这两本图书也是了解旧上海风土人情的珍贵资料。

有时候我常常在惊叹之余纳闷：戴老何以将旧上海的各色人等画得如此传神？后来才知道，是生活教会了他，生活是最好的老师！

戴老曾经说过：儿时我细致观察生活的能力现在看来是一种"幼功"。"幼功"？莫非就是所谓的"童子功"？

戴老小时候生活在法租界贝勒路与杜神父路一带，周边的一切"其实即是旧上海滩充斥着下三流众生相的大杂烩的所在地。但也正是这同一地方，又是一块孕育了上海新美术的发祥地。就在我居住的贝勒路（后改名为黄陂南路）上的恒庆里有一石库门人家，是丁悚与丁聪先生父子二代的住处，也是当年上海最早的漫画家聚集地，编辑最早的上海漫画杂志，因此当年中国漫画的先驱巨擘张光宇、叶浅予都在恒庆里内。就在这弄口走出百余步转弯即是刘海粟先生所创建的上海美术专科学校的新址。这所美术的高等学府汇集当时中国的顶层级美术人才，同时又是新潮流与革命思想的温床，当时的蔡若虹先生就是该校的学生（后来一直是中国新美术界的领头人）。他每天上学必经的路线都是我以后上小学的必走之路。"

生活在这个有着强大气场的街区，加之在艺术道路上的辛勤耕耘，戴老当然有资格，或者有情怀地说："我注定成不了一位学院派画家教授，又当不了宫廷画院画师，我却是称职的民间艺人，辛勤的劳作，并不能为自己涂抹上光彩。我能所做的一切是艺术家和画院画师所不为的，也可能为不了的，现实就给予我这块生存的土壤。"

在戴老的谦卑中，我读出了"辛勤劳作"的大家风范，还有"称职"的自豪和自信！

我从小生活的地方也是所谓的法租界，就在黄陂路以东数百米的崇德路，从生活环境上说，与戴老分享着太平桥菜场、太平桥小吃街（今天新天地所在场域）、外国坟山（淮海公园）、法国花园（复兴公园）、济南路旧货摊、四明医院（曙光医院）等场所的人间烟火，还有中共一大会址的荣光。戴老关注的芸芸众生，也深刻地影响着我的成长经历，虽然只是晚霞余晖，又如草蛇灰线，但由此产生的亲切感，却是一见如故的缘由。2007年，请戴老为我的随笔集《上海老味道》配三十幅插图，多半也出于这种亲切感以及由此产生的绝对信任。

百忙之中，戴老一口答应并很快画好，后来又为我另一本随笔集《上海人活法》配了二十几幅插图，也很快交稿。市井风情活色生香，各色人等跃然纸上，绝对点石成金！

令人叫绝的是，至今许多读者还没有破译图中诸多奥秘！比如说，那个抱着一支大毛笋蹦蹦跳跳的小男孩，那个用足吃奶力气在磨糯米粉的少年，活脱脱就是我。戴老并不知道我的童年、少年长啥模样，但一落笔就活灵活现。那个举起筷子在涮锅里烫羊肉片的老人，那个腌腊店里运斤成风的伙计，那个做糜饭饼的小贩……不就是他本人吗？这就是戴老的本事和情趣。

还有一次我接他到四海壶具博物馆画紫砂壶，他那天兴致甚浓，陆羽、苏轼、李清照一一走来眼前，行笔间突然想起师母生日将至，那就画一把送给师母吧。壶面上画的似乎是凤冠霞帔的王母娘娘，定睛一看却是惟妙惟肖的师母写照。是啊，如果新年去他画室贺岁，照例会看到旧桃换了新符，春联当中那个财神喜感特强，嚯，那不是戴老吗！

是的，许多人不知道，他曾经从地上捡拾裁剪下来的废纸，哪怕巴掌大的一张，也要喜孜孜地藏好，跑到无人处偷偷画几笔，他的写生能力也许就是这样练成的。有多少次我去他在冠生园路上的画室，与同侪的画室相比，岂止简陋，简直是寒酸，连空调都没有！冬天冻得直打哆嗦，夏天呢，干脆将圆领汗衫一脱了之，像就自己笔下的浪里白条。电风扇不开，门窗要关紧，怕清风不识字，吹散棉纸一地。一早从田林新村的家里走过来，中午没饭吃，实在饿了就往嘴里塞几块饼干，一直画到黄昏搁笔回家。更过分的是，戴老从来不去理发店理发，到时候就交给师母打理。老两口结婚半个世纪了，师母这个"女理发员"也当了足足五十年！更过分的是，他爱穿布鞋，却从来不去鞋店挑挑拣拣，每次让师母去店里试穿，略大一码，就买回来，他一套正好，就非常满意了。

君子固穷？我问他。

戴老嘴唇上沾着啜笔后留下的墨汁，以慈祥的微笑打量我。

戴老有四个儿子，三个受他影响入了绘画这一行。有朋友戏称他们是"一门四进士，父子两翰林"，但比较正式的说法是父子两代共同戮力，形成了当今画坛的"戴家样"。老大红儒，功底颇厚，后自美术转入政律一行，替人维权的同时也时时看护老爸的知识产权。有一次城隍庙某百年老店未经同意就将戴老作品用于包装上，老大一封律师函发出，侵权单位自知理亏，找我从中转圜，戴老一摆手：印好的包装不可浪费，下不为例。老二红傑也以人物画名世，后经营画廊十余年，如鱼饮水，冷暖自知。前些年审时度势，关了画廊重拾本事。

老三红倩，天赋颇高，戴老在他15岁那年干脆拉他入伙，一起创作连环画《那拉氏》。后来父子俩还合作了《野猪林》、《封神演义》、《水浒人物故事》等多套连环画，使老三的艺术青春期发育得膘肥体健。后来红倩南下深圳创业，并游历名山大川，饱吸天地之精华，积累了丰富的艺术经验。2004年重返申城，以中国传统民居、上海城市风貌及苏州河沿岸老工业遗址等系列绘画赢得美术界的特别关注和好评。

前不久红倩办画展，我在他与戴老合作的几件大作品《昭君出塞》、《文姬归汉》前连流忘返，人物众多，场面恢宏，艺术感染力极强。去年，红倩为我的散文新著《石库门·夜来香》配插图，艺术再现了上海市井生活的温馨场景。戴氏父子为一个作家配插图，整个上海滩大概绝无仅有吧，区区何等荣幸！

戴老现在眼力大不如前。前几年为创作《辛亥百年人物谱》，查阅了海量的档案资料，每天从早到晚的创作也过于劳累，致使他右眼完全失明，左眼严重损伤，现在每天只能趁着光线较好的时段抓紧挥毫，而且画幅也顶天立地撑满整堵墙壁，这样一来爬上爬下，更加劳累了。目下戴老正在继续创作大型主题系列画《道德经》，每幅都是"皇皇巨制"，三四张六尺整张拼接而成。这个主题已经画了六年，准备再用十年时间完成，然后……一幅也不卖！

汲古斋的元宵笔会终于收摊，戴老一下午写了一百多幅字，摊开双手，墨斑累累，不由得仰天大笑，活脱一个老黄忠啊。晚上戴老还喝了几盅白酒，并说过几天去要尝尝老饭店的青鱼秃肺。

地平线上的民间艺人，画，并快乐着。

江宏国画作品《松下问童子》

在江宏的作品里,我们看不到颓废与塞塞,只感觉到走笔龙蛇的快乐,看到饱满的色彩和富有韵律的线条,甚至那些被他信手挪来点缀景略的人物,也充满了稚气,举手投足都是世俗的趣味,他们恰如《世说新语》中吞药扪虱的魏晋酒徒,又仿佛《山海经》里游走于山林间的精灵,表达的都是逃离滚滚红尘之后获得大自在的那份快活。

江宏：笔底流淌着彻底的快乐

林泉深处，一个隐士的背影

江宏是以传统风格著称的山水画家、美术史家，他的古体诗写得也相当好。美国芝加哥艺术学院史论教学的教案中称江宏为"中国当代活着的文人画"的范例。

江宏可能是个慢热型的画家，他身上的魏晋名士气息，已经渗透到日常生活的方方面面。先喝茶，再喝酒，然后在罗汉床上盘腿而坐，冥想一两个时辰，或与到访的朋友东拉西扯甚至争得面红耳赤，突然将杯中的残茶一饮而尽，从罗汉床上跳下来，趿着鞋皮飞步来到南窗画桌前，呼地一下从晾衣竿上扯下一张老宣纸，白云一般展开，再从笔筒里拔出一支长峰，往砚台里戳几下，画了？不，他在考虑从何处落笔，这么一想可能又是半天。但也有例外，比如窗外阳光明媚，春花一夜怒放，他看着高兴，一杯茶未吃完就进入颠狂状态，笔扫千里，风卷残云，一张画很快就完成了。但你若要细看，却不是花卉，而是远在千里之外的山水丘壑，是他心里的终南山，大山的褶子里开着一片红花，或许与窗外的景色有那么一点关联。

早春二月，收到江宏寄赠的大型画册《林泉高致》，迫不及待拆封瞻阅。啊呀！这一幅幅画，笔简意繁，真趣天成，或苍茫而浑然窅深，苍蔚华滋；或灵动而气韵大成，妙造自然；或清润而墨韵天然，清雅绝俗，满纸的春天消息！

马上搬出笔墨纸砚，我要用临摹的方式向江宏问候，表一表内心的欣喜，与他一起行进在花团锦簇的山阴道上。

先画近处陡峭的山坡，一支枯笔斜插上去，江宏马上说：大胆向上，暗中用点力，画出那种顿挫感来。画到树林，主干粗壮有力，但枝桠却有些凌乱，笔尖颇费踌躇。江宏立刻提醒：注意相互关系，画出彼此的依傍与穿插。画到落水，江宏关照不必在意瀑布垂落的速度，只消将大小乱石突出，将水流劈成四五股，自然就有了声色和水汽。画远方的烟岚，江宏又示意我要留出足够的空间，让烟霞自行流散。在平缓的水面上要点缀白帆点点，江宏大声呵道：尽管放松！只消勾勒上半片白帆，越简略越妙，不要去管下面的船体。果然，船身轻灵无比，篷帆吃足了水汽氤氲的东风，齐刷刷地去追寻李白和杜甫的足迹，将一行大雁抛在后面……这真是一趟快乐的纸上旅行，以前一直以为江宏怀有深深的悲剧意识，笔墨中饱蘸着浓重的忧患，想不到此时在笔底流泻的是无尽的快乐！

这本《林泉高致》，是继《兴高采烈》《双松平远》后，江宏献给中国艺坛的又一本分量厚重的作品集，问世后即受到艺术界的瞩目与好评。过去一年里，江宏不动声色地办了几次个展。所谓不动声色，是某单位、某朋友撺掇他，他只是按时送交作业。另一层面，他也不愿意惊动报界，甚至连豆腐干大小的信息也无意透露，他只为高山流水的知音奉献新作——每次画展，无论尺素斗方还是整匹巨幛，基本上都是为画展的特定主题而创作的新作。也因此，他的画展总能让人喜出望外，获得新的享受和感悟。

这册《林泉高致》里，水墨画所占比例也不小，这是俗话所说的归绚烂于平淡吗？好像也不是，江宏早就归于平淡了。我以为就是心血来潮，酒后斗气，就是看不惯目下脂粉气太浓、甜俗味刺鼻的画界气象，或者，就是某年某月某个风雨大作的深夜，上苍通过一声霹雳，下达了神谕。

事实正是如此。江宏60岁，亲戚、朋友、学生吵着要为他祝寿，他不肯落这个俗套，但周甲之寿也不能闷声不响吧，那么就出本画册。但这本画册又必须跟时风不一样，除了画作，最好还有点文字，于是就借着烈酒燃烧起来的熊熊思绪,与他的学生、上海师大美术学院教授邵琦商量一番,拟定20个话题。这些话题也是中国绘画发展到今天绕不过去的,更是当下中国画欲突破瓶颈而必然重审或反思的。

借酒畅怀,诗酒合力,于2008年诞生了《兴高采烈》。但读者觉得大部分话题还没有讲透,他们不知道江宏玩的是"欲知后事如何,且听下回分解",故意卖个关子,让自己与读者一起思考。又过了两年,他推出第二册《双松平远》,而前不久推出的这本《林泉高致》是第三册,接下来还有《唐宋诗意》《山川记游》两册。这五本画册能不能将江宏想讲的话题讲透呢?不知道,对于江宏这样一位敢想敢说的画家兼美术理论家来说,只要有美酒和朋友,思考是没有止境的。

异秉丰赡,悲观与乐观的矛盾体

江宏应该是当今中国画坛一个异数。我不管别人是如何解读异数这两个字的——在网络时代,这个词汇的使用频率肯定敌不过每天从信息流水线上下线的热词,但在"老派"的文化人那里,这个词汇有着一层温润如玉的包浆。我不算"老派"的文化人,但也不再年轻,感受了一点沧桑,有点阅历也有点艺术经验,所以我认为江宏是异数。

这个"异",首先在于有异秉。他没有正式拜过老师,在他的青少年时代,老一辈画家都如惊弓之鸟,如秋风落叶,如过江泥佛,如瓮中之鳖,谁敢收他这样一个"有思想、不安分"的学生?那不是自找麻烦!但秉赋是会发芽的,如笋尖一样要破土而出,顶翻石板的。

当然,异于众生,一定要有"异"的场域,"异"的氛围。江宏的父亲江辛眉先生也是有点"异"的。他是一位诗人,受教于王蘧常、钱仲联教授,国学造诣甚高。建国前后执教于上海南洋、育才、崇实等中学及东南医学院。"文革"结束后任教于中国人民大学语文系,后任上海师范学院历史系副教授,在缺乏教材的情况下就自己选编教材,很让学生受用。还著有《唐宋诗的管见》、《读韩蠡解》、《诗经中的修辞格举隅》多种著作。他对江宏的影响是相当深远的,给他讲点经史子集,但不多,而与来访者交谈及唱和时,江宏很喜欢在一边,虽不太懂,但一旦听进去了,感悟到了,就是潜移默化。江辛眉从不要求五个子女如何规划自己的人生,一切凭兴趣而为。江宏小时候在家中白墙上涂鸦,时间一长竟成黑墙,父亲也不责怪一声。后来江宏去农村,苦闷之时写古体诗回上海,父亲也只是简单地批注一下,让他慢慢领悟。

江宏的叔父江成之是前不久故世的著名篆刻家。江宏早年也刻过印,不知是否受其影响。江宏还有一个弟弟,上海滩上大名鼎鼎的大律师江宪。

读小学时,江宏在卢湾区少年宫学过画,但那是水彩画,不算的,但从此养成了兴趣。后来又得到父亲的鼓励,接触了西洋画及画史,包括古典的、现代的,那么一个才十几岁的小孩子,就能在小伙伴面前老嘎嘎地谈论高山仰止的大画家了。

其次,江宏走着一条异乎寻常的探索之路。他决心在昏天黑地的艺术道路上闯一闯后,就不肯循规蹈矩、按部就班,一切都由着自己的心思来。这在当时也是没有办法的事。不过,没有老师反倒少了许多羁绊,让他走得相当自在,一路口哨。12岁那年,江宏看到一本费新我写的《怎样画毛笔画》,惊若天书。当时因政治形势之故,居然不能说中国画,只能称毛笔画,但费新我先生的观点深刻影响了少年江宏。之后,他又读到了谢稚柳的《水墨画》,为中国古典绘画的意境和技巧所折服,知道这是一个美妙的仙境,决定花一辈子的时间去探寻。

当然,他内心供奉着多位大师,可能有李成、范宽、荆浩、董源、巨然、曹不兴、顾恺之、龚贤、赵孟頫、吴镇、黄公望、王蒙、董其昌……青灯黄卷的日子,他关了门,掼了茶,跟每位大师交心,请教,追问,甚至辩论。他从劫后余存的故纸堆里找出前辈大师的作品,反复研读,从中悟笔墨，悟画理，悟画家性情，悟时代风气，悟中国哲学。史无前例的年代，文化场馆有限开放，江宏经常去上海博物馆，在古代书画绘画陈列馆里流连忘返。

1975年秋天得到一个机会去北京，他就冲进故宫博物院，正逢绘画馆开放，他痴痴地看原作，连着好几天，像饥汉放开肚皮狼吞虎咽，然后慢慢反刍消化。口袋里没有几个子儿啊，就买一本铜版纸的说明书，如获至宝，带回去反复研读。

"苦难之中，一日三餐有饱饭吃已是奢望，但仍千方百计每周必去，面对光辉照人的古代名作，那种富可敌国的满足感不是语言所能表达的。"江宏对我说。

其三，江宏在艺术实践中又时时体现出异乎常人的毅力、敏锐和自信。江宏跟他们这辈子的人的命运相似，去地少人多的安徽插过队，农民的艰苦他是有体会的。但他又从诸多细节感觉到，农民其实并不欢迎知青，他们认为知青稀释了宝贵的资源，抢了他们的工分，吃了他们的粮。所以他只在农忙时出一身大汗，收割完毕，颗粒归仓后马上回到上海父母身边。有一次他因水土不服，皮肤过敏而致局部溃烂，身上奇痒难忍。半个月里见不得热风，见不得阳光，只得躺在床上，他就孤苦伶仃地在茅舍里将明代毛晋津逮本《历代名画记》（商务版影印本）读至滚瓜烂熟，练就了从此书中信手拈来史料的真功夫。二十年后，他编著1300万字的煌煌巨制《中国书画全书》时引用了大量史料，便得益于长期的理论积累与记忆力操练。

其四，江宏之所以成为独一无二的江宏，是因为他始终保持清醒的头脑。我觉得清醒是文化自信、文化自觉的前提。没有足够的清醒，就可能一叶障目、不见泰山，就容易走火入魔，口吐狂言，妄自尊大。当所有的人都沉湎于大繁荣、大发展的美好想象中，江宏一直保持足够的警惕，怀有忧患意识。那份警惕来自对当代中国画发展中存在的诸多问题的判断，比如有些人对中国绘画精神的理解不正确，比如美术理论研究的保守、停滞或由此产生的种种误导，再比如缺乏创新思维和更高层面的哲学思考。而忧患，则源于他早就打通了中国绘画与中国哲学的路径，并将中国山水画的演变过程梳理得十分清晰。

陈鹏举曾用一段文学性极强的字句描述江宏："他感到了悲凉。这种悲凉，让他受益匪浅，让他有了开阔的胸怀，空空的心胸，而这心胸用来安排中国画的高山大川，便如同吹灰、扪虱，这种心胸，让他和晋唐以来所有的山水大家青梅煮酒。而在他眼里，可以对酒酬唱的大抵也就两三个人，王蒙是一个，还有倪云林。"

但是在江宏的作品里，我们看不到颓废与蹇塞，只感觉到走笔龙蛇的快乐，看到饱满的色彩和富有韵律的线条，甚至那些被他信手挪来点缀景略的人物，也充满了稚气，举手抬足都是世俗的趣味，他们恰如《世说新语》中吞药扪虱的魏晋酒徒，又仿佛《山海经》里游走于山林间的精灵，表达的都是逃离滚滚红尘之后获得大自在的那份快活。

所以陈鹏举又说了："能够悲哀的人，他的快乐同样彻底。这就是江宏，一个真正意义上的中国画家，怀揣的是悲凉的心，快乐地收拾着他梦中的好山水。江宏也和中国画一样了，一开始就拥有所有。画由他画来一定是好画，只需他把自己胸中的垒块一点点诉说出来就是了。"

一个人躺下了，一个独立的画种诞生了

江宏在已经出版的几本画册里，从容不迫地将他经年思考的问题以对话的形式表达出来，其核心就是中国文化的精神，也包括中国古人一直在追求的东西，人文情怀、家园情怀以及指向未来的现代性。

在《林泉高致》里江宏又从六朝的山水画入手，来梳理中国山水画的发轫和成熟。要了解中国的山水画、山水画家，首先应该关注的

是魏晋南北朝，也就是后人所称的六朝。这是中国山水画历史上一个值得重视的时期，也是具有深刻影响的时期。江宏认为，这个时期是山水画的开始——开始有了独立的山水画。在这之前，山水只不过是人物画的配景。那个时候的人物画主要是一种伦理和教化的东西，往往为宗教或政治服务。久而久之，作为配景的花草和山水技巧渐渐成熟了，就自然脱离了人物画而独立成为一个画种。其次，脱离了人物画而独立的山水画昭示了个性的解放，具有把绘画从说教中解放出来的深远意义。"六朝是一个人性空前觉悟、文化空前解放的时代。"江宏说。

这大概就是江宏在《林泉高致》中将六朝作为背景来讲述的理由吧。但同时他又强调，从六朝入手进行研究，是因为六朝的文化很古艳，单就绘画而言，人物画到了很高的程度，但刚刚独立出来的山水画则刚刚起步，尚未形成自己的体系，在技巧方面还在摸索，以勾填法为主。不过在同时，关于山水画的理论却一下子达到了空前的高度。

他说："中国有一个奇特的现象，某种艺术形式在社会上尚未普及或成熟，理论研究却很先进。六朝，这是一个黑暗的时代，但就在这样一个政局动荡、社会混乱的社会，横空出世地产生了如《文心雕龙》、《诗品》、《书品》、《六法论》、《古画品录》、《续古画品录》、《画山水序》这样一批彪炳史册的艺术理论著作，它们虽然有门类，但六经注我，我注六经，实际是打通的，具有普遍的指导意义。所以画的成熟与否，与理论似乎没有太直接的关系。然后，出现了'畅神'、'澄怀观道'、'卧游'等说法和诉求，特别是卧游，宗炳在衡山上盖房子隐居作画，老了之后回到老家江陵，因为身体原因再也无法遍游山水，只能在家里将画作挂上墙，躺着坐着观画，以此为神游。思想上获得充分自由的人才能有这样的襟怀。卧游为中国山水画争取到了个性解放、实现形而上表达的自由。山水画由此就有了许多主观的东西，这与西方古典主义纯写实的风格大相径庭。而更高层面的卧游就是得'心相',这也许就是他的后辈如倪云林等'逸笔草草,不求形似'的源头。澄怀、卧游、心相,这都是中国文化高的地方,体现着艺术自觉,使得人性射出耀眼的光亮。"

如果要戏剧性地表达这个意思的话,只能借用标题党的套路了:一个人(宗炳)躺下了,一个独立的画种(山水画)起来了。

江宏在《双松平远》一书里也表达了相同的意思:山水画是中国绘画高的体现。西方只有风景画,静物写生,我们则是山水、花鸟,通过这样的细分之后,中国画的伦理功能就逐渐淡化,人性的表现得到了强调。山水画从它诞生那天起,就受到了文人的关注和文化的浸润,因而是高度文化化的体现。

江宏还认为:六朝是一个讲求人性的时代,而追求人性的又往往是一些社会精英。有追求人性的艺术,当然令那些精英们大感兴趣。山水画的人性趣味要浓烈得多,精英们似乎为找到一种可容纳自身情怀的艺术而激动不已,所以山水画一开始就有了一个理论上的高度。

江宏对我说过多次:"人性化的体现是建立在技巧高度发达的基础上的,当技巧达到了画什么都游刃有余时,就有了自由,也就是说,有了技巧的自由,就有了表现的自由,主观表现的自由,就是人性化的东西。山水画为何在晚唐五代成熟?就因为这一时期正是中国画写实技巧达到一定的高度,表现心性的山水画也随之成熟了。山水画从宋代开始逐步占据了画坛的中心位置,到了元代,赵孟頫虽然在人物画和山水画上均极为出色,但他对山水画史的贡献远远大于他的人物画。"

江宏在《双松平远》和《林泉高致》中以山水画为具体案例,令人信服地回答了中国哲学层面的东西,也回答了今天我们应该如何继续解放思想、释放个性、形成风格,从而推动中国绘画向着更深更高发展的问题,同时也非常艺术性地回答了中华文明如何在全球化的背景下提升影响力的问题。而江宏本人为着这本画册,为着绘画理论探索的解读与表达，身体力行地创作出这批精品力作，在中国传统文化的林泉中卧游，澄怀观道，堂堂正正地成了一个值得分析的案例。

源远流长的中华传统艺术，需要一代又一代艺术家呕心沥血的探索和精益求精的创新，而要记录艺术实践的过程，使后人得以借鉴与鼓励，就需要前辈艺术家有开放的意识和博大的襟怀。

韩天衡国画作品《白莲双禽图》

韩天衡的襟怀

金针度人,勇于探索,即是襟怀

一个艺术家的襟怀表现在哪些方面?

一般而言,襟怀被解释为"胸襟开阔"、"心地坦白"等,或有胸怀、胸宇、度量、怀抱、气量等近义词佐证。而落实到一个艺术家身上,内涵也许再要丰富一些。这种襟怀可以表现在艺术造诣上,表现在人生阅历上,表现在道德修养上,表现在人格魅力上,表现在秉赋及性情上,也可以表现在日常生活的点点滴滴,当然也包括表现在继承传统、培养人才方面。

韩天衡一直将自己视作"老学生",也许是一种成功者的自信与自戒。他70年的艺术历程,确实是一趟没有终点站、只有加油站的长途旅程。23岁以前,他的功夫都花在临摹秦汉印上,前后临摹过三千多方秦汉印。经过几番大动荡后,当时的文化气候一片肃杀,长江刻字厂门市部接受顾客刻印业务,只刻仿宋、楷书、隶书,大篆、小篆被视作"四旧",有关篆刻的资料也非常难找。但韩天衡硬是从朋友那里一本本寻找旧印谱,偷偷学习,有临刻的,也有用笔勾摹的。清仪阁古印谱有张叔末收藏的四百多方印,他从头到尾全勾摹过。

"嚼萝卜干"的经历,练就了他篆刻朱文、白文印章不用起稿的本领。直到现在,他还经常临摹北碑、经文、中山王等历代著名碑帖,他说:"临摹的过程是与古人对话,是向古人请教,每个字都会渗入我的人生感悟,而那些由大师书写,再由无名者刻下的字迹仿佛也会向我传递某种昭示,真是妙不可言。"

除了从名碑名帖中汲取艺术滋养,感悟汉字结体中蕴藏着的那种天人合一的奇妙与美好，前辈大师对韩天衡的提携与教益，也让他终生难忘。从上世纪六十年代起师从方介堪先生，研习篆刻，几年后又向谢稚柳、陆维钊、方去疾等先生学习书法、篆刻、诗词和鉴定等，陆俨少、刘海粟、沙孟海、李可染诸位大师对韩天衡的教导既登高望远，又循循善诱。

1962年，韩天衡正在温州海军部队服役，通过一位师兄的引荐，拜谒了心仪已久的印坛大家方介堪先生。方介堪先生看了韩天衡篆刻的印章后评价很高，此后他就经常叩访方府请益。按照军规，韩天衡每两个星期才能得到半天假期，他非常珍惜这半天时间，坐公交车到市区拜访方先生。方先生话很少，只说好或不好，原因在哪里，得靠他自己慢慢领悟。韩天衡说："老师以启发式的教学逼着我去思考更深的问题。"

方介堪先生其实在理论上是有深厚造诣的，实践上也相当了得。据韩天衡说，方先生一天内最多可以刻50方印，且从第一方到最后一方，一点也不会荒腔走板。方介堪先生对韩天衡最惊醒的教诲是一个警告："千万不要学我，学我，即使能学到十分像，你这辈子也超不过我了。"老师鼓励学生超越自己，体现了前辈师长的博大胸襟。

1963年阳春三月，韩天衡向部队请假回上海参加一个美术展览，临行前向方先生道别，方先生对他说："到了上海，就去看看我的堂弟吧。"方介堪的堂弟就是方去疾先生，也是一员印坛骁将。到了上海后，韩天衡专程到朵云轩拜访方去疾先生，并带上了自己创作的几方印章，他是不会放过任何一个向前辈大师请教的机会的。方去疾先生看了他的印章后悠悠地说了一句："你的创作好变了。"

方去疾这句话的意思是希望他挣脱前人的影响，及时从学古、拟古、恋古的圈子中跳出来，大胆地探索自己的路。这句话如醍醐灌顶，唤醒了韩天衡，又像魔术师施了魔法棒，点化了他。韩天衡还记得方去疾送别他时说的那句话："艺术要往前走，别人创作的东西再好，学一辈子，终究意思不大。"

语言很平实，用上海话说出来更加软糯而亲切，但世界上许多至理名言都是这样浅显平实的。所谓"大道至简"，其实就是一记棒喝，甚至是一个手势，一个眼神。关键时刻的金针度人，这难道不是一种襟怀？

在中国印坛，方去疾先生是一个勇敢的实践者。他的篆刻熔诏版、凿印于一炉，师古而不泥古，对秦汉铜器、碑版中的文字、图案等第一手实物资料做过深入的综合研究。他编订出版的《明清篆刻流派印谱》，填补了明清500年印学史的研究空白，滋养了好几代印坛新秀。

"文革"中后期，在重大政治使命的要求下，传统文化获得了短暂的喘息机会。方去疾等海上印坛篆刻家把上海一批学习篆刻的青年才俊组织起来，以"古为今用，推陈出新"为口号，尝试以简化字体选刻革命样板戏的唱词，并结集出版了一本《新印谱》。站在今天的立场回望旧事，彼时以简体字入印，无疑是对传统文化的一次冒犯，但也给篆刻的探索创新提出了崭新课题，不啻为一次戴着镣铐的跳舞。韩天衡说："这样的探索并不容易，因为简体字没有画意，剩下的只有笔画，要创作出美感很难。但老师偏偏给我压分量，别人不愿意刻的，就叫我刻。他说，越难越出新意，这是机会。"

在方去疾先生的指授下，一大批青年印人脱颖而出，在今天成为海上印坛的中坚力量，并担当起承前启后的历史使命。

韩天衡下苦功夫通读了两千多本历代印谱，经过研究梳理消化，在上世纪70年代中期，大胆实践，勇于创新，开创出了"奇中见平动中寓静"、具有强烈视觉冲击力和现代感的"韩印"。

在传承的基础上大胆创新，敢于标新立异，敢于站立潮头，这是一种襟怀。

不畏险途，登山小己，即是襟怀

韩天衡多次跟我说："我4岁学写字，6岁学刻印，这是学习的开始，到了十几岁开始写文章，写新诗，也向报刊投稿，但也有回旋余地，退稿就是回到原点，大不了重新出发。到了35岁开始学画，也没有一落笔就送展或拿到市场上去卖钱，当时的想法很纯粹，就是想进一步拓展自己的艺术空间。"

韩天衡染指丹青并非心血来潮。那时，韩天衡经常给谢稚柳先生刻印，来往时间长了，谢先生看到小韩天天佝偻着背刻印，几乎将身体搞坏，就开了一张"处方"：学画，并要求他站在画案前悬腕走笔。陆俨少先生也这么建议他，因为这样可以提升一个人的视野与境界。

谢稚柳先生还对韩天衡说：气格要朝上走。谢先生的眼界是很高的，水墨画只看到青藤、白阳，以后的画家几乎不入他法眼。学画学了一段时间，韩天衡拿着习作呈送谢先生。谢先生评价说：你的画比扬州八怪好一点。韩天衡一惊：拿我跟扬州八怪比啊！我进步有这么快吗？但他很快从老师的眼神里读懂了委婉的批评。原来在谢先生眼里，扬州八怪算不了什么，他希望韩天衡向上追溯到宋元。

后来谢稚柳先生还嘱咐韩天衡多读点经典。他说，搞传统艺术，一定要有扎实的文化功底。中国画，拼到最后的就是拼文化底蕴。他对韩天衡一再强调：要理解"诗心文胆"四个字，唯有如此才能画好画。谢稚柳先生对学生的教导，不拘泥于技法，而是读书，他希望韩天衡站在前人的学术高度上，会当凌绝顶，一览众山小。

韩天衡到了50岁，在中国人所谓"知天命"的生命节点上，给自己刻了一方很大的闲章："登山小己"。是的，韩天衡在崎岖的山路上一路跋涉，终于登上了阳光灿烂的泰山，在南天门稍作休息并回望。但他还是清醒地告诫自己：一定要抑制一览众山小的狂喜，认识到自己的"渺小"。

韩天衡与客寓京城的李可染先生交往也相当深，先后为李可染先生刻过二十多方印章。1979年，韩天衡还不到40岁，有一次拜访李可染先生，在他家里只用了短短十分钟就为李先生刻了一朱两白三方印。李可染拿过一看，又惊又喜，但末了送他出门时又抚着韩天衡的肩头，语重心长地送了他一句话："天才不可仗恃。"

这六个字让韩天衡久久咀嚼，回味无穷。从此他懂得了藏拙，学会了沉潜，开始了更加痛苦的修炼。人生道路漫长而崎岖，充满了机遇和不可预测的困境，但老一辈艺术大家对后辈的善意提醒，往往胜过一百句虚浮的夸赞，这其实也是一种襟怀。

据韩天衡回忆，"文革"中，与绝大多数艺术家一样，谢稚柳先生也受到了狂风暴雨般的冲击，红卫兵抄他的家，简直一个大起底，只留下一张吃饭桌子，连一支毛笔一锭墨也不给。但在承受无休止批斗的间隙，他还不忘用书法来排解内心的郁愤。没有笔墨纸砚，就用手指在大腿上划拉。有一次他在画院资料室捡到一支秃笔，欣喜若狂，就拿着这支没沾墨汁的笔在台子上"空写"。

还有陆维钊先生，早在1963年，他在西泠印社看到韩天衡的作品，印象不错，就写信给韩天衡，并寄予了很大的希望："日本人现在好像看不起我们中国的艺术家，你很有希望，应该有更大的作为，我可以尽我的能力帮助你。"还有丁吉甫先生，将他收藏的古印送给韩天衡参考。

著名画家黄胄先生对韩天衡也是情意深重的。韩天衡每次去北京，总要抽出时间去拜访黄胄先生，一杯清茶，尽兴开聊，词不达意时就干脆各自施展看家本领，黄胄只管自己挥毫泼墨，韩天衡在画案一边刻印，刀笔疾走，思绪翻飞，此时无声胜有声。等韩天衡作别时，黄胄就卷起一叠画送给他。韩天衡从北京回到南方，一路上再去拜访一些老先生，拿黄胄的画当作礼品让他们挑选，你一张，我一张，回到上海就所剩无几了。

韩天衡从程十发先生那里也深深感受到前辈大师的宽广襟怀。发老思维敏捷，触类旁通，包括他思考问题的角度也常常给韩天衡诸多启发。"我们有时候谈话很开心，他有他的想法，我有我的想法，各自碰撞，能碰擦出美丽的思想火花。"他说。

有一次韩天衡去唐云先生家，唐先生刚刚购进一张八大山人的山水画，挂在墙上反复打量，叫韩天衡去，其实是想听听他的看法。韩天衡认真审读一番，心直口快地说了两个字：假的。唐先生一听当即拉长了脸，随即发了一刻钟的脾气，搞得韩天衡坐立不安，最后只得道歉告辞。两个星期之后，他们在画院门口邂逅，韩天衡怕他再发脾气，闪身欲走，唐先生上前一步拉住他的手说："天衡，上次那张画……你是对的。"

原来那天等韩天衡走后，唐云冷静下来，再从这张画的各个方面反复考察，也发现了诸多疑点，数日后再请一些专家来"三堂会审"，最终判定是件赝品。能够承认自己的失误，也是一种襟怀。

桃李满天，杏林春暖，即是襟怀

放眼当今中国艺坛，特别是中国当代书画界，单论学生之多，无人可与韩天衡先生比肩。半个世纪的精心耕耘，即使不算听过大课的那一大批学生，正式的入室弟子也有二百四十多位，他们来自全国各地甚至日本、新加坡等国家。韩天衡足够担当当代艺术教育家的光荣称号。

1968年，韩天衡从部队复员回上海，作为上海艺坛一名风华正茂的骁将，就凭着一种文化自觉和对传统文化的感情，开始带学生了。

但此时，韩天衡结婚后好不容易得到的新房非常小，只有10平方米。而且韩天衡还要把母亲接来同住。不久，女儿、儿子相继出世，这间蜗居更显局促了，除了两张床、一张小饭桌和一些最简单必不可少的家具外，几乎没有一寸插足的余地。平时，韩天衡若要创作大一点的书画作品，就得跪在屋子中央才一张桌面大小的空地上进行。最让韩天衡不安的是，他还要在每个周末接待学生，来客三人，可坐床边，来客五人，就得像插蜡烛一样站着了。后来韩天衡与师母商量，干脆打地铺睡觉吧，床也不要了。但后来学生越来越多，特别是夏天，远道而来，大汗淋漓，小伙子们脱了鞋子进门，那股味儿绝对刺激，夜深人静，将学生一个个送走，师母还得拎一桶清水来拖地板，等水渍干了方可铺开草席，否则气味久久不散，实在难以安眠！就是如此，韩天衡与师母一句怨言也没有！这应该也是一种襟怀吧！

善歌者使人继其声，善教者使人继其志。据韩天衡先生的大弟子沈慰祖先生回忆，那时他还在江西生产建设兵团务农，稼穑之余迷上了印学，但苦于无人指导，就通过邻居打听到韩家的地址，贸然写信给韩天衡求教。韩天衡很快给他回了信，并对他寄来的习作一一点评，不厌其烦。还强调："你首先要做好本职工作，在此前提下再把篆刻学好。"

"当时我每寄出一封信，都要附上一枚邮票，一方面不想增加老师的经济负担，另一方面是盼望老师尽快回信。每次收到老师的来信，无论在田头还是在宿舍，都要迫不及待地拆开细看数遍。老师除了批改我的作业，还会寄上他自己的印蜕供我临摹。老师的每一封来信,不仅对我学习篆刻是无微不至的帮助,甚至对我黯淡的人生也是莫大的慰藉啊!每次老师在信的末尾都要写上:祝你政治好、工作好、艺术进步!"沈慰祖说,"烽火连三月,家书抵万金,这一艰难时期的老师来信尤其珍贵,我一一珍藏起来,一共有好几十封呢。几十年过去了,我每年还要拿出来重温一遍,有几封信至今还能背出来。我还将这些信刻成光盘,分送给我的学生。这是我的宝贵财富。"

十年动乱结束,沈慰祖得以回城,与韩先生的联系更加密切了。不久,鉴于向韩天衡求教的篆刻爱好者络绎不绝,韩天衡就与沈慰祖等学生借普陀区政协一个场地办起了篆刻培训班,兼及书法与绘画,消息传开,报名者蜂拥而至,一时群英荟萃。1987年,韩天衡师生又面向全国开办了一个函授班,即使在得风气之先的上海,也堪称最早的艺术教育案例。这个函授班还在《书法报》《新民晚报》上刊登招生广告,大有石破天惊的效果,不仅弥补了学院教育的空白,为艺术教育作出了可贵的尝试,还为艺坛输送了清新空气。韩天衡与沈慰祖、张炜羽等学生自编教材,采购所需材料,一一寄往全国各地学生手中。到1990年,先后办了三届,最终因场地等原因被迫中断,但已经培养了两百多人。不少学生在函授学业结束后继续写信给韩先生请益,加之刻苦磨砺,如今已成为各地印坛的骨干力量。有外地学生至今思之感慨不已:如果没有韩先生的函授教育与亲切鼓励,篆刻一艺可能就半途而废了。篆刻改变了我的人生!

韩天衡办函授班的做法也为外省市效仿,函授班如雨后春笋,遍地开花。

尊重传统,敢为人先,即是襟怀

今天,韩天衡先生的众多学生中,有一百多个成为全国书协的会员,教授副教授级的专业人士有五十多个,西泠印社社员有三十多个,他们中的大多数都形成了自己的艺术面目，与韩天衡的风格差异很大。

韩天衡一直对学生举齐白石的例子，白石翁说过：学我者生，似我者死。他最强调的一点就是，艺术贵在有自己的面目，有自己的风格特征。如果学生都跟老师一模一样，那就说明老师的教学是失败了。他并不赞成学生跟着一位老师就必须"从一而终"的那种"愚昧的忠诚"，常常告诫学生不必恪守师风，囿于师门，应该转益多师，广采博取，如此才有利于薪火相传，有利于确立自己的风格特征，有利于艺术的百花齐放。有一次，他的一位学生参加全国性书法篆刻大赛，过五关斩六将，最后杀进终评，作为评委的韩天衡看了这位学生的作品后表示："太像我了，体现不出个性，不能得奖。"

这位学生没能摘得桂冠，只得了一个优秀奖。事后韩先生与这位学生作过一番促膝长谈，鼓励他跳出老师的影子，勇敢地走自己的路。后来，这位学生经过广采博取，删繁就简，终于形成鲜明的风格，以高古超迈的格调在中国书法篆刻的版图上占有一席之地。

韩天衡一直对学生强调三点：作品首先要有别于老师，其次要有别于古人，最后要有别于时人。

韩天衡有一次对我说："我的学生中有几位现在已经有相当的知名度啦，也带了不少学生。告诉你吧，当时我严厉要求他们清除模仿我的痕迹，找准自己，他们是含着眼泪的，是我帮他们痛下决心的。最后一点也很重要，有别于时人，就是你不要老是跟风，左看右看赶时髦，到最后自己什么也不是。而是要开创时风，引领时风。你做到这一点，就能昂然站立时代潮头，就是时代先锋。"

韩天衡先生曾经提出一个著名的观点："传统万岁，创新是一岁，加起来就是一万零一岁"。

这个观点是在上世纪八十年代提出的，当时有一个思想解放的宏大背景。但同时，随着国门大开，西方文化汹涌而至，有些人出现了迷茫与困惑，还有些人认为中国文化有五六千年，这个包袱太重了，主张抛弃传统，背叛传统。

而韩天衡先生根据自己学书、学印的体会,认为我们对传统文化的精神还远远没有吃透,轻言放弃,就会失去自己的根基,迷失方向。所以在这个观点中,他既强调了"传统万岁",强调传统是中华民族艺术的根基,是本源,是立足点,是民族精神的体现,又提倡创新,与时俱进的发展,也有世界当代艺术融合的考量,这是非常可贵的"一岁",指明了新艺术的走向。

有一位外省的学生,追随他多年,在书法篆刻领域取得了相当不错的成绩,准备出版一本新作集。他兴冲冲地拿着大样到上海请先生审阅,韩天衡先生首先为学生取得的成绩感到高兴,但细细看过几遍后发现这位学生前一阶段创作的作品还是不错的,但近阶段的创新之作路子不正,就直截了当地说将这部分新作去掉,这本集子可以得90分,放在一起充数,将整体水平拉下来,只能得70分。创新是必须的,但也是有风险的,你不要怕,大不了从头来起,重整行装再次出发,闯出一条生路来!这位学生经过痛苦的抉择,最后根据老师的建议壮士断腕,重新创作了一批新作品。两年后,这本迟到的作品集终于问世,取得不错的反响,现在这位学生已经是某省的书协主席。

进入新世纪后,韩天衡在"推陈出新"的理论基础上又提出"推新出新"的观点,也引起了大家的热议。他认为,今天我们看起来已然成为经典的艺术,很陈旧是不是?但在当时那个时代,必然是新鲜事物,是领先于那个时代的,是开创风气的。比如八大、石涛、青藤等大师的作品,就是冲破万水千山奔来我们眼前的,从历史沉积中脱颖而出,引领时代风气,深刻影响后世的。那个时候在画画写字的人不计其数,产生了浩如烟海的作品,但百十年后,绝大多数都灰飞烟灭,经不起时代淘汰,留下来的一定是具有民族性格和高贵气质的代表性精品,一定体现着那个时代的新气象、新精神。所以我们一定要从这些"新作品"中解读时代符号,获取滋养,在此基础上推出属于我们这个时代的新作品。一部艺术史,肯定是由新艺术架构而成的。这就是"推新出新"的深刻含义。

不少艺术家在功成名就后千方百计掩饰少作的瑕疵,担心自己形象受损,等到带起学生后又情不自禁地端起架子,要求学生亦步亦趋,竭尽模仿之能事,并认为这样才能忠实于流派,形成足够的影响力。而韩天衡非但反对学生模仿自己，还在学生面前坦然回顾自己的艺术历程，他在2001年出版了《篆刻病印评改200例》一书，前100例是他批改学生的作品，后100例是他自我分析、批评的作品。他将从起稿酝酿到反复推敲、最终完成的过程毫无保留地公之于众，同时以深入浅出的文字，结合古典篆刻品评标准，揭示了篆刻欣赏和创作的原则、方法，使人们对于印章之美有了切实而真实的感悟，起到了极佳的示范效果，使后学者得到巨大的受益和启迪。问世后即受到广大读者和篆刻爱好者好评，不到三月即售罄加印。

韩天衡先生说："艺术只有起点，没有顶点。通过这本书，我希望让学生、让有志于此道的朋友知道，任何艺术都是在不断的完善中发展的，如果人们能从此书中得到启迪，有助于艺术的繁荣和发展，我将为此而感到欣慰，这也是为师者的历史责任。"

源远流长的中华传统艺术，需要一代又一代艺术家呕心沥血的探索和精益求精的创新，而要记录艺术实践的过程，使后人得到借鉴与鼓励，就需要前辈艺术家有开放的意识和博大的襟怀。韩天衡先生以《篆刻病印评改200例》一书印证了这一襟怀。

无私奉献，有教无类，即是襟怀

孔子在《论语·述而》中说："自行束脩以上，吾未尝无诲焉。"孔子的这句话透露出他的教育思想与实践，也透露出作为中国第一代真正意义的平民教育家，他也是象征性地收取学费的，从此，束脩就成了一种维系师生关系的规矩和仪式。但是，韩天衡近半个世纪以来，收了数百名学生，从来没有收过一分钱学费。

韩天衡对我说："我不能收学费，因为我的几位老师都没收我一分钱，非但如此，他们还经常送我一些纸笔和文玩。这是一种博大的胸襟，也是应该代代相传的师风。不过从现在的情况看，改革开放三十多年了，大家的生活条件都大大改善，有些同学极其真诚地提出要搞一个拜师仪式，我考虑再三后还是同意了,并请师母一起出场,还会请一些好友当见证人。但不可铺张,礼数周到,心领神会就好。"

上世纪八十年代初,韩天衡写了一个《书法艺术》的电影本子,并作为艺术指导与科技电影制片厂剧组成员去外地拍外景。到了四川剑阁,拍摄那里的一块摩崖古碑,当地有一位书法爱好者叫梁光辉,得知韩天衡到了,就找到了他,还跟着剧组走了两天,最后提出要拜韩先生为师。韩天衡看了他的作品,觉得路子正,有前途,就同意了。但这个小伙子很重礼仪,一定要举行一个拜师仪式。剑阁历史悠久,古称"剑阁峥嵘而崔嵬,一夫当关,万夫莫开",但这个小县城简陋而又破败,一条长不足两百米,宽不足两米的石板路笔直穿过,两旁挤着十几家低矮破旧的铺子。这样的环境,拜师仪式怎么搞呢?梁光辉找了一家满是油垢的小面馆,请韩天衡和同行的科影厂导演、摄影、道具等一共五个人,每人吃了一碗红油辣子面,一碗面三分钱,总共花了一角五分。当韩天衡先生接过梁光辉恭恭敬敬端来眼前的面碗,坐在摇摇晃晃的板凳上哧哈哧哈吃这碗面时,不仅是被辣出了眼泪,而且是真的被感动了,他感到了为师者的尊严和责任。

两年前,嘉定区韩天衡美术馆建成开馆,馆藏品来自韩天衡的捐赠,共计1136件珍贵艺术品为这个空间提供了丰富的历史文化信息与艺术菁华。开馆当天,韩天衡基金会也同时宣告成立,韩天衡在开馆仪式上将嘉定区政府奖励他的2000万元作为基金会的启动资金。基金会的主要功能就是推动青少年的艺术教育。

韩天衡美术馆的功能布局为艺术教育而设计,有相当不错的教学楼和图书馆,韩天衡先生还捐了数千册艺术类图书。韩天衡先生立志以此为基地,为嘉定区培养400名中小学书法教师,这个计划目前已经实施,韩天衡先生本人也经常给老师们上专业课。

没有襟怀,就没有艺术!

从事艺术创造的人是需要有点襟怀的,韩天衡先生是有大襟怀的,中国文化的伟大复兴需要这种博大的襟怀!

杨正新国画《爱琴海之九》

中国画有自己的本质特点，但也要使西方人看得懂中国画的语言；只有与世界打通，中国画才能争取到世界的共鸣与地位。

杨正新：像孩子那样任性

小盅子里的秘密

每天早上，杨正新吃完早饭，就来到位于淮海中路雁荡路的画室。进门，喝杯热咖啡或热茶，换上五颜六色的工作服，铺开宣纸，从笔堆里拣出一支长锋狼毫，蘸了墨汁一阵勾勒。看看，停停，自言自语一番，然后再将颜料一遍遍敷施渲染，任性的效果慢慢呈现，一片烟霞。

有一天，我在他画室里"惊喜"地发现一溜排开上百只盛颜料的小盅子里，多半是西洋画颜料。"这是怎么回事？"杨正新像看到自己的戏法被人戳穿一样哈哈大笑："西洋画颜料鲜亮、纯净、不褪色，效果很好。像刘海粟、林风眠、谢之光等老前辈都是驾驭西洋画颜料的高手。"

杨正新最近在画希腊的圣托里尼岛。今年夏天，他和家人去希腊和瑞士写生，前者是看海，后者是看雪山。到了希腊滨海旅游胜地，游走在那几个久负盛名的岛屿，杨正新常常停下脚步，陷入长时间的发呆状态。夏天的希腊几乎都是无风无雨的日子：爱琴海海天一色，一望无际，那种纯净的蔚蓝令人激动也令人忧伤，海水拍打沙滩的声音单调而有期待。沙滩后边的峭壁上，密密麻麻地挤满了式样看似笨拙的房子，墙壁围墙均不事雕饰，一律刷成白色，又白得如雪，最大限度地承接着熊熊燃烧的阳光，对视网膜形成强烈刺激。沙滩、房子、街道、橄榄树与鲜花……空气流通之处，走着一拨拨比基尼小姐，肉身裸露部分被晒成朱古力色，满头金发被风吹起，撩拨着人们的心绪，组成了一幅诱人的画面。

"这么美好的景观和生活我为什么不画下来？"杨正新拍了无数照片，比基尼小姐相当配合，甚至拗个造型给他看。但到真正创作时，他又不是对着照片画，只把冲印出来的照片看了一眼就掷于一边。冲动藏在记忆深处，经过回国后的发酵，驱策他迅疾走笔。这里，那里，应该画些什么，一切了然于胸。

他笔下的海水真的很蓝。"我不用传统山水画里的画法，没有波纹，也没有海浪，蓝宝石一样的颜色就这样一笔笔涂上去。这是我亲眼看到的海水，让我感动得想哭的爱琴海。"悬崖上的白房子，回廊、拱门、楼梯、露台……用抑扬顿挫的线条勾勒出来，建筑本身的粗粝质感就一下子获得了强调。阳台上点缀着鲜红的三角花，冷不防还会蹿出一只小猫小狗，煞是生动。

这也许就是杨正新的任性吧。

"我接下来还要画瑞士的阿尔卑斯雪山：少女峰、铁力士雪山……跟以往中国画中的雪山不一样的画法。前几年我去巴西，站在巴西与阿根廷边境上的伊瓜苏大瀑布前，脚下的每一寸大地都在颤抖，水珠飞舞，扑在我脸上、手上，我整个人也在颤抖，瀑布如雷鸣般地盖过了所有声响，在好几公里外都已隐隐听见。我回来后就画了伊瓜苏大瀑布，笔墨也跟古人完全不同。与人不同，是我的追求。朋友看到了，觉得我画出了瀑布的气势，雄伟壮观，绝对任性。做人就要像瀑布一样，一泻千里，不可阻挡，多么痛快啊！"

其实，杨正新很早就尝试过画瀑布。"文革"那会全国学大寨，画院组织一干画家去大寨体验生活，又来到壶口瀑布写生。杨正新面对壶口喷涌而出的滚滚浊浪激动万分，但回到上海提起笔，却不知从何处画起，第一次是失败了。改革开放后，杨正新有机会再次拜会壶口瀑布。这一次他有经验了，眯起眼睛，锁定流动的水体，在创作中紧紧抓住瀑布特别顽皮的结构，用纯粹的线条来表现，将结构转化为形式美，从而获得了成功。而同行的其他画家都没能画出来，一直都找不到这把解锁的钥匙。前几年他在个人画展上展出了这幅丈六匹的

《中华魂》壶口黄河图，大气磅礴，涌动着大自然的伟力，沪上许多画家都被"电"到了。

他的任性造就了自己

也许，任性是一次发飙，是一个站姿，是一种挥霍，是一场斗气，但对艺术创作而言，可能是一重境界。杨正新的一生都在任性。

杨正新出生在黄浦江入海口那片广阔的冲积层上，它在习惯上被叫作吴淞，杨正新的父亲是"出脚还带两腿泥"的农民，母亲在纺织厂当挡车工。他们住在一个带有很大院子的本地房子里，吃着自己种的蔬菜和大米，井水在很长时间里是他们唯一的清洁水源，乡里乡亲都说着铿锵有力的带点本地口音的上海话。大跃进的年代，杨正新在城郊结合部的吴淞中学读高一，适逢中国画院的一群画家来此写生，与农民吃住在一起。杨正新从小就喜欢画画，放学后就经常约几个同学去看画家画画。画家像魔术师一样，落笔如有神助，这里涂涂，那里揭揭，一个人就像了，一只鸟就活了，一朵花就开了，他们看得很开心。素有上海画坛"四大名旦"之称的江寒汀先生看杨正新虎头虎脑的样子十分可爱，就说："嗳，这几位同学，你们想不想学画画？如果想学的话，我愿意做你们的老师。"就这样，江寒汀收了杨正新等三个学生，吴青霞也收了三个。当时也没有什么仪式，站好了鞠个躬，再叫一声老师就成了。

于是，每天放学做完功课，杨正新就与另外几位同学一起去学画。画家们在吴淞下生活时间只有三个月，但杨正新就此再也不肯放弃画笔。他根据江寒汀的安排，每隔一周或半个月，就带了自己的作业跑到"上海"去拜访老师，每次江寒汀都毫不客气地指出他的不足，并一笔一画示范给他看，临走让他带上一张课徒稿，提示临摹要求等，有时还要留饭。半年后上海中国画院招生，江寒汀第一时间将此信息告诉杨正新，他很争气，一考就中，成了画院美术学校的第一批学生（后改为上海美专）。

1960年上海美术学校改为上海美术专科学校，增设了预科部和大学部，大学部设有中国画系、油画系、雕塑系、工艺美术系五年制本科。第一届中专生一共有60个学生，杨正新的同学中有邱瑞敏、夏葆元、魏景山等。当时中专部学生一半时间学油画，一半时间学国画，老师也来自这两大阵营，教西洋艺术的有俞云阶、孟光、张充仁、颜文樑、李咏森等，教国画的有程十发、郑慕康、俞子才、江寒汀、陆抑非、应野平、乔木、陈佩秋等。杨正新学西洋绘画是从画石膏像开始，素描、色彩、速写一步不落。

杨正新在中专部读了三年，他们这一届六十个中专毕业生只有12个升入大学部。杨正新说："我们升入上海美专大学部中国画系后，直接读二年级。大学本科校址就在苏州河边，原来的圣约翰大学，环境不错，静悄悄的。那时正值三年困难时期，生活比较艰苦，好在外部干扰较少，也没有什么娱乐场所，连电影也很少看，大家勤学苦练，十分用功。读了四年，毕业后我分配进了上海中国画院，成了职业画家。"

在画院，可以面对面聆听老画家的教诲，看他们作画。程十发的灵气，林风眠的色彩，贺天健的豪气，陆俨少的线条，谢之光的大胆，朱屺瞻的老辣，唐云的潇洒……二十多位画坛精英汇聚一起，使杨正新获益匪浅，也从这些大师身上领受到搞艺术必不可少的任性。

不能任性，就保持沉默

杨正新是1965年毕业进画院的，当时已隐隐感觉到山雨欲来风满楼的紧张气氛，第二年"文革"狂潮果然席卷而来。画什么？怎么画？一切得服从形势的需要。动乱前期机会都没有，画家不是打倒靠边就是去干校劳动。到了运动后期，样板戏能用交响乐来演了，这是一个令人兴奋的信号。再后来尼克松访华，《上海公报》在上海签署，全世界的记者都蜂拥而至，他们都要住宾馆，都要到上海城市的各个角落转转看看。于是不少画家从"牛棚"里被放出来，从干校里被叫上来，集中起来到锦江、和平、上海大厦等十大宾馆画画，布置环境。

杨正新回忆说："井冈山、黄洋界、韶山、延安等革命圣地，用国画的传统技法来表现，倒也很好看。但是个别画家对形势领会错了，用纯水墨来表现，结果这小小的任性使他们吃足了苦头，被斥之为'黑云压城''死气沉沉'，被批为'文艺黑线回潮'。这一棍子敲下来，不少老画家噤若寒蝉，我们年轻画家也只好哑口无言。"杨正新说到这里，眼睛瞪得像铜铃。

春雷响了，压抑太久的文艺界一下子呈现出百花齐放的局面，中国画也迎来了百花齐放的繁荣期。特别是随着饭店酒楼的兴建，客堂、客房、会议室等需要大量的中国画用来美化环境，中国画家大显身手的机会来了。杨正新也不得闲，到处泼墨敷彩，似乎要将十年的空白填满。

他作为江寒汀的入室弟子，当然知道江寒汀艺术人生的精彩华章何以动人，江先生一生精研华新罗、任颐、虚谷诸大家，为江南半工半简一路花鸟画的代表，杨正新完全可以高举这面大旗，在花鸟画上再登高峰，而且不愁市场。但他不愿重复老师的路子，师承到底是什么？是亦步亦趋，拷贝不走样吗？好像他也应该任性点吧！所以不久他就陷入深思：为什么满眼的水墨画看上去各有妍媸，但细看之下都千篇一律，为什么？原来是个人风格不鲜明！画家还有框框，画家被无形的观念或传统束缚，不任性！

南太平洋的史前岩画与"杨正新旋风"

上世纪八十年代，中国画与国际艺术市场接轨的端口很小，也很少，上海画家都是将作品放在工艺美术商店或朵云轩里待沽，杨正新的作品清新可人，民族性也强，很讨巧，大受来华旅游的外国人青睐，有个澳大利亚画商经常来上海买他的画，后来干脆请他去澳大利亚办画展。于是杨正新第一次正式地出国游历了。在澳大利亚的墨尔本、悉尼、布里斯班等大城市，每月办一次画展，轮着来，画展开了五次，最后还有一个月时间，杨正新提出要四处转转，写生，于是他夹了一个画夹就出发了。

一个月里，他逛遍了大半个澳大利亚，连中部沙漠那块著名的艾尔斯巨岩也去朝拜了一下，用中国画的线条为它写生。最让他震撼的是看到了史前人类留下的岩画，那种粗犷硬朗的线条，简略而传神的形象，对形体的生动捕捉，相当本能、相当任性，虽历经数千年的风化，仍然迸发出绚丽的艺术神采。杨正新感悟到：古人没有条条框框，也不知规矩为何物，想怎么表现就怎么画，任性，是原始艺术，也是当代艺术的原动力。

说起来，澳大利亚是一个移民国家，本身的文化底蕴与中国不可同日而语，但他在那几个华人聚集的城市看到多元文化都有生存的空间，都有自己的表达机会。而且他发现，那里的画家学画虽然有老师，但没人将老师抬出来壮自己的胆，更不在乎什么流派，强调的只是个人的风格。

回上海后，他闭门谢客数月，创作了近百幅作品，在上海美术馆举办了《澳洲印象——杨正新画展》，美术评论家谢春彦称其为"杨正新旋风"。他的作品以其新奇的构图和颠覆性的观念，与在北京美术界的"八五狂潮"相呼应，都表达了一种求变求新的时代要求。

九十年代初，杨正新送女儿远赴加拿大留学，在那里住了三年，加拿大离美国很近，他经常去美国、欧洲诸国壮游。欧美的著名美术馆、博物馆几乎都跑遍了，把那些过去只见诸画册的名作静静心心地饱览了一遍。有些美术馆博物馆他还连着看了几天，把名画临摹下来或默记于心。与艺术大师近距离的接触，在他心中造成了巨大的冲击。

回国后他开始潜心研究了一段时间，觉得中国画有自己的本质特点，但也要使西方人看得懂中国画的语言；只有与世界打通，中国画才能争取到世界的共鸣与地位。所以他弱化肌理方面的追求，更加强调线条，因为中国画的线条是灵魂，也是油画和水彩画里很难发挥的。

杨正新用毛笔敲敲画桌说："传统的笔墨结合现代的审美意识，有现代性也有传统书法的优美。这是新的感悟，创新要发展，也要把传统思维里的好的东西保留下来。"

感悟毕加索和凡高的任性

游历欧美，给杨正新印象最深的是毕加索和凡高，杨正新向来敬重这二位大师，到了欧洲就跟随他们的足迹寻访，毕加索和凡高在哪个城市生活过，他就追寻过去，参观那里的博物馆，观摩他们的作品，考察作品生成的环境。凡高人生的最后一个驿站是法国小镇奥维，1890年春天，凡高在这里度过了他最后的时光，最后在一块金色麦田里举枪自裁。在这个小镇的最后三个月，他发疯般地创作了七十多幅作品。杨正新在小镇参观了凡高居住过的拉芙客栈和凡高举枪自裁的那块麦田，凡高的最后一幅作品《麦田群鸦》向来自中国的画家讲述了一种孤独而不屈的人生。凡高为了艺术而不顾一切的性格，以极端的方式解释了什么叫任性。这趟旅行成了杨正新的感悟之旅，更是朝圣之旅，也给了他任性的力量。

毕加索和凡高，谁对你的影响更大些？我问。

杨正新说："我更愿意将他们两位的作品放在一个大环境里来分析。我发现毕加索在学生时代的画并不出挑，但后来越画越好。为什么？就因为他从来就是一个任性的人，任性的人才敢于否定自己、超越自己。任性使毕加索成了一位风格多变的大师，一生有六七种风格之多。但我最喜爱他最后一种风格，进入天堂前十年的作品，那完全是一种游走在自由王国的任性之作。"

杨正新将一叠自己随时随地口述，由学生记录下来的"艺术札记"拿给我看。上面有一条这样写道："毕加索说过的一句话给我极大的启发，他说，'儿童是天生的艺术家，问题是他们后来受的教育能否保持他们的这种天性'。这也让我想起中国的老子名言：'能婴儿乎？'是呀！其实道理就那么简单，谁能保持童心，谁能像孩子那样任性，以孩子的眼睛观察艺术、表现世界，谁就是大艺术家。"

看了我一眼，他又跟上一句："从历史上看，有出息的学生不必像老师,高明的老师肯定不会要求学生模仿自己。李可染的老师是齐白石和黄宾虹,但他从不照抄两位大师的作品,而是吸收两个人的优点,表现出来的形式跟他们不一样,然后创造了自己的形式,甚至比老师还要新,但是老师的精神、中国画的精髓他领会了。江寒汀老师也早就跟我讲过:'师父领进门,修行在个人,这个修行我没办法教你,如果我能教你,我女儿就会画得比你好了。'问题出在今天的美术教育,将学生的任性视作离经叛道,要将每个学生的思想和感觉全部纳入他的体系和轨道,这样一来,许多可造之材都被磨去了棱角,到毕业那会均不知任性为何物,成了庸常之辈,真可惜啊!"

程十发肯定了他的任性

在加拿大,他在女儿家待了三年,陌生的环境是自我封闭的好机会,他将自己关在屋子里,从写字开始完成痛苦的蜕变。数十年来,杨正新一直习惯用右手写字画画,这只右手为他立下了汗马功劳。但有一天,他在一家超市门口看到了一条针对华人的商品信息,是洋人用中文写的,那个书写者显然刚刚学了一点中文,歪歪斜斜,粗细也不一样,但在杨正新眼里却趣味盎然。他站在超市门口反复打量,以至营业员见了也十分紧张,马上跑出来问他出了什么问题。他说:"这字是你写的吗?太好了!真的太好了!"

回到女儿家后,他决定放弃用右手画画了。成也右手,改也右手,这只右手太熟练了,有时居然能忽悠大脑,指挥大脑,右手的强大让杨正新产生了警觉。他想起贺天健对他讲过的话:"一个画家不能结壳太早。"如果右手过于熟练的话,是容易让他结壳的。所以他要与训练有素的右手告别,用从来没有拿过画笔的左手写字画画,写那种有陌生感的汉字,就像超市门口由外国人写的那种孩儿体字,写丑了也不怕别人笑话,无拘无束发自内心的线条才是最美的。

但夫人得知他的决定后强烈反对，因为这等于把自己否定了，再说风险也很大，大家都认识你杨正新，现在突然变成另一个人了，让大家怎么看？杨正新任性地说：不认识我才好呢！他将自己折磨了三个月，书法艺术中所要求的"屋漏痕"、"锥刺沙"等效果呼之欲出，他兴奋得几乎要跳起来。

江苏书法家费新我用的是左手，那是因为他的右手有疾。杨正新用左手，是为了让拙昧的书法线条进入绘画。这一变，变出了从未有过的笔墨趣味，这只"不听话"的左手，在与大脑固有指挥系统的争斗中，若即若离，若隐若现，似乎更直接地代表了其内心的诉求，使无法用语言表达的东西呈现出来了。于是，画家笔下的花鸟、山水、人物变得更加具有生命的灵性。尝试几次后他很快进入创作，他要以"新翻杨柳枝"来告诉同仁，"左臂杨正新"诞生了！

一亮相就赢得了碰头彩。他的新作引起了国内画坛的好评，他的勇气也激励了许多青年画家。海外收藏家大量收藏他的作品，给他出版画册，给他办画展。美术界有人称他为"左臂将军"，"将军"者，先得有过人的勇气与膂力也。

几年后，杨正新对中国画又有了新感觉。陆俨少讲过："中国画历来有两种，一种以块面为主，另一种以线条为主。"他认为最终以线条为主的才能胜出。程十发对线条也十分重视，他这样讲过："我能用中国画的传统线条作画，感到十分光荣。"老前辈的话增强了杨正新对线条的认识及探索能力。他清醒地意识到最具中国画精神特质的是中国画的笔墨线条，中国画的核心就是线条，线条能塑造物象，能表达心性，能连通古今中外的艺术精神，它可以是最古老的，也可以是最现代的。

于是，在创作中他更加注重中西方艺术的结合和传统语言的现代性转换，不仅将西方现代画的构成与色彩融入自己的水墨画实践，还刻意在新的水墨画实践尤其笔墨的实践中挖掘真正属于中国审美的精神旨趣。

传统的笔墨气韵、现代的表现形式、当代的美学观念……在杨正新的画中自然地融为一体，构筑出一个墨彩流溢、气韵生动的独特水墨世界。

他的花鸟、山水作品，除了有笔有墨，有文人情趣和自然气息，还具有一种迥异于以往的新气象。例如他的花鸟画创作上，很多墨笔看上去生涩，但墨迹、墨块却显得淋漓酣畅，充满流动、氤氲之气，两相结合，令其画气质清丽，充满风致。构图方面，他更注重于点、线、面在画中的平衡与趣味性，更着意于形式的表现，尤其是他的线条使很多画家都很钦佩。

程十发曾经这样评价杨正新："他掌握了传统，又不满足现状，像一支箭羽离弦向天空飞驰，好像射中了一朵彤云，散发出一束光芒。"老前辈富有诗意的评说，肯定了杨正新的任性精神和探索实践，又给了他极大的鼓励。

任性的山水与任性的裸女

这些年，杨正新创作的山水画多了，从花鸟画到人物画再到山水画，在某些人看来是逆向行驶。而杨正新则认为这是追本溯源。

前几年，他的山水画多为单色系，水墨材质潇洒风流的韵味被他展现得极其充分，水与墨的交融处理得极其微妙。他从自然形态中抽象出线条、墨块，用线条交代山体的结构走向，以勾为主，融入书法意味，寥寥数笔勾勒出巍巍山峦的劲挺耸立，随笔势带出皴点，一气呵成，充满动感。

今天，他的山水画又借鉴了青绿山水，大胆泼彩，营造起幽玄神秘、变幻莫测的混沌灵境。

这些年来杨正新还尝试画人体画。如果说他的山水画接近传统的简笔，那么他的裸女则更多地引入了西画。"形象在写实与幻化之间，立意则以美人为鲜花"。这是美术评论家薛永年说的。他还说："杨正新笔下的美女，造型不乏马蒂斯、毕加索的夸张变形，而意态不失东方女体的自在娇柔。"

为了画好仙鹤，杨正新曾远赴日本北海道写生，为了画好野牛，他又远赴非洲大草原写生。为了画好山峦，他七次登上黄山，看到有白云飘来，情不自禁地呼喊："黄山你多美啊，白云你来啦，你是羊群，你是棉桃，你是海浪,你是天使!"老外围着他拍照,称他为"中国最有激情的艺术家"。

杨正新对我说:"马蒂斯讲过,'那种不能摆脱前辈影响的年轻画家是在自掘坟墓。'我数度走出国门看到了外面精彩的艺术世界,意识到中国画过去确实有过的辉煌,但在今天高速旋转的缤纷世界,它能否承载中国的价值观,传递东方文明的影响力,是个大问题。作为从事中国画创作的画家,如果不能与时俱进,肯定会落伍。"

中国画家有个习惯,对同一题材往往反复画,当然越画越熟练,但不断重复自己是艺术的大忌。杨正新反对重复自己,所以他每个阶段都会补充新的题材,充实新的内容。近年来,他又把"园林"、"水乡"和"爱琴海"等题材加入了画中,还将山水、花鸟和人物打通,很少有画家能这么任性。

我问杨正新,后面的路怎么走?他自信地回答:"向大师学习,用儿童的眼光观察世界,从结构深处寻找美的形式,构筑色彩在平面上的交响,创作与众不同的经典之作,保持健康乐观的心态,做到人老心不老,越老越新。"

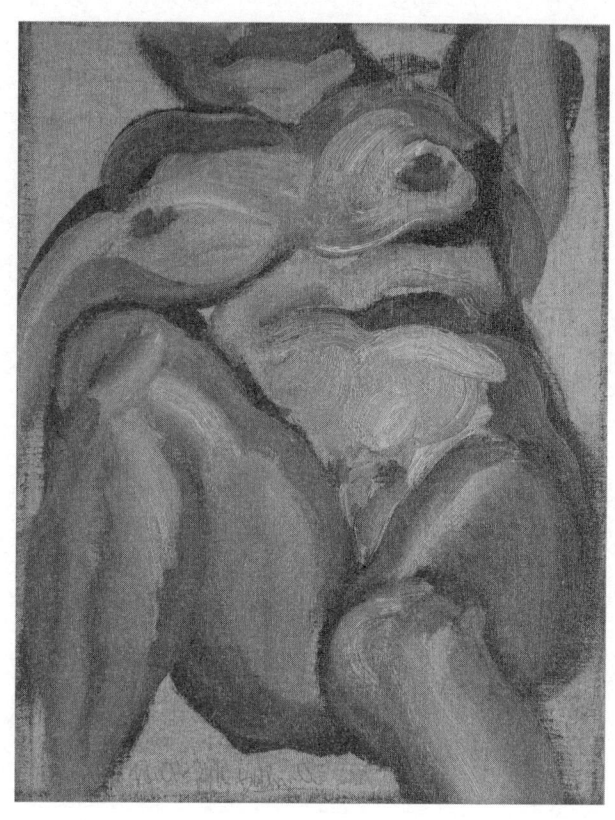

王达麟油画《靠着的女人体》

熟悉的街景似乎没有太大的挪移和切割，但眼前的一切又发生了明显的变化。后来他才想明白：变化最大的是迎面走来的那些陌生人的眼神，写满了焦虑、盘算、恍惚，被抹去的可能是昔日上海人一贯的从容淡定，还有智慧、自信和知足。

王达麟：从"方苹果"中间穿过

对于一个职业画家来说，这也许是一个遗憾：王达麟并不生在艺术世家。

他父亲是旧政权的公职人员，建国后失业，几年后因积郁成疾而离开人世，那一年王达麟7岁不到，印象接近虚幻。母亲的印象相对鲜活。她是一名孤儿，在教会学校完成必要的教育，并在12岁那年受洗皈依上帝，因为聪明美丽，还被孤儿院里的校长——一名终身未嫁的女士收为过房女儿。在18岁那年嫁给王达麟的父亲后，梦想很快破灭，生活似乎一夜之间发生变化，她不得不走出家门去纺织厂当一名女工。

清贫的生活并没有让这位聪慧的女工滑向平庸，教会生活又使她过早地学会了沉默与内省，她爱读小说，从教友那里借来《简爱》、《呼啸山庄》、《无头勇士》等外国名著，在窗台上一坐就是半天。她还经常从牙缝里抠出一些钱，抹上口红后去王开、蝶来等照相馆拍肖像照。是的，她有一张美丽安宁的脸庞，一颦一笑与这座城市的气质十分相契，于是照片冲洗放大后总被陈列在照相馆橱窗里。她的这个习惯一直保持到晚年，有一度王达麟发现母亲执意不再去照相馆，在马路上看到照相馆还会惊恐地避开，原来她掉牙齿了。不过等装了满口假牙后，她又春风满面地重返照相馆。她把人生的每个美好瞬间都留在黑白影像里，照片里的自己，成了她晚年最后的慰藉与倾诉对象。

沉疴难起，她给自己缝制了一袭雪白的长袍，胸前绣了一个十字架。弥留之际，王达麟从深圳赶回上海，他的大儿子给奶奶的床上铺满了红色康乃馨。雪地上最后一片花瓣，这是母亲留给王达麟挥之不去的意象。

多年以后王达麟去加拿大旅游，正是多伦多一年中最好的时节，气候宜人，天高云淡，行道树的阔大叶片在阳光下闪烁着耀眼的金黄，石块铺成的街道上行人稀少，一片静谧祥和，两边都是不温不火的百年老店，他在一家照相馆的橱窗前立定了，一张张黑白照相，虽然是异国色相的深目隆鼻，那一道道目光却像穿越时光隧道，引领他回到童年，置身于淮海路旧时法租界的人间烟火。于是他推门而入，跟犹太老板一番沟通，摄影师决定给他拍一套"十分正式"的黑白照片。照相馆为此准备了一周时间，然后请这个另类的亚洲人走进精心布置的灯光下。

照片晒洗出来他非常满意，直至此时他才意识到，一时冲动的决定，似乎受到了母亲在天之灵的示喻。

中学毕业后，王达麟幸运地留在上海。此时，这座全国最显赫的工业城市正处于"鸡血"状态，天空总是灰蒙蒙的，街上却交织着混乱与不安，他在仪表局下属的一家配件厂做着简单重复的劳动。不久，他的绘画天分被领导发现，就指派他去搞宣传（当时叫"政宣"），而他也有机会从资料室里"偷"出一些苏联画家的画册，如饥似渴地临摹。苏联画家的作品是他的第一口奶，虽然这口奶掺了苏州河的水。

1983年王达麟有机会在交通大学文学艺术系西画班进修，老师中有夏葆元、赵谓凉等，年龄相仿的助教洪基杰日后成了他的挚友。在那里，王达麟第一次画了人体，第一次正式地按照西方美术教育的逻辑进行油画创作，为了"把失去的时间追回来"——这是当时的流行语，王达麟每天要画十多小时，有时休息天也不回家。进修结束后，王达麟扛着自己的作品参加上海美术馆新馆落成后的第一个大型展览。那幅《红台布上的静物》在一片喧哗与骚动中，冷静地坚持艺术的纯粹与初心，还稍稍流露出一点拒绝潮流的偏执，反而让每一个走过这幅作品的观众不由自主地停下来多看一眼。就是这一眼，整个上海美术界记住了这个名字。

三十多年后我看到了这幅作品的照片：一面在意识形态暴力词汇中呼风唤雨的旗帜，终于抖落硝烟与尘埃，转身为柔软温暖的桌布，与苹果、花瓶等组成了人世间的美好图像。

1987年，上海市政府决定派出一个中青年画家代表团赴香港举办画展，这个画展名为《蜕变中的中国艺术》，它向外界传递的信息是积极乐观的：中国要改革开放了，中国的艺术也将进入艰难而必然的蜕变。如何蜕变，可能蜕变成什么样子，一切让作品来回答。

组织者从上海选了14位画家的作品，7位国画家，7位西画家，他们中有陈家泠、韩天衡、杨正新、张桂铭、李山、洪基杰、夏葆元、张健君，王达麟是这批的画家中，唯一一位在登记表"职业"一栏中填写"工人"两字的画家，而且也是出访香港亲临现场的6位画家之一。当以程十发为团长的这帮内地画家走进香港艺术中心并受到热烈欢迎时，王达麟却不想参加开幕式，请假跑出去找书店买画册，等他回来后有人告诉他：那张参展的《红台布上的静物》已经被买走了。几天后，他带去的四幅作品都卖光了。

香港回来，王达麟收获了他第一笔卖画所得的"巨款"，但他还来不及设想如何去花掉它，接着又策划并参加了上海展览中心的《五人画展》，呼应了知识界、文艺界的思想解放运动，在美术界也产生了重大影响，有力助推了当代艺术。此后，他面对的现实问题就是如何设计下一步的人生，不久，王达麟在一波波的出国潮中选择南下，走进一个陌生的城市——深圳。

1989年冬天，作为中国改革开放试验田的深圳再次处于世界关注的焦点。王达麟在深圳博物馆举办了第一个个人作品展《王达麟油画展》，他将近些年来创作的一批共50件油画搬到深圳，题材基本体现了他的专攻方向与擅长，还有少量的抽象画。这个时候，中国确实需要冷却一阵，但又要从冷却中思考，或者通过更广泛的话题来获取思想资源。王达麟的作品是中性的，超越派别与观念纷争之上，但他的画面又不是死水一潭，也不是早期中国油画常见的那种呆板模仿，更非欧洲十九世纪没落贵族趣味的晦暗投射，他的色彩非常大胆，对比也很强烈，笔触所到之处，洋溢着热情与追问，苹果、瓶子、鲜花、窗帘、桌子、青花大罐……从构图到色彩再到细部处理都极具现代感，每个对象仿佛处于矛盾纠结、低回沉吟、跃跃欲试、激情酝酿的状态，与当时人们的心理活动几乎同步。

展览现场人头攒动，开幕前一小时，已有一个闻讯赶来的观众买走了一幅画。王达麟来不及消化这份惊喜，又看到一位仪态万方的女士款款朝他走来，她就是被香港艺术界尊为"金太"的金董建平女士，艺倡画廊的主持人。

在这之前王达麟已经与金太结识，这次听说他办画展，金太就从香港赶来祝贺。她扫视了一圈展厅并与王达麟匆匆地交谈几句后，就果断地对他说：艺倡画廊可以给你在香港再办一个画展，不知你是否愿意？

有什么不愿意的？王达麟听了这句话差点跳起来。

金太思维敏捷，雷厉风行，等深圳的画展一结束，这批展品全部移至香港艺倡画廊。在香港的画展开幕之前，金太又递给王达麟一份协议：艺倡画廊决定代理王达麟的作品，为期两年。王达麟望着金太，一时不知说什么才好。这次画展获得了超过预期的佳绩，展览期间就出售了二十几幅展品。

后来王达麟又知道，艺倡画廊创建于亚洲四小龙快速崛起的1981年，很快聚集起了一批杰出的艺术家，由其代理的画家遍及世界各地，在华人艺术家中有赵无极、朱德群、丁雄泉、朱铭、赵春翔等，后来又有张桂铭、陈家泠、陈钧德、李山等上海画家。

不久，尚未获得高学历的王达麟经由深圳市长亲自批示，作为特殊人才被破格引进，在深圳美术馆担任陈列部主任、艺术形象设计主持及策展人。一到新岗位，他就给深圳美术馆设计了极具视觉冲击力的外立面，广受业内外人士的好评，很长一段时间里，它几乎就是深圳的文化地标。金太主持画廊的职业精神，以及通过对画家作品的精准判断所表现出来的艺术天赋，让王达麟深深折服。他觉得金太之于他的事业，就是中国人所说的"贵人"。

王达麟说："金太生活在香港这块土地上，中西方文化在此交融、碰撞、互相欣赏，这里得风气之先，香港人视域开阔，艺术圈的人士尤其如此，金太就是这个领域里的佼佼者。她身上有一种文明优雅的气质。比如包容，她从不轻易臧否一个人，对竞争对手也多从积极方面来揣测，对合作者总是以鼓励、肯定、协商、引导为主。再比如从容，她拒绝市场炒作，厌恶泡沫，故而从不滥用定价权，对画家作品的定价都经过反复斟酌，然后给出与香港市场相对应的合理价位，更深入的功课是在她对市场的培育，与收藏家建立充分信任的关系。她总是说：画价要'一块一块地涨'，收藏家、画家、艺术市场都要通盘考虑，照顾到彼此的利益。"

金太让王达麟感到踏实和温暖，这是制度、环境、秩序、职业道德、个人修养等因素让他收获的真实感觉，并让他在远离故土时不再孤独和飘零。

1993年，金太为王达麟举办了第二个展览《温馨诗情——王达麟》，画家欣然呈现最近数年对艺术本体的思考，而且市场反应也相当积极，虽然画价定得有些偏高，不少买家却容不得自己的犹豫，果断下单。金太却在一片喝彩声中悄悄提醒他："我有些忧虑，你是不是走得太快了点？"

还有一次，王达麟发现自己的画价与他所尊敬的几位老前辈相差无几，未免有些惶恐，他对金太嗫嚅："我的画……能不能卖得便宜点？"金太用上海话大声拒绝："瞎三话四！你不要干涉我，我心里有数。"

金太说："只要你觉得自己在真诚地表达，加上精湛的技巧和丰富的人生经验，就会打动买家的心，让他觉得值得收藏。这不单单是一幅画，而是一位知心朋友。你要努力做到这一点，永远也不要愧对买家！"

王达麟向我由衷感叹："现在我真正体会到赚钱不是金太的唯一目的，更不是终极目标，她是在营造香港的文化环境。金太教我如何遵守现代社会的规矩，如何做一个可以行走在全世界的文明人。"

世纪之交，在世纪末情绪的笼罩下，中国艺术界也处于一种焦灼不安的情态。尤其是当代艺术,像一群疯狂的野马,奔腾在世界各个角落,雨点般的马蹄搅起遮天蔽日的尘土,各种主张,各种样式,各种举止,各种传说,令人头昏眼花,牛马莫辩。他们一次次在拍卖会惊天动地的槌声中书写传奇,一次次在出其不意的出镜时令大众出现间歇性休克,一次次在与主流话语的博弈中收获预料之中的浮名,所有这一切,似乎都在形成一个掷地有声的诘问:中国艺术,你的出路在哪里?

回答这样的"世纪之问",已然成为一切有良知、有能力、有担当的艺术家的历史使命。王达麟感到沉重和不安。他争取到单位领导的谅解和支持,参加中央美术学院第十一届硕士研究生班学习。到了北京之后,他发现在所有的学员中他的年龄最大,而且这帮学弟学妹个个身手不凡,要么出自艺苑名门,要么在学校里已积累了一定的教学经验。在王达麟眼前,只有山重水复,烟霞满天。

画人体,王达麟如饥似渴地画着。为了"两年内解决素描问题",他甚至自掏腰包请模特儿加班加点,给自己开小灶。这些模特儿后来都成了他的朋友,轻松地摆出最优美的姿态,使他能够准确地把握人体中最微妙的动作与表情。就这样,一年后王达麟的人体素描能力大大提升,并且能够融合自己的阅历与经验,能够画出比描摹对象丰富十倍、二十倍的内涵来。

比如他在这一时期撰写的《我对素描艺术的思考》一文中就表达了如下见解:"当代艺术中,素描完全可以自由地创作和变化,这是一种艺术形态在特定时代理应产生的进化。""在我看来,素描永远是绘画艺术的一个本体,一个永远的主题。""艺术的力量在于一种不可知的暗示,素描就是如此。"

这就与过往许多人认为素描是基础,是必修课,是一切造型艺术的必由之路的陈旧观点很是不同,他的观点予人登高远望、奔腾入海的感觉。而且他的种种认识或者说创造性的观点,为后来的素描创作注入了一种自由精神,获得了艺术本体论的理论支撑。

也在同时,王达麟开始在整开的牛皮纸上用丙烯颜料尝试画出不一样的人体素描来。"是我的第一次试验，如此大的纸本上怎样去表现立于我面前的人体对象？在试验之初，我必须坦承'我没有把握'。然而我的敏感和审美直觉告诉我，由此产生的画面它会很美。"

结果给出了意外的惊喜。他拿到香港给金太看，这位目光犀利、沉着镇定的艺术经纪人差点惊呼，后来她在文章里是这样说的："……在全牛皮纸上几乎等大的人体素描，造型精确，'骨法用笔'，力透纸背，充满了阳刚之美，每张都是力与美的赞歌，实属见所未见，给巨大的震撼。我个人觉得他在人体素描的成就更在他的油画作品之上。"

王达麟极为看重金太的评价，为之深受鼓舞。他的线条更加流畅、果断、肯定，也更为简洁传神了。总有一种意外之音传导给观画者，心绪飞扬，蠢蠢欲动。

在学院里，王达麟的另一份收获就是与靳尚谊先生建立了师生般的情谊。靳尚谊当时是中央美术学院的院长，并不承担教学任务，但他还是对这个勤奋的学生给予了热情指导。

还有一位油画界老前辈对王达麟的影响也是不可忽视的，他就是孔柏基先生。王达麟早在八十年代初就拜见了孔先生，对孔先生的人品艺品是由衷敬佩的。1979年孔柏基来到当时各方面条件还十分差的敦煌，钻进积了几百年尘埃的洞窟中，借着昏暗的光线临摹了几百张画。这次敦煌之行对孔柏基的艺术人生影响极大。到了1984年，王达麟也去敦煌写生，在那里也待了一段时间，画了四百多张。这次敦煌之行，对王达麟的影响同样深远，受益至今。

现在，王达麟已经积累了近千幅素描和油画人体原创作品。除了女人体还有别人画得很少的男人体。他认为男人体之所以重要，不仅在于有种陌生感，更在于"这两者是不可缺一的，只有画过男人体，对人体画的创作才算完美。亚当与夏娃在一起才能成就伊甸园的美丽故事。画人体也是这个道理。"

回到央美的语境。毕业前，每个学员都要交一份毕业作品，而且"一定要有自己的符号，没有符号就不给分数"。经过一番苦苦思考，王达麟就拿出了一件具有个人鲜明标志意义的雕塑作品《方苹果》。

这件雕塑作品是一个偶然。他先在写生纸上画了一只苹果，然后将它从已经获得经典意义的静物素材中剥离出来，再将苹果与生俱来的轮廓线拉直。被人们司空见惯的饱满而甜蜜的苹果就以简单而敦实的四方体物象呈现在我们面前。它被抽离了审美经验中的味觉和质感，还有轮廓线所强调的性别柔性，所以显现出一种超自然的冷峻意味，在获得超稳定结构的同时无情地重组了人们对苹果的永恒记忆。

纵观世界艺术史，许多伟大作品的产生都产生于偶然，犹如一枚果实，被一只鸟儿啄食后带到远方，夹在粪便中遗落在沃土，然后发芽，慢慢长成一棵大树，风霜雪雨，满枝芬芳。

王达麟的"方苹果"是从草稿到油画，最终以雕塑震动京华的。在这一过程中，他尝试过用多种材质来实现哲学层面的演变，经验中的甜蜜果肉被慢慢抽离，生物层面的异化使文化层面的内涵越来越充盈，外延不断扩展。诚如他所言："总的来说，我与极少主义相对应的地方在于表面形式的简单和内在含量的广泛与复杂。"

王达麟似乎在潜意识中解开了苹果的密码，于是赋予它足够的锐度、硬度和荒诞性。王达麟在毕业论文里这样写道："它肯定的造型，坚挺的线条，大面积的色块相互交融，所呈现的一种理性、力度和规则，犹如凝固的音乐，那般超然地平静，其当代性也洋溢其中。"

直到今天，我们仍然可以从这只突兀的方苹果中发掘出丰富的话题。就我的感受来说，方苹果的形态具备了丰富的启示性。比如，它变得不可把握，变得外强中干，它与人之间产生了不可调和的矛盾，它从源头怀疑人类与自然、与历史的关系……

王达麟还在后来将单只的方苹果装置化，消解了方苹果初始形态的确定性和稳定性。世纪之交的这只《方苹果》不仅以油画、雕塑、综合材料及装置等姿态参加多个展览，还被画家冠以种种名目，比如"拥抱满含激情而又冷漠"、"过分熟悉而又陌生"等等，但观众在公共空间一眼就认出并深深记住了这个具有后工业时代符号的硬朗形状，在它面前映射自身的困惑与恍惚,并将这种世纪末情绪进行一番过滤、沉淀后,带入了21世纪。现在,《方苹果》仍陈列在北京君悦大酒店的大堂,向所有注视者及行色匆匆的旅行者致以真诚问候。

在一片赞叹声中,只有一个人刻意回避这只"方苹果"——是的,就是王达麟。

他是这样向我解释的:我本质上是一位画家而非雕塑家,我致力于油画和素描创作,这是我的彼岸。方苹果只是一个偶然,我爱它但始终保持警惕,不愿意让这次偶然成为我艺术旅程的终结者。如果非要追究它的价值的话,顶多就是我个人艺术历程上的一块界碑。

界碑的美,存在于告别的时刻。

地球转得太快,岁月恰如奔腾不息的河流,浪花飞溅之间,彼此的脸上又增添了几条皱纹。金太退居二线了,画廊业务全盘交给她的女儿打理。新一代掌门人将重设棋局,开拓属于她的疆土,花开花落即为美丽的轮回,枕流漱石,坐看云起,就让金色的阳光刺穿我们的胸膛吧。

现在,游子王达麟回到了阔别二十多年的上海,黄浦江上的风依然温暖而湿润。吃过大饼油条,吃过葱油拌面,吃过小笼馒头,逛了城隍庙,在淮海路上喝过咖啡,欣赏过马路对面从未见过但又仿佛邻家小妹风韵犹存的女人,最后像个隐身人那样悄悄地走进曾经生活过的地方。熟悉的街景似乎没有太大的挪移和切割,但眼前的一切又发生了明显的变化。后来他才想明白:变化最大的是迎面走来的那些陌生人的眼神,写满了焦虑、盘算、恍惚,被抹去的可能是昔日上海人一贯从容淡定,还有智慧、自信和知足。

也许就因为这个原因吧,当别的画家都在追风逐雨地描绘城市建筑和街景,都在试图从熟悉的景观中发掘一些富有世俗趣味的细节的时候,王达麟选择了避让。他觉得画好了这个城市的人物,就等于画好了这座城市。城市的一切历史与变故,其实都在人物的眼睛、嘴角、鼻梁上表现得非常充分了。

游子还乡,是世界文学史上不朽的母题,也是美术创作的灵感源泉。王达麟则在沉思:我将以怎样的作品重建与故乡的关系?

有朋友感觉到了他的渴望与迷茫:也许为他举办一次画展,可以消解那份沉重的乡愁?

我慢慢觉得,在外面飞了一圈,倦鸟归林的王达麟,内心深处还是希望"苹果是圆的",而不是有坚硬的锐角和棱边的,是可以咬一口就留下清晰齿痕的,有值得期待的味觉,而不是让人一不小心就碰个头破血流的坚硬物。

他说过,就像母亲皈依了上帝,他皈依了艺术,所以他必须像母亲那样,只能忏悔,不能背叛。

所以,在那天我与诸烨、琦华在昆山花桥他的画室里为画展挑选作品时,我们由衷地收获了一份感动,《一对水果》、《酒杯与一对红石榴》、《苹果与香蕉》、《萨克斯与黑色转椅》、《中提琴与白色转椅》、《木马与贝尔电话》、《绿色中花的静物》、《白色爱马》、《草原上的中提琴与白色画架》、《玩具小火车与水果》……王达麟的静物,不是浸泡在福尔马林中的标本,也不是积满灰尘的教具,画面中有自己的故事,有他者的表情,有城市的记忆,有虚拟的历史。也因此,人们在他重新架构的物像前驻足,久久思考,追忆自己的往事,还有字迹漫漶的日记本。

他的马在喘息,他的人体在水乳交融,他的怪兽像人一样行走着,他的机器人在思考,他的积木在爬升……我最为倾心的是小尺幅的人体,粗线条,没有浓墨重彩的张扬,有时还呈现黑白灰三色的低调,但一律的硬扎、肯定、毫不犹豫、随心所欲,性别特征夸张而令人信服,非如此不能功德圆满。画家似有神助地在油画布上惊雷滚过,仿佛短短几秒钟就从艺术本体上获得了纯粹的人在色彩与行为上的合理性与必要性。

王达麟的个人符号,已经与"方苹果"决绝,而将在这些梦呓般的绚烂图像中寻找,或者是这个符号要寻找他。在一个日常的早晨或者黄昏,有人敲门，若有若无的声响……

王达麟拉开房门，门外站着一位身穿长袍的蒙面人，那人有着宽厚而坚实的肩膀，但根据袍子下端露出来鞋子来猜测，又似乎是一位美貌的女性。

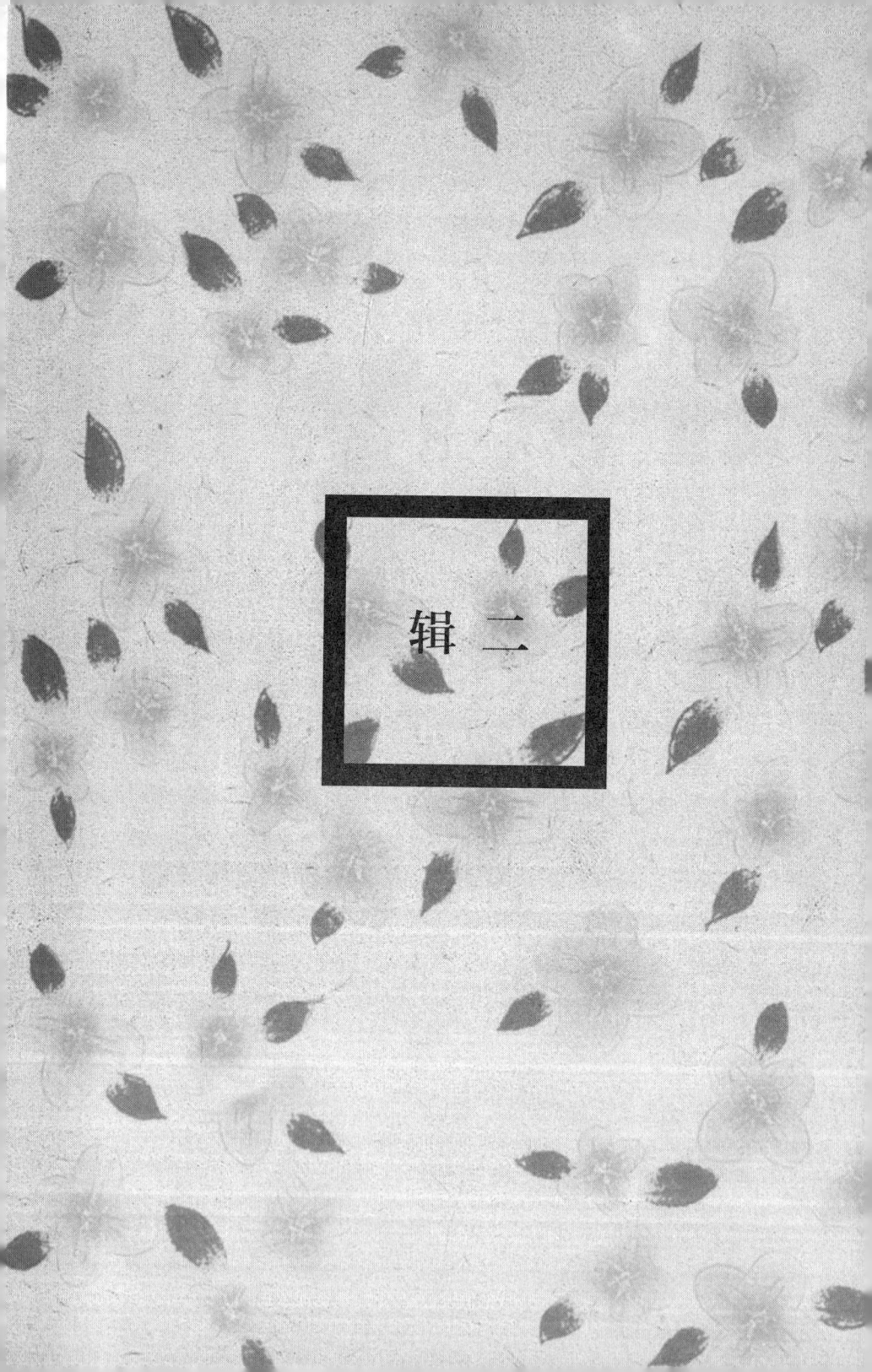

花溻艺文志

施大畏国画作品《后羿的故事》

美国神话学大师坎贝尔说过：神话系统是一个常数，你在其中可以领悟到的既是你自己的内在生命，也是历史的曲折变形。

施大畏：以英雄主义诠释中国神话

美国神话学大师坎贝尔说过：神话系统是一个常数，你在其中可以领悟到的既是你自己的内在生命，也是历史的曲折变形。要怎样才能让外在的世界与内在的世界交汇，这在今日当然是艺术家的任务。

中国美术家协会副主席、上海文联主席施大畏认为，这就是自己的任务。近二十年里，他以成系列的巨幅作品证明自己所拥有的强烈使命感。

施大畏从小酷爱画画，十三四岁那年，毛国伦来到他面前。毛国伦是他母亲的学生，1960年从大同中学毕业后就直接进了中国画院，是当时最年轻的专职画师。母亲见他和弟弟施尔畏都喜欢画画，就请自己的学生来"带一段路"。其实毛国伦只比施大畏长六岁。毛国伦身为小老师，教起来却很有章法，叫施家兄弟画门采尔、尼古拉、菲钦等大师的素描，画册上的图像原本不大，但要求他们放大，一周交20张作业。还教我们临帖，从楷书开始苦练童子功。"我弟弟的速写比我画得好，要不是他后来去北京中科院工作，就没我吃饭的地方了。"

五十年后，在汾阳路上海中国画院施大畏的画室里，他笑着对我说。

1964年，三年困难时期刚刚过去，还在敬业中学读书的施大畏有幸经常见到谢之光、张大壮、唐逸览等前辈画家。有一次唐逸览对他说："胡问遂讲过一句话：要经常读帖读画，要背出来，知道每一笔的来龙去脉。"施大畏记住了，于是经常留意一切能看到的资讯，比如将报纸、画报上的绘图作品剪下来，积累到一定时候就装订成册。

后来施大畏见到了在上海人民美术出版社工作的陈谷长，还有张培础、张培成昆仲，他们带施大畏进入了一个奇妙的艺术圈子。当时陈谷长等人借人民大舞台画画，施大畏经常去转悠，陈谷长看了他带去的习作说："画得不错，但你应该从老师那里脱身出来。"为此建议他临摹黄胄的画。后来施大畏花六元"巨资"买到一本20开的黄胄册页，天天临摹，直至滚瓜烂熟，技艺大有长进。

张培成也是敬业中学的学生，不过是高中生，他与施大畏气味相投，常常在放学后躲在教室里画画。到了1973年，施大畏与张培成合作了第一本连环画《难忘的岁月》。这本连环画只有40页，但他们画得极其认真，这次合作使两人的友谊实现了升华。

施大畏中学毕业后被分配至市建二公司当学徒，尚未熟悉环境就与工程队一起来到安徽某个"毛驴也走进不去的"山沟沟里，建造战备所需的房子。夜色深沉，灯光黯淡的工棚里人影乱晃，充斥着令人烦躁的汗臭与燠热，劳累了一整天的老师傅们光着膀子聚拢在一起，喝点劣质土烧，打打扑克，吆喝声声，传递对当时政治氛围的不屑与不满。施大畏不喝酒，不打牌，也不骂人，在属于自己的上铺搭一张小桌子，画速写，对象就是眼前的老师傅，他们身上的肌肉鼓胀着生命的活力。一师傅抬头问："小施，下来跟我们老头子喝一口，老是躲在上面划拉，你在画什么啊？"

施大畏略带腼腆地笑笑："我在画神话故事。"

"别画了，帮我去买一包香烟。"师傅一声吩咐，他吱溜一声爬下来，一头冲进夜色之中。

后来领导知道施大畏是个"会画画的学徒"，就安排他去干油漆工，领导以为画画跟油漆是一回事。后来又觉得这个人应该用起来，当时运动一个接一个，每个单位都需要出大批判专栏，建筑系统也不能落后，于是施大畏获得了"正式"画画的机会。他画得熟门熟路，很快完成了上级布置的任务。领导很满意，不久将还没满师的他被调至建工局当宣传干事，下基层采写简报。施大畏很快学会了如何按照大报的套路写出激情洋溢的官样文章，当然，他更看重的是匀出时间继续画画。再后来，领导有意培养这棵"好苗子"，让他担任党办秘书，施大畏相当头痛，天天跟领导磨，要走人。领导缠不过他，就让他去工会，那么他就又可以在上班时间挥毫泼墨了。比如尼克松访华时,一些大型单位要布置会场,好像尼克松的智囊团或美联社的记者会突然光临,可不能让老美看咱们的笑话啊。由此施大畏结识在钟表公司负责宣传的韩硕,此后他们一起从单位图书馆里"偷"禁书看,看到外国名著的精彩插图就毫不客气撕下来,裱好后供自己临摹。

施大畏说:"当时真是一个文化大饥荒的年代啊!新华书店里除了毛选、样板戏总谱、社论单行本之外,真是什么都没有!我与韩硕就是靠'盗窃国家财产'的手段积累资料,想想真是可怜。1986年我第一次去意大利访问,生活津贴只有区区30美元,就花了26美元买了一本表现主义画家埃贡·席勒的画册。"

1978年,由于施大畏参与创作的长篇连环画《李自成》在中国美术界产生了较大影响,他被调入上海人民美术出版社任连环画室任创作员,兴趣与职业真正对接上了。不久,他与韩硕合作创作的《我要向毛主席报告的》获得第二届全国青年美术作品展二等奖,并被中国美术馆收藏。连环画《清兵入寨》获得全国第二届连环画绘画创作二等奖。调入出版社那年施大畏当年当选第四届上海市青联常委,1983年及后来两年中分别当选全国青联委员、上海市文联委员和中国美协理事。在他面前,一条平坦的康庄大道洒满阳光与花瓣。

1984年,施大畏脱产进上海大学美术学院深造,干修班结束,照理要回出版社的,但施大畏思量着"净身出户",爽爽气气做一个职业画家,当时可供选择的地方就是上海中国画院。人美社的领导得知他的心思后二话没说,大开绿灯,于是施大畏在著名画家韩天衡的帮助下调入上海中国画院。此前他并不认识身任中国画院副院长的韩天衡,但一个偶然的机会结缘之后两人心有灵犀,一见如故。

施大畏进了画院,有人嘀咕:来了一个画连环画的。虽然数十年来,上海一直是连环画重镇,出版了无数影响青少年成长的优秀作品,但连环画是小画种,自然被一些自诩"正宗"的画师轻看。上世纪五十年代画院成立之际,丰子恺出任院长,也有人认为他是画漫画的,不够格。这就是一种偏见。

这时,院长程十发先生发话了:"我也是画连环画的。"

一言九鼎,从此无人再发讥讽之声。

施大畏是争气的,进入画院的当年就将《暴风骤雨》拿到北京评奖,抱了个全国连环画绘画创作二等奖回来,不久又赴意大利时尚之都米兰举办个人画展。

施大畏经常对人说:"我画画,其实是在经历着别样的人生,也就是深刻体验着描绘对象的生活与感情。在上海人美社的时候,我看到贺友直、顾炳鑫、汪观清、刘旦宅等老前辈对待艺术非常认真、非常虔诚,起稿子时一丝不苟,给我留下深刻印象。还有一次,我记得正值江南梅雨季节,刘旦宅蹲在出版社一间小房间的地上久久不起,走近一看,发现他在观察墙上一块发绿的霉斑。他看我走近就兴奋地说:大畏你看,这块霉斑多么漂亮!我在考虑如何表现出这种效果。"

上海人民美术出版社有一个好传统,创作员接受创作任务后,必须去作品反映的地方体验生活。施大畏在创作《朱德在井冈山》时就去江西井冈山体验生活,找老乡、老红军聊战争年代的故事。他在敬老院找到了贺子珍的战友,听她讲当年毛泽东上井冈的故事。他还找到了王佐、袁文才的多位部下,因为两位首长不幸沦为冤魂,他们也就散伙了,直到改革开放后才恢复应有待遇,但他们对自己遭受的不公没有半句怨言。施大畏在接受创作《暴风骤雨》的任务后,拿到脚本的第二天就去了东北的元茂屯。那里是经济欠发达地区,招待所里门也是坏的,根本没法上锁,晚上睡觉他只得将桌子椅子顶着。白天写生,晚上记笔记,一个月后回上海,作为汇报,他将画稿贴在墙上任人点评。这种实打实的生活体验使施大畏获得了丰厚的思想感悟,艺术技巧也明显提升,更重要的是对社会底层的劳动人民有更多了解,产生了深厚的感情。在创作《太阳照在桑干河上》时,他也到桑干河上走了一大圈,还特意去北京拜访丁玲,了解小说人物的性格发展线索与故事背景。丁玲对他说:有生活,作品就大。施大畏说:"依我的理解,这个大,就是人物的丰满形象,就是作品的艺术感染力和思想冲击力，主题思想的丰富性与永恒价值，就是持久的人性力量。"

1977年，施大畏到陕北黄土高原采风，在窑洞里与一群扎着白羊肚头巾、朝气蓬勃的陕北农村青年夜话。20年后，他旧地重游，山河依旧，但当年的热血青年已步入中年，少了几缕梦想，多了些许沧桑。施大畏在几多感叹中创作了一组人物头像画《高原的云》，把对这些西北汉子的复杂情感尽情挥洒于宣纸之上，将时代变迁与人物关系描摹得入木三分。前不久，他又重返陕北，发现不仅当地风貌大变，而且当年的那些熟人，又生发出种种出人意料的精彩故事。施大畏再次感叹生活的神奇，他想在适当的时候将这种地域和人的变化展现出来。

在体验生活中加深对社会生活的感悟，加深对作品中诸多人物命运及生存环境的观照与思索，这样的艺术观念与实践，让施大畏的作品具有强烈的艺术穿透力和张力，能够表现出艺术对象复杂而丰富的内涵以及人民性。

施大畏最初的成名作《祖国处处是我家》、《万丈高楼平地起》，都是反映建筑工人生活的作品。他是凭藉建筑工人的身份闯进艺术界的，直到今天，但凡上海有重大工程，他依然会抽空拖上儿子去工地转上几圈。东海大桥、洋山港建造时，他跑去蹲了好几天。"东海大桥建造时，我去蹲了一天，看到建筑工人对桥柱进行高空作业时，我突然感觉，他们就像在雕一朵花。"施大畏说。

世博会在上海筹办时，中国馆造到一半，施大畏居然爬到最高处，俯视了整整一个下午，心中荡漾着"一种别样的壮阔之美"。

好像从1989年创作《归途——西路军妇女团纪实》开始，施大畏从历史和神话中寻觅人类战胜自然、战胜自我的历史印痕，将敏锐的视点聚焦在重大历史题材和神话故事，由是，他努力实现自我更新与蜕变，画风为之一变，变得厚重凝练、沉郁顿挫，诗性的力量不可阻挡，如江流入海，茫茫苍苍。

施大畏的中国历史和神话题材作品可以分为三类，第一类取材于中国古代和近代历史中具有深刻持久影响的重大事件，第二类着重表现中国现当代历史中某个特定时期、特定事件，第三类是中国神话。这些作品有的入选国家重大历史题材美术创作工程，有的获得多项全国性的美术大奖并巡展各地甚至国外。

《归途》获得了第七届全国美展铜奖，对施大畏激励不小，他甚至获得了来自文学界、史学界的点赞，他在此后的二十多年中连续创作了《天京之变》、《辛亥百年祭》、《长征系列——生》、《长征系列——湘江血·涅槃》、《不灭的记忆——南京·1937》、《1941·1·14皖南事变》、《国殇》等巨作。从这些作品的题目中就可以知道画家对历史肌理与横断面选择，对人物形象与命运的选择，这其中不乏对历史疑点的解密，对历史定论的解读，对历史人物的重估。但无论人物定格在哪个历史节点之上，那种扑面而来的悲剧气息，总让人震撼并深思。

在施大畏的画室中有两幅巨作，一幅是施大畏、施晓颉父子俩为"上海历史文脉美术创作工程"而创作的巨作《洗礼——上海第三次工人武装起义》。顶天立地的画面气势逼人，延续了施大畏近年来所一直苦苦探寻的历史画创作风格，虽取材于特定的历史事件，但又超越具体的历史，高度概括而富象征意味，挖掘出被压迫者抗争某种不公环境的精神特质。画面中有我们熟悉的起义领导人，如周恩来、罗亦农、赵世炎等，也能辨认出上海滩上来自工商界及帮会的各色人等，还有形象委琐的投机分子和叛变者。枪林弹雨及棍棒交加的混战中，翩翩飞出了一群惊慌而不失优雅的白鸽，它们纯洁而柔软，为血色黄昏的悲剧气氛平添了一抹女性化的暖意。这些白鸽是献给为革命事业献身的仁人志士，也是献给上海这座英雄的城市，更是画家通过最容易达成共识的象征符号记录自己心灵演变的载体。

数年前，上海中国画院应邀前往美国纽约，在切尔西艺术博物馆举行"春华秋实——上海中国画院藏品展"，不少美国观众对施大畏送展的巨作《长征系列——生》反应强烈。美国华盛顿大学怀恩教授甚至说：我没有想到古老的中国画也能用如此现代的艺术表达方式讲述一个人类不向命运屈服的动人故事，我从中看到了一个民族的意志。

政治倾向如此鲜明的作品何以引起美国人的认同？就事件而言，长征被欧美学术界评为一千年来中国人影响世界的三大事件之一。另外两大事件，一是火药的发明，结束了冷兵器时代，还有一个是成吉思汗横扫欧洲大陆，使欧洲人反思中世纪的落后。长征被西方人解读为人类为了生存所以要向极限挑战，而《长征系列——生》中塑造的群像就在这个精神层面上拨动了他们的心弦。

施大畏说："艺术的人性具有国际性。不管是何种意识形态的背景，把艺术放大就是体现人性的'真善美'，这是不变的观念。历史题材画还应该有一种永恒的审美价值，它可以延续至后代，不妨让后来者当小说来读，读出别样的滋味。"

画室中的另一幅巨作正处于起草阶段，主题或称"大禹治水前传"，主要人物就是大禹的父亲鲧。鲧是有崇氏的部落首领，在尧帝时代被四岳公推为他的接班人，尧帝其实是知道鲧有人格与智力上的严重缺陷，刚愎自用，不善于团结人。为了考验他并给他一个实现自身价值的机会，尧帝就派鲧去治理黄河。鲧开始相当努力，但总是一根筋地用堵的办法，花了九年时间，浪费了大量人力物力，最后以失败告终，自己也意志消沉了。而且鲧还因为自己的贵族血统，不愿亲临治河第一线指挥。于是尧帝对他彻底失望，杀了他，叫他的儿子禹来完成父亲未竟的事业。

这幅巨作在空间处理上也一如施大畏此前的历史作品，满满当当的布局令人窒息，画面中以鲧为中心，充斥着人的头像，双目怒瞪着苍狗白云、青山黄水，还有残缺而扭曲的肢体，伸张的大手与挣扎的泥足，还有简陋的治河工具，人与自然、人与命运、人与权力等冲突因素无所不在，无所不包，强烈地表现出远古时代中华民族对命运的抗争，实现自我价值的欲望。

这幅画属于历史,但不限于历史,也属于当代。像鲧这样的悲剧,不是个人的悲剧,而是一个时代的悲剧,而且不也发生在近代中国,甚至建国后的某个时期?

施大畏认为:神话是人类永远的梦想,并不只在人类的童年才有。故而在近二十多年里,他在创作历史主题画的同时,也创作了不少神话题材作品,比如《开天》、《后羿射日》等。神话是一个多重的故事,可为人类的存在状态提供不同层面的隐喻,可以透过神话,对敬畏的人与事保持远观,免去直视时的不安,又能完成梦想的投射,让人心得到补偿和满足。

克劳齐说过:"一切历史都是当代史,当代人的思想观念必定作用于其对历史的理解"。毫无疑义,历史画最重要的就是立意,即意蕴的开掘。

所以施大畏也有体会:"我们在欧洲的美术馆里可以看到西方有那么多壮美宏阔的宗教画,我们为何不能画好自己的神话?中国神话的悲剧意识也相当强烈,元气似乎更加丰沛,它们是民族魂的附体,是可以感动世界、与世界文明对话的文化元素。"

施大畏还会关注逐日的夸父、怒触不周山的共工、以头贿客而替父复仇的眉间尺、铸剑的干将莫邪……鲁迅历史小说《故事新编》里有着独特审美价值的"神话、传说及史实的演义",他留意已久。施大畏准备创作十幅,然后办个画展,让观众一起重访中国人的精神故乡。

他说:"在人心浮躁的当下,我们尤其需要在神话中安置自己的灵魂,找到自己的出发点和荣耀和归宿,特别在利欲熏心的世态之中,神话中有我们值得栖身的孤岛和诺亚方舟。我是一个英雄崇拜主义者,不管是成功者还是失败者,只要是能够体现永不服输的英雄气质就能让我心生敬意。我还要强调的是:英雄主义是一个民族的精神财富,世界上伟大的民族历来就有英雄主义的集体情结与梦想,尤其是在民族遭受重大灾变及面临危亡之际、在努力实现伟大复兴之际,这种精神就构成了推动整个民族前行的强大动力。"

是的，英雄主义一定要有超越个人之上的理想与情怀，要有奋不顾身、勇往直前的进取精神，要有将自己的血肉之躯送上战场和祭台的勇气。

施大畏的画笔，饱蘸着英雄的梦想，流淌着烈士的鲜血……

许江雕塑作品《共生会否可能》

当风景被赋予拯救的命题,当老葵现身为被拯救的情态,就呈现出一片特殊的期待和生机。

琉璃葵灯千字咏

去杭州采访中国美院院长许江，时间飞快，相谈甚欢。得知第二天正好有2014级新生开学典礼，我提出去象山校区看看。今天中国美院的象山校区在全世界都有很高知名度了，因为王澍主持了这个校区的建筑设计，并且得了一个普利兹克建筑奖，成为获得这个奖项的中国第一人。但是许多人并不知道，当年王澍作博士论文答辩时，有些评委对他激愤的观点持有疑义，评委席上的许江坐不住了，马上写了一篇三千字的文章力推，使他成功闯关，后来还招他来美院，并力排众议，把象山校区的规划设计权交到他手上。

五年前我在象山校区有过匆匆一瞥，这次细细品味，山水渐次分明。王澍还在奇思妙想，新落成的综合楼有一个动听的名字：水岸山居。它建在水边，爬坡而上，青瓦铺顶，原木作梁，而且是那种又像曲尺又像斗拱的结构，在天顶上铺张成错综复杂而又有一定规律的景观，引人入胜，饶有情趣。墙有两种，一种用青灰旧砖砌成，中间嵌了许多缸瓦片，有绿有黄，不经意间的美丽。另一种是黄土墙，套模夯成，夯土层中间又有不同泥土间隔，横断面似一幅幅山水画。联合国教科文卫组织有一个夯土研究小组就设在象山校区，水岸山居的这个建筑可以看出夯土技术在发展中国家大面积推广的未来价值与审美内涵。

象山校区的另一种景观大约是野趣了。800亩校区里保留了农田，一年四季呈现不同颜色，油菜、玉米、高粱、小麦、萝卜……还有葵园，漫漫一片。许江身穿缁衣，走进葵花深处，托起一个巨大的葵盘对我放声大笑：我们这里被誉为中国最美的校园，我们这里可以感受时序的变化，我们这里有大粪飘香！

金秋十月，许江在北京国家博物馆举办个人艺术展，许江栽种在油画布上、浇铸成金属雕塑的葵，以不同的视觉景观展现于世人。绝大部分作品都是许江这几年文化思考的结晶。

一个世纪以来，中西文化的碰撞是始终横亘在中国现代文化建构中的一个大课题，许江的艺术之路可以被视为对此问题的一种解答。

2003年以来，许江的作品从城市建筑转向以葵花为主题。他的《葵园》系列可以被视为城市主题与大地主题的叠合，茂密的葵花如生长的城市丛林，更是大地上蓬勃不息的生命。同样，这些画面也可以看成是画家行走与守望、思考与叙述的叠合，葵花的群像交织出生命的混响，呈现为视域和远望的无限，在此，系列的画幅是一种向未来延伸的开始。特别是，我从这些画中读出了许江的忧伤和焦虑，那是当下知识分子普遍存在的心态或者说是时代症候。

从画面视觉构造来说，许江所描绘的其实是"葵原"。那在四季中轮回的一望无际的原野，带着燎原之势，向观者迎面袭来。那是一种根源于沉思的深重的忧郁，与他之前通过城市风景所捕捉到的历史兴废感相较，这种忧郁更显深刻——它来自画者对世界和大地的"天问"式的思索。

无论是画布上的葵，还是金属雕塑的葵或琉璃装置的葵，许江的葵从来都不是供人玩味观赏的花朵，与中国古典文学与艺术中反复颂咏的葵的形象全然不同。许江的葵自成一格，它是果实，是沉重的，在秋的深处，葵的硕果已然沉醉；它又是强韧的，在四季轮回中，反复地从衰朽中重生，用生命铸造出精神。

许江的葵从来都是集体性的，或为列兵般精神抖擞的"葵阵"，或为叠加堆积却如火焰般升腾的"葵塔"。他的画面所呈现出的是一种集体性的视觉，其中蕴含着巨大的力量。而此力量绝不仅仅属于葵本身，而是来自那孕育化生并且承载万物的大地。葵与大地的合体即是葵原，那漫无边际的葵的原野，反复更生于沉沦与拯救之间。

对许江这位文化守望者而言，葵原即是家园。在荒原与家园迁变之际，蕴藏着一切存在者存在的秘密与根源。

"黄花冷淡无人看，独自倾心向太阳。"怀着整个夏季的孕养，脱尽碧绿鲜黄的铅华，老葵锲而不舍地挺立着。在这里，有一种历史渴望拯救，一如花朵渴望太阳。在这里，在每一颗老葵上，都系着一份令人动情的兴衰，系着生命被拯救的渴望。

当风景被赋予拯救的命题，当老葵现身为被拯救的情态，就呈现出一片特殊的期待和生机。

而我，特别理解作为公共空间中挺立的宏伟葵阵。那是步入晚年的葵，等待收割的葵，葵盘硕大，枯枝败叶，积蓄了一年的阳光，努力将能量转化为颗粒饱满的葵籽。它们交叠、纠集、堆积、依靠在一起，唱着相互道别的歌谣。我心里涌起一阵伤感：铁锈色的老葵，是许江他们这一代艺术家的化身，曾经有过欣欣向荣的形象，饱经风雨的生长，终于到了剧终谢幕的时候，最具有整体性与趋光性的他们，准备鞠躬致谢了。

是的，一路走来的许江被人猜测过、怀疑过、警觉过，但是我现在知道了，他与同龄人一样，也有过酸痛彻骨的砥砺。他随家人下放到福建沙县，当过代课老师，每天在三所小学教英语、体育和美术，还在骨胶厂当过工人，将动物的骨头熬炼成胶，在很臭的气味中躺在骨头堆上读着世界名著，跟颓伤的同事讲故事，后来又在美术公司当画工，高考恢复后他考上了浙江美院，毕业后又在福州一本文学杂志社当过美编，数年后回到美院后才算真正归了队。

后来许江又留学德国，在汉堡美术学院自由艺术系研修，奖学金少得可怜，只得钻进学校的一间杂物间里栖身，每天自己开伙仓，因为煎蛋的油烟从门缝窜出而遭到德国教授的羞辱。但浪迹两年，他深刻领悟了表现主义的真谛，接连办了两个画展。从欧洲回来，许江却执意地要实现两个回归，在思想上是从西方艺术学问向中国传统学养的回归，在创作上是从跨媒体的形态试验向绘画直观表达的回归。他说，这是一个"精神远游者的返乡"。

许江的创作形态从空间回到架上，由观念重返绘画，向人们展现了一部个人的艺术史。这种"回返"式的艺术旅程，为中国当代绘画揭示出一个新的发展空间，也为当代艺术研究提供了一个独特而深刻的案例。也因此，中国评论界普遍认为：许江的绘画是失而复得的绘画——艺术精神的远游者在不断回望中返乡，重新发现绘画在艺术史、在当代文化中的意志和力量。

余华在观看了许江的作品后这样写道："童年、成长、情感、历史、现实、天空、大地、生命、感恩、拯救等等纷至沓来，汇集到许江的内心和情感里，示威游行，逼迫许江将它们太多的和各不相同的诉求表达出来。所以我们面对这组巨型美术作品时，我们也有太多的和各不相同的感受。向日葵们百感交集，我们也同样百感交集。"

许江高举着葵花一路前行，精神抖擞，汗流浃背，当然不可能步步生莲。

大家知道，开元之际，许江当上了中国美院的院长。你是如何继承美院历任院长留下的文化遗产？我问他。

我知道，这所大学的前身是蔡元培先生创办的国立艺术院，历任院长中有林风眠、滕固、吕凤子、陈之佛、潘天寿、汪日章、刘开渠、莫朴、肖峰等，还聚集了吴大羽、颜文樑、倪贻德、李苦禅、李可染、艾青、庞薰琹、关良、常书鸿、董希文、王式廓、王朝闻、吴冠中、赵无极、朱德群等赫然于艺术史的大师。

许江沉吟许多，从多个方面作答，他在强调大学精神时特别提到一点，那就是"劳作上手，读书养心"，希望学生通过劳动来达到心手合一，进而对中国文化传统有深刻的理解。

开学典礼上，许江作了一个没有套话、废话、空话的讲话，然后向每位新生赠送了一份用黄丝带扎成的礼物：一支狼毫毛笔，一支兼毫毛笔，100张元书纸，一瓶墨汁，一册《智永真草千字文》字帖。他希望学生用毛笔临帖，从笨拙的书写中点滴感受中国文化的原真。六位学生代表上台了，齐声朗读：

"天地玄黄，宇宙洪荒。日月盈昃，辰宿列张。"

许江在微笑。他一定想起自己小时候随父母下放时，老师送他的礼物：一包铅笔。此时此刻，笔墨的传递也是一个文化传承的庄严仪式。

"寒来暑往，秋收冬藏。闰余成岁，律吕调阳。"

许江在默想。他也记得那年离开农村时向学生执手相告：你们要好好学习，将来不至于因为没有文化而吃更大的苦。

　　"云腾致雨，露结为霜。金生丽水，玉出昆冈。"

　　许江在远望。

　　西湖，南山路，涌金门，许江在水面上安置了128盏用琉璃制作的葵灯。夜幕四合，波光粼粼，葵灯点亮，一片璀璨，向着对岸的孤山默默致敬，1928年3月26日，国立艺术院创立。孤山便成了中国文化的一个制高点。

方攸敏国画作品《花卉立轴》

这些花卉都是他的模特儿,他与花儿的神交,早已打破了人与自然的隔阂。

"花王"在前传中遭遇"众神"

无论在中国还是在外国，收藏家的故事往往被染上绚丽的传奇色彩，这种色彩的元素由眼力、机遇和冒险精神构成。但是在特殊社会环境中，还需要绵绵人脉。或者说"东道若逢相识问，青袍今已误儒生"，而你却要将青袍当作知己，"秋风吹不尽，总是玉关情"。

在莺歌燕舞、百花吐蕊的太平盛世，文化名人家中藏几张同样是文化名人馈赠的字画，算不上一件稀罕事，这在中国也算是一个优良传统，相当于古人的诗文酬唱。但在今天，名人家中的名人字画，往往是兄弟阋墙的根源。名人后代的收藏可能又精彩又丰硕，名人后代凭借祖荫跻身收藏界的也不在少数，但这样的收藏家不会引起人们足够的敬意。

方攸敏家中收藏的一批名人字画，得之机缘，藏之平治，它们见证了在一个特殊的年份里，他与前辈大师们没有任何功利动机的真情厚谊。

在上海书画界，方攸敏是一个极富个性的书画家。他颔下那圈美髯，在风中微拂，远远一望，绝对道骨仙风。他每天早起就要画画，一上午可画好几张。有时候也会晒几张在网上，引起粉丝一片惊叫。

他的"百花草堂"种了上百盆花卉，一年四季渐次登场，姹紫嫣红，热闹非凡，这些花卉都是他的模特儿，他与花儿的神交，早已打破了人与自然的隔阂。更潇洒的是在公众场合"命题作文"，只见他略作沉思，鹘然落笔，如有神助。须臾，四尺夹宣上水汽氤氲，花枝春满，玉兰、红梅、水仙、芍药、牡丹、绣球、修竹……艳而不俗，娇而不弱，清雅喜人，芳香袭人。"花王"美誉，名至实归。

方攸敏祖籍在四川绵阳，但他一直在上海生活工作。1981年毕业于同济大学城市规划系，1985年就读于上海中国画院国画进修班，现为职业画家。

说起童年、少年的生活及学艺印象,方攸敏相当感慨。上世纪四十年代,他父亲在一家银行担任高级行政职务,有了闲钱,就喜爱上了收藏字画等雅物,经年累月,也营造起书香门庭的浓浓雅意,这使总角之年的方攸敏从小便得到中国文化的熏陶与浸染。长及桌子一般高时,他就拿了毛笔东涂西抹。他父亲见了非但没有责备,反而很高兴,有意识地引导他研墨临池,专习颜柳褚王等名家法帖。转益多师的经历,使方攸敏的书法别有一种韵味,清新脱俗,奇崛古拙,耐人寻味。

建国后,方攸敏的父亲当然难逃历次运动的冲击,从此家道中落,每况愈下。他母亲为了维持日常度用,不得不进入里弄生产组谋生。"那一段时间非常清苦,常常开不出伙仓了,母亲就叫我陪她出门,挟一只包袱,到当铺换点钱来买米。送进当铺的,有时是文房用品,比如象牙图章、连红木盖的端砚,还有折扇什么的。那时候我还不满十岁吧。"他对我回忆道。

但即使在这样的清苦中,他也没有荒废临池习字。后来,为了减轻母亲负担,他早早地踏上社会,在大跃进的"火红年代"里,进入虹口公园当了一名花匠。后来领导发现他的字写得好,就叫他去搞宣传工作,还破例给了他两间小屋子当画室。这样一来,方攸敏莳花弄草之余,就可"躲进小楼成一统"了,泼墨敷彩,自得其乐。

十年动乱狂飙突起,方攸敏自知投错了胎,也不敢像阿Q那样投身革命,便埋头做了一个逍遥派。后来他还与同事一起办了好几届花卉展,在肃杀一片的文化环境中营造出一丝暖意。也因为有了花卉这个题目,一些被打倒或靠边站的画家们也打起精神出门走走,一走就走进虹口公园。闻香赏花、画花留芳,也许是书画家难抑的天性吧。

于是,方攸敏利用天时地利,向画家们提供几盆花卉,为他们的生活增添一抹亮色,由是结识了刘海粟、关良、林风眠、朱屺瞻、谢稚柳、程十发、唐云等老前辈。"陈从周经常来看我,在我的画室里一坐就是半天。老先生那时候寂寞啊,他跟我讲古建筑原理和美学价值,他连古建筑的结构也很精通,斗拱怎么盘、牛腿有什么作用,不厌其烦地跟我讲。有时他就在我们食堂里吃饭，有时执意回家，出了公园门顺路在米店买一把切面，回家煮一碗清汤寡水的阳春面，日子过得很清苦。"方攸敏说。

说到这里方攸敏喝了一口茶，借此缓和一下情绪，"今天，朋友来访，请他们吃个饭稀松平常。请老前辈吃饭更是理所当然，还要从风味、环境、陪客等方面竭尽周到，可是他们都不在了……"

有一次唐云对方攸敏说：小方，你画花卉，应该买一支"大兰竹"。那时方攸敏的工资也就几十元，拿来的工资悉数上缴，贤内助下拨的零用钱也就几个小钱，额外开支得专项申请。于是他跟妻子磨了半天，才申领到买一支笔的钱——其实也就区区一元几角而已。"大兰竹"在手，画起花卉果然生机盎然。

他去拜访程十发，看到发老的日子也不好过。"发老常常差我到朵云轩买宣纸，十张——这是他特别关照的。不像现在，随便哪个书画家，总是一刀（100张）起买。"方攸敏对我说："有时我从朋友家里发现旧纸，就讨几张给发老，他居然像孩子一样高兴。有一次我从家里整理出十几张旧的泥金纸，带给发老看，他见了眼睛发亮。我们订了个君子协议，十张泥金纸由他画十幅画，其中三张归我。发老一口答应并很快就画好了，但属于我的这三张画，后来被我送掉两张，只剩最后一张挂在家里。你看，当时他画得多么洒脱啊。"

在方攸敏的画室里我看到了这幅泥金花卉——那是一朵盛开的莲花，视角相当独特，画得也洒脱。

还有一次，方攸敏从家里找出两条老旧的珊瑚笺，拿到程府请发老写一幅对联。发老一看赞不绝口。"写对联一句话，只不过我有一个小小要求：从旁边裁一条下来给我，我要写签条。"所谓签条，就是贴在轴头或册页上的标签。书画家都十分看重这一叶签条的品位，用历久弥新、色泽鲜艳的旧纸当然更佳。

在那个人情浇薄的年代，方攸敏与程十发结下了深厚的友谊，后来连程家一些家事也邀他参与。有一次程十发想利用阳台搭一间小房子，塞一张小床给儿子睡，方攸敏就从公园里叫来几个工人敲敲打打，"违章建筑"

搭得很有水平，一点也不影响观瞻。每逢年节，他还会拿些花卉盆景去美化程家小屋，给画家些许安慰。

还有一次在程十发家里方攸敏见到了一位外表落拓而气宇轩昂的客人，"那不是电影演员赵丹吗？"于是马上跟赵丹聊起电影。方攸敏说自己最喜欢看赵丹与周璇主演的《十字街头》，忆起与周璇的一场对手戏，眼神如何真切，动作如何巧妙，把赵丹夸得如吃仙丹，通体舒泰。程十发在一旁说："别看小方在公园里工作，画画写字也是一把好手呢。"赵丹眼睛一亮："是吧，以前只听说有画花的人养花，还不知道养花的人画花呢。哪天你到我家里来，我画画给你。你别不信啊，我读过上海艺专，科班出身噢。"

几天后方攸敏拜访赵丹，赵丹说："你要画什么，尽管开口，再不让我动笔，人就要疯了。"那天，赵丹当着方攸敏的面泼墨挥毫，画了一幅非常鲜艳泼辣的花卉。

"文革"后期的一个春节，方攸敏照例去程府拜贺新岁，那天阳光明媚，发老神采奕奕，桌上、窗台上的水仙开得正好，几个子女也围在他身边，清茶一杯，欢声笑语，至少在这么一个小小空间里，一切都显得那么美好。程十发就对方攸敏说：今天我们全家人为你画一幅画。

发老"一声令下"，程师母开笔画了一朵牡丹，发老的儿子、女儿也依次添了花草、山石、葫芦等，最后是发老题款：新年大吉大利。

"那真是全家福啊！"方攸敏拿了画回家，这个年过得真是快活极了。现在这幅"全家福"被他压在箱底，连我也不让看。

在程十发指授下，方攸敏的技艺日益精进。有一次发老还在方攸敏的画作上题了一行字："攸敏佳制，有胜青藤白阳。"那可是了不得的褒奖啊，方攸敏那天像喝了蜜糖一样，回家路上笑个不停，路人都以为他是个傻子。

十年动乱中，上海画院的老画家不是关牛棚就是去干校，画笔是不能拿了。直到七十年代中期，他们才有机会外出透透空气。有一次，方攸敏为了让老画家们"活络一下"，就组织他们去龙华苗圃写生。苗圃的负责人是造反派，态度蛮横地要求画家先劳动半天，才能写生半天。这些画家都七老八十了，好不容易得到一个亲近大自然的机会，还要叫他们去拔草松土施肥？方攸敏秀才碰到兵，有理说不清，只得叫来单位里的一个造反派成员替他说情。阶级兄弟一句话，外加两根"大前门"，这才放了画家们一马。也就是这次活动中，方攸敏结识了张充仁、陆俨少、林风眠。

陆俨少留了地址请方攸敏去他的复兴中路寓所"白相相"。不久方攸敏欣然拜访陆府，那是在一幢石库房子里的很逼仄的居室，捡菜、吃饭、画画都是一张摇摇晃晃的八仙桌，头上的一盏灯也是八瓦的节能灯，光线暗淡，闪烁不止。聊了一会，方攸敏就请求观摩陆俨少画山水。大师呵呵一笑：行啊。只见陆俨少用一支小羊毫蘸了一点墨，游走在山水之间，慢慢地、却又肯定地顺势走笔，让画面有了变幻多端的形势，有了灵性与气势。

方攸敏说："陆先生，我听到了哔哔剥剥的声音，你的笔好像在放电。"陆俨少快慰地笑了，在那个年代里，他很少能听到高山流水之叹。

河清海晏之际，陆俨少的作品复为时人所识，向他讨画的人也踏破门槛。有一次陆俨少问方攸敏："你为何不向我讨画？"方攸敏憨厚一笑："我能看你画画就相当满足了。"不久，陆俨少就画了很大的一张《黄山烟云》给他，此后还送了好几张画和书法给他。几年后，方攸敏的儿子去日本留学，盘缠凑不齐，无奈之下转让了一张，得1000元救急，至今说起，肠子也悔青了。

林风眠在建国后一直时运不济，1963年，中国美协在中央美院展览馆举办过一次《林风眠绘画展览》，在美术圈获得很高评价。但不久，《美术》杂志根据上面的意见刊发了一组批判文章，杀伤力最强的就是蔡若虹以笔名写的《为什么陶醉？》，一棍子将林风眠敲得晕头转向。接下来"文革"，林风眠慑于"金猴奋起千钧棒"的形势，将千余张精心之作浸泡在浴缸里，泡烂后再由抽水马桶冲走。经历一番摧残后，林风眠成了一只惊弓之鸟，但与方攸敏交往一段时日后觉得诚实可信，便邀请他去自己家里

"走动走动"。

林风眠早年赴法国勤工俭学,回国后才25岁便出任国立北平艺专校长,1928年又在杭州创办国立艺术院并任校长。建国后不久被迫辞去杭州中央美术学院华东分院教授之职,蛰居南昌路一幢法式小洋楼里。过了几年,法国妻子无法忍受这种令人窒息的生活,携爱女离去,这对林风眠打击极大。从此孑然一身的大师,天天闭门作画,生活上如同一个苦行僧。然而正是他耐得住这般冷落与寂寞,造就了标新立异的艺术风格。

方攸敏见到他时,林风眠刚从牛棚里放出来,但心中余悸未消,说话时声音也卡在喉咙口。"林风眠在法国得到过毕加索送他的一幅画,藏在镜框后面,抄家后他发现没了,不知给哪个识货的红卫兵卷走了。"方攸敏告诉我。

方攸敏憋了半天向林风眠求一张画,林风眠吓得连忙摇手:"我不能给你,公安局的同志说了,一张也不能别人,如果要给,必须得到他们的同意并登记。"

直到十一届三中全会之后,林风眠才给方攸敏画了几幅作品。"我很喜欢他画的鹭鸶,别有一种苍凉的意味。"方攸敏说。

上世纪八十年代初,林风眠要移居香港了,临行前给方攸敏打了电话:"明天你来,我为你留了两只瓷盘。"第二天恰逢单位开会,方攸敏请不出假,等下班后赶到那里,已经人去楼空。1991年夏天,林风眠在南国溘然去世的消息传来,方攸敏翻出大师送他的作品,反复观摩,潸然泪下,画面中的那只鹭鸶孤独而高傲,仿佛已随风而去了。

方攸敏与大师的故事还很多,比如张充仁穷困时只能在家里打地铺睡觉,却很欣赏他的画,还向方攸敏讨过一两张,给了他极大鼓励;方攸敏带了两瓶黄酒去拜访唐云,唐云喝得高兴,随手赠送他一幅水墨淋漓的新作;方攸敏为曹简楼办个人画展,忙里忙外,事必躬亲。曹简楼非常满意,画展结束后将60件展品全部送给方攸敏,但后来都被他分送友朋了。

"那个时候，画家送画是很平常的人情往来。今天艺术市场一片繁荣，艺术品的价格一路疯涨，有些不堪入目的画居然也成为投资品种，真是让人哭笑不得。在这种形势下，书画家一般不肯送人作品了。所以我还是很感念艰难时世中的文人情谊。我从来不把自己看得太高，朋友欣赏我的作品，我还是要送的。"方攸敏说。

茆帆国画作品《秋色赋》

听耳边晨钟暮鼓响，看窗外云卷云舒，内心获得了前所未有的宁静。

蓬舟吹取三山去

梅雨微湿柳叶绿，我们来到花木扶疏的龙华寺塔影园，一径走进华林书画院。茆帆兄正在工作室伏案挥毫，我凝神屏息静观片刻。一株红梅从他的笔端枝桠横逸，花苞艳丽，透露出画家内心的欣喜。茆帆兄说：这是用清乾隆年间留下来的老胭脂画的，故而没有烟火气，色泽格外典雅。

在海上艺苑中，茆帆是一位散淡而洒脱的书画家兼篆刻家，有人说他骨子里是一个老派的"没落文人"，从行为方式看则是一个行走于旧上海的老克勒。说他传统，也许是他擅长书、画、印，还能做得一手旧体诗，长啸短吟，乐此不疲。说他老克勒，是因为他处世为人相当海派，敢于千金散尽，敢于举杯痛饮，敢于挑战陈规陋习，敢于在艺术上不拘一格，创新求变。

数年前的夏天，茆帆的个人书画展借座新天地一号会所举办。早早的，他就给我寄来请柬，我自然很为他高兴，开幕后就前去观瞻了一番。在场内还看到不少书画界朋友也来了，既是捧场，想必也是在掂量他的斤两。

我与茆帆兄订交已有二十多年，平时开会、旅游与他在一起聊得很放松，话题也杂，正儿八经地谈艺术倒不多。他爱古陶瓷，搜罗了十八件明代瓷器，遂将书斋命名为"十八小明轩"（另一斋名为"抱木居"，因院子里栽有一棵百年古藤）。他爱喝酒，酒量差强人意，酒席上也爱哼几句皮黄，但要是孔耀洲兄在场，他多半有点怵。耀洲兄学富五车，博闻强记，他的苛求一般人是消受不起的。当然，我最喜欢旁观他们抬杠，唇枪舌剑可是嚼劲十足的佐酒佳肴。有好几次，我还目睹茆帆兄写字作画，挥毫泼墨连带着拉长四六调吟诵一番，绝对是一大享受。

茆帆在童年时就浸淫于古典文学与书画艺术，12岁就临池研墨了，还要背唐诗宋词，学做格律诗，稍大，读四书五经。他父亲是搞实业的，虽然不是书法家，但酷爱中国传统艺术，眼界也很高，陆续收藏了一些字画，其中有董其昌、恽南田、何绍基，他就照着翁方纲的手卷临池习字。

从翁方纲入手后，少年茆帆又临了几年欧阳询、王羲之，上溯龙门二十品，下涉赵孟頫，真草篆隶都写，真可谓"上蹿下跳，大小由之"。

这种转益多师、上追下通的临摹对茆帆兄开拓眼界是大有好处的，现在他真草篆隶拿起来就写，得心应手，就得益于早年练就的童子功。

中学毕业，天下大乱，茆帆到江西插队，种过田，编过报，当过戏曲编剧。又转到南昌工艺美术厂画过蛋壳，也画过立轴，为外贸出口创汇作打工。后来又到景德镇艺术瓷厂做设计，对陶瓷生产的一套工艺非常熟悉（他曾详细告诉我抽水马桶如何做法）。十一届三中全会后回城，他的创作进入一个新阶段，作品经常刊载于解放日报等媒体，篆刻也是在这个时候学的。茆帆是直追汉印一路的，路子很正。所以当"文革"后上海第一次举办书法作品展时，茆帆的篆刻作品就被评委一眼选上。

茆帆为黄佐临、杜宣、乔榛等艺术家刻过印章，为朋友刻的就更多了，当时风气，写字、画画、包括刻印都是不好意思收钱的，他有时还要倒贴印材钱。一些外地读者在报上看到他的印花后，径直写信来索印，他也很快刻了寄过去。

茆帆在农村插队时就学画了，但系统地学画应该在回上海以后，他从王蒙、倪云林、石涛、傅抱石等大家的作品中吸收技法，追求雄浑大气的风致格调。在茆帆的作品中可以看到元明山水画的印象，他也希望自己的作品能呈现一种磅礴的气势。

由于家学深厚及刻苦学习的缘故，茆帆的旧体诗也写得相当到位，托物寄情，耐人寻味。这样一来，茆帆就成了海上不多见的诗书画印俱佳的艺术家。

早在1988年，苏局仙老先生就对他多有赞誉，还以一首诗相赠："不独广文三绝艺，还多琢石汉家风，高才既是得天厚，功力自为并世雄。"文史馆诗人朱蕴辉也有诗激赏："法书挥洒墨香薰，腹有诗书笔有神，展览欣瞻豪迈作，兼工六法盛年人。"此外，谢稚柳、杨仁恺等大家也多有褒奖。

但是茆帆不怎么看重同行的赞许，他对自己一直保持着清醒的认识。他曾对我说：中国传统书画走到今天这一步，不能再孤芳自赏了——特别是自我陶醉，而应该走向世界，对世界产生更大的影响。他还说，现在外国人到中国来，也会学书法学水墨画，但这多半是旅游项目，属于农家乐性质，老外靠这种游戏不能真正进入中国文化内核。比如北京奥运会，英国人以孙悟空为主角做了一部动画片，但看过的人就说，他们对中国文化还不了解。为什么呢，就因为他们不能表达出中国民众的感情。所以，中国传统艺术，一定要承载最广大群众的感情，承载最具现代意识、最有普世价值的观念，才能打动不同文化背景的"老外"。

我问茆帆：每天从早到晚，你又是写字，又是刻印，还要画画，写诗也那么出色，信手拈来，妙境无限，你忙得过来吗？书、画、印、诗之间如何融会贯通？

茆帆呵呵一笑说：我的体会是，书、画、印、诗，或者再加上其他门类的传统艺术，其实都是相通的，我主张老实为主。吴让之说过一句话很受用："老实为主，让头舒足为多事"。什么意思呢，就是搞艺术，老实是很重要的，直抒胸臆，平铺直叙，不要过多地玩弄花里胡哨的雕虫小技。做人也是这个道理，直来直去，真诚待人，不要玩虚的。学书法、绘画、刻印以及作诗，对处世为人都是很有帮助的。潘天寿先生有一句话说得太对了，他对他的学生说过：不必称"三绝"，但须得"四全"。也就是说，一个画家一定要懂得作诗，方能达到"四全"的境界。作诗对提高书画家的修养是至关重要的，它是道，而不是术，是内心的体验，而不是简单地临摹自然景物。所以我只要有空，就喜欢作诗，抒发内心的体验。再说，艺术创作是非常个性化的心灵诉求，需要静下心来研究和实践，特别是中国书画艺术，尤其需要一个与世无争的安静环境和文化氛围，我每天到这个超凡脱俗的美妙环境里，不止画画写字，更多的时候还要读书，听耳边晨钟暮鼓响，看窗外云卷云舒，内心获得了前所未有的宁静。这种感觉，我想应该在近阶段的书画创作中有所体现。

茶过三巡，聊得也相当尽兴，茆帆起身来到桌前，提笔录了一首新诗送给我"笔耕半世始知艰，退颖如山曷相关，无似贯通游戏意，诗书画印互增删。"

茆帆烟酒茶不戒，酒兴一起还会唱几句老生，近年来品香上瘾，但基本素食。

一毛摄影作品《上海晨曦》

一毛的照片,构图机巧,质感强烈,貌似随心所欲,其实决定性瞬间把握得稳、准、狠,令画面极具张力,又有一种难以言说的沧桑感。

老髯一毛

每当一毛兄飘然而来至眼前,我就会想起风尘三侠中的那位爷们——赤髯如虬的"虬髯客"。一毛,是他的"艺名",本名在朋友圈里长期搁置不用。他本人则自称"老髯",用上海方言一叫,简直响遏行云,谁都知其丰富含义。

"一毛"两字早已名动海上文坛。一毛兄是大学教师,专授数学,逻辑思维是他的强项,摄影是"业余"。但无论胶片数码,黑白彩色,也无论人物、景物、抽象,一出手就让人惊心动魄,过目难忘,内心暗叫:这家伙,还让不让我吃饭?

一毛的照片,构图机巧,质感强烈,貌似随心所欲,其实决定性瞬间把握得稳、准、狠,令画面极具张力,又有一种难以言说的沧桑感。2011年吴亮推出一本带有自传性质的随笔集《我的罗陀斯》,用他的青春记忆来叙述中国特定阶段的宏大历史。我买这本书,三分之一为吴亮,三分之一为自己,还有三分之一为一毛。这本书里有许多用反转片拍摄的黑白照片与文字呼应,那场景,那气氛,那色调,都搅翻了我的思绪。白里闪烁着我的梦,黑里沉淀着我的忧伤,中间的灰,是我的日常。比如在《南昌路近思南路》这张照片中,镜头插入石库门弄堂里的沉寂,呈现出我们这代人记忆中的灰调子,但是在过街楼的楼板下面倒映着日光中的铸铁栏杆,又构成了纯审美的线条,祭奠着无限伤感的抛掷的青春。还有张题为《上海晨曦》照片,两三组闪闪发光的铁轨,从照片下方一直伸向无尽的远方,构图简洁,线条有力,陪衬松软,内涵丰满,有着强烈的暗示性,与文字叙述的那个年代中知识分子的心绪极为吻合。这些照片,为吴亮的絮叨作出了精彩注释，更为我们这代人描绘了重返历史现场的背景。吴亮请一毛来配图，真是高山流水。

平时，无论一毛兄在哪里现身，手里总抓着一架莱卡袖珍机，见谁就拍。上海文化圈有一句话：两个人得提防，一个是陈村，一个是一毛。这两位爷总是相机不离手，镜头不饶人。一不小心，你得意忘形的"腔调"就被他们逮着，记录在案，甚至挂到网上接受"公审"。

一毛兄还有更"业余"的一手：篆刻。虽说自小"白相相"，无师自通，却玩出了庖丁解牛、倚马可待的境界。朋友说他是一边烧泡饭一边刻图章，泡饭还没有见沸开锅，图章就刻好了。他为朋友刻图章赛过拥军爱民，欢欣鼓舞，有求必应，外加奉送石头。我喜欢白石老人的风格，他听说后马上以齐家风格为我刻了两方"城南花开"，一朱一白，赛过一朵芍药，一朵牡丹。直到有一天村长（即陈村）实在看不过去了，为他拟了润例，公诸网络。在今天艺术市场跟房产市场相互别苗头的形势下，这份润例绝对亲民，埋下了让人民群众实现财产性增长的伏笔，新朋老友看了喜大普奔。我也不客气，抢先下订单。之前一毛兄已为我刻好几章，让我很不好意思，现在有了润例，当然要润他一下。再说，错过了1992年的认购证，错过了2003年的房产证，可不能错过一毛的图章。

很快，门铃响，快递来，一毛兄不仅完成"来样加工"，还额外送了两方。看，他就是这样的人！还有一次朋友聚会，他有事不能出席，却叫人带来一包礼物：台面上的朋友每人一方印。看，他就是这样的人！

有一次吃饭，一毛兄身边坐着一位绝色美女，他目不斜视，美女却要逗他："一毛哥哥，你留着这么长、这么密的胡子，能不能保证每口饭菜都准确无误地送进嘴里？"一毛呵呵一笑："习惯了，倒也没有浪费过粮食。"而他的表情分明在说，难道你喂我不成？

可是我发现，此后一毛兄的进食动作不免有些僵硬，他似乎在认真计算每口食物突破虬髯的层层重围，最终送进嘴里的时间、角度和观赏性，那就受累了。哈哈，一毛兄，老髯！

邵琦国画作品《月气延清樽》

宋元一路风格的山水画在眼前徐徐展开古今相通的景观，气韵酣畅，傲骨凌风，寒意逼人，更有一种笃实和严谨在线条中体现出来。

邵琦：隐逸在自己的"城市山林"

新学期开始了，邵琦对本届新生搭了搭脉，总体上比较满意。今年报考上海师范大学美术学院中国画与书法专业的考生比往年多，录取比率为4比1，有了较大的挑选空间。前几年情况不大理想，甚至出现过报考人数低于招生额度的现象。

邵琦说："主要是大环境改善了，报考人数就会上升。本届新生二十个左右，基础不错，此中应有可造之材。但这几年我一直在想，教他们画画，画的又是中国画，本科四年读得也蛮吃力的。毕业后没有与之对口的单位，但他们在学校、导师、学长的多方位帮助下，会去国立或民营的美术馆、博物馆和广告公司、画廊、拍卖行等文化机构，也有些毕业生进了中小学当美术老师。成为职业画家的为数不多，但他们多是铁定要走这条路，家里也力挺，作为老师，我当然倍感欣慰。过去大学生是国家包分配的，美术专业毕业后可以去的地方很多，企事业单位也要，让你搞政宣啊，商业企业需要布置橱窗，电影院需要画电影海报，现在这部分工作由设计专业毕业的人来做了，或者通过购买服务来实现，不必再养几个美工人才了。总体来说，毕业生能100%就业。"

在上师大美术学院，邵琦也算有一间工作室，正宗斗室：两个人面对面坐定，转身就相当困难了。靠墙插了十多幅顶天立地的油画，没错，是钉了木框的布面油画，只不过用中国水墨画的表现方式来表现的。我们喝茶，当年的铁观音。

邵琦说：香港大学也有美术专业，一年招几十个学生，史论兼绘画，学生中除了纯粹出于兴趣或具远大志向者，可通过获取奖学金来完成学业，更多的是衣食无忧的富家子女，他们希望通过美术来修身养性，毕业后可以慢慢跻身职业画家，或者就在家里安逸优裕的环境里随兴所致地画几笔，与商业无涉，有机会拜个名师办场画展，在江湖上算有个名分了。

"随着中国大陆的经济发展，第一代富商创下一份家业，受父母爱好收藏字画这种气氛的熏染，第二代就可能产生美好愿望，走上纯艺术的道路。"邵琦说："从中国文化史这条线索看，君子固穷，画家固穷，但衣食无忧而出大画家的例子也更多，他们的作品可以不受市场影响，寄情山水，托物言志，真情率性，就能出大作品，《兰亭序》如此，《富春山居图》也如此。我们美术专业的毕业生今天改行了，这是生存需要，以后积累了一定的财富和人脉，再回头从事纯艺术创作也不是没可能。但是像香港那样出于单纯目的而来报考美术专业的学生，今后应该会越来越多。"

有学生问邵琦："邵老师，你是衣食无忧了才来画画的吗？"

邵琦回答："谁说我衣食无忧啊！到月底我还得为酒钱烟钱着急呢，所以来当教师爷，每月背五斗米回家啊。中国画院、文史馆里的这些老画家，名气算得响亮，但你一说他衣食无忧，他也要跳起来，真正靠卖画为生的画家还是少数。"

邵琦现任上海师范大学美术学院教授、硕士研究生导师，但他的学生大多不知道他从何处来，私下猜想他一定出身名门，家学渊源。提起这个，邵琦自然绽放那张标准"眯花眼笑"的脸庞。其实邵琦是华师大中文系毕业的，古文功底相当了得，他与格非还是同窗兼室友。邵琦毕业后在政府机关做过几年公务员，后来坐不定，在几所大学里流转多年。

"85新潮"那会，北京上海等地的文青们闹腾得厉害，邵琦也热血沸腾，不过他不玩行为艺术，也不玩装置，玩老祖宗留下来的水墨，只不过玩得更加邪门：16张高丽纸平铺在地上，提着颜料桶直接倒在纸上。这一路淋漓酣畅的超级写意大概连他本人也看不明白，但叫好声却震耳欲聋。这批作品后来因保存不当发霉了，揭也揭不开，只好当垃圾扫地出门。后来他还与张隆、张晓刚、毛旭辉等人一起策划并组织了第一届和第二届《新具象画展》，还到北大去做《新具象的批评》等专题演讲，很是出了一阵风头。

青年邵琦也享受过一段难忘的尖锋时刻。

在资本介入之后，有人在名利的诱惑下产生了一夜暴得大名的妄想，或为赢得外国人垂青，借用政治波普等手段博出位，本来比较投缘的小圈子也分崩离析、相互抬杠、相互攻讦，甚至反目成仇的都有，眼看着一个个圈子出现了"化学反应"，邵琦就悄悄抽身而退。也在此时，他认识了画家江宏，在江宏的启发下，他在传统艺术中寻找自己的心灵港湾。

邵琦在当时名气很响的《朵云》杂志上发表了一系列美术评论文章，特别是在1989年董其昌国际学术研讨会上，他宣读了题为《"南北宗"论的语境展示》的长篇论文，引起了全国美术界的关注。这次会议的参与者，六七十岁者是主流，绝大多数的年龄都在四十岁以上，而邵琦只有26岁，在老前辈眼里还是个小朋友。后来在江宏的推荐下，邵琦到上海书画出版社任《朵云》杂志任编辑、编辑室主任。

在上海书画出版社的十年，是邵琦告别旧我、追本溯源的十年，是他潜心研究传统绘画的十年，也是他英姿勃发的十年。他有幸结识了一批老前辈，如谢稚柳、徐邦达、程十发、谢巍、苏渊雷等，从老艺术家身上感受到中国传统知识分子的风骨，也学到了中国书画研究的方法论。从邵琦发表于这一阶段的论文和演讲的主题来看，他主攻方向很明确，从北宋的董源、巨然、范宽、郭熙等一路下来，到倪云林、赵孟頫、董其昌、四王、四僧及海上画派诸家。

从当代艺术到传统书画，这一转身在潮起潮落的喧哗声中显得有点突兀，有点使性，也有点避让和归隐的意图，但不管他人如何评说，邵琦心如止水，从容淡定，微微一笑，掸去衣衫上的落英，在中国传统艺术的山阴道上缓步前行。

至于为何对北宋格外尊崇，邵琦是这么认为的：北宋是中国高度艺术化的时代，从皇族到平民，还有中间起到关键作用的文人士大夫，在一个宽容的环境中从容不迫地做到了生活艺术化或艺术生活化，许多艺术在北宋完成了定型和普及，而且影响至今，影响至亚洲或更远的国度。研究宋人的艺术，其实就是研究宋代的文化氛围和文化特质。

邵琦说："而且你看，在北宋，艺术普及后还保持了多个层面的平行不悖的发展，艺术在彼时的三大作用都发挥得很好。一是存形，在绘画上就表现为造型，准确度空前提升，提高了人们对事物的认识水平，比如《清明上河图》、《百子图》、《货郎图》等，老百姓家里的祖宗画也安详慈爱，炯炯有神。二是宣教,用今天的话来说就是宣传功能,这个发挥得也很好,寺庙里的宗教壁画在当时大有成就。三是修身养性,主要是文人画这一块得到长足的发展,成为绘画艺术的最高层次。这个一直影响到元明清,山水画成了文人士大夫寄托情怀、人格外化的主要形式。到了元末明初,山水画里的景观已与变化中的时代相去遥远,但还被文人们看作是城市山林。那么从这个意义上说,今天我们的山水画,尽管看上去树还是宋元的树,山还是宋元的山,但是审美时的感受可以直追那个宏阔广博的气场,而无古今之隔。"

再后来,邵琦进入上海师范大学美术学院,对数千年传承脉络清晰、同时风格流派精彩纷呈的中国书画艺术而言,他必须担负起承上启下的历史重任。

邵琦懂得循循善诱,上课时先画一张董其昌或倪云林,让学生领会其中的奥妙,学生画好后他再逐个指点,从细节中识别每个学生的长短,因材施教。为了让学生认识山水画在 IT 时代存在的可能性与文化价值,邵琦将一幅有倪云林风格的传统山水用油画形式表现出来,拍成照片在投影仪上放映,问学生那是什么画?学生异口同声地说是宣纸上的山水画。然后邵琦再变戏法似地从讲台下面拿出这幅画来——原来是画在油画布上的风景。

邵琦希望学生认识到:画家要成为工具的主人而不是奴隶。无论何种材质、技巧或画种,都可以表现中国传统山水画的本质精神,都是画家心境的写照。就像林风眠所言:绘画的本质就是绘画。

邵琦有深厚的中国古代文学底蕴,对晋唐文学尤其倾心,性格也好,南人北相,素来善饮,朋友间的小酌,自然悠然,如席间有懂画知己,酒量就自然更上一个台阶,这些特点都使他获得了许多率性的知已朋友。所以,邵琦在教学之外的表现更加精彩。在他的笔下,尤其是酒后微醺的随意挥洒,宋元一路风格的山水画在眼前徐徐展开古今相通的景观,气韵酣畅,傲骨凌风,寒意逼人,更有一种笃实和严谨在线条中体现出来。

"我的画追求存在于记忆深处的、被人们普遍认同的美,哪怕在今天只能虚拟这一美的情景。我不强求真实,因为真实并不一定都是美好的。我反暴力、反庸俗、反感官刺激,归绚烂于平淡,于平静中重返精神故乡。"邵琦说。

与北方画家意趣相左的是，在上海画家中擅长山水画的并不多，而邵琦对中国山水画却情有独钟。他认为山水画最能体现文人的情怀，最能表现独立的人格与孤傲不驯的精神——就像鲁迅所坚持的"不合作"精神，故而也更能在喧嚣尘世间中表达清寂敬和的生活态度。

邵琦一向低调，与大小圈子保持恰当的距离，而外地画家对他十分"买账"，他成了墙内开花墙外香的典型，追到上海来求他画的藏家还真不少。

原清华大学美术学院副院长、现中国美术学院美术馆馆长教授杭间在邵琦的作品集《只在此山中》中撰文说：邵琦可能就是那种隐藏在都市中的传统文人，他的内心古意，逼近魏晋文人，这是一种值得关注的生命的状态，因为就传统绘画而言，任何生活的差异所造成的形式差异，都是难以分开的因果，近一百年来，中国传统绘画的革新不见令人心仪的大师和佳作，人格和画格的分裂，生活和艺术的分离，可能是不可复原的因素。

杭间的话道破了邵琦山水画的文化密码，也是对邵琦作品的个人诉求与社会功能的解读。杭间由此进一步推导：在上海，在21世纪多种媒体竭尽视听感官刺激的文化消费中，邵琦将传统当成一种日常行为的状态，是否能折射出更大的问题？

这个还需要回答吗？邵琦早有夫子自道："当传统精神出现大面积流失的情景中，我以一己之力重拾北宋以来的文人士大夫精神，一路坎坷重返中国主观意识彰显的山水现场，不仅获得了一种超越肉体的大快乐，还使学生们在基础练习中分享这份快乐，使他们在电脑与手机之外，找到一块使灵魂小憩的清净之地，这不是很好吗？同时，对买画者而言，将我的作品挂在他们客厅，也可以在俗务之隙穿越时空，进入我所营造的山村郊原，获得与古人一起读书、抚琴、拍曲、品茗、赏花等机会，这不也是一种现代化浪潮中的自由选择吗？"

我问邵琦："你这么固执地坚守传统，会不会对学生造成某种局限？"

邵琦回答："民国时的北大之所以伟大，是因为它同时接纳了胡适和辜鸿铭。深受新文化熏染的北大学生也没有因为辜鸿铭而留起小辫子，再说，辜鸿铭是用英语讲课、用英语演讲的。"

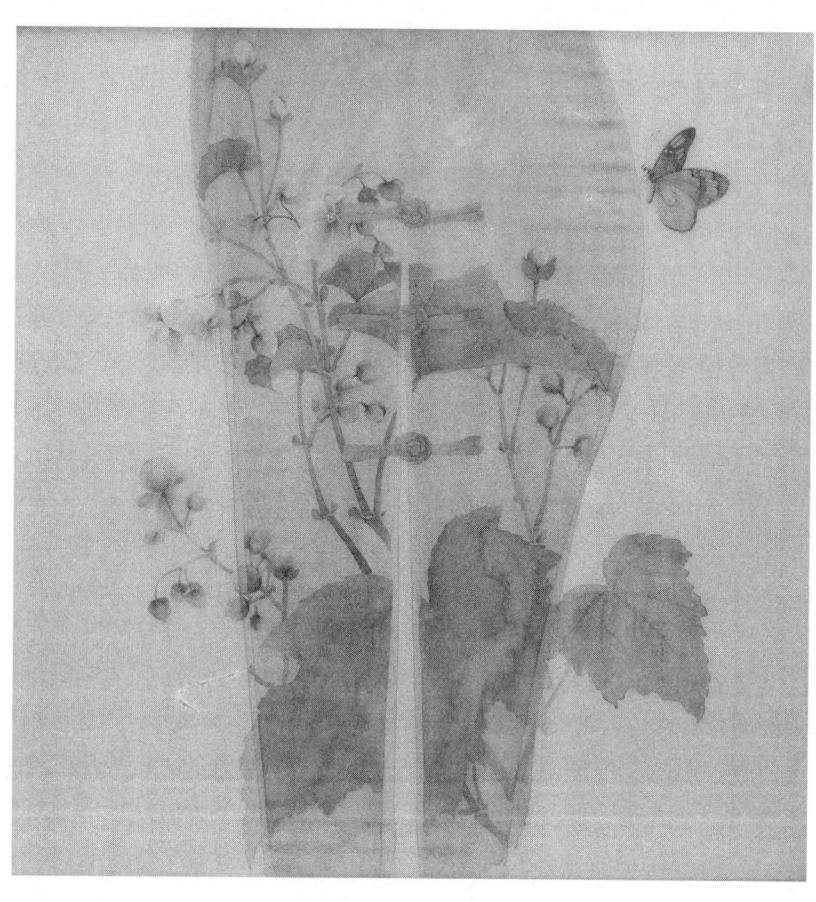

鲍莺国画作品《海上遗韵之十六》

旗袍回归日常生活,体现的是女性的自信与从容,也是对历史的深情回望,历史的斑斓中,镶嵌着许多失落与向往。

绣球花，盛开在莫奈花园

近年来，一位女画家让大家"多看了一眼"。她叫鲍莺，可能是上海中国画院专职画师中最年轻的一位。她的画有鲜明的个人印记，远远一瞥就被吸引过去，鲍莺的画被人记住并喜爱，还可能缘于她近年来的作品出现了"工笔写意化"的追求。她把勾线填色渲染的传统技法，与没骨、泼彩等手段相融合，使古典符号很强的工笔画摆脱了为文人画所排斥的工艺性特征，加载了现代绘画的理念与情趣。

在她的画中，那种朦胧与细腻，那种水渍氤氲的渗透性及澄澈碧透的质感，与上海的城市气质很接近，也与许多年轻人的思绪情调相契合。在不少需要借助视觉艺术渲染气氛的场合，她的作品就像春天的一丛野花，无拘无束恣意绽放，引爆人们的愉悦感。

女画家总是令人期待的，在上海尤其如此。上海在近代以来曾经云集了好几代有深远影响的大画家，同样也给了女画家们太多的机会与灵感。在鲍莺那个年龄段的女画家，已经形成了一个群体，姹紫嫣红地点缀着上海的春天。她们也似乎握有了一定的话语权，但如何表达自己的艺术主张，是机会，更是压力。2012年的"海上花开"、2013年的"王者之剑"、2013年的"预言"，这三个连续性的个展，都是她的秀场。现在，她的个展《诗露·花语》在上海作家协会西侧的海上艺术会馆举办，虽然她也是一如既往的低调，但闻讯而至的观众还是乘微雨而前往观赏。

鲍莺这次呈现的作品有数十幅，以小品居多，又可分作几个系列。一个是"海上遗韵"旗袍系列，截取旗袍最为婀娜的一段为载体，或正或侧，将恽寿平的没骨花卉，经过自己心思的一番发酵与醇化，细心移栽在上面，开出别样的姿态。那叶片，那枝杆，仿佛刚刚经历了一场软风细雨的洗礼，显得格外的通透和柔美，自有成熟女性的韵味徐徐散发，其怀想的源头可追溯到上世纪三十年代,与经久不衰的上海老歌遥相呼应。

花开旗袍,花在流畅的轮廓线外延伸着女性的梦境,已是踏雪无痕地穿越时空,但鲍莺还引来一只蛱蝶翩翩起舞,这是对花蕊的拥抱,是对文化基因的传播,也是热切地报导八十年后上海滩的时尚信息。这一系列作品的现实背景大家都能会心一笑,旗袍回归日常生活,体现的是女性的自信与从容,也是对历史的深情回望,历史的斑斓中,镶嵌着许多失落与向往。

鲍莺另一系列是"花卉与小精灵",这是她对八零后弟妹的热情相拥。花是一样绵密柔美的花,重重复重重,星空下的花丛中却飞来了插了一对透明翅膀的小精灵,她们眼睛很大很圆,水灵灵的清澈,好奇而勇敢,有梦有幻想,更有极大的善意与爱。我想,这也是画家对未来的希望与寄托吧。

还有一个系列,我不知道有无命名,但鲜明的形象透露出画家对现实题材的理解与把握,那就是表现城市与人的关系。自然与人,城市与人,是文学艺术永恒的主题,但每个时代的风云际会,旋律与调性大相径庭,音色与节奏也各有千秋。在腾飞而喧哗之中的大都会,鲍莺那一代中青年画家,争相崛起在自己的艺术积累之上,更凭着一份文化自觉与对生命的体悟,将各自对身处城市场域的认识不断深化,将城市景观和人文情怀悉心书写在画中,从以前简单的叠加、拼凑、点缀,到今天的有机组成,水乳交融的会意,相辅相成的浪漫呈现,使中国绘画那种"采菊东篱下,悠然见南山"的农耕语境获得了拓展空间与新的哲学命题,也使当代水墨画与城市审美要求更加吻合。

如果说在鲍莺的早期作品《故乡的路》中,是身处城市而对故乡略带伤感的回望,到了两年前耗费一年时间潜心创作的《城里的月光》,对城市文化与上海人的集体性格就有了更为深刻的理解,努力突破城市核膜去触碰它的精神实质。画面中,罗列着略显散乱的器物,这是日常的琐碎,而窗外的景色则有蓬勃的燥热气息扑鼻而来,交叉纵横、远近渗透,路、桥、车流、脚手架、摩天大楼等坚硬物体与女性的柔软肢体及更加柔软的情愫形成强烈反差,构成了极具哲学意味的对比,而这看似突兀的对比中又获得了超验的平衡,给出了某种寓意:那就是作为矛盾体的上海,那是社会发展中的真实写照。

不过,鲍莺最终还是要将最能代表她个人性格和美学理想的花朵置于我们共同的生活场景。

女画家对大自然是极为敏感的，大自然中的一草一木常常被视作自己的化身，身居闹市的鲍莺尤其如此。在她的作品中，花草与阳光，还有若无若有的山林气息，都构成了一种富有诗意的幻境和底色。诗与花，是互为作用与叠加的艺术元素，露与语，又是对自然妙境的感应及感知者的心灵映射。最近几年里，凡有她的画展，我尽量抽时间去观看，由是发现鲍莺依然专注以揭示花卉与人的关系为线索，又着意在构图及细节中体现一种淡雅的诗性。

与传统画家寄情于梅兰竹菊的套路不同，鲍莺更愿意将她的挚爱献给不为人们垂注的闲花野草，将它们请来，成为主要倾诉的对象，甚至连几近枯萎的残枝败叶也会拿来描绘，赋予新的生命。鲍莺不是猎奇，不是垂怜，而是以独特的方式感知自然生命，加载生生不息的内在力量。

所以，我最为欣赏的是鲍莺的"莫奈花园"系列，虽然只呈现了数幅，却在她的艺术经验中开辟了另一道风景。那是在三年前，鲍莺随上海艺术家代表团往访法国，在莫奈花园里获得了极大的审美满足，回国后她创作了这个系列。那些绽开在异国的花卉，也是艺术史上的奇葩，印象派大师的传奇，而鲍莺借此完成了中国化的写照——比如用中国画倚重的线条拉出了纵横交错的铁丝网，并将宋画中的小鸟栖息在异国花卉的枝头，这无疑将自己尊崇的传统绘画法度融入现代绘画的审美理念中。

不错，鲍莺原本有自己的"花神"，那就是不与牡丹、玫瑰争艳，也不与梅、兰、菊等传统花卉争位的绣球花，在她的许多作品中，由无数个小花蕾组成的球状花朵，以纷繁轻灵而有内在生命秩序的形象透露出画家的价值取向和性格密码。现在我想，绣球花在莫奈花园里找到了另一个明媚的春天。

鲍莺说："我的画是我的'情书'，让我表达我的追求。……把普遍的东西赋予更高的意义，使俗套的东西披上神秘的外衣，使熟知的东西恢复未知的尊严，使有限的东西重归无限，让这个世界浪漫起来。"

鲍莺是年轻的，更是勤奋的，她几乎每天都一头扎进中国画院的画室里创作，每隔两年要拿出一幅大作品送展全国美展。但她不是工匠，她希望能多点时间静心读书，更深刻地切入她所陌生的生活，领略都市风尚，体现时代精神，她试图在当下多元文化语境之下，将传统中国绘画的艺术本质和美学趣味与现代人的价值理想及精神诉求建立起一种贯通方式。

知弥国画作品《梅子熟了》

他并不以此来介入流变中的时尚,而是力图在城市与乡村之间,今天与昨天之间、他者与自我之间,谋求沟通,达成和解。

一米阳光有知弥

每天有数不清的企业家、投资者、创业者、发明家、高学历人士……还有浓妆艳抹的女人,春潮般地涌入上海……这个,我要说的其实不是这个。对不起,我想说:许多画家都买了单程车票,怀着理想、夹着画具来到上海。对,从这点上说,上海越来越像纽约,也越来越像巴黎了。

但是上海也是一个黑洞,许多人喝上了黄浦江的水,漂上一年半载,在东方明珠、外滩、田子坊等处寻找灵感和机会,盘缠耗尽,最终被黑洞咕地一下吸了进去。这不能怪上海的势利和冷漠,这座城市见过太多的冒险家,你只有取得成功,在纷繁喧闹的时空留下一抹鲜亮的生命印记,才被它接受,享受它的种种便利以及霓虹。纽约、巴黎都是这样的。

第一次见到知弥,得知他来自安徽,是一位新上海人,我的眼前不由得出现了一个缓慢旋转的黑洞,但我又为知弥摆脱了它的引力,离它越来越远而庆幸。知弥安静、微笑、寡语,饮酒吃菜都有分寸,说到绘画,眼睛立刻放出光亮,如电光火花,炯炯有神,但很温和。一个人也有气场,知弥有气场。

我是先看到知弥的画,一眼喜欢之后,才经朋友介绍认识他的。吃鸡蛋必须认识鸡,才能知道这只鸡是散养的还是圈养的,散养鸡生下来的蛋叫草鸡蛋,有资格卖得贵。知弥毕业于中国美院,圈养过四五年,羽翼丰满后翻墙而出,进入散养状态,做了一名职业画家。选择在上海觅食,是需要一点野外生存能力的。

知弥的画,在宏大的主流话语之外,努力拓展个人感情表达的空间。上海真要成为具有国际影响力的城市,这种空间就要容纳更多的梦游者和弄潮儿。知弥的画之所以能打动人,正在于作为个体而存在的价值,是大历史、大时代的有效补充。

知弥描绘的对象往往定格于一些庸常生活的细节,一朵花、一片叶、一壶茶、一枚瓜、一棵菜、一柄扇、一炷香、一篮樱桃等,但从人们熟视无睹的对象中,他希望捕捉一点陌生感和间离效果,将具有城市精神和市民趣味的瞬间固定下来,通过线条的顿挫、稚拙、迟滞、犹豫来释放自由散漫的思绪,通过墨水和色彩的渲染来铺陈突破边界的书写。这种情绪归根到底是什么?我猜,他是愿意为所有的观者承当一些乡愁,寄托一些情怀的,他更希望通过带有田园诗性的描绘来提醒自己,或再次明确身份,与纽约化、巴黎化的上海保持恰当的距离。而这,便在浓厚的、甚至有点刻意回望以做出某种身段的怀旧气氛中,也为城市人短暂的精神颠狂或休克,注入一剂清醒和警觉。

中国人眼里的静物与欧洲人眼里的静物其实是两种物象,中国人讲究的是人格化而不拘泥于客观存在,与西方人在哲学层面就有了分野。到了知弥笔下,又有了一层新的意思,那就是在扭曲与变形方面走得更远,甚至看得出挣扎、放纵与叛逃,所以离内心世界更近。你可以说知弥的线条有弹性,有力量,有温度,懂得收敛,他的色彩有层次,高光点接近透明,墨色也很饱满,妙趣横生,有逸散旷达的文人气。也可以说是自我镜象通过客观世界的恣意展现。但是当他在画面中让出大量空白,交给观者去驰骋想象力时,当一棵大葱、一杯冰淇淋、一条丝巾也在快乐地跳舞、并且呈现曼妙姿态时,我分明感觉到处处有人的足迹、话音和呼吸。也就是说,知弥的画不是刻意在制造一种孤傲和冷漠,他希望获得各位的评判,表情有些腼腆。他每天早起执笔一张画,是为了筹备一场不期而至的派对。

知弥在上海,并非为了消费这座城市,也不是故意要与上海的现代化和市民意识对抗,他在寻找自己的位置,寻找与上海沟通的语言,也在努力融入这个传奇并成为史诗(也许是吧)中的一个章节,一个音节,那么他敏感地观察到种种有趣的细节,并记录在案,这也是他写给上海的情书。

一只布偶、一套餐具、一只高跟皮鞋、一张软包沙发上的一朵凋谢的玫瑰、一叶猩红微翘的性感的唇……这是他对上海的感知与解读。他并不以此来介入流变中的时尚,而是力图在城市与乡村之间,今天与昨天之间、他者与自我之间,谋求沟通,达成和解。而时尚天生是一个女人,她更加敏感地看到了知弥的身影,穿越了千万人的矩阵,向着知弥快步走去。哪怕阳光只有一米,也将知弥笼罩在内。

舒伯展国画作品《墨梅图》

与他所推崇的青藤白阳、石涛一样，舒伯展的画风也是对艺术的日趋贵族化、媚俗化形成了挑战甚至颠覆。

舒伯展，向来不买账

舒伯展先生去世已有一个多月，这些天来，他的音容笑貌时时浮现于我的眼前。似乎，这个倔犟的老兄只是前夜吃醉了酒，一直睡到太阳当空，才会趿着一双黑布面圆口鞋，眉宇间残留一抹宿醉来到凌乱不堪的画室，与友人说一说梦里遇着的故雨新知，或捡出一张旧纸画两枝红梅，像赵子龙似的逗一逗威风。而此刻，还不能叫醒他。

或许有不少书画爱好者对舒伯展这个"非主流艺术家"还比较陌生，但书画界的同仁对他相当熟稔。陈丹青形容鲁迅的那张脸是"非常的不买账"，移来形容舒伯展也是十分恰当的。不仅面孔不买账，言辞也是不买账，他甚至当着一干书画界朋友的面狂妄自大地宣称：中国画山水，我大帆（舒伯展的号）是第一人！

舒伯展是个苦命人，自1941年秋天来到人间，迎接他的是比雾都孤儿还要凄惨的童年，12岁时患上淋巴结核病，他母亲不识字，只知道到庙里去烧香求佛，当然也没钱请医生，卧床五年后才能下地，却从此落下足疾，一辈子走路没利索过。他父亲为新社会所不容，人间蒸发，去向不明，母亲一个人没日没夜地劳作，才能勉强养活家里六个人（祖父母加舒伯展兄弟姐妹四人）。

但是舒伯展是不肯向命运屈服的人。小学辍学了是吗？他就在家自学，家中并无多藏书，就向街道图书馆和朋友借。后来就凭小学辍学的"学历"，考上职工业余师范学校，毕业后在街道里教书。不久，也许是闲书看多了，突然生出一个天大的文学梦来：当作家！于是焚膏继晷，奋力笔耕，居然洋洋洒洒写了十多万字。但十年动乱狂飙突起，梦想灰飞烟灭。天昏地黑的大街小巷，一轴轴名家字画作为扫四旧的成果堆积如山，又顷刻间化作满天狂舞的灰烬。他目睹这一切，瞪大了双眼，在惊恐和悲哀中透不过气来。

1968年，尚在风声鹤唳之时，他却想起要延续中国文化的血脉，偷偷拾起毛笔，学画。他在同事引荐下拜见了张大壮先生与樊伯炎先生，两位画家见舒伯展意志坚定，就毫无保留地向他授艺传道，更可贵的是影响了他的人格成长。他至死还收藏着张大壮先生开出的授徒稿，画稿上写了密密麻麻的字，对这个可怜的学生表示肯定和嘉许。

舒伯展成家后，日子过得捉襟见肘。他白天干的是繁重而肮脏的体力活，晚上拖着疲惫的身躯回家，还要坚持习字练画三四个小时。1976年的冬天特别寒冷，砚池结冰，手脚冻僵，雪花通过破窗一直飘到床上。他趴在只有三条腿的桌子上画画，画的却是向阳怒放的红梅。

为了改善家里的经济境况，他打了两份工，每天就可多收入五角钱，妻子想为他分担重荷，上街摆个小摊，他坚决不允："我今后要出名的，我是当画家的料，你再等我几年。"几个月后"四凶"被缚，全国人民倒悬解除，艺术家咸鱼翻身，舒伯展的画果真能卖钱了。

后来，舒伯展先后在江苏美术馆、上海中国画院、南京江苏美术馆、扬州八怪纪念馆、泰州梅兰芳纪念馆等地举办个人画展，上海电视台给他拍摄、播放了专题片，他的作品也成了艺术市场的亮点。

舒伯展经常挂在嘴边的话是："你们不要把我当作残疾人看，不要因此对我的作品多加宽容和溢美，我不能输给体格健全的人。有种，我们当场单挑！"

舒伯展祖籍江苏兴化，那里出了不少文化名人。他尤对乡贤郑板桥推崇备至，对扬州八怪高山仰止。他曾对我说："我是传统文化的守护人，扬州八怪的后来者啊。"他得两位老师真传，专攻山水花卉，追溯宋元，玩味明清，加之有文学方面的功底，慢慢形成了别树一帜的文人画风格，受到同侪的好评。

与他所推崇的青藤白阳、石涛一样，舒伯展的画风也是对艺术的日趋贵族化、媚俗化形成了挑战甚至颠覆。江宏曾评价他的作品："舒伯展的大写意是独步天下的，他能将观照对象的精气神充分展现出来。青藤之道不孤也。"

舒伯展送给朋友一本花卉册页，被程十发先生偶然看到，击节赞叹，欣然命笔题了"春风第一"四个字。

1999年春天，舒伯展因过度劳累而被突如其来的中风袭倒，致左侧偏瘫，卧床数月后顽强挺立。但写字画画时手腕却不肯听从他的使唤了，于是硬是通过锻炼迅速康复，而且笔画之间留下了与命运抗争的倔强印痕，线条变得更加苍劲有力。为此他又信心满满地在画上落款："不倒翁"。

舒伯展嗜酒，高度白酒，酒量也不小，而且与傅抱石一样，酒后微醺泼墨挥毫的状态尤其好，常有神来之笔，飘若浮云，矫若惊龙。长期来与命运的一次次抗争，养成了他桀骜不驯的性格与豪放落拓的气度，也使他笔下流露着鲜明的个性，意趣纵横、笔墨恣意，在梅兰与丑石间寄托中国文人的旷达情志，安顿他一辈子做不完的艺术梦。

2013年，莫言去瑞典领取诺贝尔文学奖时，当地一位华人企业家朱展兆先生买了舒伯展的一幅大写意花卉送给莫言，莫言一见就读懂并深心喜欢，大约是舒伯展的人生与性格与莫言有相似之处吧。后来朱展兆先生又将舒伯展的一批书画作品送到瑞典举办的中国艺术展上亮相，广受好评，约定今年（2015）再办一次，想不到他竟因肺炎引起的器官功能衰竭而匆匆离去！

舒伯展先生的画室名为"别味斋"，一指自己的作品另有一种况味，二指他太太烧的家乡菜别有一番风味。我在他家吃过两次饭，果真别有风味。我素不善饮，却也饱啖而归。

舒伯展谢世后一个月，他太太来电告诉我：院子里的一棵山茶花突然枯萎而死。这株花是伯展亲手所植，也是他十分喜爱并屡次画过的。

戴红倩彩墨画《静安百年》

戴红倩画面中的建筑是活的,有弹性的,有体温的,会呼吸的,正在将上海的百年风云娓娓道来。

戴红倩：用画笔修复城市的肌理

苏格拉底说过："他心中总有一种声音在告诉他，要做什么，不要做什么。"这句话用来描述戴红倩也是合适的。无论何时何地，他从来都不会夸夸其谈，即使在需要他发出点声音的场合，也顶多三言两语。这并不等于他不会说、不敢说，而是他更习惯用作品说话。在大家都在表扬与自我表扬的今天，如此低调难免吃点亏，但他乐呵呵的不在乎。

至今还有人不知道他父亲就是著名画家戴敦邦先生，戴红倩也不响。其实，在拼爹的时代这也不算什么，歌坛母女档、影坛哥俩好、画坛父子兵，说不定就能传为美谈。可是戴红倩认为倘若这样一说，就显得小气了。

戴先生有四个儿子，其中三个受家庭环境的影响和父亲的言传身教，日后都入了美术这一行。戴红倩从7岁开始就跟着父亲以及戴敦邦先生的挚友谢春彦先生（戴家兄弟都尊其为叔叔）外出写生，大人画，他也老嘎嘎地捧着速写本画，人物、景物都画得像模像样，谢春彦还"教唆"他去画公园里的美女。少先队员戴红倩同学平时一见女同学就要将脑袋低到胸前，你叫他大庭广众下把美女画到纸上，那不为难他吗？这不，看他那握笔的小手已经在发抖啦。

戴敦邦先生是著名的人物画家，涉猎连环画也是无心插柳柳成荫，勤奋而且高产。他在家里起画稿时，小红倩在一旁仔细观摩，转身自己找来纸张试验。父亲创作的连环画一本接一本地出版了，戴红倩就照着里面的构图和布局画画，一张接一张地画，废寝忘食，如痴如醉，画好后拿到课堂里去显摆，眼睛一眨都给同学抢个精光。戴敦邦先生看他有兴趣，有志向，天分也不薄，就为他创造机会。在他15岁那年，拉他入伙，联手创作连环画《那拉氏》。戴红倩知道父亲是在提携自己，就画得特别用心，创作的过程也成了宝贵的实习过程。画稿成了，连出版社的资深编辑也看不出画稿上哪一笔是老戴的，哪一笔是小戴的。出版后，看到版权页上印上了自己的大名，小戴高兴得真要飞起来啦。后来父亲告诉他，读者对这本连环画的评价也蛮高的,"但是你不要骄傲自满"。

戴红倩再接再厉,与父亲合作创作了《野猪林》、《封神演义》、《狮子楼》、《水浒人物故事》(套书)等连环画。每一次合作,戴红倩都收获了快乐,更收藏了宝贵的心得,进步神速。

耳濡目染,戴红倩在艺术上受父亲的影响当然很深,但更为深刻的影响是在人格形成方面。他说:"我父亲虽然是画家,但没想过让我继承衣钵。我们那个年代的孩子多是散养的,我也不例外。父亲把教我们画画当成是让我们兄弟几个练一门手艺,混口饭吃,从来不紧逼,所以我小时候更多的时间还是在弄堂里和小伙伴们一起玩。"戴红倩觉得,直到现在,父亲的散养模式都对自己有很大影响,"平时,父亲对我们影响更深的倒是跟我们讲做人的道理,比如诚实、守信、善良、助人为乐、不惧强权等等。"

市场经济大潮涌动,年方21岁的戴红倩毅然拜别父母去改革开放的前沿城市深圳闯荡,在那里担纲多家报社的美术编辑,同时在得风气之先的南国大量读书、观展,汲取各种艺术流派的营养,还结识了一批锐气十足的艺术家,节假日则游走全国各地写生,在历练中,他的个人风格也在慢慢形成。重要的是,小戴看到美女不再害羞,敢于用画笔去表现她们的美丽,于是在他笔下,清丽婉约的仕女、夸张生动的钟馗、意象纷繁的山水花卉一一呈现在读者眼前,传统中国画与西洋绘画的有机交融,为当代中国画的创作提供了足可研究的样本。而立之年,《戴红倩画集》出版,36岁,他的个人画展在深圳博物馆举办,当地媒体对他的评价相当高。

初尝成功美酒的戴红倩提醒自己不要沉醉于短暂的欢愉之中,于是他返回上海继续深造,在交通大学文艺系深造,除了对画论、画史、各大流派的研究之外,他对唐宋元明清各大家的流派研究更为用心。这为他日后的创作提供了学术支撑。

其实,戴红倩的创作是跟着自己预定课题来的。上世纪九十年代末开始,戴红倩与朋友走进大江南北的自然山水、老屋村落,带着满箱满包的速写稿回到工作室,又以其惯用的细笔中锋精心描绘敷彩,一幅幅有地域特征、富有美感的艺术作品夹带着朴素自然的生活气息扑面而来。戴红倩还借鉴北宋"佛像马家"马远(人称"马一角")的绘画技法,大胆剪裁,摘取自然界一角半边之景展示广袤的空间和浓郁的诗情。他精心创作的一批中国古民居系列画作,将江南水乡、安徽宏村、宜兴古龙窑、长江三峡、福建土楼、粤北村落、西双版纳竹楼等建筑再现于作品中,并赋予了浓浓的人文情怀。

"改革开放以来,社会、经济、文化各方面发展很快,城市化的推进也是迅猛的,但另一方面,许多承载历史记忆、具有地域文化特征的老建筑、老民居、老村落正在快速消失。我们从哪里来?我们是谁?居然成了下一代要面临的重大问题。而其中的老民居,作为人类文明的具体记载,如果攫取其某段最美的呈现于画面,应该能引发人们的共鸣。我画老民居、老建筑,就是历史的回响,也是民众的召唤。"

这种对历史与人文的情怀就是戴红倩关注民居以及原住民生态的动力源。2004年回到上海后,戴红倩将这种视野再拓展到城市建筑,包括石库门建筑、苏州河沿线工业文明以及老工业遗址。

戴红倩将一贯的人文情怀倾注到城市生活的反映当中,将与城市有关的画面置于全球化、现代化的背景下,以一种刚柔相济的饱满线条与雅淡的色彩,修复建筑本身的肌理,表达人与建筑的关系以及建筑在社会生活中的沧桑历史。所以在许多人眼里,戴红倩画面中的建筑是活的,有弹性的,有体温的,会呼吸的,正在将上海的百年风云娓娓道来。

《豫园四季景》也是他的代表作,在方寸间将豫园春夏秋冬的精粹景色巧妙融合在一幅画面中,诗意盎然、过渡自然、别具匠心、功力非凡。此画被作家马尚龙收录在《上海制造》一书中。他与作家赵丽宏合作的《冬日。短》,以石库门建筑群的冬日雪景,营造了城市的人文景观。他还将上海各区县的美景以中国画的形式浓缩在《上海航空》杂志的封面上。前不久,戴红倩受上海邮政局的委托,绘制了一批反映上海老工业历史的建筑画,以明信片的形式与公众分享。

更可喜的是,戴红倩近年来在父亲戴敦邦的引领下,确立了"戴家样"人物群像的新里程。以经典历史故事为题材的一批绢本作品,以气势恢宏的历史场景,生动饱满的人物群像,固化了中国民众的集体记忆。

(本文与张蓉合作撰写)

刘沙摄影作品《法国普罗旺斯一座老酒庄》

他酸溜溜地说：相比法国骑士勋章，我其实更看重法国的奶酪。

刘沙：我只比你多走了一步

刘沙是个"两栖动物"，他在摄影界、文学界和新闻界——如果算上旅行界也没人反对——行走，但都以另类的形象出镜。在以混搭为时尚的今天，绝对加分。

十多年，他背着沉重的相机跑了十多个国家，法国、瑞典、俄罗斯、乌克兰、英国、德国、匈牙利、斯洛伐克、波兰、捷克、阿根廷、智利、日本……他回来了，皮肤晒成枣红色，鞋底磨穿别人是看不到的，银行卡上数字大幅缩水也是别人看不到的，但他带回了无数个精彩画面，还有更精彩的故事——包括不期而至的艳遇。美女们知道他回来了，就给他发微信：某某咖啡馆，看照片，听故事。

刘沙摄影，醉翁之意不在酒，他习惯用镜头和文字聚焦人类的文化和历史。他在江湖奠定自己的地位，缘于很多年前泡了将近300家酒吧和夜总会，拍摄出版了《串吧》一书。这并非旅游指南，而是魔都在进入新时代后的斑斓写照。

他在广播电台工作，是音乐频道的资深策划人和编辑，这个人没有上进心，至今还是个群众。他很会调剂时间，安顿好工作后就打起背包出门了。照上海人的说法：这个人心思野，脚头散。

十多年前，一个偶然的机会，他的申请被法国政府批准，于是就走进了法国的葡萄酒庄。关于葡萄酒的书籍汗牛充栋，每个作者都认为自己最有发言权。刘沙心里明白，自己酒量不好，葡萄酒方面更是小学生，但他的眼睛盯住了法国的历史文化，书写法国历史的鹅毛笔里，一半是墨水，一半是葡萄酒。他走进数百年历史的城堡，听老人讲故事，看老照片，听黑胶唱片，捕捉历史的叹息。

所谓酒庄，大概就是山坡上一大片葡萄园，山头上建一个古堡，古堡地下室躺着数不清的橡木桶，还有未及寄出的情书和生锈的族徽什么的。一代代传下来，传到今天，家族后人耐不住寂寞，都往大城市跑了，对古堡里的花园、壁炉、佩剑、酒窖以及鬼故事也不感兴趣，就将酒庄连带古堡卖给外国人，买家中就有出手阔绰的中国大佬。法国人爱美人，也爱江山，很看重历史，酒庄的传统在他们手里被改写了，内心很悲凉，拼命抽雪茄、叹息。刘沙把今天的故事记录下来，感动了法国人。

刘沙后来出版了好几本关于法国葡萄酒庄与历史的摄影集，行销一时。法国人说：连法国人都没有像你那样花数年时间跑遍11个酒区，深入一千多个酒庄，品尝四千多种葡萄酒，为法国人和葡萄酒拍了这么多美丽而伤感的照片。

法国文化部和农业部对刘沙很感激，提请政府给刘沙颁发骑士勋章。但后来希拉克政府出局了，萨科奇上台，一朝天子一朝臣，骑士勋章一事就被搁置下来。后来萨科奇也出局了，刘沙不再惦记这件事了，哈哈！他酸溜溜地说：相比法国骑士勋章，我其实更看重法国的奶酪。

后来，瑞典政府也邀请刘沙去拍照。瑞典啊，在中国人的印象中那真叫是地老天荒，一到冬天会有很长一段时间处在暗无天日的悲情中，但瑞典人想借刘沙的镜头告诉大家，瑞典其实也有阳光灿烂的地方，当然在南方，比如斯克纳地区。刘沙兴冲冲地去了，旅游局局长亲自当他的导游，面子可真大啊。他们跑了许多地方，刘沙发现瑞典人果然与中国人不一样啊，太不一样了，比如饭店老板娘，居然是一个很有人气的演员，因为她爱好烹饪，总想在众人面前露一手，干脆就开了家饭店。一个火车站的售票员，居然是昆虫专家，因为他怕自己长期独居研究虫子而丧失语言能力，在每年1月至4月就去人最多的地方做义工，于是就成了火车站里最热情的售票员。在北方的"水晶森林"，他采访了十几家世界著名的水晶作坊，而历史上这里曾有两百四十多家作坊，大多为"夫妻老婆店"。回到上海后，刘沙打乱原先的计划，先出版了最具人文情怀的《瑞典人》一书，瑞典人一看有戏，赶紧在上海恒隆广场开出了两家水晶专卖店。

刘沙再次来到瑞典，大大咧咧地享受起海滩和阳光，有一天他在早餐后意外看到一棵樱花盛开在离大海才十几米的地方，蓝的海水与粉红的樱花构成了奇妙的组合，于是，下一本书的书名也有了——《你也可以在樱花树下喝咖啡》，樱花啊，咖啡啊，还有懒散的姿势，一下子挠到了年轻人的痒处，一面世就热销、上榜。后来刘沙去乌克兰，在一个旅游景点里发现一套中文图书："你也可以丛书"，书名就是模仿刘沙的腔调：《你也可以……》，差点把他气疯了。

但你也不要认为刘沙就像彼德·梅尔那样潇洒，今天在伦敦订做一套西装，明天到普罗旺斯吃一顿农家菜，后天再去米兰听一场歌剧顺便泡泡妞，没有的事！刘沙也有像逃难的辰光，有一次去智利的圣地亚哥，那里贫富差别很大。他入住五星级饭店，却惦记着贫民窟，晚上独自一人走到那里，与占卜师、流浪画家搭讪几句，接着又拐进一个酒吧，几十个人坐着喝啤酒，目光是警惕的，甚至敌意的。刘沙心里有点怵，幸好酒吧老板来自中国福建，这位老乡就向刘沙建议：买点酒给他们喝吧，肯定配合你。他们是一群民间音乐人，刚从外省巡演回来，可能没赚到多少钱，心里不爽呢。果然，啤酒挂着泡沫上桌后，气氛就见底回升，民间艺人掏出乐器唱起来跳起来，一直闹到很晚。

第二天早上，饭店大堂经理神色紧张地刘沙说：知道吗？你昨天大大冒险啦，这个地方是旅游手册里警告过的：晚上九点以后绝对不能去！

而你冒冒失失地去了，还背了两架相机，没被暴打也没遭抢劫，真是一个奇迹！

奇迹还在延续。第二天是五一国际劳动节，圣地亚哥爆发了大规模的示威游行，刘沙往窗下一看，人山人海，歌声震天！肾上腺素一下子上升，他背起相机就噔噔噔噔下楼去。游行队伍结集完毕，浩浩荡荡开拔，然后是演讲、喊口号，队伍里也有小青年顺便搂搂抱抱接个吻什么的，最后再砸几辆车烧几间房，乐一下子。

一时间火光冲天，浓烟滚滚，游行队伍突然大乱，潮水般溃退。不远处有装甲车先导，武装警察手持盾牌如墙，枪声爆豆般地响起，橡皮子弹如蝗虫似地扑来，"吱"的一声，一枚催泪瓦斯像老鼠一样蹿到刘沙脚下。不等他闪开，强劲的水柱划破天空，混合了瓦斯的水柱从书报亭的顶棚挂下来，兜头浇到刘沙身上，而且气味刺鼻。刘沙顿时感到心动过速，几乎窒息，相机也拿不住了。后来他才明白，为何其他记者腰间都别了一只防毒面具，原来催泪瓦斯真不是闹着玩的！

两小时后，回过神来的刘沙再次来到市政厅广场，烧成炭黑的汽车壳子已被拖走，清洗过的石子路面湿漉漉的，咖啡馆外重新支起了彩色遮阳伞，摆好桌椅，人们又像往常那样开始聚拢来，消磨暮色苍茫的时光。刘沙捡起一颗尚有余温的橡皮弹头放进口袋，跑到一辆流动食品车前要了一杯啤酒。

朋友总跟刘沙说：你为什么不办个摄影展？刘沙极诚恳地点头，但一转身又跑国外去了。现在他跑不了了，5月5日，刘沙摄影展"摄界"将在外滩中山东二路22号开幕，八十多幅作品是他对粉丝们的一个交代，也是对自己的一个小结。策展人是戴大年，此人是华师大普希金研究专家王智量教授的高足，毕业后下海经商，大获成功，但这位老兄为人低调，热衷于公益事业，在他的资助下，许多画家和作家实现了自己的梦想。

美眉问刘沙：你的照片为什么拍得这么煞渴？这么浪漫？这么另类？这么有情调？一连串问号随着香奈尔5号的气息劈头盖脸向刘沙涌来。刘沙见过江湖十年灯，知道该严肃的时候就应该严肃，所以他喉结滚动了一下说：其实你也可以拍得很好，我只是比别人多走了一步。

魏增雄摄影作品《放羊去》

这样的画面不仅充满了人道关怀,而且使记录本身的行为带有一份文化自觉。

水墨影像细雨后

在数码技术的支持下,中国人对摄影的狂热,其实就是在记录图像的行为表象掩盖下,直抵梦想的彼岸。当然,专业的摄影师则不动声色地将世相百态收入自己的镜头,比如跨界行动的魏增雄,他对世博园区的多次寻访,大有斩获,其中一幅作品《推着婆婆去看世博会》就入选"国家电网杯"城市夜景摄影大赛。

我欣赏了魏增雄上千张世博会图像,在此不急于表达观感,因为盛会以后,这个主题的图像将淹没日常经验,一定会有意想不到的作品刷新我们的想象。今天我要列举魏增雄创作的另外一个专题图像,借此说明在数码技术的强势导入下,坚持摄影理想的人,是如何抵达图像美学的高度。

乡土风景是魏增雄长期来钟情的题材,他跋涉在崇山峻岭、穿越在沙漠盆地,特别对西北地区的黄土地怀有强烈的记录欲望,不过他不会刻意去表现那种令人惊愕的画面,而是从生活的角落寻找失落的美、遗忘的美。他很早就受到书法与篆刻的训练,懂得构图的重要性,更懂得浓淡枯湿相间的艺术效果,所以在西北风情系列照片中,他好用逆光与负色调,使得画面极富质感和乐观的精神。乡土风情系列的江南水乡也是他偏爱的,在春雨沃野的滋润下,他独自行走在桑陌之中,捕捉行将消失的生活细节,使江南风情不仅仅止步于旅游性质的表演,而力图呈现日常生活的温暖与琐碎。这样的画面不仅充满了人道关怀,而且使记录本身的行为带有一份文化自觉。

比如那幅《码头上的惠安女》,是一次外部条件并不好的"逆光行动",湿漉漉的画面上,石阶的线条粗糙而坚硬,但横线条的一根根扁担分解了纵向的单调趣味,三个活动的剪影冲淡了湿冷的感觉,使画面有了动感和生气,还让人体味出一丝渔获的心情。远处的渔船,既点明了地点,更点明了一种生态。更让人怦然心动的是，船头上用漆画出来的大眼睛，瞪得滚圆，其实更像是摄影者自己的眼睛。

魏增雄是深谙极简主义精髓的一位摄影家，他用镜头语言再次强调了书法中"疏可走马"的法则，也再次重申了电影中长达三分钟以上的空镜头的必要性。魏增雄的惊鸿一瞥，记录了为人熟悉的那种庭院深深、月光竹影的乡愁。

最近几年，魏增雄的镜头伸向更远的地方，作品的价值取向也与主流话语深度吻合。他一年中会有两三次远足，与同好一起驱车深入西北、西南贫困地区，在荒芜贫瘠的大山深处一待就是数天。上个月，他们进入川南大凉山区，虽然他们对那里的贫困、落后略有所闻，但真走进大凉山美姑、昭觉、布拖一带被隐藏在大山深处的农村，还是被一种超乎想象的现实惊呆了。

对于摄影爱好者而言，这也许是一个尚未被发现的处女地，山区风光迷人，老天爷也格外垂青，他们怀着复杂的心情拍了几天。最后，一群老男人不顾疲累和条件所限，硬是告别美姑县城，向一个未知名的村落探寻。在泥泞崎岖的山路上行驶了十多公里，才看到一缕淡紫色的炊烟从农舍的缝隙中袅袅而起。

"这个村叫什么名字，至今都不知道，地图上也找不到，没有公告栏，没有户外标语，也没有电线杆，连一张纸片都找不到。这里似乎与文明社会隔绝。"魏增雄告诉我。后来他们渐渐见到了人，最早奔出来欢迎远方客人就是孩子，还有些男孩就爬到树上或土墙上，大声地喊叫着，唱着歌谣，宣示自己的存在。从他们的表情上判断，已经很长时间没有看到"外来闯入者"了。午饭时间到了，这群老男人找到一个隆起的土堆坐下，取出自带的干粮啃起来。他们拿了几个压扁了的面包递给孩子们，他们却轰地一声散开了。

与中国许多农村一样，村里的青壮年都外出打工了，只剩下老年人和孩子留守家园。魏增雄与他的朋友怀揣着几瓶在当地购买的劣质烧酒走进农舍，真切地感知了什么叫做"家徒四壁"。有的房子墙体极薄，风一吹就会倒塌的样子，连门也没有，到处弥漫着强烈的烟草味。午饭时候，孩子们端着满是豁口的粗瓷大碗走到太阳底下，大口吞咽黏稠的液体。这份珍贵的饭食好像是用苞谷粉加蔬菜煮成的，泛着草绿色，找不出一颗油星。

他还看到更令人刺痛的情景：五六岁时，孩子就要做家务了，放猪、放羊、上山拾柴草，再大点的男孩就要跟着父母下地干农活。他们的个头都比较矮，身板单薄，肩上的担子却不轻。许多孩子读不上书，最近的小学离这里也有三四十里路。在高低不平的晒场上，一些四五岁的孩子背着比小一两岁的弟弟或妹妹在路边玩耍，与牲畜为伴，他们的玩具就是随手可得的柴草棍棒或泥土砂石。

不过他们真算幸运，居然在村里目睹了一场婚礼。那是村里难得的一抹亮色，却是想象不出的简陋。新娘似乎已经有了孩子再举办这个婚礼的，这难道是当地的一种习俗？在他传给我的一组照片上，我看到新娘的母亲背着刚来到人间不久的小外孙在为女儿化妆。从四面八方赶来贺喜的村民们寒暄后便蹲作一圈喝啤酒，对着瓶口大口大口地灌着，喉结夸张地鼓动着，泡沫挂在嘴角两边。婚宴——如果说这也算婚宴的话——菜式极其简单：前一天杀了一头猪，剁成大块，加入大量的土豆和萝卜，连汤带水煮了几大锅。一批客人来了，蹲作一堆开吃，吃完一抹嘴走人，接着再来一批，再蹲下开吃。

大凉山人习惯早婚，而且天高皇帝远地追求多子多福，一个家庭生育五六个孩子很普遍，摄影家们还惊愕地看到：有个母亲居然带着九个孩子！

最让我难忘的一张照片是：一个面颊赤红的母亲赶着一群羊走在刺目的阳光下，头上顶着一片澄澈的蓝天，身后跟着一个男孩，他衣衫褴褛，神色坚毅，熟练地挥动着皮鞭。这个孩子对外部世界有怎样的知晓，对未来有怎样的憧憬？我很想知道……

魏增雄在摄影笔记上写着：我国边远地区共有 6100 万个留守儿童，很多偏远农村的农民还生活在贫困线以下，作为摄影人，我们有责任去探索、发现、揭示、记录那些常被人遗忘的角落。我们也相信，今天用镜头记录下来的这一切很快就会得到改变。

陈刚毅摄影作品《我们的童年》

石库门房子只留下躯壳,它的灵魂已被抽取,不再是海派文化的载体。许多人想通过新天地触摸上海的灵魂,无异于缘木求鱼。

上海变奏中的瞬间

都市摄影的本质在于：用镜头构筑、梳理、破解人与都市的关系，通过决定性瞬间表达拍摄者的审美追求与人文情怀，最终为历史留下久不褪色的、可信度较高的注脚。如果有可能的话，再用崇高的、庄严的写实风格或者近乎荒诞和琐碎的空间细节来讲述一般人看不到的都市人生故事。

上海美术馆正在举办"弄堂记忆——陈刚毅上海风情纪实摄影"，虽然展览只提供了50幅黑白照片，却让我看到了老城厢及周边地区在过去三十年里的巨大变化。这种变化不仅是物理意义的，更是人文意义的。它们是历史的切片，有一定的随机性，引导观众调动自己的记忆资源，去填充影像的想象空间，从而对城市生态以及城市文脉进行一番翻检，再次获取对历史影像以及话语的解读资格。

陈刚毅决定在展览结束后将这批影像捐赠给上海美术馆。上海美术馆近年来加强了对摄影作品的收藏与展示，不仅从档案层面小心翼翼地保留城市记忆的菲林，同时也从艺术角度拓展了美术馆关注与收藏的视角。

陈刚毅与我是同时代人，我们分享着相似的文化背景，形成相似的价值观。他从小生活在原南市区，后来搬过几次家，但一直在那种与租界文化差异较大的老城厢环境里长大，当地土著与外来移民杂糅共存的文化、习俗、思考方式，影响了他的性格发展。他观察事物的方法及思考习惯属于典型的上海人，所以上海观众对他的作品没有任何障碍。

那张《背影》极具沧桑感，照片中的那条昏暗的小弄堂叫药局弄，就在我家附近，过去有一座药王庙，后来拆了。只留下那个雕化的石门当，被违章建筑砌进墙里，也因此得以保存。看了他的这张照片，我后来专门去找过，照片中的人物，仍然进出于逆光中。还有《街头修脚师》、《老鞋匠》、《掏耳朵》，都原汁原味地记录了上海老城区的生态与业态，那份悠闲中实则流淌着甜蜜的伤感。《夏日》、《老逸客》、《冲凉》、《弄堂晚餐》,都是我们这一代人经历过的生活场景,渗透在每个细节里的尴尬或幸福,并不会随着我们搬进公寓楼里而淡忘。我更欣赏那张《吊起来的童话》,摄于九十年代初,地点就在南市的曹市弄,一只洗干净后被挂在衣架上晾晒的长毛绒玩具熊,有着深刻的象征意义。而摄于新世纪初的那张《卖油煎食品的姑娘》,与其说是小青年就业的注释,不如说是老城区生态的回光返照。那个姑娘的眼神里,闪烁着与命运抗争的勇气,还有一份特别澄净的尊严。

陈刚毅对城市摄影发生兴趣,一开始缘于担心自己熟悉的生活环境将彻底消失在大规模的城市改造进程中。开发商雄心勃勃之际,他杞人忧天地在街上游走。

陈刚毅对建筑物是敏感的。他是从事建筑业的,曾经参与过新天地这个项目的改建。现在这个地方成了上海的窗口,外国人眼中的上海,中国人眼中的外国,重叠与杂糅,伴随着商家的进进出出,引起了文化界喋喋不休的争论。陈刚毅是清醒的,他认为原住民被迫撤离后,这一片的生态已经发生了质的变化,新天地成了商业项目而非人文居留地。石库门房子只留下躯壳,它的灵魂已被抽取,不再是海派文化的载体。许多人想通过新天地触摸上海的灵魂,无异于缘木求鱼。

陈刚毅经常在人间烟火盛极的老城厢行走,这里以独特的聚居形态,成为研究上海史的路径与标本。居民与石库门建筑的关系是共存共荣的,那里甚至还保留着清末民初的本地砖瓦平房院落,那就更显得珍贵了。不过与郭博专注于表现建筑外部的光影变化相比,陈刚毅更着意于展现原住民的生态文明。一开始,拍摄对象还是能够配合的,自然地、随意地展现原生态的日常,表情坦然并且愉快,因此社会底层民众的各种表情被他真实记录下来。

进入新世纪后的十多年里,随着城市改造的快速推进,社会又处于令人困惑的转型之中,随之而来的是贫富差别的扩大,人们对财富的渴望与炫耀成为普遍现象。那么聚居于老城厢大街小巷的人们,祖祖辈辈传下来的那种悠然自得、相濡以沫的神情与心态也荡然无存了,他们流露出焦虑与暴躁，对陈刚毅的照相机开始警觉，甚至演变为敌视。

照相机镜头要记录的，或许成了他们刻意遮蔽的那部分。

现在陈刚毅常常面临着这样的尴尬：一，弄堂拆了不少，八十年代上海有九千多条弄堂，现在所剩无几，老城厢的变化更加明显。二，原住民已经搬得差不多了，现在的留守居民一般是老人，他们被遗忘、被挤压在城市一隅，困守在破败的危房里，有一种失落感和自卑感。还有很大一部分是租住于此的外来者，他们对这座城市的感情缺乏基础，栖息于此的最终目标是能够融入这座城市，但严酷的现实处处叫他们碰壁。三，大规模的动拆迁造成留守居民的心态不稳定，有时会在他身上发泄某种不良情绪。他们对陈刚毅的身份是质疑的。于是陈刚毅得以百般的耐心与同情与他们接近，获得他们的信任，"有时也得发发香烟什么的，跟他们套近乎，还要夸夸他们宠物狗，叫他们爷叔、阿姨，否则他们就不配合，他们没有这个义务是吧？"

有一次他看到一堵写了一个大大"拆"字的围墙前，聚集了一群光膀子男人，打牌或看打牌，还有人对着瓶口喝啤酒。他刚举起相机，就被他们大声制止：把我们拍成照片卖钱？想得倒好，你至少得包下我们中午的盒饭。要求不高，就十元的那种。陈刚毅目光一扫，十二三个大男人，这一声咔嚓按下，得花去他一百多元。平时他在街上走累了，也只敢吃七元钱的盒饭。但是箭在弦上不得不发，他应了一声，左右上下拍了十几张，临走掏出一张百元大钞递过去。叫得最响的那位爷乐了："算了吧，跟你开个玩笑。去那里买包红双喜吧，交个朋友。"

陈刚毅记录大时代剧变中的社会底层民众的生活与思想感情，留住这座城市的记忆的努力是坚定不移的，这份艺术敏感与文化责任，也使他走在许多专业摄影师的前面。

高楼大厦缝隙中的老百姓生活故事，是许多作家难以想象的，或者也没有耐心倾听了，煤球炉燃起那一缕青烟中的背影，拎着马桶悄然过街的那一份悠闲，以及左邻右舍欢声笑语或迷惘失落的叙事气氛，就这样离我们远去。定格在陈刚毅镜头中的光影与黑白，将成为一个时代、一座城市、一代人的永远纪念。

元代釉里褐彩龙纹残片

小小瓷片就像一根杠杆，以博大精深的中国文化为坚实支点，修订了中国陶瓷史、中国美术史以及中国外贸史。

文明的碎片

一

一颗牙齿，让我们知道了元谋猿人。

一块头盖骨，让我们知道了北京猿人。

一枚瓷片，又能让我们破译怎样的秘密呢？

在中国古代，匠人地位低下，居于社会上层的文人对"劳力者"的生产实践又比较轻视，所以古籍中对瓷器、玉器、木器、铜器、金银器、织绣等生产工艺的记载极为稀少。明清之前，匠人姓氏和制作年代出现在工艺品上的情况极为罕见，这为今人考证器物的产生年代与社会背景，设置了许多盲点与难点。但是，文物环境提供的信息还能为我们提供管窥蠡测的路径。比如相当一段时间以来，不少人认为在宋代与明代之间，应该有蓝底白花的瓷器存在，尤其是冯先铭先生已经试探性地提出元代青花瓷的概念，但事实上，许多人还是将这一时期的青花瓷器当作明代永宣时期所出的粗陋产品。直到上世纪五十年代，美国人约翰·波普通过对英国、伊朗、土耳其等国博物馆所藏数十件青花瓷器的考察，撰写了《14世纪青花瓷器：伊斯坦布尔托布卡普宫博物馆所藏中国瓷器》一书，尤其是他还以英国大维德基金会收藏的一对写有"元至正十一年"纪年题记的象耳大瓶来支持自己的观点，让国内专家有如梦初醒、醍醐灌顶之感。

元青花的概念让中国专家脑洞大开，那么它就是中国青花瓷的肇始？倒也未必。1957年和1970年，考古专家先后在浙江龙泉和绍兴两座宋塔塔基下的夯土层里出土了一共十几枚青花瓷碎片，有人据此提出了青花瓷始烧于宋代的说法。上世纪七十年代中后期，又有人在扬州唐城建筑工地上发现了一枚绘有几何图案的青花瓷片，这块瓷片为研究我国青花瓷起源开启了新思路。多年之后，在扬州旧唐城遗址范围内再次出土了十多枚青花瓷片，关于青花瓷始烧于唐代的说法就有了更加有力的证明。

十几枚瓷片，将中国青花瓷烧造的年代向前推进了九百年。小小瓷片就像一根杠杆，以博大精深的中国文化为坚实支点，修订了中国陶瓷史、中国美术史以及中国外贸史。

故宫博物院专家冯先铭先生曾经透露，在境外有三件完整的唐代青花瓷器，一件为香港冯平山博物馆收藏的条形纹三足䍐，一件是美国波士顿博物馆收藏的花卉碗，一件是丹麦哥本哈根博物馆收藏的鱼藻纹罐。后来我从多种考古书籍中得知，在伊拉克撒马拉地区曾有类似的唐青花瓷片出土，现藏于伦敦大英博物馆内。过了数年冯先生又透露，在海外又"发现"了两件唐代的青花瓷器，一件是美国波士顿博物馆收藏的花卉纹碗，另一件是丹麦哥本哈根博物馆收藏的鱼藻纹罐。

那么这些被淹没在历史长河中的唐青花，是不是产于景德镇的呢？目前出土的唐代青花瓷，应该出自北方窑口，大多具有巩县窑的特征。而景德镇成规模烧造青花瓷，应该是从元代至元十五年设置浮梁瓷局以后开始的。虽然在1978年杭州出土的八件烧造于元代至元十三年的青花瓷器中已经看到了元青花横空出世的曙光，但青花的"着墨"尚处于"点缀"阶段，远远达不到"描绘"的程度。

我还想起了一件事。上世纪九十年代初，第一位成功仿制北宋汝窑的河南陶瓷专家朱立文先生来上海举办新仿汝窑瓷器展览，展览上还展出了十几枚在张公巷与文庙两处窑场出土的汝窑瓷片。第二天，有一位英国陶瓷爱好者从伦敦专程飞来观展，更让我感慨的是，这位英国人是西装革履坐着轮椅来到展览现场的。朱立文先生为他的诚意所感动，当即从展柜里拿出几枚汝窑瓷片让他欣赏并抚摸。英国客人激动得热泪盈眶，仔细抚摸着汝窑碎片，细察了釉面特有的蝉翼纹效果。最后还说了一句话，如果翻译成古汉语应该是这样的："今吾有幸，此生足矣！"

二

沈胜利先生是中国文物界公认的老法师，精通玉器、瓷器、字画以及杂件鉴定。他19岁就进入上海市工艺品进口公司工作，在组织安排下拜孙经品先生为师。孙经品先生确立师徒关系后即送了一枚瓷片作为见面礼，这是一枚杭州南宋修内司官窑的瓷片，赏心悦目的梅子青，釉色莹润，釉层肥厚，胎骨为烟灰色。沈老一直保存到今天，也曾让我观赏触摸过。

十年动乱时期，工艺品进口公司的业务受到极大干扰，老一代业务骨干悉数被打入冷宫，沈胜利就被推到第一线，从公司库存和抄家物资中挑选可供出口的古玩，还要定期去四省一市（江苏、安徽、浙江、江西和上海）的古玩店、文物商店和民间征集劫后余存的古玩，经过遴选后一一估价，打上火漆印送至广交会等渠道出口创汇。国家不幸诗家幸，赋到沧桑句便工，他在那个混乱的年代中过目过手的古旧瓷器累有数十万件之巨！

1977年，沈胜利在百废待理的氛围中去扬州征集古玩。扬州市珠宝文物商店得知沈胜利"驾到"，就特意请他鉴定一件"吃不太准"的蓝釉梅瓶。1976年唐山大地震时，扬州有许多市民只得住在临时搭建的抗震棚里，有一位朱姓市民将一件祖传梅瓶送到扬州市珠宝文物商店出售。商店初步判断此瓶为清代雍正年间遗物，向顾客支付了十几元后随手放在店内待沽。沈胜利与此瓶一照面后当即两眼发亮：梅瓶高43厘米，腹径25厘米，溜肩鼓腹，线条流畅，蓝釉白龙对比强烈，白龙刻画细腻，蓝釉发色鲜亮，龙首威猛精进，龙爪孔武有力，火珠周边镶有光焰，整幅图案气韵生动，大有云海翻腾、蛟龙欲升之动态美感。根据种种特征，沈胜利判定梅瓶应为元代遗珍。而且他也没有以买方市场代表居高临下地将此瓶纳入行囊，而是提请扬州同行妥善保管，不要出售。

扬州同行喜出望外，后来还特意请冯先铭先生和南京博物院王志敏先生再行鉴定，两位专家一致认为沈胜利的结论完全正确，此物确系元代江西景德镇窑烧造的蓝釉龙纹梅瓶，国宝重器，世所罕见。现在，这件稀世珍宝陈列在扬州博物馆内，馆方为镇馆之宝设置了一个专厅，我几年前还特地去礼瞻一番。

元代蓝釉白龙纹梅瓶存世只有三件，一件在法国吉美博物馆，一件在北京颐和园管理处，且有损伤，这两件的器型也都没有扬博的这件大。

因为业务往来，扬州市珠宝文物商店业务骨干丁永祥先生与沈胜利熟稔，他又是王志敏先生的小舅子，王志敏先生事后写了一封长信给沈胜利，多有鼓励激赏。沈胜利一言定乾坤的那年，才36岁。

未及不惑之年的沈胜利何以在元代蓝釉白龙梅瓶面前不疑不惑呢？这与他多年来一直通过寻访、收集、分析瓷片来进行古陶瓷研究有关。当年孙经品先生馈赠他一枚富有象征意义的杭州南宋修内司官窑的瓷片，等于给了他一把打开陶瓷文化宝库的密钥，后来沈胜利还拜苏州市文物商店专家张永昌先生和王志敏先生为师，两位业师都谆谆嘱咐他以田野考古方式收集瓷片，以拓展自己的眼界。从此他经常在赴外省市公干之余，在古运河、古码头、建筑工地等处捡拾瓷片，这些瓷片都成了他在文物商店当经理时辅导年轻人的标本，自己一片也没留。沈老直到退休后，才开始丰富自己的积累，寒来暑往，经年累月，也有近两千枚珍贵瓷片入藏鉴古精舍。

瓷片是历史遗存，是某个过程的原始记录，隐藏在瓷片中的真实信息也许是我们现有典籍中没有记载的，更是我们现有经验不能涵盖的。解读一枚有价值的瓷片，相当对同类的完整瓷器做一次造型分析，更可能填补某项空白。

这次，他携学生刘国斌、公子沈恺宇策划并编撰《谈瓷侃片——中国历代名窑瓷片鉴赏》一书，从数十年来捡拾、购买、交流而来的一千多枚瓷片中遴选出两百多枚，力求做到每一枚都有不可替代的标本价值。顺便说一句，我也多次与沈老和国斌兄在城隍庙藏宝楼地摊上淘宝，购买过一些有特殊价值的瓷片。有一次还深入西姚家弄一家小旅馆，在古玩商人下榻的客房里，从床底下拖出一只蛇皮袋，稀里哗啦挑选瓷片。

刘国斌早年跻身文物系统，成绩斐然，自幼羲之临池，怀素书蕉，入列蒋凤仪先生门墙，隶书一门颇得礼器、史晨之风采神韵，后拜张森先生为师，受乃师悉心指授，更有迎风标举之丰美仪。他以书画与漆器收藏怡养性情，略窥门径，转而兼攻陶瓷收藏，成为沈老嫡传弟子，鉴赏水平与日俱进。沈公子恺宇兄幼承庭训，耳濡目染，对古陶瓷怀有浓厚兴趣，加之严父耳提面名，思路开阔，触类旁通，进步神速。近年来，帮助记录、整理、润饰"沈胜利海上古玩收藏杂忆"专栏文章近百篇章，刊载于新闻晨报，轶闻趣事，佳评如潮。撰写本书时，他在搜寻资料、图片编辑、电脑操作等方面用心颇深。

三

旧时有人喜好将钧瓷碎片拼缀成四扇挂屏陈列于厅堂，体现巧思者，也会形成吉祥图案，或桃或瓜或钟或瓶，被硬木框架衬托，饶有古意。但这种思路无非想表达"家有万贯，不如钧瓷一片"的浮夸价值观，几乎没人会借此研究钧瓷碎片本身所蕴涵的工艺、美术与社会价值。再比如说吧，在景德镇古窑址周边，或在瑶里古镇的江渚河滩，或在大城小镇的古玩城里，经常有人将收罗而来的瓷片席地铺张善价而沽，一片元青花索价上万元尚属客气，一枚寻常的明清瓷片也连年看涨。对于没有经济实力收藏完整官窑器的爱好者来说，转而把玩几枚从官窑器上分崩离析的瓷片，也算聊胜于无吧。具有尚古情怀和美术思维的设计师，用瓷片加工成首饰或食盒，也不失为春风再度的雅美创意，为旧器物重返生活现场做出了可贵尝试。但真正精于研究的鉴赏家，是希望从瓷片中破译陶瓷文化的密码，有所发现，有所补益。

那么，我们可以从《谈瓷侃片》这本书中获得什么呢？

首先可以肯定的是，沈胜利从事古玩行业超过半个世纪，视野开阔，经验丰富，沈老的许多鉴赏知识在进行样本分析时，更显出老辣而精妙，通过细微之处比照后的解读，也容易让人铭记。而这些知识与秘诀，是从成千上万枚瓷片精炼而来的。

比如说，陶瓷的年代确定是一道难题，但是通过书中多枚元青花瓷片上"元至正四年"、"至正八年岁次"、"元至正十年岁次五月初五王备"等题款，再与瓷片的胎骨釉子、旋足修胎等工艺进行一一比对，就可以梳理出元代青花瓷演变发展的清晰脉络。其中一枚"元至正元年三月初三"的青花碗底，被中国家文物鉴定委员会委员、古陶瓷专家杨震华女士认为

"弥补了这一门类研究的空白"。还有数枚写有"洪武元年"、"洪武三年"、"皇明建文元年捌月"、"正统元年"、"景泰元年"、"泰昌元年"等款识的青花瓷片,也足以襄助我们考察明代初期与黑暗期青花瓷器的工艺特征以及与此相关的社会状况。

瓷片对于进一步考察陶瓷的工艺特征也是极有帮助的,通过它可以辨识胎骨的疏松与坚致、釉面的肥厚与莹薄、窑炉的温度、气氛以及工匠淘炼、利胎、修胎、施釉方法等。比如从本书所列数枚汉晋唐宋时期的残件与瓷片,我们可以看到唐代绞胎与北宋绞胎的纹理特征与造型趣味,唐代长沙窑执壶上的贴花图案又是如何将异质文明带入中国的,从唐代越窑盏托残件上的划花"年轮"又可以估计当时辘轳车的常规转速,从北宋定窑白釉印模印牡丹花碗残件外壁上可以清晰看到用于鉴定关键依据的"泪痕",还可以从定窑紫釉残件上看到白胎上有一层黑色护胎釉,而且表面紫釉比护胎黑釉更薄,据此可判定为定窑器中极具研究价值的稀有品种。

元明清三代,器物的装饰成为时尚潮流,底部由此成为鉴定的关键。从底足可以考察修足方法、胎骨质地与写款风格,器物内的图案,则在底部中心最能表现作者的创作意图与时代风气。本书中这三个朝代的残件也多以器物底部为多,比如碗、盘、盆、杯的底部,以文字和图案来承担这样的使命,也为陶瓷爱好者积累这方面的知识提供了有价值的资料。

图案方面,我们饶有兴味地看到诸如"醉仙"、"双雁图"、"双狮图"、"团花湖石"、"骑马访友"、"富贵有余"、"仕女游春"、"鹿衔灵芝"、"月下苦读"、"卧冰求鲤"、"莺莺拜月"、"昭君出塞"、"五福捧寿"等,一方面以散发着市井气息的图像起到了传承民俗与礼教的作用,另一方面也表达了民众历经战乱后祈求太平的普遍心态。而在"高士观星"、"天马行空"、"指日高升"、"高冠厚禄"、"魁星点斗"、"高台修禅"、"英雄独立"、"羲之爱鹅"、"独占鳌头"等图案中,则更多地表达了知识阶层的理想情操以及对底层社会实施教化的意图。如果纯粹从美学角度来审察,这些碗底也有不可忽视的价值,比如萝卜、山猫、湖石、双鱼、翼龙、竹叶小鸟、婴戏图、蹴鞠图等,工匠往往以寥寥数笔勾勒出生动活泼的形象，呼之欲出，可亲可爱。我特别要向读者诸友推荐一件残器，这是沈胜利先生收藏的一件元代釉里黑高足碗残件，在碗心中央，工匠以娴熟的笔法画了一个饰以桃子头的稚童，他一手执锄，另一手长袖轻舒，舞蹈中略作回顾，形象自在而舒展，诚为大写意中的精品。放眼当下画坛，我敢肯定没几个人能如此潇洒地一挥而就。

海上著名画家江宏对明清瓷器中的婴戏图特别激赏，自有心得。他认为婴戏图画面饱满，布局得当，落笔肯定，删繁就简，线条流畅，图中孩子健康可爱，山石花树等也无不富有生活气息与时代精神，远比官窑器中的规整图案有生命力与感染力，他本人在大笔泼墨泼彩的山水画中，常以简笔人物点缀于林下崖顶，就受到婴戏图的影响。

青花碗底还常以文字点缀，而入选的关键文字常以"福"、"寿"、"状元及第"等居多，如从书法角度考察，虽然逸笔草草，龙飞凤舞，但无一笔不按照书法的行笔规律来完成。

总之，这本令人目不暇接的鉴赏图书，兼有学术研究和纯粹审美的作用，它是广大陶瓷收藏爱好者和美术工作者的良师益友，也是博物馆陶瓷陈列与研究的有效补充。

中国是陶瓷的母国，这是我们立于世界的荣光。然而伴随着曲折而漫长的陶瓷史，却是刀光剑影的战乱与成王败寇的兴废。陶瓷作为生活器物或清供雅玩，本该承载时代风尚和生活情怀，然而每当渔阳鼙鼓惊天动地之际，又难免被历史车轮碾成齑粉，掩埋在血肉箭镞与难以复原的记忆深处。那么在今天，经过历史长河的淘洗，重见天日的瓷片以一贯的沉默再次散发出宝石般的光芒和工匠的智慧，成为我们回望历史的载体和通道。由此说来，瓷片就是历史的遗骸，民族的伤疤，也是文明的碎片，它们虽然细碎轻薄，却能够忠实地传递历史文化信息，让我们通过豹窥而想象那个时代的风云际会。

瓷片，给予我们残缺的审美体验。如有可能，或可请它来修订中国陶瓷史诗的韵脚。

（此文为《谈瓷侃片——中国历代名窑瓷片鉴赏》一书序言节选）

申窑作品系列

就是这种不确定性,构成了陶艺的魅力,对艺术家形成难以抵挡的诱惑,也对申窑形成一次次挑战。

罗敬频：窑变的艺术人生

申窑，一度成为上海文化人和陶瓷爱好者茶余饭后的谈资，但在一番喧腾过后似乎陷入了沉寂。甚至有朋友问罗敬频：在上海产业转型、创新发展的历史大变革中，有没有必要再搞一个可能对环境造成污染的陶瓷产业？

罗敬频理直气壮地回答：这其实不是一个单纯的产业问题，而是创新的问题。上海确实没有必要搞大规模的陶瓷产业，这个地方本来就缺少陶瓷材料，但作为艺术创新，当代陶艺不能缺席。

似乎注定要与陶瓷发生亲密关系，罗敬频出生的地方就在青浦赵巷，那里有个崧泽村，六千年前生活着上海最早的一批先民。数十年来，考古人员从遗址中挖掘出大量的印纹硬陶和原始瓷器，呈现在世人面前的彩绘陶豆、釜形红陶鼎、黑陶刻纹盖罐、灰陶人头瓶等，都极其浪漫地书写着中国陶瓷史的华丽序篇。作为崧泽人的后代，罗敬频似乎对线条和色彩特别敏感，从小就爱涂鸦，爱捏泥巴，在建筑工地上用砖头堆出怪里怪气的房子，他后来师从吴颐人等书画篆刻家，练就了相当扎实的童子功。

那时候，他家庭条件困难，父母没法提供必要的资金供他"玩这个浪费铜钿银子的物事"。有一次他在书店里看到一本陈巨来的印谱，真心喜欢，却摸遍口袋也拿不出这点钱，只得团团转地向三个同学借钞票。从师范学校毕业后，他先在青浦教书，放学后回到办公室就拿起刻刀，凑在灯下刻啊刻啊，刻得满手血泡，却也乐此不疲。

1988年，罗敬频调入青浦画院，成了一名专业画师。但不久他又毅然下海，在房地产业掘到了第一桶金，后来又涉足景观工程，自小积累起来的艺术素养提升了他的竞争力。一个偶然的机会,他与俞晓夫、黄阿忠等画家一起到景德镇画瓷烧窑,眼看瓷器出窑后,上面清晰地留下一道道笔触,他激动得手舞足蹈,由是萌发"玩一把"当代陶艺的念头。

2001年,罗敬频在嘉定江桥工业园区内租下一个1000平方米的旧车间,建起了一个陶瓷作坊,名为申窑,这在陶瓷产业一片空白的上海引起了一番轰动。他与俞晓夫、黄阿忠、马小娟、石禅等数位画家签约,再从景德镇请来富有经验的老师傅制坯、烧窑。每个器型都是他与画家、师傅一起共同研究设计的,从传统样式蝉蜕而出,加载了当代造型艺术的语言,而画家落下的线条与色块则别有一番韵味,有文人画的气息,更有当代绘画的审美追求,与景德镇的瓷器迥异。这里的瓶或碗,无论多么庞大,都由手工拉坯而成,从而保证画家可获得很踏实的手工感。釉面处理也以釉中彩、釉下彩居多,极少釉上彩。

玩过陶艺的人都知道,烧窑的"临门一脚",靠的是"上帝之手"。在高达1300度的窑室气氛中,器型的完整、釉料的流淌与还原,这一切存在着很大的不确定性。就是这个未知数,构成了陶艺的无限魅力,对艺术家形成难以抵挡的诱惑,也对申窑形成一次次挑战。

烈火熊熊之中,申窑获得了成功。

这个成功包括两个层面。第一个层面在艺术创新上,签约画家创作出一大批具有现代审美理想的陶艺作品,使油画、国画的表现技法在陶瓷上获得了全新效果。第二层面在文化影响力上,申窑的作品一面世即令中国陶艺界耳目一新,震动不小,连景德镇的陶艺家也不得不信服,也从中获得诸多启发。然后,申窑连续多年将新作品送展上海艺博会,成为人们围观的亮点。

上海有许多陶瓷爱好者,申窑在上海的外环线以外,交通不便,但没能阻挡他们追逐瓷土与窑火的脚步,每当节假日,就会有许多人寻到申窑,一玩就是两三天,待自己画的瓶子、盘子出窑时,欣喜若狂地捧在怀里,惊呼连连。特别是长年被困在教室里的青少年，在这里实实在在地认识了从一团泥土最终变为一个瓶子的奇妙过程，体会到了中国作为陶瓷母国的荣耀。

2005年，罗敬频策划主办了面向青少年的中法两国陶艺交流活动，为中法文化年增添了一个全新的、体验式的、也是非常接地气的项目，为此法国政府授予他"法兰西共和国荣誉勋章/中法文化交流年特别奖"，并邀请他赴法国举办申窑作品展，将上海的当代陶艺推向世界。在上海，此前有两位文化界人士获得此项殊荣，一位是巴金，另一位是王安忆。

这一切都呈现出良好的走势，罗敬频春风得意马蹄疾，顺势将申窑的影响力推向北京，在雍和宫西侧书院胡同里的一个四合院建立了"申窑北京"，将当代陶艺与传统的沉香、书画、竹雕及紫砂等组合呈现给中外文化人士与游客，使这个不算太大的地方成了申窑的窗口。

然而不久，申窑与签约艺术家的合作突然陷入了停顿，这是为什么？

罗敬频轻轻叹了一口气："这几年中国艺术市场行情的持续看涨，画家的身价也在水涨船高，而一件陶艺的价格与绘画作品的走势不能同步，这里面有一个'剪刀差'你明白吗？画家在画布上、宣纸上画画早就熟门熟路，买家也更能接受。而在瓷器上画画有种种不确定因素，协议双方都不能百分百地把握，风险要共同承担。我认为这是公平的。但画家这块的成本提高后，陶艺作品的定价就遇到了难题，最终与签约画家的合作陷入了两难之境。当然，我们还是朋友，他们最好的作品还是留在申窑，有人愿意出高价收购，我一件也不卖，这是历史的记录。"

前不久罗敬频还从藏友手里回购了一件画家的陶瓷作品，代价高于数年前售价的一倍多。

与艺术家的合作暂告中止，申窑如何薪尽火传？归绚烂于平淡，罗敬频想到了单色釉。

单色釉也称一色釉、纯色釉或一道釉。由于瓷釉内含不同化学成分，瓷器烧成后就呈现出不同的单一色泽，有青釉、红釉、黄釉、黑釉、绿釉、蓝釉和白釉等。中国瓷器的釉彩始于单色釉，而单色釉又与我国古代道家所推崇的"道法自然"的思想有关。

在我国宋代，单色釉瓷器进入了蓬勃发展时期。特别是到了清代康熙、雍正、乾隆三朝，单色釉瓷器的发展达到了鼎盛期。单色釉瓷器胎体优雅、流畅，釉色纯正、明快，有些单色釉瓷器经过高温窑变，釉水自然流淌或变色，呈现类似抽象画的效果，在光照下更是精美无比。

申窑能呈现这样的光华吗？

罗敬频开窑试烧就吃足了苦头。不同颜色釉料的呈色剂是不一样的，对温度与时间的要求也不一样，上下相差几十度，或者窑室还原时气氛不对，都可能导致窑变不到位，颜色呈现不尽人如意。尤其是一件看似完整无缺的瓷器，留下一个缩釉点，白璧微瑕，前功尽弃。

经过一番痛苦的磨难，申窑烧出多批单色釉瓷器，有青釉、红釉、黄釉、黑釉、绿釉、蓝釉和白釉等。在器型上也有突破，吸收了一些当代雕塑的元素和日本陶瓷的语言，但整体上保持了中国的风格与精神。

罗敬频对我说："单色釉瓷器可不简单啊，因为没有彩绘的掩饰，纯粹依靠釉色来引人注目，为人宝爱，所以对瓷器整体美感提出了更高要求。比如烧制时就需要特别留意釉面质量和光泽质感。烧制工艺水平对美感表现起了至关重要的作用。可以这么说，烧制单色釉的工艺难度比彩釉高得多。清三代的瓷器算是一个高峰吧，但多半是以彩釉取胜，单色釉要到了雍正一朝，在前朝的基础上更上一层楼，才算真正成熟。"

罗敬频还认为，从中国陶瓷发展历程看，单色釉是对彩瓷的趣味修正，更是品位提高，单色釉瓷器不浮、不嚣、不靡、不媚，与彩釉瓷器相比，浑然天成，素雅淡净，是公认的陶瓷制品中的"大家闺秀"。罗敬频说："清朝皇帝入主中原之初，游牧民族的习性未减，崇尚大红大绿，于是五彩、粉彩、青花釉里红等大行其道。玩到一定阶段，接触到中国士大夫阶层了，意识到自己原来是土豪，于是从宋代、明代瓷器中寻找样本，积极地烧造单色釉。这其实就是审美要求的提升。"

最近一次大动作，让罗敬频尝到了更大的苦头，那就是试烧郎窑红。

据雍正十三年《陶成纪事》记载，景德镇窑场共有57种花式釉，其中40多种为单色釉，著名的釉色如郎红，是当时的督造官郎廷极在模仿明宣德"祭红"的基础上所创烧的，经窑烧后釉色鲜紫，酷似牛血，所以法国藏家称之为牛血红。

玩陶瓷的人都知道，朗窑红为我国名贵红釉之一，十八世纪始产于清朝，由督窑官郎廷极所督烧而成，故称"郎窑红"。其实，红釉初创于明代，尤以永乐红釉最为名贵，但到了清代又有很大发展。特别是在康熙、雍正、乾隆三朝，国力强盛，带动了制瓷业的快速发展，皇帝对单色釉、特别是喜气富贵的红釉情有独钟，凡明代已有的品种都要烧造，而且下旨大要有所创新。郎红釉是以铜为着色剂，在1300度高温中烧成。由于对烧成的气氛、温度要求很严，烧制一件成功的产品非常困难。当地有民谚："若要穷，烧郎红。"

申窑的郎窑红一开始是小规模试制，成功率太低了，不足百分之十，但这已经让罗敬频欣喜若狂了，请来朋友看，也啧啧称奇。不久一位客户来订烧600只郎窑红杯子，小小杯子，谐音"一杯子"，是作为女儿出嫁的礼品馈赠亲友的，但有两个要求，一是必须在一个月内交货，二是每只杯子里里外外都不能有开片。罗敬频向自己作坊的师傅咨询，师傅说："郎窑红的工艺特征是器物外面可以没有开片，但里面肯定会有开片，故宫里的官窑器也都这样，没有开片的郎窑红，史无前例！"

罗敬频来到景德镇，一圈打听下来，也没有一家作坊敢接这批单子，即使价格出到2000元一件也没人接，因为他们根本就烧不出这种"史无前例"的郎窑红。罗敬频没有回头路可走，只好回到上海与烧窑师傅研究，经过十几次试验，终于获得了与预期效果接近的第一批成品。后来申窑一家来不及烧，他又四下景德镇，终于感动了一家敢冒风险的作坊，接下一部分单子，按客户要求圆满出货。两个月后，等这批完美无瑕的郎窑红杯子送到客户手里时，对方高兴得合不拢嘴："小罗，这是你给我女儿送出的最有意义的彩头啊，也是给大上海献上的一份厚礼。"

作为朋友，我当然关心他的下一步如何走，罗敬频却胸有成竹地表示："烧柴窑！郎窑红试烧成功，窑变釉的工艺密码也被我们成功破解，器型方面也有所突破，申窑的作品正在与国际当代陶艺对接，这些都大大激发了我的雄心。"

果然，罗敬频愈战愈勇，在郎窑红之后，又成功试烧了郎窑绿、宝石红、祭红、钧红、釉里红以及多色窑变，与景德镇满街掼的那种商品瓷根本不是一回事！

现在，又有一拨拨艺术家走进申窑，与罗敬频合作。他们的釉中彩画得也相当不错，尤其是对釉里红窑变效果的尝试，绝对挑战前人。栽好梧桐树，凤凰自然来。

在当地政府的帮助、扶持下，罗敬频已经在虹桥大商务区接手了一座占地25亩的旧厂房，准备用艺术激活它的生命，在里面辟建作坊、工作室、秀场、展示厅、教学部，还要建一个排放标准符合欧盟标准的柴窑。

如今中国真正的柴窑已成了文物保护单位、文化遗产，还在烧的极少。柴窑烧出来的瓷器，历来是最高艺术品位的代名词。按罗敬频的解释："真正的柴窑不光是以松枝为燃料，而且一定要烧火力最猛的马尾松，每件瓷器一定要配一个匣钵，否则牛皮吹得再大也只能说是'柴烧'而非'柴窑'"。

"申窑的柴窑就要追求完美无瑕、古雅圆润的感觉，实现中国陶瓷的伟大复兴！我是崧泽人，我的故乡是崧泽文化的发源地，在我的生命基因中也许刻录了火与土的生命信息，现在它遇到一个机会，就要尽情地释放了。"

罗敬频一脸使命感地说。

叶放设计的《南石皮记》一隅

由器而道,中国文化把形而上落实到形而下的特点,使手工艺术创造物质价值观的同时,也表达了精神世界观。

叶放：从花径走向世界

苏州有个叶放，上海的文化界有不少人是知道的，上海的小资更是以去他营造的"南石皮记"拍张照、赏朵花、喝壶茶为幸。他是一位与旧时姑苏文人气息相通的画家、作家、玩家，文绉绉的说法则应该是：一位在生命历程和艺术创作中持久地散发着深厚人文情怀的雅士。

叶放出生在苏州，小时候在外曾祖父兴建于清代同光年间的毕园生活，看看花、听听曲、捉捉鱼，逗逗小鸟，读读闲书，苍狗白云，衣食无忧。叶放还会采来玫瑰花瓣装进青瓷方壶，徐徐注入白酒，看花瓣在酒液中泛出层层红晕，做成玫瑰酒。也会在地上铺一袭床单，奋力摇落桂树上点点金粟，收纳于粉彩圆罐，一层桂花一层糖，做成糖桂花。这些游戏的经历，使他后来读《红楼梦》时对贾宝玉感同身受。后来叶放的工作单位也在园林深处，苏州园林的人文积淀与幽深静谧，在他血液中就醇化为一种浪漫而雅致的诗性气质，故而在他的艺术实践中，无论是水墨、雕塑，还是装置、景观，都极具内蕴的个性和哲思的特质。

至今仍为人津津乐道的是，2003年叶放在苏州自己的寓所里营造了一处私家园林——南石皮记，他以中国传统的哲学思辨来诠释传统的冶园艺术，采用了水墨山水般的创造手法，将中国宋代便走向成熟的叠山理水技艺发挥得淋漓尽致。从立体山水画卷的景观风格到承载人文寓意的文字符号，以及随处可见的生活器物及艺术装置，均别具匠心地呈现出他对当代文化语境下新园林要义的诠释。这件园林作品被专家誉为"开当代造园艺术先河"的代表作。后来在联合国教科文组织所拍摄的世界文化遗产纪录片之"苏州古典园林"中，南石皮记以"具有传承与创新意义"的定义，排在九座已列入世界文化遗产的古典园林之后,名列第十,新的历史,自它开启。

叶放拍了一段视频存在笔记本电脑里,配了极好听的音乐,到了外地就会播放给新朋友看。我也看过几遍,令人心旷神怡,一点也不比电视台文化频道的节目差。

前不久,在青岛又与叶放一起参加一个活动,在飞机上闲聊时得知,他将参加在意大利米兰举办的当代中国艺术展,送展作品的名称就叫:《天工当代——中国传统手工艺术创作计划》。展览地点在米兰大教堂附近的一个古堡里,米兰设计学院也可能会参与进来,师生们对这个项目的兴趣都很大。作为时尚之都的米兰,一直亮出开放的姿态。

叶放通过当代中国艺术展的路径来揭示传统文化的内涵,有点混搭,有点穿越,不过老外倒是兴趣很大,他们认为传统的回归,就是当代的表现。

叶放的想表达的中心思想是"天工当代",他想通过茶席、酒席、香席、花席等来呈现传统回归当下的可能性。他告诉我:"每个席就是一个道场,就是特定的生活场景,就是还原历史现场的文化氛围。比如说到茶,这是中国人深刻影响欧洲人生活的一个方面,但由于文化交流上的信息丢失,欧洲人喝茶会加点糖、加点奶,他们以为中国的茶就是这样喝的。其实不然,在一千年前的宋代,我们喝茶的礼仪已经完成了,喝茶不仅是解渴,更有精神层面的追求,它成了礼与道的表现,成了社交方式、雅集方式和文化呈现的方式。这个来龙去脉如果跟今天的欧洲人讲清楚,就能引导他们从根系上了解中国文化的本质,他们也就容易理解中国崛起,包括一带一路建设对世界意味着什么了。"

叶放还给我看了一些草图。他在设计香席时,从大量古籍中搜寻到了一些基本的文化元素,融入设计稿上便有了全新的意味,他坚持用榫卯结构来制作榻、几、桌、墩,每件家具都与道场的定位与功能相对应，是有出处的，积淀了古人的生活智慧，而非凭空想象。木工完成前期制作后，再请漆艺师来髹漆，黑与红的基本色调是从战国两汉而来，依然摄人心魄。不过他也有创新，比如茶几茶榻都做成五边形，五角五边，象征着金、木、水、火、土，阴阳五行，这里有东方哲学的诸多命题。

每一道场都有特定的背景。比如香席，背景就是手绘的古代地形图，一幅是玄奘西天取经图，一幅是鉴真和尚东渡图，唐代的文化传奇，中外文化交流的路线就这样简便而清晰地呈现出来了。他告诉我：展览现场平时没有人表演，观众有预定，我们就会演示。从行香开始，到熏香、闻香等程序，均按古法演示，这当然会有很强的礼仪性和生活趣味，使古人的理想得以局部实现，还有香火延续的象征意义，能使唐代传奇迸发出强大的生命力。

这个项目的所有作品都是以中国非物质文化遗产和传统手工工艺为载体的，比如大漆工艺、纯木工艺、陶瓷工艺、丝织工艺等，这些在十八世纪欧洲中国热中已经是上流社会时尚标志的中国手工艺，至今仍然是中国文化在世界文化之林的物化代表。作为传统文化遗产，非物质文化遗产，手工艺术体现了中国人的智慧，也反映中国人的生活理想。由器而道，中国文化把形而上落实到形而下的特点，使手工艺术创造物质价值观的同时，也表达了精神世界观。叶放的愿望是：让老外看得明白，乐意接受并获得启示。

叶放毕业于苏州工艺美术学院绘画专业，现为苏州国画院高级美术师。这些年来，他一直致力于中西方文化交流，设计项目，寻找展示平台，希望心里的想法得以具体呈现。2007年，意大利对外贸易委员会主席、同时也是威尼斯国际大学主席的万达尼先生通过上海当代艺术馆，邀请叶放为威尼斯大学设计制作了一件"能够代表中国艺术"的园林——达园。为此，叶放还专门做了一个名为《冶园——叶放造境》的艺术展。2008年，叶放还以作品《给马可波罗的礼物》参加过第五十三届威尼斯双年展。

叶放跟我讲了一件事：他两年前去深圳，与深圳市委市府的领导有过一次接触。改革开放以来，深圳经济发展迅速，但文化方面建树有点跟不上步伐，领导心里有点焦急。他们还认为深圳虽然定位"设计之都"，却因缺乏文化资源，积淀较浅，要做文化项目常常苦于没有好的题目。叶放就跟他们说：深圳不能老是认为自己背靠广州、香港，只在珠江三角洲打转，而应该面向全国。深圳本土文化资源匮乏，不妨换个思路来看，把全国所有省市的文化资源都当作自己的资源，为我所用，这样眼界就高了，想象空间就大了。他们觉得我的话有道理，那么接下来做个什么项目呢？我就将自己心里酝酿已久的一个思路和盘托出：通过传统工艺器物的展现，与当代人的生活、感情发生关联，使观众进入中国文化的场域，感知中国古代文明的博大精深，从而激发进一步欣赏或研究的动力。这个作品就是"天工当代"。深圳通过举办这个展览，获得了一定的文化话语权，也向世界展示了城市形象和文化追求，并带动促进中国的文化创意产业的国际视野和未来诉求，唤起中国当代文化对传统手工艺的关注，更唤起手工艺的价值体现和时代意义。

现在，深圳作为中国时尚之都的活力已经散发至全世界了。

（上星期，我与朋友去吴江品赏由苏州吴江美食推进会会长蒋洪先生倡导策划、中国烹饪大师徐鹤峰先生主持设计的运河宴夏季版，与叶放兄在吴江宾馆再次愉快晤谈，事毕又结队去苏州参观他的南石皮记，在初夏的细雨中赏园品茶，欣赏他收藏的宝贝种种。当我问及"天工当代"这个项目在米兰的反响时，他兴奋地说：反响之好出乎预料。米兰设计学院的院长是位女士，以前对中国艺术家参展的项目多少有点轻看，而这次她看了五个道场后，态度大变，进而对中国文化多有敬畏。开幕当天有体验式演示，不少外国观众就大模大样地体验了一把花席、茶席、香席等，陌生而新奇的体验,令他们眉飞色舞,围观者也兴趣盎然。第一天展览结束,院长与他商量:能否开个夜场?征得叶放同意后,她就将她的母亲和一干朋友都叫来观展。她母亲是当地有名的诗人,八旬高龄,满头银发,展览后即席作诗并朗诵,气氛非常热烈。一位老外艺术家说:中国一千年前的生活艺术,以活态的形式展现在我们面前,让人感受到了精致的、优雅的、尊严的生命绽放过程。)

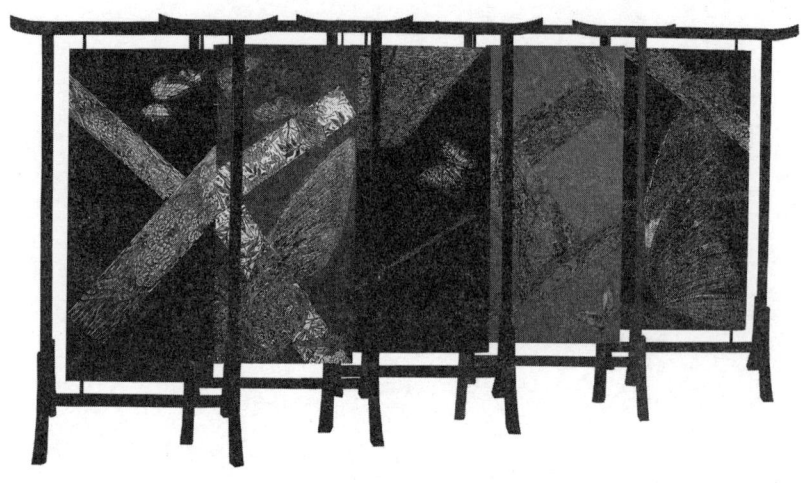

陈杰设计制作的大漆屏风

漆艺在今天审美语境下的复苏与流行,首先得益于它在形式上的典雅精美:诗意性与仪式感。

大漆屏风上的那只宽纹黑脉绡蝶

虽然我一直在关注非遗项目，但对于漆器，倒不很熟悉和敏感。漆器在上海这个摩登的大都会，已经有点风化感了。三十年前一个冬雨的夜晚，我在上海南郊一家漆器厂里看到的伤感一幕，至今不能释怀。仓库里堆满了漆器，箱柜、屏风、案几，还有从清朝到现在基本没啥变化、未能脱俗的小摆件。厂里负责人跟我说：这几批货都是从外贸渠道退回来的，有点瑕疵。你想要，可以再优惠。我试着询价。一件黑漆底镶八宝矮柜100元，一件朱漆底描金绘五彩大立柜才300元。看我还在犹豫，他从地上捡起一个散落的J型伞柄："这么个小玩意儿，要上七八道漆，耗时十天以上，才卖一元钱！"我望着他那张饱经沧桑的脸，泪水在深陷的眼窝里闪烁着寒光。

我最终没有"趁火打劫"，也因为寒舍局促，目光所及也真的很"寒"，安顿不了这样一个香艳绮丽的柜子，更因为从那个伞柄上，我隐约有种大祸临头的预感。果然在一年后，那家国有企业黯然倒闭。又过了两年，我听到了更骇人的消息：在福州机场、南京机场、北京机场，日本游客大举抄底，大大小小的漆器在短短几天内被席卷一空，而各地的漆器厂里却再也拿不出高质量的漆器了。

我不能断言这里有什么阴谋，但中国漆器的断崖式沦陷，是刺痛心灵的事实。

真的要感谢中国经济的腾飞，十多年后，连带着与历史文化有点瓜葛的可玩器物，都在一个激灵之后开始苏醒，并争先恐后地拥上了一路狂奔的旅程。自然，漆器走得有点蹉跎。九十年代初出现了磨漆画，它试图从传统漆器中摆脱出来，闯出一条重生之路，但市场反应冷淡，涉足磨漆画的艺术家从边缘被挤向更远的边缘。商品漆器的状况还算可以，仿古一路的漆器和庙里订制的菩萨据说卖得更好些。听到这样的消息，我不知该笑还是该哭。

使我对中国漆器重拾信心的是陈杰。陈杰是福州漆艺家，说年轻也不年轻了，只是他长着一张娃娃脸，葆有一颗永不泯灭的童心。那天在他的工作室，他只用一个动作就让我热血沸腾。陈杰说起中国大漆的种种好处，激动起来了，从嘴里拔出香烟狠狠地朝桌上那张柳叶形大漆茶盘上一揿，再略加旋转，漆面上便堆起一撮烟灰，再用手一抹，踏雪无痕！

他像狼一样盯着我。常识告诉我，在大部分上了油漆的家具或地板上，要是这么来一下子肯定会留下一个凹陷的烫疤。而大漆，灼烫之下，更显英雄本色。

陈杰告诉我，中国的天然大漆，用于漆器只是很少一部分，大部分用在工业和国防，石油管道的内壁涂层就是这玩意儿，潜艇、导弹、防火板上也要用。化学漆是助燃的，而大漆是阻燃的。陈杰完了又呵呵一笑："当然，这是我的作品。一样的漆，谁做，效果有霄壤之别。"

陈杰出生在福州，福州以脱胎漆器闻名于世，是中国四大漆器之都。陈杰献身于漆器似乎是一种宿命，但老天爷给他设置了七十二重磨难。他先是在福建工艺美校学习漆艺专业，毕业那年正赶上漆器厂倒闭大潮，民间作坊的漆匠也没活干了，于是去旅游局搞宣传，后来又干上了导游。但他不屑于换外汇赚差价，或将游客引到定点商店赚回扣，辞职了。领导问他为什么？高傲的陈杰将下巴抬起：我是搞艺术的！

上世纪八十年代初，福州大部分漆艺家还割不断体制的脐带，陈杰却建立了第一个漆艺工作室。但是他对市场运作一窍不通，只知道关起门来做东西，研究漆的性能。第一批漆器推向市场后不知道如何推销，最后削价清仓，成本都收不回来。他检讨自己："我在学校里学的是传统工艺，对材料和工艺都熟悉，但老一套的东西显然不能适应新的时代，现在的消费群体主要是青年人，他们希望看到新的面目。"陈杰说到这里顿了一下，突然往窗外一指，"你知道吗？前些年还有人以为漆艺家跟做棺材的是一回事。"

从事漆艺的人心气很高，都希望以漆画名世，而陈杰一次次放低身段，要让周秦汉唐贵族专享的漆器回归大众生活，并在IT时代争取应有的地位，而不是在新古典主义的光晕中被人再次供起来，碰也不能碰。在艺术生活化、生活艺术化的理念引导下，他开发了不少新品种，从古代漆器中汲取灵感，但时尚气息又十分浓郁，比如文具、花瓶、甚至首饰。我在他那里看到不少按照唐代犀皮漆工艺制作的木胎手镯，披麻披灰、戗金戗银等工序一点也不含糊，但器型中又融入了现代审美语言。有女孩子蹦蹦跳跳来到陈杰的工作室，他笑嘻嘻迎上去，变魔术似的滑出一只手镯箍紧对方的玉臂粉腕，还有谁能屏得住吗？

后来陈杰又做起了大漆家具，严格按传统工艺以榫卯结构设计，花梨、酸枝、黄檀、黑檀等优质材料足以支撑起作品的稳定架构。他根据现代居住空间的采光和格局打造三类器具，客厅类的有条案、茶几、方桌、罗汉床等，公共空间类的有屏风、香几、花几、琴桌等，文房类的有棋桌、茶桌、书案、画案、书柜、收纳柜等。每件家具须经过二十多道揩漆与打磨，耗时半年以上。每件都是独一份，没有重复，这也是大漆家具的骄矜所在。陈杰亲力亲为，即使有助手帮忙，每年也做不了几件。订户催得紧，他急得嘴角起泡，做漆器还得看老天爷的脸色啊。

　　漆艺在今天审美语境下的复苏与流行,首先得益于它在形式上的典雅精美:诗意性与仪式感。人们最喜欢陈杰的独幅屏风,黑底五彩,饰以金箔,富丽堂皇之感怎么也压不住,鲜明的东方情调让人一见怦然心动,不能释怀。独幅屏风要卖到30万元,不少人一眼看中立马订货。安顿在客厅里,用一句用烂的话来说:"霸气侧漏"。

　　漆艺要发展,要尊重传统,更要突破和创新。中国漆艺之所以绵延不断,一直走到今天,正是由于它自身有这方面的要求。陈杰经常说的一句话是:"大漆是技艺性的东西,但技艺革新与风格嬗变,总是一个时代精神的显现。"

　　陈杰喜欢蝴蝶,尤其是福州也能见到的宽纹黑脉绡蝶,好几座屏风的点睛之笔就是一只尽情开张的宽纹黑脉绡蝶,翅翼上的纹理异常清晰,色彩斑斓,翅膀扑闪之间,是曛曛然的春风。那是庄子的蝴蝶,是《红楼梦》的蝴蝶,是《梁祝》的蝴蝶,也是陈杰的蝴蝶。

　　很少有一种材料能像大漆那样润物无声地融入日常生活,塑造人们的性格,并以特有的文化气息熏陶着周围的所有人。它是一门艺术,更是一种生活方式,一种如诗如歌的语言,只有在朝花夕拾之间与我们同喜同悲,抵达永恒。

　　这些天我一直在关注南昌西汉海昏侯墓考古发掘现场的消息,大量制作精巧、色彩鲜艳、纹饰优美、装饰精致的漆器穿越时空来到纷繁喧闹的二十一世纪。除了孔子画像漆木屏风、"四神"图像漆木屏风外,考古现场还发现了包括彩绘、扣银、贴金、嵌金银、嵌玉、嵌宝石在内的各种工艺漆器……我还在电视新闻中看到一个直径约15厘米的彩绘漆盘,云气、星斗、云龙,一个色彩斑斓的神话世界。前些天考古队又从墓穴中提取了彩漆盾牌……我几乎要掩面而泣了。为美好的事物落泪,是幸福的体验。

　　是的，我如今在静静欣赏中国古代伟大而神奇的漆器时，不再为流逝的时光伤感了，也不再为脆弱残破的器物伤感了，因为有陈杰这样一批漆艺家的砥砺前行，中国漆艺的重光就在眼前闪烁。没有今天的繁荣与强大，就不可能对神话和历史生发由衷的、值得陶醉的自豪感。

毛焰油画作品《托马斯》

毛焰希望将对象画成一个有深度的人，一个被丰富的内在性所覆盖的人，一个被灵魂折磨的人。

毛焰与托马斯

许多艺术家都有自己的标志，毛焰的标志是托马斯。

这样的情景是经常发生的：毛焰的个展开幕了，在花团锦簇、人头攒动的开幕式上，朋友们怎么也找不到身材矮小、衣着平常的毛焰，倒是看到了一个鹤立鸡群的老外从门外走来，领受大家友善的目光。他就是托马斯，毛焰的长期模特儿——其实是非常默契的合作伙伴。他本人比毛焰画中的形象帅多啦，周正、温柔、富有教养，有一种欧洲人的古典气质。当然，请注意他的鼻尖，略微上翘、削尖、有明显的侧影，于是就带了一点点小顽皮。

毛焰为什么选择这个欧洲人？

南京北部靠近长江大桥的一个乱糟糟的艺术园区，毛焰的画室设在这里。这个以前生产面包车的厂区里还有三十多个艺术家工作室，毛焰的工作室是最大的，一辆刚买不久的"路虎"停在门口，车顶上厚厚一层浮灰表明它至少有三个月没洗了。

毛焰的画室有360平方米，阳光从头顶的大幅玻璃窗流泻下来，罩着下面的油画架，这里光线太棒了！

有个惯例，当代艺术办展览，策展人一定会想到毛焰。毛焰的作品很受市场欢迎，所以参加一些群展时，他常常迫不得已地将未完成的作品送去，许多观众包括同行居然看不出是一件未完成的作品。展览结束，他将作品扛回工作室，拾起画笔在作品深处寻找那些难以察觉的精微部分，继续他的艺术旅程。

如果你对上世纪八十年代中后期中央美院油画系的教学情况有所了解的话，特别是对那拨学生的能力与狂妄有所了解的话，那么我就没有必要对毛焰在那里的求学过程罗嗦几句了。一句话，毛焰在北京读书时就有点名气了。

经过八五新潮洗礼的北京，在西方各种新思潮与中国传统文化猛烈碰撞下的北京，毛焰是没法像宰予那样安然昼寝的。他的导师中，影响最大的是赵友萍，她是留苏的，还有几位导师也非常关心毛焰的成长。第二画室对学生的要求就是熟练地掌握和运用现实主义的油画语言。这样集中一个时期的刻苦训练造就了毛焰作品中特殊的艺术品位，也使得他在心态上总能超越所谓"当代艺术的实践"的时尚潮流。当然，说起来容易，做起来就需要很大的定力。当时中国艺术正处于一个大的转型期，艺术家和批评家们都力图与国际接轨，进入西方当代艺术的大框架中，对毛焰这样具有古典情结的人来说应该是极大的磨难和考验。

"当时是各方面都最好的时期，各种流派、各种风格在学校里交流、交融，师生之间几乎没有任何隔阂，心都是敞开的。我的同学中走出了刘小东、方力钧、赵半狄等今天风头仍然很健的艺术家，来美院进修的外地艺术家也很多，他们带来了新鲜空气。"毛焰一脸真诚地对我说："各种艺术思潮我都要了解，我还看了许多诗歌、小说、话剧、电影等，新的东西我都如饥似渴地接受。那时，美院里所有的地方，所有的人都在讲空间，讲激烈，讲力量，讲震撼，我和这些没有关系，我有自己要做的事情。有一条我是抱定宗旨不变的，那就是画画一定要地道。这对我而言一点也不能含糊，要学，就必须扎扎实实。"

离开北京这个当代艺术中心后，毛焰来到南京艺术学院任教，无论是在教学还是在创作中，他都以湘伢子的性格，固执地探索古典绘画语言向当代艺术的转型。为了强调这一点，他扔下了写生，而且主要画肖像。肖像画是一个古老的题材，几乎是油画一出现，肖像画就随之诞生，并很快成熟。但在中国绘画的传统观念中，它的地位并不高。油画进入中国后，一开始是承担了宗教传播的使命，由画匠们实施最早的操作。后来，中国画家、包括吃过洋面包的那一批人，也没有很好地掌握技巧，即使是老一辈画家也不行，表现力太差。毛焰认为，一直到了陈逸飞、陈丹青，中国油画中的肖像画才算成熟了。

到了毛焰出来混的时候，中国油画中的肖像画又将如何呈现呢？摄影术的普及，电子传媒的覆盖，都大大削弱了肖像画的权威性。油画无法与摄影照片比真实度，长期来受现实主义概念灌输，习惯用"像与不像"的标准来评判一幅肖像画的中国观众，又似乎有着很强大的审判权。这就是毛焰面临的文化背景。

好在毛焰有一帮欣赏他、理解他的朋友，他在美术圈之外的文学圈、摄影圈都有朋友，他就画他们，丑陋一点、变形厉害一点也不妨。最早的"朋友系列"就是这样产生的。

美术评论家皮力说过："毛焰所试图捕捉的不是物理学意义上的'像'，而是一种心理学层面的'像'。我们将他的绘画理解为当代人的精神肖像是一点也不过分的。"

这可以作为解读毛焰作品的一把钥匙。

1992年毛焰画的美术评论家李小山，如果说还是相当具象的，带有法国古典主义绘画的印痕，有点向前辈致敬的意味，到了1996年的《我的诗人》、《X·S肖像》等，就出现了明显的变化。这些人物大都站立着，既不喧哗，也不急躁，所有的叙事性背景被一扫而光，这些肖像中人物不是以某个生活片断出现在我们眼前，也不是符号性地呈现在时代的光谱中，表达画家的某种思想或宣言，而是作为绘画本身而站立在这个时间节点上。毛焰似乎有意消解了人物的丰富性和复杂性，使人物吸引我们的理由变得简单无比，就是一个戏剧性的场景，一种绘画语言，让我们感动或深思。从哲学上说，也可以这样认为：中国的"他们"，正在等待中国的戈多。

但仅仅是画自己熟悉的朋友，一方面他感到有本民族的东西隐藏在里面，另一方面，形式主义的欲望又让他不尽满足。

毛焰决定重返人的内心世界。这个时候，他的"朋友系列"在画布上有了更多的表情，他们的衣着也趋于怪诞，可能是整齐的凌乱，也可能是色彩的不确定，人物的眼睛里闪烁着不安的神色，还有嘴角和扭曲的躯干，都在犹豫、紧张、恐惧、焦虑……现代人所有的心理变化，在画布上都会呈现。或者说，都是毛焰自己的内心呈现。

毛焰希望将对象画成一个有深度的人，一个被丰富的内在性所覆盖的人，一个被灵魂折磨的人。这个时候，几乎重要城市里的当代艺术展，策展人都会叫上他。也许是因为他的画有个性，另类，现代人的困惑，很容易引起共鸣和喝彩。但接着问题来了，毛焰发现陷入了一个自我设置的圈套之中。

他向我坦白说："我一直不喜欢也不愿意画那种中国特色的东西，中国符号乃至中国形象，我已经有拒绝的资本和理由。托马斯不知不觉地符合了我的这种倾向和选择。"

这个时候，托马斯来了。

托马斯是一个卢森堡人。九十年代中后期在南京学汉语。他是毛焰一个英国朋友的朋友。在一个朋友的聚会上，毛焰看到了他，他向毛焰走来，面带真诚的微笑。这一瞬间，毛焰感到他是上帝派来的天使，专门是为他捏塑出来的模特儿。虽然他那么壮实，体量那么庞大，但托马斯给他感觉就是典型的欧洲乖孩子。当时托马斯也就二十四五岁，单纯而且有涵养。后来毛焰去伦敦做展览，托马斯特地从卢森堡赶到英国，陪了他两天。

毛焰认定托马斯是一个可以入画的形象，而托马斯也完全理解毛焰的艺术行为。他们的合作是愉快的，没有所谓肖像权方面的麻烦。毛焰给托马斯拍照，让托马斯摆各种姿势，而且是那种并不舒服的姿势，他非常顺从地做了。毛焰画好后给托马斯看他自己的形象，那已经不是他了，而是另一个叫托马斯的外国人。他很认真地笑着，认同了。毛焰说："他们（指外国友人）会很自然地去理解、去接受一些东西。他们抱有平常心，按照自己的生活体验看待艺术这件事。我觉得这恰恰是对艺术的尊重，而不是由于一些额外的东西在起作用。"

几年后，托马斯进入卢森堡驻华大使馆工作，有一天他打电话给毛焰，说："我现在经济上没有问题了，想收藏一幅你画的托马斯。"毛焰当时就乐了："我会送你一张的。"

托马斯让毛焰画自己是不收钱的，毛焰则会隔一段时间送他一张。这是君子协议。

他们的友情发展得很顺利，也很单纯。有一次在成都，毛焰和托马斯住在成都画家何多苓的家里，客房里只有一张床。酒吧里聊到很晚了，托马斯要先回去睡觉，毛焰就跟他开玩笑说："你不要担心，尽管睡，只要睡的时候把两条腿叉开。你叉开的地方就足够我睡的了。"大家一听笑得前俯后仰。后来毛焰回来了，两人挤在一张小床上，睡到早上，毛焰发现床的中间还空出一大块。原来他们都是侧着睡的。

上海世博会前后，托马斯负责卢森堡馆的接待与运营。我采访过他，一起吃过饭，喝卢森堡啤酒。

毛焰从托马斯身上找出了突破口，一个艺术理想的载体。托马斯帮助他解决了一个问题，那就是身份的消解。

如果说以前毛焰的肖像画关注人的灵魂，到了托马斯系列中，他开始以另一种方法来讨论了。画面上的人物，与其说是人物，不如说是人的轮廓，人的影子。画面上的人同深灰色的背景色融化在一起，犹如一个在雾天行走的人，融入了浓雾之中。人的器官和表情，以及很难在现实中扭曲到位的形体，从画面中脱颖而出，而另外一些东西，比如脸庞、额头、脖子等，通常被画面吞没了，使这些器官变成另一个广阔的世界，产生了无限的可能性。

不断放弃，不断减弱，不断虚化……同时又在不断突围，不断深刻，不断强烈。这就是毛焰。

如果再从哲学层面上来讨论，那么不妨设问：一个人的面孔，真的是与他自己一致的一张脸吗？一个人的面孔，在多大程度上代表他自己，或者人类整体？一个器官可以包含多大的世界？隐藏多少秘密？从这个意义上说，每个人的面孔，都是他者的世界。

有一次，毛焰在接受南京作家韩东的一次访谈时，跟韩东转述了一个奥修讲过的故事：一条河流流经沙漠，想要穿越过去，这怎么可能呢？穿越沙漠河流就不存在了，就完蛋了。后来风告诉它要学会信任，然后把它带到了空中,变成了云。到达沙漠的另一端,再变成雨,降落下来。

显然,毛焰将自己比喻为这条渡过沙漠的河。

最后,对本文作几点补充。

托马斯系列还将继续下去,这是肯定的。托马斯本人也非常乐意。

朋友系列也会继续下去,但可能是另一种面目。他的朋友也求之不得,排队等。

对女人重新点燃激情。毛焰要画的女人是洋妞,很壮实很肉感的那种欧洲女人,淡粉红的裸体。甚至他已经想好了,高度在三四米的大尺幅,让她们赤身裸体穿上名贵的貂皮大衣,衣襟敞开,摆出各种放荡的姿势。放纵的色情,直勾勾的挑逗。在之前,毛焰画过《巴黎,巴黎》、《戴帽的Lisa》、《Kim》等以女性为主题的作品。毛焰说:"她们妖冶、艳丽、骚动,给古典主义注入新的生命力,并以此来照见当下。面对她们,会有许多人想到自己的污秽。"我们有理由认为这是毛焰相对新的极点运动的开始。

前不久,毛焰与画家朋友们帮助了一个女学生,那是南师大的一位研究生,得了白血病,毛焰和朋友每人捐出一幅画,卖了三十万,悉数送到医院。毛焰与女学生素昧平生,"但这是义不容辞的。"他说。

毛焰让我看了一部短片,片名叫《托马斯·毛》,编导是南京作家朱文。朱文是毛焰的老朋友,有一次向他透露想拍一部片子,人物以毛焰与托马斯为主,有故事,有人物,还有武打戏穿插其中,是魔幻风格的那路戏。毛焰正好卖画得了两百万,就全部投了进去。一千人马在内蒙的坝上外景地拍了一个月,毛焰和托马斯大大过了一把瘾。毛焰演的角色是一个农民,打猎的场面让他兴奋不已。

毛焰很得意地向我透露:他看过普鲁斯特的《追忆似水年华》。"据说乔伊斯的《尤里西斯》在中国的印数是全世界最多的,但极少有人从头到尾看完它,《追忆似水年华》的命运也一样。不过你别不信,我倒真的将它读完了,七卷,一本不少。我特别欣赏《在斯万家那边》这一卷。"

不厌其烦地、津津有味地描述琐碎的细节，充满激情和才气，普鲁斯特是这样，毛焰也是这样。我当然知道，这需要极敏感的观察力和排除外界及内心干扰的持久耐力。

最后我吼了一嗓子：你有空，为什么不把你的"路虎"洗一洗？

他一愣，马上大笑起来，像孩子完成了一个恶作剧。

牛安油画作品《太湖石系列之一》

画布上的摇滚,宣纸上的啸吟,她的装置艺术呢,则是一场了无痕迹的春梦。

石在，云在，她就在

恐怕没有哪个国家的人能像中国人那样，对石头有着如此深重的雅癖。

人类最早对于石头的利用当然是为了应对温饱问题，于是有了石刀、石镰、石锤、石斧、石网坠、石纺轮等。而在中国人手里，一块石头除了上述功能之外，还能在精神领域起到强烈的暗示作用。

岩画、石刻……以石头为记录或传播信息的载体，原始的纯粹石制艺术品可能是图腾，堆积起来，插上树枝，泼洒鲜血或矿物颜料，再献上牺牲……从那天起，我们的先人就拜倒在石头下了。然后有汉画像石、霍去病墓前的石雕、北魏造像、昭陵六骏……这是史诗的、宗教的表达，再往下，随着对大自然和人类命运有了进一步的认知和把握，中国人从大自然那里获得更多的启示，便把石头搬进庭院里玩赏。从那天起，中国人对石头的感情就在文化和宗教两个层面上更加自由、更加放松、也更加抒情地融进了个人的志向与意趣，也能够以一种平行的视线温柔地摩挲石头了。

米癫拜石是极具戏剧性的历史场景。

宋代的这位大书法家在俯身拜石时还要高呼"石兄"，这一姿势为后人提示了一种充满人道主义并带有东方浪漫主义色彩的感情表达方式。

再来看看苏州虎丘。"师被摈，南还，入虎丘山，聚石为徒。讲《涅盘经》，至阐提处，则说有佛性，且曰：'如我所说，契佛心否？'群石皆为点头，旬日学众云集。"（晋·无名氏《莲社高贤传·道生法师》）今天这块镌有"点头"二字的巨石仍在，为人间佛教的真谛作出饶有趣味的注解。

中国人以对石头的赏玩，诗意地表现出对大自然的依恋，对个人情怀的轻灵承载，同时也拓宽了抒情空间。在文人墨客抑扬顿挫地吟出千年不朽的唐诗宋词之后，石头不再孤零零地傲立于角落，而有了它的朋友圈：修竹、肥蕉、倔梅、虬松、春兰、秋菊……

太湖石是玩赏石中最具代表性的，有所谓"瘦、皱、透、漏"四大特点和"清、丑、顽、拙"四大评价标准,其实呢,都是知识分子人格的映射。对石头规定的标准,也是对人规定的标准。

石头没有生命,是人赋予了它生命,石头没有感情,是人寄托了感情。在堆满书稿的案头,在秋风萧瑟的庭院,在骚客寒士的笔下,石头总是孤傲的,沉默的,空灵的,恣意的,涂抹了薄薄一层皎洁的月色,或者在兰草和秀竹的衬托下,发出轻微的声响——这是对月下诗人的内心叩问。

只有在秋菊的簇拥下,它才稍稍显出一点散淡的温和来,那是在呼唤隐者饮茶。如果有芭蕉的倚偎,就是在诱劝湘云这样的性情女子酣然入梦了。在家园倾圮之后,如果还有一块石头立在瓦砾堆中,迟归的游子就不会迷失方向,就不至于伤情到不可收拾的地步,就有了重建家园的坐标。

今天,牛安捧出了她的石头。

太湖石——牛安从历史的记忆中采集来的太湖石,并用油画颜料、丙烯颜料以及一池清泉与一段松烟墨,将它们一番装扮,融入IT时代的喧嚣与繁华。

牛安画太湖石,也许是一个偶然,但我又认为这是她性格发展的逻辑。

牛安在上海弄堂里长大成人,当她还梳着两根小辫子的时候,就拜在书法家、教育家蔡慧萍门下学习书法和国画,打下了扎实的基础。牛安的艺术感觉相当敏锐,这种素质的养成就跟早年的熏陶有关。她从上大美院附中毕业后,直升上大美院专攻室内设计,同时以写实油画为主攻方向,后来又迷上当代艺术,常去一些艺术沙龙做行为艺术。

在那个并不遥远的年代,她在色彩与光影变化中编织梦想。后来她发觉上海虽大,已容纳不下自己日益膨胀的野心,就东渡日本,在武藏野美术学院读室内设计,毕业后又先后到方圆馆和藤田建筑株式会社建筑设计部这两家著名的设计事务所工作多年。然后去韩国当了一段时间职业画家,空下来研究中日韩三国的文化差异,给网上艺术杂志写写稿。日韩两国的当代艺术动态,她关注得比较多。再后来呢,为了对付当代艺术的诸多问题,干脆移居美国,这也是许多旅外艺术家注定要投宿一晚的驿站吧,但牛安比较牛的是,她敢于在美国搞多媒体艺术,跟老美同行PK。

她对美国印象比较好。春秋两季是旅游的好时光,她自由散漫惯了,就到处逛逛看看。夏天和冬天,就猫在旧金山的画室搞创作,以一种放空的状态,静静思考下一步的选题。西海岸是她做梦的地方,据说这里曾是昔日嬉皮士扎堆搞怪的基地,艺术气氛依然浓厚,生活环境也很轻松。牛安在那里领受暖湿的海风和朋友的友谊。对一个内心狂野的艺术家而言,她认为好的作品应该诞生在一个可以随心所欲地与自己对话的地方。

牛安跟我说:"在美国,当你与众不同时才显现出价值,别人才会关注你、赞美你。美国使我更加'中国化'。我不是塞尚、毕加索,而是来自中国的牛安。如果我成了中国的塞尚和毕加索,永远别想有出头日子。如果我没去美国,就不会有今天。"

玩了几年,有点腻了。牛安对自己说:回吧。外婆的腌笃鲜也许还在砂锅里炖着呢。于是将工作室压缩打包装进拉杆箱,意气风发地拖回上海。

回到上海,她马上办了回国后的第一个个展,取名《进入》,像在T型平台的一次走步。牛安要闯入中国当代艺术的核心地带了,这个有野心的美女。

风雨十年江湖灯。回国后的牛安,几乎每年都要办一个展览,不止在上海,还并频频亮相于东京、横滨、悉尼、香港、巴黎、新加坡、鹿特丹等城市。画展的命名也极具互联网特色:《错位》、《呼吸》、《再近些》、《偶然》、《溢》、《独立系列》、《天使在害怕》……神神道道的,都可以用来做电影或话剧的名字。

无论油画、丙烯还是水墨,牛安的笔触是刻蚀的,飘逸的,狂野的,震颤的。

劳伦斯说过:"性和美如同生命和意识一样不可分"。牛安在她的女人世界里坦诚地表达了渴望、愉快、陶醉、失落、痛苦、愤怒等种种心境。而在有些作品里,人物又成了纷乱世界中的匆匆过客,看似女性,实则是中性。

她说:"对于情欲的主题,我想这里面有一部分并不是一般意义上的情欲,而是心理学上意念的转移表现。艺术家的表现欲望和冲动,有时候在确会和带有刺激性和挑战性的性冲动相似。正如德国哲人尼采所说,艺术的创作举动是基于一种对艺术家的能够调和男性和女性的本质因素的能力。"

这话从她嘴里讲出来,得费点劲去理解。不过她还说过另一层意思:"我能以第一人称去体会和揭露女人的各种情感和欲望,以及更深意义上的心理体验,但对男人的理解,从来都只能是第二人称甚至第三人称。"

所以在牛安画里,我们几乎看不到男人。于是就有评论家认为牛安的画"是个男人缺席的场所,但男人的影子却无处不在"。

不管怎么说,情爱是牛安绘画创作中不变的主题,亦是她源源不断的创作灵感的源头,也是她作品的核心价值。

牛安用纯度很高的女性感觉,纤细而大胆地表现现代人的麻木而敏感、孤独而亮丽的感情世界。这种对残酷美感的表现方式,也许还体现了她所受到的日本传统悲剧美学思想的影响。当然,归来后所呈现的新作,更加狂野,更加迷茫,与当下浮躁的社会心态暗合。

从技法上看,牛安笔下的形象,由书法性的线条穿缀而成,有时走得更远更快,有鬼魅的轻盈质感,形象是快速飘动的,在都市影像的表面起泡,但又能直抵心灵深处。她很小的时候就习惯用毛笔来画速写稿。

牛安还常常走出画室尝试公共艺术。2007年她在人民公园内的当代美术馆为"共震"运动视界艺术展创作壁画《月亮女人拥你入怀》,那是一幅足足有150平方米的大作品。你知道她是怎么画的?借来一台升降机,站在顶端,贴着玻璃幕墙四肢展开,像杂技演员那样施展拳脚,公园里跳舞、打拳的大妈大叔都来看热闹,给她喝彩加油。上上下下忙了好几天,最终瘫成一摊泥。由此,她获得了一个"蜘蛛女"的诨号。

其实这不是牛安的第一次。此前她在新天地红磨坊餐厅就画过大型玻璃画《在跳舞时吻你》,后来在日本夏普公司在无锡分公司的贵宾厅里画过玻璃壁画《漫天夏普》,在上海的西班牙餐厅乐加尔松也画过一幅大型壁画《今夜何处》,还为汇丰香港私人银行在香港的总部画过名为《起步》的布上大型绘画……

画布上的摇滚,宣纸上的啸吟,她的装置艺术呢,则是一场了无痕迹的春梦。

牛安把宏大叙事让给了其他画家,自己选择了个人化的题材。她从不否认对人类情欲的生物学和社会学判断,更不回避对男人的分析。这样的选择,与其说是话语权的让渡,不如说是对自己的把握。她说中国当代艺术有着很深的"时代伤痕感","在许多地方还是存在浓密的投人所好的自卑感。"牛安拒绝自卑，也无意凑他人的热闹，就选择了自己的世界。

现在，牛安锁定了石头，而且是石头中江湖地位最为显赫、符号性最为强烈、身姿最为妖娆、品性最为孤傲的太湖石。

不是因为它的体量，而是因为它的空灵与顽固。

啊呀，牛安还胆敢将太湖石与它所依傍的园林、建筑、诗词、戏剧等都作了一番快刀斩乱麻的切割。

牛安说：我感受到的石头就是一个个生命。当一块石头拿过来没有人动过，而你全然喜欢这个造化时，就是完美的。

她以哲学家的眼光来审视看似没有生命的那块石头，并以诗人的气质赋予它惠风和畅、夜色温柔的情怀。

她还说：地下水一冲，石头上的那些间隙就变成了洞穴；再一流，就有了纵横沟壑，竟能让一块懵懵懂懂的石头变成独一无二的样子。

让它美一点的关键，就是让它自由些。

画家的这般关怀，已经超越了物理层面而上升到诗的境界。她要让石头活在书写和描绘中。

但是她又不无担忧：石头从来不知道自己会变成什么样子，而且呢，它永远在变，每一次的水和风，接触到了，它就变了，所以它是唯一的。

它在时间里形成。我们人呢，也是时间里形成的。

又回到了哲学层面。只能说，落笔的这一刻，牛安和石头，融为一体，物我两忘。这样的姿态，我觉得比一千年前的米芾们夸张地拜倒在石头面前，更有一种文化自觉与担当。

所以牛安画石，与许多画家描摹或写意的石头有很大的不同，她在石头的形与貌之外，还要摄取其魂魄。与当代艺术家塑造的金属、玻璃钢、石雕、陶瓷等材质的石头也不一样，她的太湖石是在一个平面展开的，却有着延伸至三维甚至四维的可能，仅因为她的线条在颤抖中走向未知和无限。

《石在系列》，就是牛安奉献给大家的一个画展。阳光灿烂，遍地黄叶的时候，石头们恭迎各位光临苏州河畔的现场。

石在，云在，牛安就在。你，也在。因为你的文化基因中有石头的编码，包括筋脉、纹理、皱折、孔洞、苔藓，还有水冲与焚烧的痕迹等程序……

唐云辉彩墨画《那年那时那事》

冯硕油画《头像》

中国当代艺术分为两条发展主线：一条观念性、社会性较强，另一条则以绘画性、实验性为主要特征。

当动物有了人的表情

西方有一句谚语：人是唯一会笑的动物。

但是在当代艺术中，动物的表情——包括微笑或愤怒，往往比人还真实。

在中国古代图像中，一棵树、一朵花、一块石，都可以是人格的外化，偶然出现的动物则多半为人物的道具或伴侣。在西洋绘画里，在讲述人间悲欢时一般直接体现人的形象，当然也有神话人物俯瞰众生。不过西方艺术家对动物一向情有独钟，动物便成了人物的朋友甚至影子。在一些隐晦的题材里，动物升级为人的"合谋"，如胶似漆，难舍难弃，共同将人间浪漫戏剧演绎得惊心动魄。

在上海画坛，唐云辉有自己的席位，对动物世界富有想象力的营造，使他获得了应有的声誉。他是用水彩画来开掘这一题材的，还糅合了中国彩墨画和西洋油画的技法，色彩亦浓亦淡，画面上则是灵动透明与细腻温馨兼修，形成了一种新派水彩。

唐云辉早年从事插图美术，他的插图曾在全国获奖，绘本、图书、插画，做得有声有色，昆乱不挡。后来他认为插画可以独立成为一件艺术品，不必依附于故事情节。2006年前后，他拿出了第一批"动物世界"水彩作品，一经亮相，即赢得满堂喝彩。当年在波特曼酒店的画廊里举办首次个展一炮打响，作品几乎被慧眼识宝的藏家席卷一空。

现在，唐云辉的动物水彩画成了上海艺术界的一个异数。他笔下的动物多为我们日常所见的小动物，小狗、小猫、小鸭、小兔、瓢虫、蜗牛等，属于弱势群体，在日益脆弱的生存环境中，是应该保护和挽救的对象。它们的形象温柔、脆弱、单纯、天真，它们生而知足，勤劳好奇，不具攻击性、侵略性，是人类的朋友。即使有虎、象、牛等大型动物，也被唐云辉缩小而软化了，消解了它们凶残或威猛的符号，与小动物共处于伊甸园中，"吉祥三宝"似的一家。而且它们的眼神同样蓄着迷茫与困惑，无意间保留了我们人类匆忙遗弃或褪色的东西。

唐云辉将动物以童话般的形象呈现在我们面前，不仅给了动物庄园所有成员的平等，也给了它们与人的平等。在他的观念里，人与动物一样，没有大小贵贱之分，只有善与恶的分野。唐云辉想做的，仅仅是放大、再现、强调真善美。

唐云辉在动物的眼神上着墨最多——他在动物的瞳仁里过滤了人世间的浮尘，闪烁着人类向往的原始力量与微弱星光，又让动物们的眼神具有穿透欣赏者内心的力量，那是一种反思的、同情的力量。为此，他运用多种绘画技艺并结合着创作时的灵感迸发与情绪涌动。正因如此，小狗的眼神才会如宝石般透明。

所以说，唐云辉笔下的动物，有着人世间的依据与模特，有着人类共同的感情寄托和性格发展逻辑，甚至是他自我个人生命的写照。许多白领，特别是女性成功者，将他的作品当作精神慰藉与疗伤的药方。有一位女企业家偶然闯入唐云辉的某次个展，一下子被他的童话世界所吸引，再也不能移步。她在小狗身上看到了自己的过往，也看到了自己精神的去路。她说："唐云辉画的是动物世界，其实是人世间的映射。他只是给了人们更大的想象空间和逃避现世的机会。他尊重动物，也尊重观众，所以'人艰不拆'"。

近来，唐云辉还在陶瓷和扇面上展现他的动物世界，也取得了可喜的成功。这不仅让他拥有了别样观察和表现角度，加深了对传统艺术的体悟，同时也放低了身段，让自己的作品从架上走下来，进入日常生活的方方面面，在环境和时序中得到了延伸，而这也是对前辈艺术家"艺术生活化"号召的积极呼应吧。

唐云辉的画面很纯净，多用暖色调，给人可靠、温馨、现代、时尚的感觉。哪怕偶然使用了蓝绿等冷色调，整个画面依然能呈现出温暖如春的感觉。他用细碎轻巧的线条构勒出家园、草地、森林等景观，也是要与人类发生紧密的关联。近年的作品中，画面上每每会出现许多叶子，从天而降,铺洒或萦绕在画面中,成为背景和主体之外的又一道耐人寻味的风景。作为绘画主体的那些小动物有着强烈的领地意识与探索精神,这也是人类社会价值观的体现。

说到唐云辉,我又想起在北京也有一位擅画动物的画家,他叫冯硕。两个人年龄相仿。

冯硕绘画主题的确立时间并不长,在成名之前的将近十年里,他尝试了很多种不同的绘画风格。到了2004年,他突然想到要通过一个主题来实现画风的改变,于是他创造出一个充满象征意味的梦境世界,玩偶、动物、男人和女人济济一堂,个个冠冕堂皇,却有声有色地上演着生活的悲喜剧。

据说玛洛勃画廊的亚洲艺术总监菲利普·古独奇在一个偶然的机会看到冯硕的作品资料,立即推掉所有约会来北京与他见面。菲利普在国际艺术界是一个大腕,有着毒舌的恶名,冯硕说:"他看过的画不下几十万张……在我画室看了两个小时之后,觉得没有人跟我画的一样,因此决定跟我聊,继而决定签约做展览。"

冯硕与这家著名画廊的合作持续了好几年,借助这个平台,他的国际名誉得以确立,作品开始受到国际藏家的关注。我在一本时尚杂志上看到,编辑用了很大篇幅介绍某法国收藏家的家居环境,客厅里就放着冯硕的一幅油画。

冯硕生于1970年,中央美院附中毕业后,以优异的成绩考取中央美术学院油画系,在第三画室学习,老师中有朱乃正、詹建俊等。第三画室的艺术追求具有欧洲表现主义倾向,而且一直有意识地摆脱五十年代形成的苏联教育模式的影响。1994年在美院毕业后,他去中央戏剧学院任教,并于2003年获得中央戏剧学院硕士学位,现在是中央戏剧学院舞台美术系副教授、硕士研究生导师。

自2006年起,冯硕拿出了最能表达自己思考成果的作品,先后多次在北京、广州、纽约、上海的画展中展出。2010年在上海一个文艺沙龙举办了一个作品展,名为《动物庄园》,作品几乎全是国内某收藏家追索多年在国外购藏的。次年又在莫干山路50号2号楼的M艺术空间举办个展《狂欢》,我是在开展前应策展人林弘女士之邀,去看了一个下午。

四十多幅油画,尺幅不大,画家所描述的对象大部分是具有人的特征的动物,比如猪、狗、马、牛、鹅、白鹤、鸵鸟、长颈鹿、兔子、熊猫、老鼠等,都给人似曾相识之感。一种讽嘲与批判的热量扑面而来,令观众难以回避。画面上虽然也有人影晃动,但已经与动物混杂在一起,成了动物世界的访客,那些胸脯特大、腰围极粗的女人,如欧洲古典主义绘画中那种服饰华丽、趣味低下、浑身散发着肉欲情迷的庸俗女人一样,都是穷奢极欲的代表。经过适度夸张变形的那群动物与作为附庸的女人,构成了消费时代的普遍特征:价值观的扭曲与评判体系的全面崩溃。

冯硕营造的动物世界,是反消费主义的,反古典温情主义的,更是反好莱坞的,他影射人的世界,或者以人间的悲欢故事为依据。当下的社会,各种矛盾纠缠交集,各个角落充满了痛苦、不公、仇恨和相互的不信任,权力的专横和腐化,资本的强悍与暴戾,对许多人造成了伤害与屈辱。人性大面积泯灭,道德底线屡屡被击穿,人类社会积数百上千年而形成的传统与秩序不断被颠覆,匪夷所思的恶劣事件,肆无忌惮的炫富和耀武扬威,一次次刺痛善良者的柔软之处。于是,冯硕勇敢地在他的肥猪王国里,描绘猪的疯狂与它们的排泄物。猪们毫无顾忌地污染自然美景和水资源,暗示的正是中国经济腾飞之时,环境所受到的严重破坏。

冯硕在2006年创作的《最后的晚餐》,表现的是一群挤在桌子边的猫头鹰和老鼠,画面中还有被肢解了的孩子或是布娃娃的部件。这是一个疯狂的、愚蠢的、盛气凌人的世界,在这里,社会秩序被颠覆和重组,动物驾驭于人类之上,主子为仆人服务。在纵情狂欢的夜里,人们戴上面具,放歌纵酒,秉烛夜游,通宵达旦。而当黎明到来,一切恢复正常的时候,人们又打起精神,衣冠楚楚地去做他们被规定要做的事情。

冯硕的作品有着明确的指向性,这是大多数观众进入画展后获得的第一印象。但冯硕对我坦言,他不希望被人看出过于直白的意图:"我不排斥叙事性,希望叙事性与绘画性能较好地结合起来。也不希望以文字来图解作品本身，如果文字能解释的话，绘画本身的涵义就会大大降低，画家的存在意义就值得怀疑了。"

中国当代艺术分为两条发展主线：一条观念性、社会性较强，另一条则以绘画性、实验性为主要特征。而在冯硕看来，这两者之间并没有矛盾。在多年的探索中，他一直希望找到最丰满有力的综合性语言，完成一种核爆炸般的"聚合效应"。他承认"我对传统有着深深的迷恋，对抽象有着真诚的崇尚。"所以在他的作品中，具体的对象看似草率而凌乱，其实是用精准的艺术语言表达的。而且每一笔看似快捷轻率，其实有着成熟的思考，落笔非常肯定，有着丰富的色彩内涵，以及外延的空间。

冯硕自称在学校里深受伦勃朗和塞尚的影响。伦勃朗是现实主义先驱，塞尚是后印象派代表人物，今天在冯硕的作品中还可以看出一点伦勃朗和塞尚的影子，但他已经确立了自己的格调。他讲究技法，却不为技法所束缚。

冯硕把创作看作是一个将理念与方法、观念与手段凝聚的过程。他认为：动物叙事的模式在欧洲已经流行了上千年，他们有这个解读的习惯与模式，人与动物是平等的观照，有时还是平等的角色置换。而在中国，人一直处于居高临下的位置，只有在哲学大师的作品中，才赋予动物以宏大的象征性。现在是我们可以用动物作为镜像的时候了，因为在今天崇尚金钱与消费行为的社会中，人的动物性空前地暴露并强化了。

冯硕的作品承载着沉重的批判意识和怀疑精神，在文化环境日益宽松的今天，可以陈列在公共空间，但能否进入私人空间呢？据说许多买家拿回去后都是挂在家里的。冯硕告诉我，他在美国见到一位南美画家，作品以美国士兵在伊拉克战争中虐囚事件为题材，结果受到美国收藏家的追捧，价格高得令人咋舌。为什么拿美国的耻辱做文章的作品能够受到好评和收藏呢？这是美国文化的成熟，也是欣赏者的成熟。

冯硕还跟我说起一件事："有一次也是在画展上，一个身穿名牌却举止粗鲁的人用雪茄指着我的画说：你画这个猪，是想讽刺谁？我回答：你不觉得这头猪就是为富不仁的土豪吗？他一愣，继而讪讪地说：人家都画美女，你却画猪啊狗啊什么的，存心不想赚钱？我说：就是啊，我比较傻吧。"

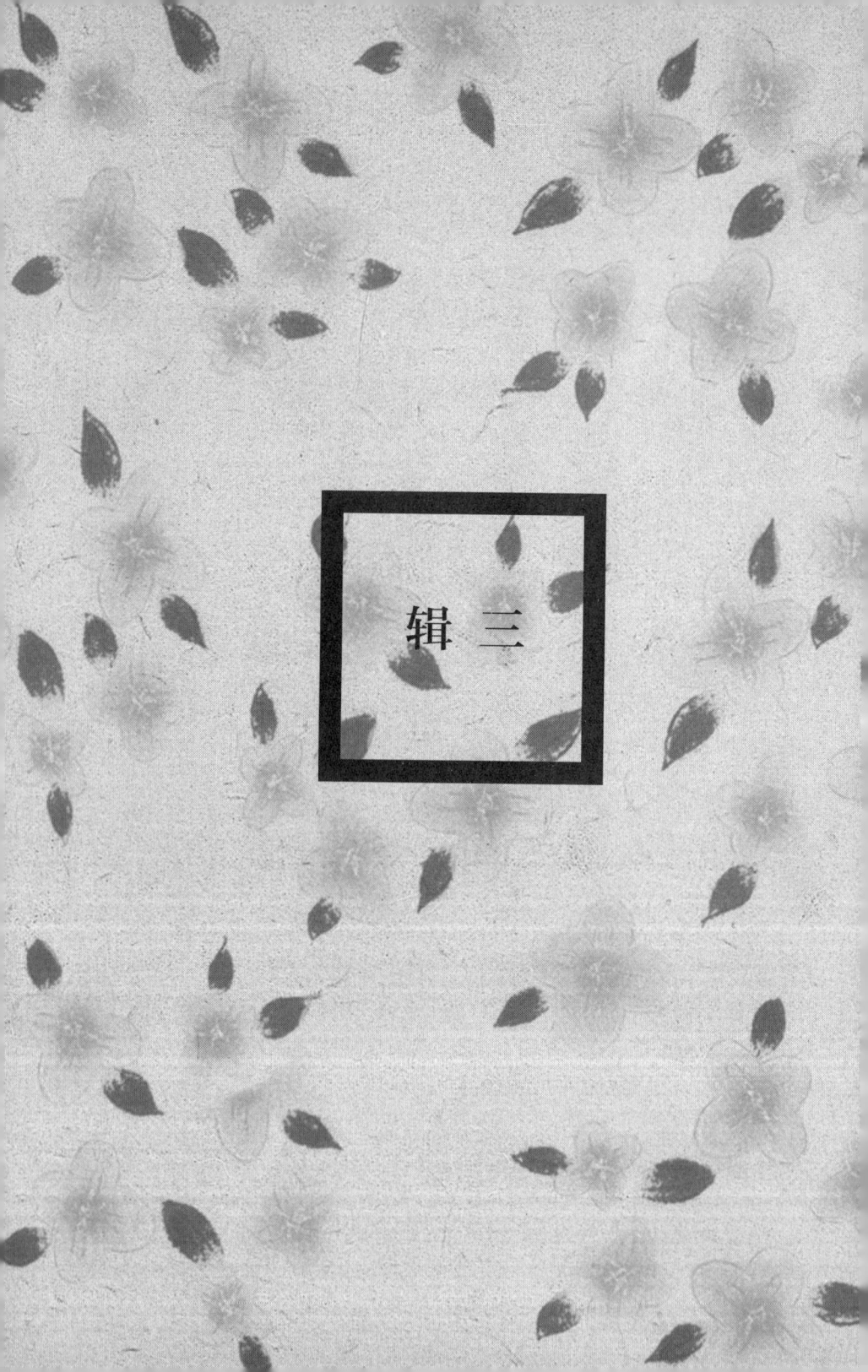

辑三

花飞艺文笺

鲁迅全家照,摄于上海春阳照相馆(1930年)

如果能真实地、完整地"还原"鲁迅,让他以一个活生生的人物形象出现在公众面前,也许会产生更大的文化影响和精神感染力。

还原鲁迅的几大难点

——与谷白对话的不完全记录

听说上海文广集团这次放出大招：准备花一个亿向作家、剧作家征集电影、电视剧本，日前已与首批入选作者签下了合作意向书。第一批签约的28个剧本中，谷白（顾绍文）有两个作品入围，一个是电影剧本《升平街记事》，另一个是与陈吉合作的四十集电视剧本《中国文豪》。

用一个亿的代价来征集剧本，是1949年以来一个城市在文化软件投入的大手笔，所以这项"亿元剧本征集活动"在文学界、影视界震动不小。但是谷白说："在文艺创作方面，金钱不是万能的，我们更多地把这个举措看作是对作家劳动的尊重。"

我记起十多年前，市政府有位领导表示：准备投入一个亿，征集一个能够走向世界的交响乐总谱。结果到现在也没听到一个音符。在世界上产生一点影响的中国音乐好像只有《梁祝》和《茉莉花》，后者是一个"老古董"。

那天下午天色有点昏暗，不算太冷，在建国西路一幢公寓楼里，我拜访了谷白。多年来，我一直叫谷白"大哥"。在过去的一年多里，他深居简出，阅读了大量的鲁迅研究资料，包括鲁迅全集及同时代人的回忆录。这些书籍都堆在窗台上和一张大沙发里。

谷白首先向我表示，建国以来的半个世纪，甚至可以上溯到鲁迅逝世之初及紧接着的四十年代，对鲁迅的解读就一直受到来自意识形态方面的干预。今天再对离我们远去的文豪、思想先驱作一次形象还原，就不能不将他从神的位置移至人的位置。因为每个中国人都不会怀疑，鲁迅的思想是整个民族的精神财富。为了延长和扩散这个"人"的影响力，就必须让人们认识并热爱一个真实的鲁迅。

谷白透露，这次签约的剧本都是完成稿，只有《中国文豪》是提纲，但它获得了评委的较高票数，这说明还原鲁迅不仅是鲁研界也是市场（最能代表民众意愿）的期待。

下面是我们的对话记录：

沈：最近我看到周海婴写的一篇文章，他也热切地希望还原鲁迅的真实形象，他再三强调，鲁迅不只有横眉怒对的一面，不总是一个"拿着匕首和投枪的战士"，生活中的鲁迅是一个"幽默风趣，和蔼可亲"的人，一个充满感情的父亲。从撰写《鲁迅与我七十年》一书到现在，他一直在作"还原"的努力。我想，这也是鲁迅研究在今天学术背景下的必然反映。那么你怎么会产生这样的创作冲动？

谷白：我很小就喜欢读鲁迅的作品，也多次想过这个问题：鲁迅的日常生活是怎样的？在为这次创作做准备的系统阅读中，我们发现，鲁迅其实是人世间的一个普遍存在，当然，他的个性极强。在今天的文化氛围下，"还原"他很有意思，很有意义，不过也很难。如果能真实地、完整地"还原"鲁迅，让他以一个活生生的人物形象出现在公众面前，也许会产生更大的文化影响和精神感染力。

沈：不过我还是觉得，还原鲁迅有较大的不确定性，不可能单纯地成为一个作家的个人行为。

谷白：是的，这需要合力。2004年，上影厂拍过一部反映鲁迅最后三年生活的电影，据说写了四年，八易其稿。电影拍成后鲁迅家属不很满意。后来鲁迅的孙子周令飞找到我，约我另写一个电视连续剧，全景式地从鲁迅诞生写到去世。上影集团的领导也希望我来写。

沈：在你们酝酿这个剧本时，鲁迅后人有没有提出某种要求？

谷白：我们问过周令飞，有什么不可以写的？他回答得很干脆：没有。只提了两点，全景式地写，从诞生到去世。另一点，最大限度地还原鲁迅，不要戏说。后来我们跟他接触，确实是没有任何忌讳，照上海人的说法就是"一点也不疙瘩"。举一例,鲁迅去世前不久想迁居租界,由许广平和胡风陪着去淮海路一条新式里弄看房子,许广平看到房子的三楼天花板上有一只挂蚊帐的铁钩,非常满意。出了门,鲁迅跟胡风说:"这么好的房子,她就只看到一只钩子"。这一细节颇富意味,很真实地反映了许广平与鲁迅的关系,或者说相处的状态罢。鲁迅的话里含有对许广平的讥讽和贬意……周令飞听了表示当然可以写。他不像有些名人家属,一点也不让写有损于长辈形象的细节。

沈:曹聚仁是鲁迅的朋友,有一次鲁迅造访他家,看到他收藏了不少自己的著作,就问:你是否要为我写传?曹承认有这个想法,鲁迅也默认了。但鲁迅去世后,曹聚仁只编了一本鲁迅的影集。直到建国后他去了香港才写出《鲁迅评传》。这本书里,他公正客观地分析了鲁迅的性格与为人,对鲁迅的评价是有褒有贬的,直到今天还被鲁研界认为是很有价值的一本书。那么,今天是否也要通过"有褒有贬"来还原鲁迅?

谷白:批评鲁迅不是还原鲁迅的唯一路径,更不是必不可少的。比如有人说,鲁迅是被一种政治力量利用的。但据我们的认识,说"利用"至少是措辞不妥,而在实际上也是相互需要,鲁迅弃医从文,想用文艺救国,唤起民众,具体地说就是搞创作与翻译,那就需要同人和阵地——杂志。办杂志你知道,必须有一批水平稳定、趣味相投的作者。所以,希望在自己身边集合起一群人的想法,鲁迅从一开始就有的,而且日趋强烈,这也是他特别关照、支持文学青年的出发点。在这个意义上,我们认同那种鲁迅有领袖欲、"想做老大"的说法。

沈:中国人历来讲山头,上世纪二三十年代已经山头林立了。这其实也是一种百家争鸣的宽松局面。

谷:所以说,鲁迅想做老大有什么不可以?有什么不好?但是,历史告诉我们,鲁迅始终受挫,从来没有真正如愿以偿过。

譬如,他刚从广州来到上海,创造社曾有和他联合的计划,鲁迅深感欣慰,想不到等来的结果却是铺天盖地的批判,冯乃超、李初梨、钱杏邨,包括郭沫若都撰文骂他是"封建余孽"、"二重的反革命的人物"、"法西斯谛"。不久，创造社在党内受到批评，被要求尊重鲁迅，动议成立左联的时候，又征求鲁迅的意见，请鲁迅出来主事。鲁迅对此会有什么样的心情，你可以想象。即使在那样的情况下，鲁迅还是说了诸如"左翼很容易变成右翼"那样不中听的话。所以，应该说是"结合"来得比较恰当。何况，这一结合又无个人或者私人的功利目的。

沈：你刚才说，鲁迅的后人希望从他的诞生写到去世，但鲁迅出生时谁见过啊，他又不是一个神，一落地就会说话，就会写杂文。

谷白：剧本是从他祖父入狱事件开始的，那时鲁迅十三岁。一刀切掉了前十三年，这也是周令飞与我们不约而同想到的。但是有人提议干脆将整个童年都割舍，周令飞就不同意了。为什么？因为童年生活对鲁迅有很大的影响。

沈：这还不算太难，我知道更难的是在另外一些关节点上，比如他与国民党政权的关系。现在很多人都存有疑问：鲁迅既然受到国民党的通缉，要抓他还不是分分钟的事？为什么到他死也没把他抓进去？

谷白：鲁迅与国民党政府的斗争取这样一种特殊形式：直面又不直面。直面在于针锋相对，不直面在于鲁迅是用笔写文章的，而且多用所谓的"鲁迅笔法"，鲁迅从来没有公开号召颠覆国民党政府。国民党政府呢，对鲁迅怀恨在心，却也不能用对付瞿秋白、柔石他们的办法来处置，他们最希望的是让鲁迅闭嘴停笔，鲁迅偏偏不。这样的一个特殊性，也正是我们努力要还原在剧本中的。

沈：呵呵，这能提供许多戏剧冲突……鲁迅生前骂过不少人，同时也有许多文化人攻击他，这一块如何表现呢？

谷白：鲁迅是这部电视剧的叙述主体，但是，如果不把相关的人物以及环境与事件讲清楚，不明白来龙去脉，观众也就很难看懂、读懂鲁迅。所以，我们取插入片断的方式对重要的相关人物如胡适、林语堂、郁达夫、周扬、冯雪峰、胡风等作追踪描述，也就是说，跟着他们走一段，走得远一点，这样，鲁迅与这些人物的差异也就表现了出来。我们在剧本中比较地多用了"表现差异"这样一种塑造人物的手法。

周令飞多次提到，鲁迅是怎么活出自己来的。我觉得提得很好，活出自己来也就是跟别人活得不一样，有差异嘛。但不能（跟）太远，太远就收不回来了，就变成胡适传、林语堂传了，剧本也会散掉。同时，在对相关人物的处理上，也力求还原，避免像过去那样简单化地划分阵营，凡是被鲁迅骂过的人，都推向革命的对立面。在现实社会中非 A 即 B 的简单划分已经造成了悲剧，有些人一辈子不得翻身，电视剧再也不能犯这样的低级错误了。

比如，我们写了范爱农，范爱农的早期经历与鲁迅极为相似，后来又同事，而且过从甚密，颇为投缘，性格也相近，不同在于什么地方呢？鲁迅经许寿裳的推荐经南京到北京进了教育部，而范爱农则留在了绍兴，两个人的结局就大不一样了。还有鲁迅的叔叔周凤升，周凤升与鲁迅年龄相近，一起在南京水师学堂读书，鲁迅后来转到矿务铁路学堂，又去了日本，周凤开从水师学堂毕业后在一条军舰上做管带，由他的嫂嫂——鲁迅的母亲作主给他娶妻成家——这点又跟鲁迅一样，他并不满意——仍跟鲁迅一样，后来在外另找了一个老婆，并有孩子，最后默默无闻地客死他乡，除了专家，知道鲁迅的人几乎都不知道他。鲁迅与他们的差异的成因，有社会因素，也有个人因素，有必然性，也有偶然性。再说，鲁迅成为范爱农、周凤升的可能并非完全不存在，他也彷徨过的。

沈：此外鲁迅对柔石、萧军、萧红、胡风等人一直着意提携，关爱有加。这里是不是也有"习相近"的缘故？

谷白：我觉得人与人之间是有"缘"这个东西的，所谓投缘，有些人一见如故，而有些人则像苏州话里的那一说，"逆面冲"，一见面就不喜欢，反感。鲁迅与柔石与二萧他们属于前者。柔石跟鲁迅外出，往往搀扶着鲁迅，巴人为此还说过讥讽话。柔石被国民党杀害后，鲁迅写了著名的"忍看朋辈成新鬼，怒向刀丛觅小诗"，两年之后又写《为了忘却的纪念》，文章中有相当篇幅说到白莽，也提了柔石的恋人、五烈士之一的冯铿，从行文中可以感觉到对冯铿，鲁迅的情感就不怎么炽烈了。当时被国民党杀害的文化人很多，鲁迅为什么对柔石的死特别悲愤？这里就有个人感情的因素。

又比如瞿秋白，鲁迅手书"得一知己足矣"的条幅赠以存念，瞿秋白牺牲后，鲁迅抱重病编他的遗著为《海上述林》，还亲自撰写广告。我以为在根子上，鲁迅是把他当成朋友看待的。如果因为瞿秋白是党的领导人才这样对待的话，那怎么解释鲁迅对李立三的冷淡呢？再比如周扬、夏衍他们，所谓的"四条汉子"，他们与鲁迅的关系之所以会那样，有环境这样一个重要因素，有周、夏他们工作作风的因素，还有个人因素在里边，据我们查证，周扬和夏衍几乎一次都没有到鲁迅家里去过，而冯雪峰则三天两头去，还多次住在鲁迅家。当然，鲁迅并不是你跟他亲近了，他就跟你好那样的人，很多跟他很亲近的人，最后都被鲁迅骂个狗血淋头，批个体无完肤。但亲疏终究还是个多少起点作用的因素。

沈：写这个剧本，你怕不怕因此得罪文化界老前辈或他们的后代呢？

谷白：写这个剧本，我们依据的就是前辈们对鲁迅的回忆和鲁研多年来的研究成果，当然，更重要的依据是《鲁迅日记》、《鲁迅书信集》，它们作为个人的文札，是私密的，而且写它们的时候，鲁迅还没有成为"旗手"，他不会想到日后会被大家这样研究，所以是可以信赖的，即使有误，也多在不紧要处。但是因为是创作，必然有作者的认知含在剧本里，换句话说，也就是鲁迅是怎样的一个人呢？在我们看来应该是这样的。

沈：写鲁迅不能回避他与日本人的关系，鉴于中日两国的历史与现状，这一点你们如何把握？特别是周海婴前不久又撰文怀疑鲁迅是被日本人谋害的……

谷白：我们在做提纲前定了一个原则，不刻意回避人与事，但是，也不专门回答哪个疑问。因为，我们这一次要完成的创作，时间跨度和地域空间都很大，而且人物众多，诸事繁杂，如果不以有效地突显鲁迅性格的演变与养成——也就是鲁迅怎样活成的鲁迅——作为情节设置的主线，剧本难免会像一团乱麻。同时，一个揭秘性的作品，似乎也远不及通过鲁迅的形象再现历史，再现和表现那个历史时期的文坛众生相有生命力。

沈：剧本里有没有虚构？

谷白：出于创作的需要，必须有。至于哪里虚构了，虚构了多少，我只能说我们虚构有个原则,那就是有依据,不讳言。至于具体的,请允许我暂时秘而不宣,我想看看到时候大家是不是看得出我们掺的假。

沈:在娱乐化的背景下,在消费主义的喧嚣中,在电视这种大众传媒上以电视剧的样式表现鲁迅一生,你对收视率有怎样的期待?

谷白:有一种很八卦的倾向:人物传记不戏说就没有收视率,但戏说类电视剧收视率的滑坡,以及诸如《亮剑》、《激情燃烧的岁月》那样的以个性鲜明的人物为卖点的电视剧的热播,已经为之做了脚注。我认为只要把人物写活,观众就会要看。说老实话,要把鲁迅写得像李云龙,至少,我没有那样的本事。但鲁迅有鲁迅的活龙活现,如果能活龙活现出个鲁迅来,是会有相当一部分的观众要看的,何况还有文化上的大意义。

沈:周令飞曾经作过一个民调,结论并不意外:现在的青年人已经很少知道鲁迅了,即使知道,也是横眉冷对的形象,不可亲,不可近,鲁迅的文章在教科书里也都是骂人的。这样的鲁迅是平面的,单薄的,是一个概念化的政治符号。其实,鲁迅以他的崇高人格和伟大精神为我们熟知,但生活中的鲁迅是很有情趣的,对我们今天如何做父亲、做男人、做朋友,做一个普通人会有很大启发。只有接近他,才会理解他,崇敬他,接受他的思想鼓励和启发。

谷白:是的,记得郁达夫说过:"没有伟人的民族是不幸的,有了伟人而不懂得敬重的民族是可悲的。"今天我们理解或还原鲁迅,首先要还原鲁迅这个人,他的精神是与他的性格、处世为人和文学成就等等分不开的,与他的日常生活是共存的。鲁迅去世后,人们在他身上盖了一面旗,上书"民族魂"三字,这是一个很高的评价,我们后人不能让他魂不附体。

赵丽宏国画作品《昨夜有梦》

从这个意义上说,杜甫草堂是中国所有诗人的第二故乡。

锦城红叶，诗歌灵光

收到赵丽宏寄赠的新作《赵丽宏散文精品集》《锦城觅诗魂》，眼睛一亮。前一本中的许多篇什此前在不少报刊上拜读过了，印象深刻的有《永远的守灯人》《日晷之影》等，在窗前的光影里，呷着明前龙井，重温性灵美文，诚为阳春烟景中一大享受。所以我迫不及待地翻阅起后一本来，虽然看上去更像揽胜记行，但读了几页后发现其实是作者文化行旅的深切感悟。在熟悉的风景里翻检似乎遥远而陌生的历史细节，或许能让网络时代的读者暂时平息焦躁的心绪，踏着前贤的履痕足迹，体验一番幽微静穆的翩翩思绪。

成都是一个美丽而麻辣的城市，成都人又是一个热情而旷达的群体。我去过成都四次，印象非常好。这种好，在乎饮食，在乎景色，在乎历史人文，更在乎成都人的集体性格。成都的旅游资源非常丰富，我更看重历史人文这一块。杜甫草堂是它的原点，然后是武侯祠、青羊宫、望江楼、文殊院、青城山、都江堰……还有宽窄巷子、锦里、崇德里等新景观。如果在各个景点之间行走或跳跃，写得感性而率真，也可以成为一本趣味盎然、图文并茂的集子，在今天的读书氛围中肯定会获得雨点般的点赞。但赵丽宏的文化之旅也是一趟发现之旅，他以历史为场景，以诗歌为线索，以人的命运为感情维系，将杜甫、薛涛、陆游、李白、杨雄、司马相如与卓文君、王建、杨升庵等诗人在锦城的足迹身影仔细捡拾，悉心解读，让读者在字里行间巡游各景点后，获得更多的知识与感悟。

赵丽宏是个气质儒雅的诗人、创作勤奋的作家，近年来在书法上也显现相当深厚的造诣，在这本《锦城觅诗魂》里，他的感性思维发挥着超强功能，同时又表现出深邃的理性思辨能力，逻辑性很强，类乎史学工作者的索隐考证功夫也不浅。着墨最多的是他最为敬仰的诗圣杜甫。

一生颠沛流离的杜甫，于759年从甘肃同谷来到成都，在浣花溪畔的荒地上建起一座虽简陋却春意盎然的草堂。建草堂的费用由朋友资助，美化周边的树木，则以诗与粉丝们交换，而当地的县令果真愿意用三百株桃树换得他一首诗。后来，连草堂里的大白瓷碗，也是用几行短诗换来的。更有唐人意趣的是来了一位朋友韦偃，表示送两匹马给杜甫，但不是可供驱驰的千里良驹，而是在白墙上当场创作的壁画。远古时期的岩画，唐代杜甫草堂的壁画，原来就是今天街头涂鸦的母本啊。这些饶有趣味的细节，被赵丽宏用富有性灵的笔致写来，大有春风拂面之感。

　　草堂是杜甫避风遮雨的港湾。草堂的花香与油灯，见证了杜甫微醺后的豪迈挥洒。他在草堂时期创作的二百四十多首诗篇，是中华民族传唱千年的乐谱，永恒不灭的记忆。然而欣喜之后让我更为感动的是，在杜甫身后，草堂几经荒废（其中一次彻底毁在张献忠手里），但都由后来者精心修复，其中有官员也有文士。由此深信尊重文化名人、保护历史遗迹在中国是有传统的，也是高度自觉的，那是一种真心的钦仰与守卫。对照今天时时见诸报端的某文化名人故居遭到破坏的消息，不能不仰天长叹。

　　从这个意义上说，杜甫草堂是中国所有诗人的第二故乡。

　　此外，赵丽宏还对在成都留下履痕的历代诗人进行梳理和解读。他赏识薛涛的才华，同情女诗人的命运，对她追求个人幸福而屡屡落空发出一声怜香惜玉的长叹，这是作者真性情的流露。而对陆游踪迹的寻访，又让我谛听到了文字中精灵般音符的快乐跳动。陆游的人生哲学与乐观态度，以及对世俗生活的低要求与满足感，分明感染了作者，故而在引用"江湖四十余年梦，岂信人间有蜀州"这句诗时，按捺不住激动心情，珠玑文字如锦江春波，在历史的拐弯处溅起浪花朵朵，一路飞来眼前。此外，作者在访问杨雄故里，神游子云亭时，在徘徊琴台与慧园之间，畅想司马相如与卓文君的爱情故事时，在凭吊永陵古墓，解读前蜀石雕艺术时，都调动了大量的文化积累与艺术经验，以令人信服的考证与诠释，再现历史场景，领略前贤的襟怀和风度。

《锦城觅诗魂》是一本追寻古人诗情墨韵的佳作,也是引领读者重返历史现场、领受先贤人格魅力的导览,更是作者的夫子自道。

金宇澄为长篇小说《繁花》画的插图

窥视是人类的本性,也许是出于对同类的控制欲和风险防范,也许是阴谋与爱情的必备手段,到了《繁花》这样一部以上海地域文化为大背景的小说里,则受大环境影响,或受某种思维的影响,窥视行为无论怎么卑鄙、无耻、龌龊、猥琐,都成了"群众的眼睛是雪亮的"这句名言的生动注脚……

《繁花》，闪亮着窥视的眼睛

《繁花》盛开之际，中国文坛一片喧哗。并且很快被中国小说学会评为 2012 年度中国小说排行榜长篇小说第一名。有文学评论家认为金宇澄的这部长篇小说是我们这个时代日常生活的纪念，是上海人情世态的博物馆，也是上海人的心灵史。还有人说："他写的是少年旧梦，写的是声色犬马。"

看《繁花》，我有我的心得。在基本认可所有善意的评论之外，我觉得这是一部窥视的历史，其社会学的意义不容忽视和低估。看《繁花》，各色人等粉墨登场，又各有下场，哀伤与痛惜、卑视与酸楚，紧缠于心。记忆与想象，倾诉与沉默，在六十年代与九十年代之间穿插，超越了个人经验，更超越了流言蛮语。情节推进之时，一网打尽了同学少年，人物远行之际，挥手作别的却是自己。但是很奇怪，惊心动魄、不忍释手而且意犹未尽的阅读过程常常被突然惊起，一阵滚烫的羞耻，不可阻挡地涌上心头。我知道，当小说中的人物在窥视他人时，我也沉醉于窥视的快感之中。

当然，所有的虚构写作，都有意无意地满足及激发读者这个欲望。虚构与窥视是合同的双方，这份契约是小说的存在理由。然而我还是要说，《繁花》里的每一次精心谋划的窥视，我们都是在场者。

窥视在小说开头就出现了。陶陶跟沪生讲的故事中，出现了形同梵皇渡路 76 号女特务的老太太，她是道德与秩序的化身，窥得菜场卖鱼女人的秘密并告诉她的丈夫，这告密是信息提供，更是压力施予，于是她的丈夫带了一帮小徒弟挑一个工作日，装作正常出门，半途中杀了个回马枪，一举捉奸成功。光天化日之下，这对露水鸳鸯"一丝不挂，房子里暗，女人拖了后门，浑身雪白，照得人眼睛张不开"。"卖蛋男人从楼上房间捉下来，拖到后门口，这件家生，不改本色，精神饱满，十足金的分量，有勇无谋，朝天乱抖。"这个段子我曾听金宇澄讲过三遍，他现在拿来做引子，是有象征意义的，也有一种隐喻性。

小说中同为夫妻的人物有好几对，彼此千丝万缕，关系复杂。比如银凤，丈夫海德是国际海员，这种职业的男人，在六十年代上海市民的叙事柜框架内，表面风光，内心沧桑，轮船启锚，一去小半年，舱房里贴外国电影明星的热辣照也遭到政委的窥视并严禁。家里留守的女人独坐空房，一不小心就惹火上身。《繁花》里的故事也似曾相识，银凤吃"童子鸡"，略施小技，勾引住在三层阁的青少年小毛，使他失去童贞。未料螳螂捕蝉，黄雀在后，二楼爷叔自她嫁进门，就一直在隔壁窥视，偷听动静，算计出入时间，企图乘虚而入，碰了钉子后便转换身份，以捉奸者自居，凌空于道德高阁，并做好详细笔记，然后交与银凤的丈夫海德，促其摊牌。结果当然是想象得出的，上海人在处理这类家丑时自有市井规矩。而实际的阅读效果呢，读者应该对银凤及小毛抱有同情，而对二楼爷叔之流有不良企图的窥视者视若垃圾。

窥视者并非小市民的癖好，觉悟很高的工人阶级似乎也有兴趣。厂里女工汰浴，"一房间三四十个赤膊女人，上礼拜轰隆一响，顶棚全部塌下来，灰尘垃圾里，趴了一个电工阿胡子。十几个小姐妹，捂紧下身就逃呀。吓人吧。其他几个女人老师傅，根本不怕，衣裳不穿，赤膊骑到阿胡子身上，打得阿胡子七荤八素。"

而阿宝家里因为文革受到冲击，被赶出洋房，安排到工人阶级集中的工人新村（曹杨新村可对号入座），生活方式由此变得粗暴无礼，一搬进"新居"即被邻居堂而皇之地窥视，本属社会阶层的尊严与优越感顷刻间被颠覆。比如公用厕所，每十户合用一个厕所，厕所内几乎成了窥视的最佳场所，男女厕所之间仅用木板隔开，"每块板壁，为竖条杉木板拼接，靠马桶圈的位置，上下左右，挖有六到十六个黄豆大小的洞眼，最低按六个算，六千乘六，结论是，上海工人新村'两万户'的马桶间，计有三万六千个私人窥视孔。住过这类户型的居民心知肚明，这个数字只多不少。""如果来人落座，先将封堵洞眼的旧纸一一拔除，换一团新纸，逐个塞紧，窸窸窣窣，接下来，种种私密过程，处处谨慎掩饰……"

心理阴暗的窥视，到了五洲震荡风雷激时，就转化为一种公开行为，比如男流氓在马路上对女孩子的盯梢游戏。而最精彩的，还是小说里那段类似《阿Q正传》的描写，沪生与几个同学受到北京红卫兵的鼓励，挺身而起要抄香港小姐的家，仅仅因为"这个香港小姐，以前是大世界的'玻璃杯'，后来到香港，打过两针空气针，否则胸部不可能这样高"。受了这种窥视欲驱使，希望在阶级界限前实现突破，他们勒令香港小姐将所有阿飞衣服交出来，没想到对手在江湖上混过，根本不吃这一套，"上来一把掐紧同学的头颈，摇了两摇说，穷瘪三，弄堂里的穷鬼，欺负到老娘头上来了，我怕啥人呀，我吓啥人呀，黄金荣我碰到过，白相人，吃豆腐吊膀子，我看得多了。"最后，阿Q的后代们还是靠了强大的工人阶级，将香港小姐制服。一把剪刀，照淮海路方式，朝香港小姐裤脚口剪一刀，一扯，裤子裂开一点，同学抢过来用力朝上一扯，"大腿上荡了几条破布，旁边两只奶罩，同学也剪了几刀，大家拍手。"红卫兵与工人造反队匍匐在同一条战壕里，获得了窥视欲的极大满足。

到了九十年代的叙事板块里，这种窥视的故事又在以经济行为主导的生活里发生、发展，不同只在技术含量大大提升，窥视的目的超越了道德审判而进入利益捕获阶段，由此使得故事更加惊心动魄，匪夷所思。小毛的死，从某种程度说，也是被窥视所害。

窥视是人类的本性，也许是出于对同类的控制欲和风险防范，也许是阴谋与爱情的必备手段，到了《繁花》这样一部以上海地域文化为大背景的小说里，则受大环境影响，或受某种思维的影响，窥视行为无论怎么卑鄙、无耻、龌龊、猥琐，都成了"群众的眼睛是雪亮的"这句名言的生动注脚，获得了合法性、正当性和崇高性，人的尊严与隐私遭到无情剥夺的悲惨、荒唐事实，都可以成为人间戏剧的有趣细节，成为街头巷尾的谈资。至今评论《繁花》的文章，大多集中在风俗性和上海方言方面，似乎还没有人意识到这一点吧。而我坚持认为，对窥视行为的演绎，不仅体现在情节上，还体现在小说在出版前的传播方式——网络连载和与读者互动，这也是金宇澄利用人的窥视本性，来推进小说人物性格发展逻辑，并积聚力量揭示民族劣根性的真正意图吧。

　　我这么认为，事先倒并没有和金宇澄商讨过，因为小说已经透露了秘密，最妙的窥视出现在十三章的第二节，动乱年代，上海一度尚武风气大盛，小青年喜欢学几招防身，小毛跟了一个师父学艺，一般的擒拿格斗。师父首先给徒弟们上了一课，跟他们坦白自己早年学艺那会的经历。师父带徒弟，为了让徒弟安心学艺，在某一天将他们召集起来吃酒，"这个世道，做男人难，容易上当受骗，因此早点明白，以后不做十三点。"师父从堂子里叫来一个妓女，坐进隔壁房间的大脚盆里汰浴，叫徒弟一个个进去看。"师父说，我是上课，女人啥样子，有老师教吧，师父教，我有责任。"这个师父，是参加过工人起义的响当当的无产阶级。整部小说，只有这次窥视坦荡而无拘无束，不必脸红，无需躲闪，就像一场集体割礼。如果你还不明白，那么直接翻到小说结尾，一对法国人想写一部关于上海苏州河的剧本，他们企图窥视上海人的生活与心灵。其实法国人并不能真正进入上海，顶多蜻蜓点水。好在阿宝是清醒的，"法国大学里，厕所、宿舍，已经不分男女了，脑子里想法，当然随便。"

上海，上海人，也进入网络时代了，原有的石库门弄堂生态基本瓦解，生活方式西化，那么一切也可以随便。群众的眼睛是雪亮的，群众对网上"人肉"保持着一如既往的兴趣。只是道德感和神秘感不再那么强烈，兴趣点可能分散，多种诉求并存，报之以冷嘲热讽或"恶攻"，但对事件本身进行反思，似乎体现了责任与自觉。

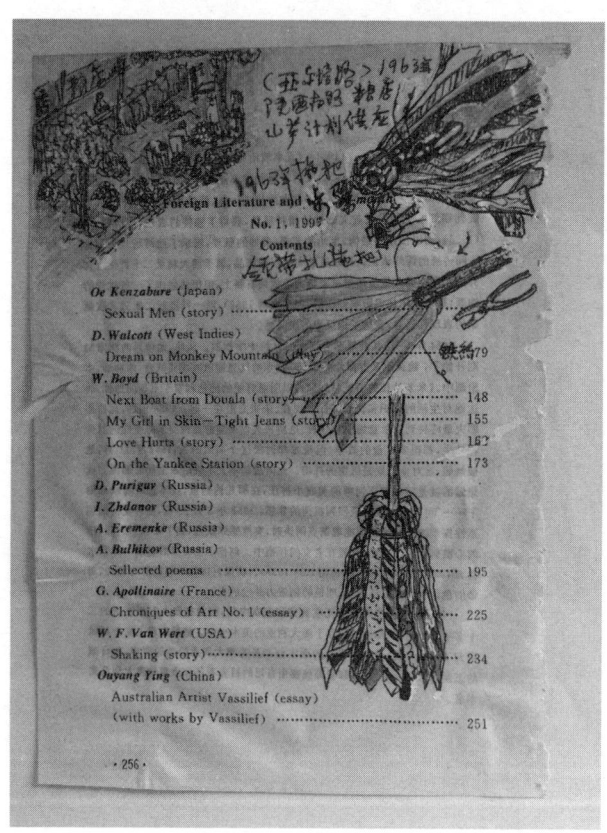

金宇澄为散文集《洗牌年代》画的插图

此书对看过《繁花》的读者而言,应该收获更多的快感,包括破译小说中诸多人物命运与事件缘由的玄机。而对青年写作者来说,如何将生活观察写成生动有趣的笔记,经过时间的沉淀发酵再形成完整的小说,也有线索可寻。

看老金怎样"洗牌"

有时候手握一副好牌，不免眼花缭乱，定定心理出头绪，眼前即柳暗花明，风生水起。我敢说，金宇澄在写这本《洗牌年代》时，并没想到日后会写一本《繁花》，更想不到会拿奖拿到手软，最终夺得茅盾文学奖。老金的这本随笔集在2006年就问世了，现在插图本又摆在我面前，删掉四五篇，增加两篇极有耐心的访谈，显示了资深编辑朱耀华的心机。我花一周时间重读，如品窖藏陈酿，口感醇厚绵软。此书对看过《繁花》的读者而言，应该收获更多的快感，包括破译小说中诸多人物命运与事件缘由的玄机。而对青年写作者来说，如何将生活观察写成生动有趣的笔记，经过时间的沉淀发酵再形成完整的小说，也有线索可寻。

确如许多人认为，《洗牌年代》是《繁花》的草稿，说前传，说速写稿，都可以。这本书的前三分之一，记录他在东北农场的生活。"笔者当时所在的地方，是全国最大的劳改农场之一，里面曾有最多的带枪管教，大量原籍全国各地的服刑犯，直到1969年中苏交恶，犯人们奉命内迁，以各地城市青年回填。"由于新鲜血液以上海知青为主体，他们在黑土地上获得了观照的优势，又与"二劳改"中的旧上海遗老遗少们在精神气质上的衔接，那个天寒地冻的农场庶几成了海派文化的飞地。

老金通过《马语》《绿细节》《我们并不知道》《二十五发连射》等篇什，不仅传唱了农业文明的挽歌，而且在动物与植物身上播撒人道主义的薄薄清辉，更将故事主角的种种戏剧性转折，置于大时代的光影变幻，让"命途多舛"这个时下被滥用的词汇有了黑色幽默的意味。

更易为读者感觉亲近的篇什是在后面三分之二，老金将目光回到了念兹在兹的城市。《繁花》里的戏码在这里初具轮廓，比如《锁琳琅》《穿过西窗的南风》《琴心》《洗牌年代》《合欢》《上海水晶鞋》，飘忽而来的人与事，后来都在小说里找到坐标，生旦净丑，渐次登场。虽然，有些篇什已经构成了完整的短篇小说，但进入《繁花》的重构程序，一番"洗牌"之后，各色人等在叠加和交错中一起发力，将小说情节层层推进，步步生莲，花藏叶底，月隐云中。都说长篇小说是结构的艺术，从《洗牌年代》到《繁花》也印证了这一点。但认为《繁花》仅仅得益于沪语书写的朋友，不能忽视"花开两朵，各表一枝"这一套路仍有百年老汤的香醇噢！

  老金对器物的迷恋，刨根究底的考证，使他对物的描写陷入叨叨絮语的梦幻状态。枪、刀、船、桥、花、沙发、酒、皮鞋，熟视无睹的寻常之物，到了他笔下就被赋予了一种没落的城市诗意。这种积累与表达，不仅使他的文学性书写有了面对小众层面的精度与权威，而且他还想以此来强调人与物的关系、人与动物的关系，以及在人类文明进程中，被工业化消解和压抑的人性与匠心。第二个层面是，他想通过人对动物的默契配合来赞美彼此的信任，同样道理，老金揭示人与器物的那种似有生命感觉的依存关系，也在善意地提醒人们须调整对物质的单向统驭，或者说是那种在风尚中随波逐流的无情态度。有些篇什与《繁花》无关，但好比月亮之于地球，与《繁花》保持恰当距离，构成另一个磁场，酝酿潮汐。

  《繁花》打动读者的，其实不止是春风沉醉的城市气息，也不止是沪语写作的实验，而是宿命。在《洗牌年代》里，老金已经在编排人物的命运密码了，举《合欢》为例，在抄家的恐怖场面中，蓓蒂在波旁酒气的熏陶中陷入迷茫，但她依然被一种莫名的快感所驱策，因为她所讨厌的堂兄及那班追求资产阶级生活方式的社会青年们末日已经来临，又因为她们一家被逐出花园洋房，要搬到对她而言新鲜陌生的工人新村去。她更在意的，是与阿宝并肩穿行在危机四伏的街头，去弄堂深处寻找一个少女的仙境。"在这混乱难忘的时光里，一枝合欢树枝，有芽、有叶、有花，有花蕾的全枝,放进了蓓蒂的标本夹。"

是啊,在《繁花》里,这位赤诚少女毫无征兆地消失在梦呓般的叙述中,令人嗒然若失。那么在《洗牌年代》,不知各位看官能否找到蛛丝马迹?

虹口区的老弄堂新祥里（陆杰摄）

蒹葭苍苍，白露为霜，回忆尊长的文章，在人生体验与感悟的基础上抒发真切的情感，总希望获得读者的共鸣。

爱恨交加的无尽思念

最近读了孔明珠的散文集《月明珠还》（上海书店出版社，2015年第一版，2015年上海文化发展基金会资助项目），作为同时代人，感触非常深。这本以缅怀故人、回望青春与故园为基调的散文集，是她在2012年以后陆续形成的文字。一个人步入中年以后，经历与阅历都有了相当的积累，观照时世的角度与心境就与文青、愤青有所不同。孔明珠在此前创作了不少以青春、女性为主题的长篇小说和中短篇小说，她以在日本做陪读夫人的经历创作的一系列作品，曾被日本文学界和社会学界视作了解中国改革开放初期赴日留学生群体的样本。有了良好基础，她在撰写非虚构类作品时，就能随心所欲而不逾矩，一方面能够选择合适的关键人物和切入点重返历史现场，一方面也能够紧紧抓住人物性格发展的线索来揭示特定历史条件下外部力量主宰人物命运的必然性和偶然性。书中的有些篇什看上去像小说那样徐徐展开，情节跌宕起伏，人物形象饱满，结局往往出人意料、令人唏嘘，但这一切都是亲身经历的事实而非凭空想象、道听途说，再说只是冰山一角，还有许多欲言又止的内涵和需要读者心领神会的伏笔。是的，生活永远比小说精彩，开拓的想象空间更大。

在《一笔尘封旧账——父亲孔另境与陆澹安》一文中，孔明珠以一笔借款来反映两个家庭在动荡年代中的经济状况、人生际遇，体现了老知识分子的风骨、处理尴尬事件的智慧，以及设身处地表达彼此关切的真挚。现在人很难设想，区区200元就可令一位重感情、犟脾气、要面子的知识分子陷入绝境。在《长相思——采访施蛰存伯伯》一文中，通过生动有趣的细节，将一位在巨大压力之下仍保持独立人格的现代文学大师写活。孔明珠在大姐孔海珠的引领下去采访施蛰存先生，进门先请安，而这位年逾九旬的老人从隔壁卫生间里走出来大声回答："要死啦，快死啦，年纪介大了,九十多岁还活着!"这一先声夺人的情态,与《红楼梦》里凤辣子的出场有异曲同工之妙。文章最后还有个干净利落的收尾,多年后老人仙逝,孔明珠在办公室搬场时发现了两件当年施老送给她的小礼物,就顺手补了一笔彼时的"场记":施老随手将案头一枚友人为他刻的"长相思"木头图章塞到孔明珠手里,还逗趣地说:"长相思,哼,谁和他长相思,图章也送给你。"施老洒脱豪放的性格一下子跃然纸上,令人发噱。

此外像《奶婶婶》《好姆妈》《爹爹的麻将搭子》等篇什,同样体现了孔明珠一贯的行文风格,语言朴素,叙述平缓,关键节点上让细节来画龙点睛,写得感情丰沛,妙趣横生,每个人物背后都埋藏着值得进一步挖掘的故事,都是那个时代又斜又长的影子。而最让我掩卷而唏嘘不已的是孔明珠对父亲的无尽思念,比如《狱中明信片》《父亲囚中诗词九首》《蟹蝴蝶》等。

孔明珠的父亲是著名作家、出版家孔另境。孔另境资格很老,1925年加入中共,参加过北伐,还是茅盾先生的小舅子,1931年因参与地下工作被国民党逮捕,经鲁迅先生营救出狱。建国后,孔另境经营的春明书店并入上海出版系统,算是公私合营了,他大概属于资方,加之狷介耿直,不可能担任领导工作,但还是享受了高级知识分子待遇,生活悠闲而充实,但接下来的几次运动改变了他的人生。风云突变,屡遭困厄,孔另境的脾气变得越来越暴躁,尤其是在 1969 年被虹口公安分局莫名其妙关了七个月后又糊里糊涂地获释,每月只有五十元生活费,因糖尿病"瘦成七十多斤,精神崩溃,躺在床上整天咆哮,骂我们这不对那不成","在家里像个暴君",他不仅对妻儿横竖不顺眼,对长年服务的佣人,对远道而来看望、照顾他的奶婶婶,也经常因脾气暴躁而致举止失礼。孔明珠不止一次写道:"我恨死他了"。这是彼时彼境一个女儿的真实感受,也点明了无休止的政治运动对无数个家庭的深深伤害。

当然,孔明珠在更多的篇幅中用细腻丰富而饱含血泪的文字写出了对父亲深深的爱。比如写到给狱中的父亲送衣物,"这时我的脚杆瑟瑟发抖了,因为我很想爸爸,临出发前突发奇想就在《毛主席诗词》红色塑料封皮套后面夹塞进去一张自己的小照片，"又写到父亲在狱中利用书籍空白处写了九首诗词以寄托对家人的思念，其中专为掌上明珠填了一曲《西江月·念明珠》，"几十年来，每当我默默吟诵这首父亲专送我的诗词时，都会禁不住流泪，万分想念他，感激他。"再比如在另一篇文章里孔明珠写到，"我在家里最小，……每天帮他洗脚，倒痰盂和夜壶，清洗他病腿换下来的沾满血与脓的绷带，晾晒，用熨斗烫平消毒。""写到此时，当年的一幕幕非常清晰地回忆起来，那些悲惨的细节，一直是我不肯去回想、每每想到泪水长流的。其中有悲伤也有后悔与愧疚，情绪激动，无法写字。"

其实读到这里，我也常常掩卷叹息，眼眶潮润。

蒹葭苍苍，白露为霜，回忆尊长的文章，在人生体验与感悟的基础上抒发真切的情感，总希望获得读者的共鸣。但一般人习惯于为尊者讳，甚至将粉饰溢美之词当作色素与香精来添加，聪明人还能转化为某种资本。拥有小说创作经验的孔明珠在这本书中则是忠实历史，又是相当克制的，她通过挖掘、对照，从诸多场景中萃取最具典型性的细节，从而使人物形象有血有肉，宛在眼前。她又告诉我们，对父辈表达挚爱，还原历史真实是一个大前提，首先应对父辈在那个环境中所产生的性格瑕疵给予宽容和悲悯，这样就能使私人感情获得更多的社会学价值。她站在历史的高度怀念父亲，既揭示了父亲的性格悲剧，也印证了一个时代的悲剧，使这本散文集超越个人记忆，升华为值得读者分享和交流的集体记忆。

今天，彼时的人与事开始模糊、变形、叠加、残缺，我们急需建立坚实可信的历史档案，急需书写、收集、梳理、甄别经得起时间淘洗的个人记忆，就像这本《月明珠还》那样。

乌镇的酱园(沈嘉禄摄)

这种人文情怀的表达,首先要求作者有敏锐的观察力和对生活细节的把握。

美食，也是一种乡愁

孔明珠（她的粉丝称她为明珠JJ，JJ者，姐姐也）新出的美食随笔集《烟火气》又如一只鸽子，翩然飞到我的手中。迫不及待地读起来，一股烟火气果然将我熏得如痴如醉，垂涎三尺。与她此前出版的《孔娘子厨房》、《煮物之恋》相比，更有上海寻常人家的烟火气，不与土豪比富贵，不与大款比排场，只与自己的过往比就非常知足了。随处可见的寻常食物恭恭敬敬请进门，一番体贴入微的搭配、烹饪，一盆盆美味佳肴就出落得有模有样，活色生香。

改革开放三十年，我们进入了物质丰富、消费猛进的年代，餐饮市场尤其兴旺，普通民众进饭店吃个热闹、吃个时尚，稀松平常，拿手机拍照立时传至微信微博，也能为自媒体增添人气。但真正将美食体验、烹饪实践当作专题来书写，需要知识积累和感情沉淀，更需要对食物品性的理解，对大自然的感恩。这一点，孔明珠信手拈来皆成文章，知恩图报成绩斐然。

孔明珠美食随笔最显著的特点就是放松。行文放松，就像与朋友挤在厨房里边操作边聊天一样，某种食材如何处理最为妥当，如何搭配又别具风情，如何操作或能出神入化，也最能讨得亲朋好友的欢心，都可以交流，甚至笑嘻嘻地吵上一场。选题目也放松，春韭晚菘，田螺毛蟹，草头干丝，甚至寿司羊排，都能不拘一格，洋洋洒洒地铺排成篇，七转八回，趣味盎然。比如她收到朋友快递来的春笋，当晚就做来品尝，"夸哧夸哧，夸哧夸哧，这个季节，只听到耳边传来嚼笋的声音，年轻的声音，新鲜的声音，春天的声音。"她就是用这种朴素的吃相来赞美食物的。

最让读者感动是，孔明珠笔下有一种上海家庭主妇的务实精神，以及环保主义者对世间万物的珍惜态度。比如"砂锅的残汤积聚了物质的精华，用它煮成的泡饭鲜美无比，我常常如法炮制，使餐桌上的收尾进入高潮，人人摸着滚圆的肚皮喊太好吃,吃不消啦。可是一次,一位女友说反复沸腾的汤里面,二恶英的含量很高,精瘦、矜持的她夸张地说,你们都在吃毒品!"在上海人世代钟情的泡饭面前,孔明珠只想到中国人惜食惜福的美德以及鲜美无比的口感,不会考虑"二恶英的含量",所以她不考虑精瘦,也装不来矜持,在美食面前保持一种天真的快乐不是很好吗?

但是呢,她又会莫名其妙地在某种食物上面投注女性的感情,做出超乎营养和味觉之上的选择。比如她跟江南一带的所有民众一样,爱吃螺蛳,还特别忆及自己与父亲一起同桌吮螺蛳的温馨场景,但是文章至结尾处笔头一转,"到海边的沙滩上玩,大家都喜欢低头寻宝,期待捡到一只有美丽花纹的海螺,如果它足够美丽,你不会想到先去火上烤一烤,吃掉它的肉吧,那样太不解风情了。"这个女性专有的小心思,就表达了孔明珠的美学价值,在物质层面之上,有精神层面的考量。所以,她不是一个百无禁忌、以味蕾感觉为唯一享受的老饕。

美食随笔,不能停留在舌尖的感觉,一定要写出人情世故,诚如蔡澜所说:"有时,我们吃的不是食物,是一种习惯,也是一种乡愁。"这一点,我与孔明珠是有同感的。孔明珠这本书里有好几篇都是通过美食来怀想亲人,追忆青春,这也使得文章升华至一种更高的境界。这种人文情怀的表达,首先要求作者有敏锐的观察力和对生活细节的把握。比如她写到静安面包房,就首先注意中老年人的服装,在风尚刚刚解禁后呈现的久违的老克勒腔调,并有点自豪地表明自己的上海人身份,强调过去与这种法式面包有缘,那么吃面包也成了重新确定身份的集体行为。然后反观今天的年轻人,受此文化背景的影响,也会"用外文旧报纸卷上一打玫瑰花,提一根中外合资面包房刚刚烘烤出来的法棍,上海第一代小资行走在淮海西路法国梧桐的浓阴下,美女就此一排排倒下。"

再比如孔明珠写到父亲——年轻时在茅盾与鲁迅之间传递过信件、1926年加入中共、后来成为出版家的孔另境先生,不止是简单地回忆跟着父亲品尝某种风味,而是锁定某一历史阶段,一个正处于叛逆期的女孩子与她的运交华盖的父亲,在风雨如晦日子里的相守——事实上却成了对峙，但"只有讨论吃什么，怎么做，好不好吃才是我与父亲最和谐的一刻，回忆起来，扬州煮干丝就是这样一碗沟通我与父亲情感的可贵佳肴啊"。

　　许多食物之所以鲜美，甚而终身难忘，就因为添加了岁月与情感的佐料，更因为时空环境都发生的不可逆转的改变，成了不能返回的"历史现场"。所以看了孔明珠的这本《烟火气》后就会明白，美食固然需要色香味形器的五美并具，更需要对世故人情的洞察与感悟。

林风眠彩墨画《思念》

但是她并不认为自己天然地拥有臧否他人的权利，总是怀着一种新奇与童真来欣赏邂逅或追寻的审美对象。

欣赏别人，是一种修养

她的世界果然精彩。《妖娆时代》是南妮（杨晓晖）最近几年里写的随笔结集，也是上海辞书出版社推出的"她视界书系"的一种。节日里偷得几日闲，坐在淡薄的阳光下闲读，不时被她的文字逗乐，仿佛听到她快人快语的话音，又分明看到了她毫不遮掩的表情，那是如朋友所形容的"侠骨柔肠"的风采。

一百多篇文章集束，每篇文章虽然不太长，却饱满而有弹性，又分了四小辑，从观、感、行、悟四个角度来感知活色生香的都市生活。那是为了方便检索而贴的标签，我一路读来倒觉得浑然一体，是南妮率性的张望姿态。但这里，我只想挑一个感受来谈，那就是南妮对别人的欣赏。

当今社会，凭借资讯爆炸和网络平台，谁都可以抢过话筒发一通议论，也会在第一时间引起粉丝的共鸣和点赞。但我发现许多人总是拗出唯我独尊的造型，容不得异见与质疑，别说怀着真诚与友善去欣赏别人了。放在强调包容与多元的时代背景中来考察，这也许说明某些网民的文化修养还不足以支撑他们在公共平台的潇洒站姿。

而南妮作为一位资深媒体人、女作家，读者众多，言论平台也是宽广的，但是她并不认为天然地拥有臧否他人的权利，而总是怀着一种新奇与童真来欣赏邂逅或追寻的审美对象。

在这本书里，我意外发现她是日剧和韩剧的忠实粉丝，她欣赏裴勇俊，"他的洁净与完美的衣架及身板只是体现了现代了的精致，他的声音、眼睛里露出的凶光、表现出的决断力，完全是男性的。"她也欣赏美人迟暮的松隆子，"轮廓分明的脸庞和冷硬的眼神，演痛失爱女的单身母亲却正好。"当然，她通过演员进入剧情，爱恨随相，不弃不离，又从剧情发展中观照自己，获得智慧与力量，还有与本土公序良俗相通的世故人情。日剧韩剧在中国热播，也说明邻国的家长里短、爱恨情仇在中国观众眼里不再陌生，离奇的剧情和呼天抢地情告发生在彼岸，也在本土演进，甚至更富不可思议的戏剧性。而南妮欣赏的，永远是对真善美的向往。

南妮跟我一样也欣赏高晓松，"淡定、宽容，没有大惊大喜，但真心欣赏每一种质朴情感与真实的才能。"这是作为达人秀观察员的高晓松，低调优雅，将更多的表演机会让给别人。他身上显示的那种城市气质，也是南妮对男人的起码要求。于是她才会下这个结论："俗人以否定别人来肯定自己。智者肯定能够肯定一切，也由此增加了生活的丰厚性。"事实上呢，身为编辑，每天从大量读者来稿中管窥社会的南妮，"粪土当年万户侯"的激情不亚于愤青。一个在她视野中晃过的男人，能获得七十分评价，应该买支红酒庆祝一番了。不信，你可以从她的这本书里看到她对玩高尔夫的富豪、疯狂扫货的中国游客、特别是鸡零狗碎的小男人的热辣讥诮。

南妮是《萌芽》新概念作文大赛的"阅卷老师"，她的职责之一也许就是寻找韩寒的挑战者。我在《这一代的事》这篇文章里没有看到她端起架子做评审的功架，反倒是被她的认真与专注所感染，她是在与年轻人交朋友，希望从他们的心声中发现我们这一代父母的过失或落伍。她从参赛者的良好语感中欣赏写作者的天赋，也欣赏他们坦诚地表达纯洁的爱情，哪怕失恋，也是值得珍藏的人生纪念。她敏感地发现学生不约而同地对老师的躲避，就在成人世界中反思更大的题目。最终，她得出一个合乎自然规律的结论，为青春，为激情，为生命体验，也为倾泻了秘密心声而欢呼。凭着赏识与鼓励，《萌芽》新概念作文大赛才能召唤一代又一代青年人共襄盛举。

对了，某个雨天的下午，南妮匆匆走在路上，一个大男孩伸过雨伞遮住了她半只肩胛。她回家后就庄重地写下："也许我会用一生的时间来怀念那个不知名的大男孩、那张没有看清的脸。"大男孩的善意，南妮的感怀，其实都是社会的人文资源。

南妮是写作者，更是欣赏者，她的视线是平等的，为了获得更真切的观照，甚至还常常放低机位。话语又是家常的，毫不犹豫去贵族化，这一点也是她获得众多粉丝的原因。她欣赏偶然闯进视野的陌生人，也会欣赏无意间邂逅、正处于柔和光线中的寻常之物，比如笨拙的牛奶瓶、红漆斑驳的八仙桌、擦得锃亮的钢精锅子……还有一杯叫做"古典主义"的烈酒——它是超具象的，表现主义的，代表着文明人的格调和修养，当然也是南妮一直葆有的特质，世俗趣味的浪漫镜像，是的，同时也是映照读者的智慧之光。

《南昌路近思南路》(一毛摄)

这些处于社会转型期中的青春女性,并不刻意地保留着出水芙蓉的率真。

潘向黎：更深的蓝

潘向黎在我印象中，如果简化成两个符号，就是：1、江南才女，2、爱茶的小潘。这两个符号，实际上来自我对她的艺术与生活两方面的模糊印象，有点印象派绘画中的色彩与动感，不是马奈，而是雷诺阿，带了一点眩目感。如果潘向黎日后再开一个新专栏的话，我猜一定会是渐行渐远的手艺。

这次专谈她的小说。潘向黎是多重身份的书写者，所谓"以散文见长"的褒奖，她不一定领情。她的散文写得真好，一颦一笑皆见性情，但小说是她更舍得倾心倾力的文本，物我两忘，卓然而立。

十多年前，上海书店出版社推出一套上海作家丛书，只有我一个男性，女作家中，有潘向黎的小说集《无梦相随》。彼时，中国当代文学疲态已显，贴标签的做法往往被出版方当作强心针，她勉强接受，内心大概有点不屑。后来又读到她的《白水青菜》、《永远的谢秋娘》等集子，不免有些惊异。她笔下的主人公，多是冰雪聪明的都市女性，人情练达，感情丰富，又任性、单纯得让人喜欢与怜惜。这些处于社会转型期中的青春女性，并不刻意地保留着出水芙蓉的率真。

现在看潘向黎的长篇小说《穿心莲》，仍然有这样的感觉。主人公深蓝是一位职业女作家，家庭生活留下的印记是灰暗的，但不妨碍她成为情感类写作的高手，有空还愿意为时尚杂志写点专栏，专为迷失在情感泥淖中的人们解疑释难。她本人又是一个"剩女"，与几任男友有过淡淡的感情经历，而且进入实质性彩排，但临门一脚却踢出球框，不过还好，拿得起，放得下。有一位是同性恋，因为一时迷失而找她相濡以沫，不淡不咸的日子令人厌烦，最后也寻了个借口全身而退。小说写到这里，还是套中有套的结构，深蓝通过不同文体的写作，丰富着自己的感情体验，也使读者获得了对人物的多重侧面观察。这种结构从写作技巧上看不算太考验人的耐心，而是一种巧思。潘向黎乐此不疲，并隐含着智力游戏般的自我挑战，一杯茶当前就能享受到驾驭文字的乐趣。

作者对自己的为难，要从深蓝撰写《深蓝册子》开始。由此，小说进入另一番天地。深蓝遇到了一个值得深爱的男人，这个名叫漆玄青的出版社编辑，有着当下男人应该具有的良好品质，他能够不露痕迹地体贴女人，还善于在对方沦陷时稳住自己的阵脚。深蓝以前的男友与他相比，落差是明显的。于是，死生契阔的际会，也有了合理解释。漆玄青的家庭生活是不幸的，他的妻子一直与他处于冷战之中，就在漆玄青与深蓝的情感慢慢发酵成烈酒时，漆的妻子以自杀的方式结束了冷战，也将难题抛给了漆。

小说进入到这个关节，我是有点担心的，因为一百部情爱小说，有九十九部不可挽回地滑入通俗的套路，区别仅在能骗读者多少泪水。是的，后来漆玄青人间蒸发了，因为他承当不起突发事件的重荷。这个感情与家庭纠结的方程式实在太难解了，而他骨子里偏偏又是传统型的——这里有一点超然物外的设计，暂且不论吧。只留下他的非常懂事的女儿与深蓝保持着女友般的亲密关系。在作者笔下，漆小雨其实担当着天使的任务，使两人的心灵有了无羁的沟通，后来也适时地出国留学。因为这个时候，深蓝在一番脱胎换骨般的体悟后，已经进入了"更深的蓝"。当然这个过程也容易写得滑腻或生硬，但潘向黎是一直精心谋略的，故而华彩段不断。比如《深蓝册子》中日记一段，镜像中的自己就是神来之笔，此中的象征意义可以也许是破译小说主旨的密码。再比如此前的情节中有两人在门前的分手，平常的细节，被潘向黎写出了人物性格与命运的关系，为主人公、也为小说本身保留了一份清醒与矜持。这是作家对世俗的抵抗，也是对经验的挑战。由此，深蓝也脱胎为非同寻常的剩女，有了现代都市女性的品质与主见。

最后一段收尾，作者让漆玄青再次出场，生离死别的场面被潘向黎铺垫得很足，却重重拿起，轻轻放下。这虽然也有点"小说味道"，但还能有更符合人物性格与命运的结局吗？与小说纠缠得难解难分的江南才女，想必在此时也长长吐了一口气，将电脑旁的铁观音端起。潘向黎毕竟是善良的，洞悉人情世故的，也是敢于挑战未来的。

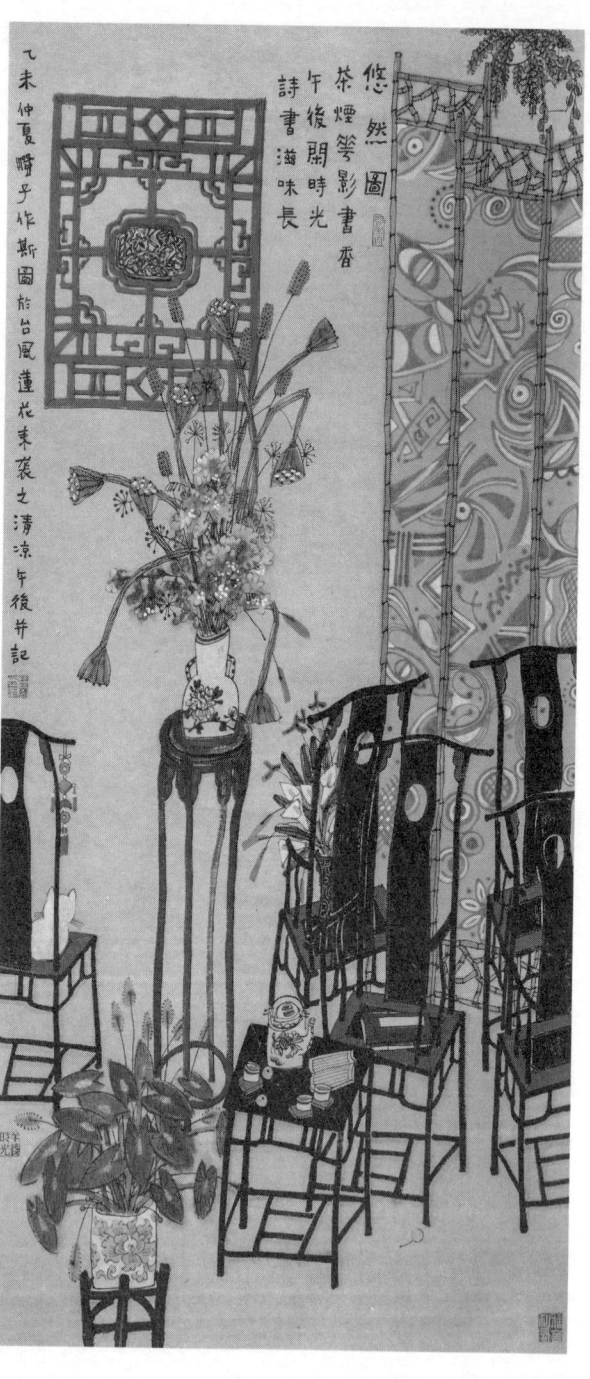

赵澄襄国画《悠然图》

这样的故事已经超越了叙事层面的阅读效果,在于向后人表明:一盏好茶当前,人人都是平等的,都有分享的权利与机会。

应缘我是别茶人

阳春烟景时节，潘向黎的新著《茶可道》与《看诗不分明》联袂奔来这个纷繁嬉闹的世界。北京三联书店出版社慧眼识宝，用封面设计简朴素雅的精装本给了作者一份优待，再加上小开本以及称手的厚度，提醒读者不要被满眼花里胡哨的休闲读物所迷惑，这份朴素，才是饱含着华赡丰腴的人文情怀。

素面朝天，似乎更令群芳嫉妒，两本书——尤其是《茶可道》，高挂京沪畅销书榜单三个月，至今也揭不下来。自从大陆引进图书榜单这玩意儿以来，一本闲谈茶文化的书受到读者如此热捧，似乎还没有比肩者。莫非是喝惯香片的老北京的感情也移情龙井或铁观音了？或者新生代读者试图豹窥江南才女对茶文化的一番"唐诗别裁"？我的理解是，早就加载于中国传统文化内存的茶文化，在当下人心思古、人心思安的语境下，经过一番晒青、凉青、摇青、揉捻和翻炒，被赋予了新的意义，似乎也有了更广泛的功能。

向黎爱茶，我暗中引以为同道，自她在新民晚报夜光杯上连载"茶可道"那天起，就一直拜读，有些篇什还小心剪下来收藏，供日后深入研读或作参考资料。"茶可道"这一"道"，似乎有三四年之久，但对这样一个小众选题的写作，非得别出机杼、后来居上不可，否则无异于一碗残茶中续了一注滚水而已。

向黎的写作，格式上也分了茶的简史、茶叶、水质、品类、器具、茶礼以及茶与诗文，但由于长期的知识积累与体察、领悟，特别是文本写作上洋溢的中国茶精神和文人气质，以及贯穿全书的"黛玉之叹"，使她拥有了召集广大读者聚来分享的机会。

比如，向黎从女性的角度梳理了一批自己中意的茶，它多半是由富有诗意的嘉名构成一个个翻飞的意象：狮峰龙井、黄山毛峰、太平猴魁、恩施玉露、蒙顶甘露、敬亭绿雪、天池茗毫、青城雪芽……这似乎是商业文明的劳绩，实则揭示了一个文化密码：中国的酒，名目泰半粗率直别，少有文饰，它只是文人骚客的燃料，灌进胃里熔铸成珠玑文字。而茶名，似乎在不经意中获得并镌刻在茶岭深处，在一次次吟哦中印铸了盛世年华的时代风貌与文人墨客的潇洒风姿。仅从这个意义上说，早就走向世界的中国茶，更有资格成为中国文化的代言人。

向黎也引用了一些饶有趣味的典故与神话。神话在一个民族的青春期具有高度概括的识别性和增强凝聚力的作用，典故在中国，则多半是文人的虚构与向往，拿来为茶写史，不妨当作一串生动形象的注脚，可信度大可不必考据，要记住的是人与人的机锋对决。比如她写到茶圣陆羽鉴水的故事，湖州刺史李季卿路过扬州，与陆羽偶遇，让军士舀取长江南零水请陆羽煎茶。陆羽一品便判定此系临江水而非南零水，也不管军士如何辩解，只管将水倒出一半，用勺子取水扬了扬说："到这里才是南零水了！"至此，军士不得不低头认错，原来他取水后不慎洒了一半，便在江岸边加了一点临江水。至此，中国茶饮中的大学问——"水为茶之母"这一关节就显出其重要意义。

这样的故事，在唐代李德裕、宋代苏东坡和元代倪云林身上也都神奇演绎过。这些典故或神话想说明什么？中国人的智慧与幽默？生活格调与消费观念？我看本质还是一个规律性的东西：中国的生活艺术，一直在文化人的直接参与或关照下形成格局、形成气场，虔诚地仪式化了。

甚至，自负的士大夫们还会将这个专利让草根社会的奇人分享。对了，你也想起来了，比如金沙寺的小书僮供春，用缸底洗手沉泥捏出了手指螺纹清晰可鉴的树瘿壶，一代壶艺大师由此横空出世，一个紫砂壶与茶叶共存共荣的时代由此开启。再比如，有个乞丐久闻福建某富翁爱喝好茶，就跑去门前讨口茶，但犹觉不够醇厚，便摸出随身的紫砂壶再泡，味道果然醇厚无比。富翁求购，乞丐不允，遂想出一个两全之法：一壶分作两半"股权"，一半卖给富翁，得钱安顿家小，留一半在手与富翁每日分享好茶。原来，这个乞丐过去也是富人，都是喝茶喝穷的。

这样的故事已经超越了叙事层面的阅读效果，在于向后人表明：一盏好茶当前，人人都是平等的，都有分享的权利与机会。这种意识在民间弘扬并根深蒂固，或许也是今天构建公民社会的人文资源。

有鉴于此，跟我一样，向黎也很讨厌皇帝粉饰茶史的巧妙用心，比如大红袍的来历，比如碧螺春的得名，比如"喊春芽"的"采茶典礼"。茶话中的皇权意识，我认为是近现代人才有的，唐宋、明清的文人即便困厄如涸辙之鲋，也不会轻佻地编排这档肉麻的"轶事"。

更令人会心一笑并掩卷遐思的则是对历代茶人的悉心描摹，这使向黎的落笔从纯技术层面引人入胜地转圜至对盛唐大宋人文情怀的怀想与追忆，艺术与宗教的感情成了她这份写作的内在支撑。比如对陆羽、白居易、苏东坡、欧阳修、陆游、张岱、袁枚、曹雪芹等茶人的高度评价，对丁谓之流行迹的嘲讽与抨击，其实都是借古人轶事点评今天的新闻。再比如，曾在日本学过茶道的向黎，对国内日渐式微的精神层面上的茶诗和民俗学层面上的茶馆、茶俗、茶礼表示无比遗憾，同时对时下流行的茶道秀和旅游景点的推销频频蹙眉。这种事情，其实在茶道盛行并高度仪式化的日本也早已发生。川端康成在1968年出席诺贝尔文学奖的典礼上就说了："……如果将我的小说《千羽鹤》读解为描写日本茶道的精神和形式的美，那就是一种误解——准确地说，它是一部否定现在已经变得恶俗的茶道，并对其表示怀疑和警告的作品。"

是的，一切都远去了。茶的品质，因为农药而远去；煎茶的水，因为污染而远去；茶器，因为民间收藏的繁盛而远去；茶诗，因为肥皂剧的盛行而远去；茶人，因为生产方式及文化品格的失落而远去。令人惭愧的是，在韩国的全罗南道，我看到山峦间的茶园以水墨画的形式吐纳着清新湿润的空气，排列整齐，诗意盎然。在日本料理店，日本"女将"身穿丝绸和服，手执里千家茶筅，用从唐代中国传过去并本土化的"古法"点茶，再将古老的轮岛漆碗双手捧到我面前。我一饮而尽，推门而出，端庄雅丽的日本妇人迈着碎步送客，在身后不停地鞠躬、再鞠躬。我呢，此时差不多是在一路逃跑，丢盔卸甲。

我还能说什么呢？

好在我们还有《茶可道》，真的感谢向黎在"茶人"这块上着墨如此用心，使文字与空格具有戏剧般的感染力和诗性的回味，使每个昂首走过的美髯长者都闪烁出人性的清辉，也使我们这代人在名利场狼奔豕突的间隙，强迫自己坐下来品一壶茶，并通过"雪沫乳花浮午盏，蓼茸蒿笋试春盘"这样清新悦目的句子，读懂前贤的高洁与清雅。

土山湾老照片,刘必振修士与画馆学生合影

作者以温热的笔触、精准的描写、有弹性的节奏、诗意的抒情,将那个时代的上海(包括城市格局、风俗、人情、中西方文明的交融、碰撞),以及上海的各色人等,写得非常真切,引导读者穿越百年时空,重返历史现场。

野芒坡：幼安的心灵史

有一定经验的作者与读者都会获得一个共识：优秀的儿童文学，也应该是优秀的成人文学。在阅读层面，儿童文学与成人文学的划分只是一个识别标签，并不能阻隔不同年龄读者从中获得深刻的体验与启示。拿我本人来说，隔个两三年都要将卡尔维诺的《意大利童话》拿出来读一下，每次阅读都加深了我的这个认识：许多童话的寓意性是能够穿越时空而获得永恒的，也随着时间的推移而不断加载读者自己的感知和认识。所以，成人从中获得的感受与思考肯定比阅历尚浅的孩子更为丰富。现在，我读完殷健灵的长篇小说《野芒坡》，也清晰地感觉到：这部作品必定会有持久的力量去感动一代代读者，随着岁月的流逝，它的价值将会像河床中的石头，裸露出经急流打磨过而变得美丽的轮廓与花纹。

我的读后感可以用十二个字来概括：历历在目，念念不忘，耿耿于怀。

当我拿到这本小说时，不由得为之一震：作者从上海徐家汇土山湾的历史中汲取灵感！众所周知，上海开埠不久，西方文明便在这里"登陆"，作为先行者的传教士们在荒凉的土山湾建造了育婴堂、孤儿院、教堂，后来的藏书楼、天文台、修道院等也都与最初的规划有关。土山湾孤儿院不仅是徐悲鸿所言的"中国油画的摇篮"，还是中国职业教育的源头。我对上海史一直怀有浓厚的研究兴趣，也写过一些有关土山湾的文章，所以我知道，以土山湾为背景进行长篇小说的创作，很可能迷失在浩瀚史料编织的迷径中。

可是，殷健灵有着女性作家的敏感与灵巧，更有着青年作家的使命感和巨大勇气，她用自己擅长的儿童文学样式来讲故事，行走于历史但不拘泥于历史，同样抵达了辉煌的彼岸。这是我未及展读就发出惊叹的原因。

小说截取了一百多年前野芒坡孤儿院的横断面，着重写了一个名叫幼安的孩子的成长史。那么我为什么在阅读时会有历历在目的感觉呢？因为作者以温热的笔触、精准的描写、有弹性的节奏、诗意的抒情，将那个时代的上海（包括城市格局、风俗、人情、中西方文明的交融、碰撞），以及上海的各色人等，写得非常真切，引导读者穿越百年时空，重返历史现场。小说中的历史背景、文化场域以及市民生活生态，对一个具有一定阅读经验的读者，尤其是积累了一定的上海城市生活经验的读者来说，没有任何理解和想象的障碍。作者讲述的故事，仿佛就发生在读者目光所及的地方，那些栩栩如生的人物，仿佛也在同一街区存在过。他们的行为方式，比如在中西方文化碰撞中的惊愕与警觉，以及由此产生的怀疑与抵触，今天仍在延续，只不过换了一种诉求姿态和沟通策略。所以我认为这部作品有历史关照，更有强烈的现实意义。

二是念念不忘。是因为人物形象生动感人，故事的内在发展逻辑既符合小说情节推进和人物性格成长的合理性，也注意到了地域文化所提供的种种催化条件，而且人物的精神内核和行为方式中也有作者的性格密码，容易引起许多读者、特别是在上海成长的读者的同感。当然，更大的推动力来自作品自始至终贯穿着的人文精神，自由、独立、平等、公正、互信、尊重以及博大的仁爱，这些价值观，其实与中国传统文化是并行不悖的。在透过彩色玻璃照亮孤儿生存空间的神性光辉中，我分明读出了更为温暖美丽的中国文化的光谱。幼安、若瑟、卓米豆、菊生等几个孩子和安仁斋神父等这些人物形象深刻地烙在我的脑子里,无法抹去。在读后至今的两三个月里,我时时惦记他们,似乎仍能听到他们的声音,看到他们的笑容。

三是耿耿于怀。为什么这么说呢,主要是我在获得极大的艺术享受和想象空间的同时,对小说情节的演进和人物命运的走向有着热切的关照,比如对孤儿院内黑暗势力的代表徐阿小,自以为掌握了幼安的身世和无意间造成他人受伤的所谓"秘密",逼迫幼安省下自己的口粮来满足他的物欲,后来在同龄朋友若瑟的关爱下,幼安才摆脱了窘境,受凌辱压迫的身心得以解放。作者没有对恃强凌弱者给予我所期待中的处置,这让我有所不平,于是越俎代庖地设计了三种对这个企图从精神上控制弱小者的邪恶人物的处置方式:惩罚、宽恕、拯救。

在小说接近尾声时,细木工场里的两个孩子小宝和三棠,因为控制不住欲念而在守夜时不小心引发火灾,致使孤儿院被全部烧毁,所幸在修士们的引导下全体孤儿都得以成功逃生。但面对这场孤儿们从未经历的大灾难,我其实希望小说展开更深刻的描写和更从容的叙述。孩子们在这场灾难中不仅得到了肉身的逃脱,还应该在精神层面获得更多的、有利于他们成长的东西,比如在同一穹顶下相濡以沫、同舟共济的感悟,比如在灾后重建过程中更深层次的沟通,更坚强的团结合作等等。我觉得作者完全有能力用一种超越国界和民族的情怀来提升小说的精神高度,使小说的主题和人物的精神在大灾大难面前完成一次庄严而华美的变奏,一次朝霞扑面而来的升华。

当然,这只是我的一厢情愿,在目前的文化环境下,要想做到这一点,谁也不敢肯定不会引起误会和苛责。我认为冰雪聪明的殷健灵一定有过多方面的考量,她是有着大智慧和大情怀的女作家。再说,在我想到这些可能性之前,她或许已经给予小说人物更大的怜悯和宽恕了。但不管怎样,让读者掩卷遐思，耿耿于怀，甚至牵肠挂肚，就已经说明小说有着不可抵挡的魅力和感染力了。

《野芒坡》无疑是一部优秀的作品，是值得让孩子与成人读者分享的。所以我还想补充几句：

一、在今天娱乐化的文化环境中，这部小说能让孩子体验到真实的、丰富的、复杂的情感以及情感的变化过程。孩子可以从幼安的个人成长史上获得有益的经验和清晰的参照，以此来对抗虚拟世界的幻象和膨化的感情。

二、在富裕、安逸、万千宠爱集于一身的家庭环境中，小说能够让孩子体味到失落、孤独、惆怅、悲伤等负面情绪，感受他者的挫败和迷茫，使自己稍许坚强起来，这也等于接种了一次防病抗病的疫苗。事实上，这些所谓的灰色情绪，往往是一部伟大作品必不可少的底调。在绘画中，灰色是一种高级的色调，在小说中，也应该是更高级的情绪，它可以使青少年读者成熟，慢慢养成一种高贵优雅的气质。

三、在应试教育的环境中，这部小说也提供了一个成功的案例，一种宝贵的启示。今天的孩子面临的压力很大，自主选择的机会却不多，所以更要懂得如何发现自己、肯定自己、重塑自己，家长也要鼓励孩子冒险和突破。幼安从制鞋车间转向绘画工场，就是一次自我选择、重新塑造的艰难过程。但是他最终如愿以偿了，他以宗教的情怀皈依了艺术，在艺术中找到了寄托，确立了自我，奉献了生命，也体现了作家的睿智。

四、在原有的市民生态遭到严重破坏的情况下，这部小说还有一个贡献，就是鼓励孩子在新的生存环境中学会寻找，学会沟通，建立互信和平等的社会关系，重建新时代的市民生态环境。这当然是很高的要求了，也不是靠一部小说就能完成的任务，但《野芒坡》这部小说提供了一种可能。

事实上，我通过悉心观察，发现至少在上海，青少年的许多行为和思维方式已经走在成人前面了。

总之，这部小说给我的收获可能超过一般读者的感知，这并非我比一般读者聪明，而是源于我在历史、民俗、宗教、艺术等方面的积累——特别是对于土山湾的历史文化价值的认知程度，稍许使我加深了对小说的感悟与理解，这也是优秀作品经常取得的效果。

一家濒临倒闭的纺织厂（寇善勤摄）

长期来握有安全感、享受着微薄福利的单位人，在产业调整后就成了飘零的社会人。

很有心相的"致青春"

回望特殊年代的上海记忆

每个作家都有自己的"地盘",这是他的生活、埋葬着童年和青春、刻录着初恋和伤痛,还有故事的起始。马尔克斯有阿拉卡塔卡,加缪有蒙多维,鲁迅有鲁镇,孙犁有白洋淀,莫言有高密,张爱玲有上海……程小莹也有他的"地盘"——上海杨树浦。初登文坛之时他即以短篇小说《姑娘们,走在杨树浦路上》获得好评。但这不是终点——程小莹一直这样对自己说,应该为她们(走在杨树浦路上的姑娘)写一部足够长的小说,向一代人的青春,也向自己花白的鬓发致敬。

据程小莹说,这部小说从二十年前就开始酝酿了。邓小平来上海讲了话,对上海的开发开放推动极大。上海的传统产业连年亏损,成了发展的包袱,必须壮士断腕——转型。首当其冲的就是劳动力密集的纺织业。上海曾经是中国的纺织重镇,纺织业是上海的第一支柱产业,上百家纺织厂主要集中在西区和东区——也就是杨树浦,这让纺织工人阶级骄傲了近百年。但九十年代初,纺织业到了破釜沉舟、收拾残局的悲情时刻,关停并转导致了50万下岗工人。

"如果我还在那家工厂的话,难免像小说中有的人物那样,在迷茫中去寻找山路。"说这话时,我与程小莹在作协门口的"玛赫"喝咖啡,他脸上微微浮现着上海男人的沉稳和努力控制的伤感。

下岗工人像潮水一样向四面八方流泻,成了城市的负担,也成了家庭的负担,更是自己生命的负担,他们被称之为毫无感情色彩的"4050",

但在政府各部门的照拂下,日子再艰难,也总算挺过去了。转眼二十年,他们都步入人生的晚境,也慢慢淡出媒体的视线,程小莹的心却一直在杨树浦路踯躅。终于,他拿出了这部长篇小说《女红》。

女红,属于中国民间艺术的一环,多指女子所做的针线活,后来专指身怀绝技的妇女以纯手工制作的传统技艺,比如刺绣、剪纸、编结、缝纫等,女红专指的范围不大,但作者用它来比照大工业时代的纺织劳动。也许程小莹想在严谨的工业化操作流程中,体现女工们对体制、对劳动的忠诚。这种超越传统工艺趣味之上的意识形态,是建国以来半个世纪里支撑一支庞大的产业大军的坚强信念与精神力量。

孙甘露在推介这部小说时指出:《女红》令我们重返粗粝的青春现场,重温生涩而绽放的感情,回望特殊年代的上海记忆,重塑被遮蔽的城市风景,唤醒朴素而叹息着的过往生活……

他应该比别人更早地成熟

我细细读了一遍《女红》,感觉就是很真实。程小莹是有生活积累和感情积累的,他与小说中的人物朝夕相处,彼此都很有心相地凝视过。后来虽然过早地与他们分道扬镳,但在精神层面还与他们保持同样的心律。

程小莹在中学毕业后无可选择地进入国棉十二厂技校,这在当时算是个过渡,读两年书后再分配工作,比起上山下乡来当然幸运多了。技校毕业后他留厂工作,当了一名空调工,这是一份比较清闲、技术含量也不算高的工作,每天的工作就是在车间巡视,抄表,记录,确保车间温度湿度的正常。车间里的温湿度对纺纱织布是一种保障,但对纺织女工而言并不舒适,会生癣、得关节炎,生理上、情绪上都会有明显反应。

对于性知识一片空白的这个小伙子，被一群"非常厉害"的女工紧紧包围，有点不知所措。"每天的班前会值班长都要叫我将空调一道开启，她们叽叽喳喳百无禁忌，毫不避讳地谈及女人的生理期和性体验，这在她们看来就像机械运转那样自然。如果一个挡车工正处于例假，那么她出次品的概率就会加大。"在小说里，程小莹以细腻的笔触将自己的恍惚置于这个女性世界之中。

在这样的环境中，他应该比别人更早地成熟。比如小说中这样写道：在纺织厂，一个男人要做到对女人一无所知，几乎是难以置信。形形色色的男女故事和玩笑，其中包括大庭广众之下，一个女人去摸一下男人或一个男人去摸一下女人。这在中、夜班很提精气神儿。

程小莹承认，在车间里巡视，比他大几岁的女工时常会叫他过去帮她一下，如果谈得拢他就会多待一会。后来他知道做夜班的工人是很辛苦的，接近凌晨时有一段时间最难熬，在这时候有些工人挺不过去，想眯一会，有些人却用其他方法刺激一下。有时候他突然撞见车间里一角有一对男女在亲嘴，他见了也会感动的，感动于那种情欲或纯朴。后来他又发现，漂亮的青年女工进厂不久就被厂领导盯上，最后不可抗拒地做了领导的媳妇，然后被调到轻松一点的岗位，在完成制造下一代的光荣使命后，再被培养为某个岗位的领导，这个通过"优选"或"世袭"而形成的阶层，就成了"工人贵族"。

纺织厂的车间是一个封闭的小环境，有自己的生存法则。认识到这一点后，年轻的程小莹不免有些忧伤和惆怅。

棉纱就这样，跟女人互通了心思

小说开头就是砸锭的场景，这在上海工业转型的历史节点上是浓墨重彩的一笔。程小莹以此为契机，不厌其烦地写了机器与工人之间的关系，

"他们的灵魂,就这样机械地与锭子搅在一起,原地飞转了一辈子,直到耗尽能量"、"女人打呵欠,机器也会打瞌睡"、"棉纱就这样,跟女人互通了心思"……这样的文字充满温馨,也十分贴切。而像小炉匠那样的机修工,在机器面临残酷解体之际,更加强烈地表现出对传统大工业的崇拜,居然计较于别人砸锭的姿势与技术含量,这个不乏戏剧性的、稍稍有些夸张的细节,使这个人物跃然纸上。

程小莹设计这个俯冲式的开头,将小说中的人物置于生死攸关的节点上来描写,让他们按照自己的文化背景、性格逻辑以及在体制内获得的利益来安排各自的出路,是非常高明的。小说里这样写道:"多少年来,女人的心相,都在锭子上;这种由锭杆、锭盘、锭胆、锭钩、锭脚、制动器等组成的细纱机锭子,细致精密,是女人和纺织厂的秘密。"锭子是纺织厂的精灵。砸锭过后,全国劳模吴彩球的生命就终结了,这也是一个具有象征意义的细节。

事实上,程小莹在这个历史转折点上已经离开纺织厂了,但他依然能够真切体会工人们在这一刻的感情跌宕。他是工人阶级的一员,对工人的感情是深有体会的,有些工人——比如小炉匠,在每个工厂都有这么一批动手能力特别强的人,他们视厂为家,将自己的聪明才智全部奉献出去,他们的存在价值就在于此。程小莹说,他在写这部小说时,一坐在电脑前,这些人就跑到他面前絮絮叨叨起来。机器没有了,他们寄托感情的大厦顷刻崩坍。当然,下岗后他们的再就业能力也比较强,比女工的命运可能也要好一些。

像吴彩球这样的全国劳模,在每个行业里都会被有意识地培养出来,被推到方阵的前排,即使在每家纺织厂里,也会确认几个活跃于生产第一线的标兵,她们是时代的化身,也是民族精神和国家意志的承载,她们的朴素感情曾经感动、激励过几代人,持续地提供了足够强大的能量。但是在进入新的历史时期后,在全球化的浪潮中,工人阶级的结构与成分也发生了变化,他们不仅要有忠诚的感情、坚定的意志，还有更加宽阔的视野与胸怀，要有与时俱进的新思想和新观念。

当然，程小莹对吴彩球是充满同情与爱戴的。小说里有一个细节，她溘然去世后留下三件遗物：一张全国劳模的奖状，一本作为奖品的笔记本，本子里夹着一张旧版的人民币纸币，五角面值，上面印着细纱车间的图案。"向来不喜欢写字的她，在本子上写了一行字：五角钞票上印的是A513细纱机。"小说里的这些细节震到了我。这种感情，大概也只有中老年读者才有吧。

小说的情节推进以吴彩球一家为切入点。这是一个极具典型意义的上海工人阶级家庭，父母、两个女儿、两个女婿，两代人都紧紧依附于同一家国有企业，这也让我想起《千万不要忘记》、《家庭问题》这类"十七年"文艺作品。但毕竟时代不同，《女红》面对的是另一番风起云涌，令一切社会关系高度紧张的阶级斗争与思想改造让位于波澜壮阔的市场经济大潮。在吴彩球去世后，"工人贵族"面临破产，她的两个女儿、两个女婿也如同俗话所说"大难临头各自飞"，与所有的下岗职工一样，面临着艰难的选择。

花草姐妹俩

姐妹花的两种人生走向也是让读者格外关注的。秦海花和秦海草姐妹俩，年龄不同，性格不同，价值观也有所不同。妹妹秦海草与丈夫马跃选择了留学日本，努力"扒分"，结果在资本的诱惑下，秦海草投向日本人的怀抱，马跃像只斗败了的公鸡返回故土，踯躅沉沦一番后立志咸鱼翻身，组建了驻场乐队，戏剧性地与前妻进行合作。姐姐秦海花是从底层一步步走上领导岗位的厂长，在历史转折点上，她发现自己这枚永不生锈的螺丝钉，在马达停车后，存在价值一下子归零，劳动者的尊严也碎了一地。

程小莹认为：像秦海花这样的人根正苗红，是单位领导着力培养的对象。其实这种人一般都很平庸，她就是沿着别人铺好的道路一步步走，生命就维系在体制上。最终她也按照他人的谋划坐上了厂长的位置，管理一家有七千名职工的企业，这是计划经济给她的最后一个苹果。另一方面，她个人的感情和生活都可以说是很平淡的，但她孜孜不倦地享受着做一枚螺丝钉的快乐。

程小莹在小说中花了较大的篇幅来写她与锭子的感情，这就是一种具有典型意义的、也是被异化的感情。不过，他对妹妹秦海草用情更多，虽然年龄上小几岁，但她的心相与姐姐截然不同，她代表了新一代工人的思考方式以及对命运的敏感。她在资本面前的选择，以及后来对前夫的帮助、或者说接纳，都体现了一种善于变通及世事洞明的上海人智慧，也体现了产业工人与生俱来的大度与善良，用对与错来评判可能会使自己身陷怪圈。

长期来握有安全感、享受着微薄福利的单位人，在产业调整后就成了飘零的社会人。被抛弃后带来的屈辱与无助，使工人们难以适应。他们就像秦海花的丈夫高天宝那样，在短暂的休克后，顽强挺起，试图靠自己拥有的技能重建尊严与价值。这也是《女红》这部小说所体现出来的上海人和上海城市的精神。

程小莹告诉我：就他所了解的昔日同事，大多数人的日子并不好过，现在他们要么到了退休年龄，要么在等退休的这一天，这样他们就能以退休职工的身份享受养老保险。回顾这辈子，真正风光的也就这么几天。在小说中，在秦海花她们的所有努力中，读者也许看到了她们按体制轨道前行的姿态与思路，所以她们的成功与失败，程小莹不作刻意交待。对此他看得比较"穿"，他认为在现实中，再就业工程大抵悲壮，秦海花她们这一代在小说的结尾时离谢幕也不远了。

从人物群像上来分析，《女红》描写了一群有血有肉的新时期工人形象，这里有戏剧性冲突，也有日常生活中的惯性滑行，有"工人贵族"的沦落，有薛晖、李名扬等工人中异类的脱颖而出和春风得意，更让人惆怅并同情的是北风、小炉匠等人在生活重压下的喘息。

程小莹在北风身上倾注了丰富的感情，也涂抹了一层斑斓的理想色彩。她是小说中少有的几个走出厂区融入社会的人物。程小莹希望小说人物有点外延，她或许能成为上海九十年代的代言人。她又是与秦家两姐妹不同文化背景的人物，她有文艺天赋，有理想，有幻想，有小资情调，与马跃气味相投，这是他们保持暧昧关系的基础，但这种关系并没有踏破各自预设的底线，双方一直在仔细维系着，以便把美好的故事讲得足够漫长。她其实在忍辱负重，恪守家庭传统，但她也需要透气，需要抚慰，甚至风险可控地冒一回险。为此程小莹设计了她在家里与马跃一起绷绒线的细节，这也是上海人日常生活中的一幕。作者在灰色调的庸常生活中极富人情味地加载了一些诗意。

微弱的光，照亮了女人的身体

说起冒险，我看到小说中对人的本能欲望有精彩的描写。过去，像这类小说一般是"很干净"的，毫不留情地过滤情色意味，但在《女红》里有很符合人物性格发展逻辑的描写，或者是负面情绪的释放，或者是迷茫中的挣扎，或者是两情相悦的激荡，这些，都为角色塑造提供了可信的依据。比如宝宝阿姨，这个人物似乎有着另一个时代的印记，但在工业文明的环境里与男人相处时，又戏剧性地散发着母性兼妓女的热量，足以融化某种坚硬的理论。再比如薛晖在车间背景下，借助特定气氛对秦海花的温和"性侵"，其实就是人格分裂的映射。最令人难忘的是高天宝对妻子秦海花两只丝袜的悉心打量以及后来在一次性爱中酣畅淋漓的宣泄，那种原始蛮力的冲撞，将这个人物的文化属性、所处的文化环境及性格特征刻画得非常传神，极其到位，实现了对这个人物的立体塑造。而这一刻秦海花的呼应，看似温存无比，水乳交融，也尽了妻子的本分，"微弱的光，照亮了女人的身体"，但在水乳交融的背后，却是"从头开始"的游离与迷惘。我觉得，这段描写一下子升华了小说副线的主题。

程小莹承认，在马跃身上有他青春的身影，他希望在小说中体现一点诗意的伤感，这是这一代人"致青春"的总基调。他没有选择宏大叙事，而希望通过小人物的温情来传递某种观念或感觉。

程小莹说他喜欢孙犁的小说，早年读《荷花淀》、《芦花荡》时的激动至今难忘，在写这本小说时也找出他写的《铁木前传》读了几遍，他喜欢孙犁小说中带有一点主流话语的叙事风格，但绝对不是官腔，更喜欢他在人物描写时流露的温情、很健康的性格缺陷和与文化背景相映照的丰富性。

程小莹在写这部小说时，尽情享受着虚构的快乐。其实他是很重视生活积累的，在动笔前已经积累了八十多个细节，一一记录在报告纸上，编了号，就像机器中的零部件一样。小说写好最后一行，这些细节刚好用完，一点也没浪费，他觉得自己对得起小说中的每一个人物。

《女红》不是一般意义上的励志故事，也不是人与命运抗争的套路，作者置人物故事于特定的历史阶段和上海的文化环境，表现人物与以机器和流程为象征的体制的关系，从全面依附、按部就班、循序渐进，突然处于一种紧张状态，就像一辆列车那样突然加速、急遽拐弯、并产生了强大的离心力，而被抛出轨道的他们就这样进入了重新排列组合的新阶段。在旧群体的终结同时，一个新群体的诞生了。

这种关系的调整对于有着光荣传统的上海工人阶级而言，意义十分巨大。从中我们或许能提炼出一些有价值的思想资源，那就是：释放人的最大能量，调整人与机器、与体制的关系，重建与市场的关系，在新的生产关系中，获得劳动的尊严和人的尊严。

程小莹告诉我,"在写作过程中我经常去澳门路上的纺织博物馆看看,在标示上海纺织业布局的沙盘上,一盏灯代表一家厂。推上五十年代的开关,星光灿烂,六十年代,一片灯海,七十年代,光芒四射,八十年代,灯光寥落,九十年代,几乎一片漆黑。作为一个曾经的纺织工人,我再也抑制不住自己的情绪了……"

金石声摄影作品《上海解放》

小人物的命运同样可以打动人心,如果我们有足够的人文情怀和历史视野的话。

一个小店员的抱负与沉沦

在历史叙述中，主流话语始终占据主导地位，并扮演着一贯正确的角色。但在今天开放、多元的语境中，个体生命的倾诉，或许以细微的体察与感性的表达，弥合大历史的缝隙，使某段历史变得温热可抚、趣味横生而且富有弹性，《我的上海沦陷生活》为我们提供了这样一份文本。

这本书的主体部分是抗战时期的私人日记，从1942年上海完全沦陷写起，到建国后的1964年草草收笔，前者详尽，后者粗疏，所以界定为"沦陷生活"也无不妥。作者颜滨是上海元泰五金行里的年轻店员，出生于宁波一个贫穷的农村家庭，通过同乡和亲戚关系来到上海读中学并谋职，虽然他在上海的日子"不如意者常八九"，但不妨碍他积极融入这座富有活力、充满机会，同时也不乏挑战的城市。也因为他是一个志存高远又容易冲动并且自视甚高的文艺青年，读过巴金的小说，经常约了知己去看话剧、看电影，接受新文化的滋养，他的这段人生与当时作家以城市生活为背景的书写有很大的重合，故而有相当的典型性。

从日记所记载的内容看，至少有几个方面引起我的兴趣。

首先，颜滨作为一个刚刚满师的低级职员，工作以记账为主，技术含量不高。太先生（老板）待他不薄，故有大量时间自由支配，要么在店里写大楷字，要么一头扎进夜校，学英语、学国文、广交朋友。

其次，作为一个文艺青年，颜滨在补习学校里结识了一些志同道合的朋友，办了一份手抄的《星火》杂志，以此为平台，参与者不仅可提升写作水平，寄托情怀，还可以抒发对时事政治及个人生活的看法。作为发起人和主持者，颜滨是花了不少心血的。

三，颜滨的颜值与情商也许较高，在这几年中结交了七八位女性朋友，鱼书雁信，略显文采，抒情与立志并行，加上对现实世界的种种不满，最易打动芳心。这段多线条并行的短暂情史是全书的出彩部分,也是上海市民生态的炫目折射。有几位知性、美貌、活泼甚至门庭高阔的女性与文艺青年颜滨且行且爱,眼看瓜熟蒂落,最终他却因为出身低微及自卑心理而导致临门一脚踢飞。直到内战开打,颜滨与一个在日记里忽然"空降"的"并不太丑,也没有大的缺点"的女性结婚成家,此举更像是捞到了最后一根稻草吧。此后的日记中也看不到他们至诚倾心的感情交流,遑论逛公园、吃咖啡、看电影等节目,到了建国后还一直为开门七件事而怨怼,这构成了他悲剧命运的一个灰调子低声部。

四、以前我曾听老一辈说起上海沦陷时期的种种,不外乎吃六谷粉、橡子面,惊慌失措的戒严,日本鬼子在外白渡桥上逼迫中国行人鞠躬行礼等。这当然是基本事实,颜滨在日记里也有对物价飞涨的抱怨,有捉襟见肘的尴尬,有戒严场景的实录,也有慕尔堂日本派遣军司令部被炸的消息,甚至有奔赴抗日战场的峰回路转,但同时聚饮买醉、打麻将、逛公园、骑车郊游等内容也相当诱人遐思,亲友间婚丧嫁娶的礼尚往来也基本到位,他甚至对老板大年小节宴请店员、客户的庸俗做法表示不屑。有白食吃还不满足啊!有些流水账虽然枯燥,却也珍贵。

五、作为头重脚轻的"轻",是本书的附录部分,也就是1945年到1962年的内容(经过编者筛选),我认为同样有不容低估的价值。比如颜滨记录了抗战后"胜而不利"、民不聊生、物价腾飞的现实,特别是在江山易手前夕他另起炉灶,与朋友合伙开了一家五金商号,不意间领受了另一种阶级身份,这次缺乏远见的"失足"使他的命运急转直下。进入五十年代的社会主义改造和六十年代的困难时期,两鬓飞霜的颜滨先生大有"沉舟侧畔千帆过,病树前头万木春"之感,只能在日记中以寥寥数语表达迷茫与烦恼,而编者呈现在读者面前的内容也显得鹑衣百结了。

一个小店员的沦陷,是时代洪流中一朵不起眼的泡沫,却有着不容忽视的质感和沧桑感,颜滨和他身边的新女性们无意间对大时代作出卑微而恭谦的注释,也令人掩卷而唏嘘。此书证明:小人物的命运同样可以打动人心,如果我们有足够的人文情怀和历史视野的话。

此书的原型是旧书摊上善价待沽的 16 本私人日记，由本埠收藏家采金先生慧眼识宝购藏，并进行校订编辑，由人民出版社出版。将私人收藏公之于众，使这份休眠的文献档案获得足资研究的价值，体现了藏家的眼光和襟怀，值得点赞。当然，如果日记缺失的时代大转捩部分有朝一日重见天日，如果编者对有些路名、事件、历史背景作些饶有趣味的注解的话，此书的价值就不止于此了。

吴冠中彩墨画《鲁迅的故乡》

一个国家的国际形象,离不开文化艺术的力量。

一个真诚的敲门者

中国美术的高原和高峰在哪里？毛时安的艺术评论集《敲门者——叩开画家的心灵之门》由上海人民出版社推出，也许回答了这样的历史诘问。

毛时安是著名的文学评论家，八十年代即以独特的眼光和犀利的笔锋为新时期文学把脉，给青年作家的中坚力量以坚实与热情的鼓励。同时，他凭着崇高的使命感和浓厚的个人兴趣，也很早涉足艺术评论了，两套笔墨的跨界，类似于京剧中的"两门抱"。而"敲门者"的称谓，则是一个富于隐喻意味的意象。一般用在画家身上，或许大家认为画家就是人类广袤精神大地上的敲门者，他们用一辈子的生命，去敲击艺术的大门，创造出刻蚀他们生命的印记，属于他们自己的一个崭新的色彩和线条交响的艺术世界。

但是我又认为，美术评论家也是一位敲门者，他叩击的是画家的门，是审美的门，更是审美教育的门。正如施大畏所言：几十年来，毛时安总是无私地奉献自己的智慧，告诉他的画家朋友，该怎么做，不该怎么做。许多画家就是在毛时安的帮助下，一点点成长、挺拔、壮实起来的。从他的文字里，可以感到评论家的宽阔心胸。孙甘露也认为，毛时安的文字大气而又精致，专业而又恣意。艺术感和历史感、文字的美感和绘画的美感、个人的灵性和价值担当，结合得比较好，显示了新时期以来海派评论的独特思想和风采。

毛时安现任中国文艺评论家协会副主席、上海美术家协会理论委员会主席，三十多年来，毛时安始终以其专业的敏锐眼光、良好的理论修养、鲜明的艺术价值观、饱满的激情、评论写作的文采和用功勤奋，闻名于业内。关键在于毛时安坚持以公正理性的态度取舍、遴选出优秀的作品，并以审美方式把这些作品不同寻常的特点展示给读者，从而在美术界和文艺界获得良好的声望，在读者中建立起话语权威与信任。

《敲门者》一书遴选了毛时安三十多年来撰写的大量艺术评论中的三十余篇文章，论及的画家中有朱屺瞻、沈柔坚、程十发、杨可扬等已故前辈艺术家，也有林曦明、方增先、张桂铭、陈家泠、杨正新、萧海春、陈逸飞、施大畏、俞晓夫等一批海内外知名的艺术大家。每篇文章，都为我们打开了一扇通往艺术家心灵的大门，引领我们去体会天才们投入创作时的艰辛与激动。

毛时安评述的画家中，有十多位我也采访过，但我是从新闻角度切入的，形成文字后是面对普通读者的，力求通俗易懂，且必须与新闻事件相结合。而毛时安是从美术审美角度介入，比较超脱，也可以有点距离感，更不妨携带主观感受，但这个主观感受绝不是网络世界的那种以随意吐槽来博取眼球，你必须体现超越常人的专业素养。而毛时安是具备这样的素养和情怀的。

毛时安在进行美术评论时所体现的诚实态度与理论素养，是多方面的，比如他在评述程十发的作品时，将这位已经被无数人写过的画家放在"一个极为特殊的大时代。它一方面为画家提供了温饱，使艺术不必再为稻粱谋，另一方面又给画家提出了明确的'为政治服务'指令……它在给予艺术家那么多的欢欣鼓舞的同时，也给予了他们同样多的失落困惑和胆战心惊"。程十发就在这样的文化环境中，用他的智慧进行绕行与突破，最终成为一代大家的。毛时安的这番梳理是具有启示性的，他为读者更深刻地理解中国艺术家的成长史，理解中国当代艺术史的生存方式，打开了一种思路。毛时安写到刚刚去世的张桂铭，"阿桂是一个并不把结果和目的看得很重，而只专注于审美过程和经验，全身沉醉在突然迸发的效果中的艺术家，就像阿Q自得其乐地沉浸在他的精神胜利法中一样。阿Q的人生态度，在现实中是悲剧的，在艺术中却是极审美的。阿Q精神是人类的，阿桂的艺术也有相当的世界性。"这篇文章写于1996年，这不仅是张桂铭艺术历程的写照，也是对他生命终结的预言。二十年前就有这样的见识，足见毛时安对画家的艺术生命是看得相当精准的。这不是算命，而是对一种文化的把握。

再比如他写到俞晓夫，同样是入木三分的，"俞晓夫几起几落。像我们所有的人一样，他喜欢成功，喜欢好评如潮，喜欢有他的艺术爱好者崇拜者，害怕失败、挫折和不被人理解的难以忍受和孤独。"但同时又对画家这种典型性格背后的典型文化进行深入分析。"如果说近代中国一二百年始终处在一个目的策略不断变换的漫长的过渡时期，知识分子一直处在'寻找'的心理焦虑中的话，那么二十世纪九十年代更是如此。"毛时安认为俞晓夫就是在这样的焦虑中成长为一代大家的，他身上所有的"毛病"，其实都是"时代病"。只有克服了这种时代病，艺术家才能实现跨时代的飞越。

我对俞晓夫也是相当熟稔的，但不敢说俞晓夫"喜欢成功"这样的话，所以看到这里不由得哈哈大笑起来。

毛时安也评论了几位成绩斐然的女画家，女性艺术家在上海这片土壤上的成长，是海派文化成熟与健康的一种折射。但我要说的是，在当下的语境中，毛时安将早几年评论张雷平的一篇文章收入书中，可以让人读出别样的意味，足以赢得人们的注目礼。张雷平也是我相当敬佩的女画家，在线条与色块上，在选材与主题升华上，在时代性的表现上，她有男人的视野，有男人的气魄（这样说其实是不恰当的，有性别歧视之嫌，但我没有这个意思），她的作品所承载的审美价值，由于众所周知的原因——其实真不能成为原因——还没有得到公正的评价，所以毛时安以她近年来某一主题的绘画为例来评论，是智慧的绕行而行，却是与主流价值相向而行，也是利用个案所作的深入分析，更加令人信服。毛时安要告诉大家，纯粹从艺术角度看，张雷平的艺术风格是我们这个时代需要的，更是上海这座阴柔的城市缺乏的，她的作品为一般满足于或沉醉于写实一路的女画家所不能望其项背。

一个国家的国际形象，离不开文化艺术的力量。诚如"美术王国敲门者"毛时安所说，上海画家在表现时代生活的重大题材上面，已经经历了一次华丽转身，他们普遍意识到自己要肩负的社会责任，在他们的作品中呈现出越来越高的艺术品质和精神含量。而上海画坛所缺少的，正是毛时安这样的评论。在网络时代，特别是当吐槽成为一种表达意见、宣泄情绪的习惯动作时，我们太需要真诚而专业的"敲门"了。

海鸥相机的装配师傅(陈海汶摄)

马尚龙对"上海制造"的解读,不是对名牌产品的简单罗列,更不是白头宫女的絮叨,而是放在大的历史文化背景下来探讨的一种民族精神,一种城市风骨。

上海制造了什么

　　马尚龙的新著《上海制造》在今年上海书展上首发那天，大厅里人山人海。一半以上是他的女粉丝，就是三日两头在电视里看他调解家庭矛盾的阿姨们。更过分的是在去年书展，她们都穿上合体的丝绸旗袍，包了一辆大巴士来购买马老师的新著《有些意思你从来不懂》，这一情景自然被敏捷的记者当作花絮写进报道里。

　　《上海制造》是马尚龙从物象与生态入手，对上海文化密码的一次深度解读。在物象上，"上海制造"无愧于"中国制造"的典范，大小器物一旦打上"上海制造"的标签，就成了一个时代的名牌，代表了信誉和时尚，代表了努力突破计划经济模式的生活质量。外地人来上海出差，公务之外的艰巨任务就是根据亲友开列的一长串购物单，以黑旋风式的效率搜罗"上海制造"的手表、照相机、打火机、奶粉、糖果、糕点、服装（含节约领）等等。上世纪七十年代，我二哥的新疆同事来上海出差，必定要到我家讨几张纺织品专用券（今天的小青年已不知道它为何物了），去南京东路买"上海制造"的两面穿、有拉链的夹克衫，后来还有一位老兄指定要买"制统裤"，我问了不少人都不知道"制统裤"是啥东东。后来一个体户朋友解了这个谜语，原来就是直筒裤。看，上海的时尚，几乎在同一时间迅速传至千里之外的边陲，只不过信息传递过程中出了一点小小误差。

　　不过马尚龙对"上海制造"的解读，不是对名牌产品的简单罗列，更不是白头宫女的絮叨，而是放在大的历史文化背景下来探讨的一种民族精神，一种城市风骨。在一篇文章里，他举重若轻地引入了德比的概念，从

"上海制造"的历史进程中，发现了同类产品一般均自觉培育了两个名牌的良性竞争态势，比如自行车有"永久"和"凤凰"，手表有"上海"和"钻石"，缝纫机有"飞人"和"蝴蝶"，皮鞋有"蓝棠"和"博步"，连最家常的护肤霜也有"百雀羚"和"友谊"……由此发现，即使在计划经济模式下，"上海制造"也有着比学赶帮超的自觉与担当，这是"上海制造"之所以鹤立鸡群的关键之一。

而马尚龙在生态的层面对"上海制造"的解读也很有意思。从开埠以降，大上海敞开胸怀吸纳了数量超过土著总数的大量移民，新上海人与"本地人"互相影响，互为参照，无缝对接，专心致志地做着包括手工艺在内的各门"生活"，使上海人这一群体具备了以低成本追求高质量的生活智慧，在文化层面也具备了开放性和驳杂性，造就了抵抗各种危机的杂交优势。就连路边摆一只茶水摊，"小桌台上的八杯十杯大麦茶，都是凉透了的，适合年轻人的牛饮，小孩子来了还有冷开水，1分一杯，老少无欺。每一个茶杯都有茶杯盖，玻璃的，有些茶水摊虽小，爱国卫生很重要。喝过的茶杯，老板娘是一定会浸在消毒水里的……"。这种敬业精神与职业操守，就是上海精神与上海风格的注释，今天来看，格外珍贵。

再往下深入到市井生活形态，马尚龙发现石库门与花园洋房这两大物理空间与居住形态，在文化背景上略有不同，但在"上海制造"层面，则有着共同的文化认同与价值观，都讲究精致生活，强调体面尊严，主张物尽其用，反对铺张浪费，重人伦，讲规矩，面子夹里一样不少。所以马尚龙认为："适宜"对于上海女人来说，是最高的评价，"路数"对上海男人而言，则是基本的血型，是拼搏于名利场的生命能量。

再进一步考证，马尚龙断言20年代第一代女学生就是第一代"上海女人"，这里面当然包括老板娘、姨太太、艺术家以及地下党。上海制造了什么？这下应该明白了吧。今年2013年，正好是上海开埠170周年，在这个时间节点读读《上海制造》，对重温上海近代史不无补益。

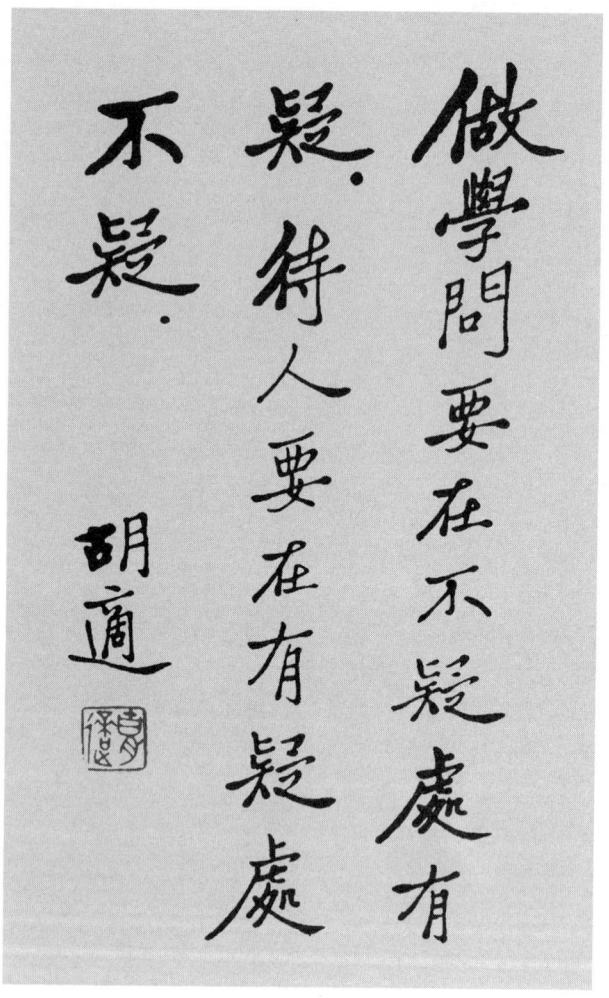

胡适的书法

内行看出了热闹,外行也不至于索然,倘若能体味出一种隔代的寂寥,就算惯于电脑植字,也无意间承接了几滴传统文化的甘露。

文人的最后一次性情书写

在我的朋友中，有两位腹笥充盈，一位是龚建星兄，笔名西坡，有点与苏东坡唱对台戏的架势，坐镇新民晚报副刊"夜光杯"之外，还主政"好吃"周刊，每期一篇打头文章，将庖厨之事写得雅致极了，董桥、蔡澜看到肯定"亚历山大"。谓予不信，可以找来细品。另一位是管继平兄，笔名推仔，斋号却叫易安阁，听上去像经营文房四宝或古籍善本的老字号。他曾在文汇读书周报编过版面，读者记忆犹新，诸钰泉主政的黄金时期，这张报纸上的文章最堪细读，继平兄文史知识深厚，工作认真，深获主编赏识。他目前在上海报业集团旗下某报社工作。

两位老兄让我佩服的是读书多而杂，且过目不忘，写起长短文章来，经史子集、名人掌故、逸闻轶事一一奔来眼底，直抒曲笔，左右逢源，文字与意象如山花烂漫，美不胜收。世态百相，坊间故事，经妙手一番烹调，即使是臭豆腐，也与法国起司有一拼。

读继平兄的文章，得肚里有货，否则难免身在山脚而不识庐山真面目。其次是要有幽默感，而且是较高层次的幽默，是卓别林和马三立式的冷面滑稽，有别样滋味在里头。不是小热昏，不是周立波，也不是挠观众痒痒的独脚戏。三是内心要花团锦簇，春光明媚，方能领悟焦桐之音，解读笔端风情，于感同身受处引发高山流水的一笑。

这一次，管继平为读书界奉献了《民国文人书法性情》这样一本有趣有情有识的书，他将学术性课题以炉边闲聊的形式展开，锁定四十位民国时期文化界、思想界大师，对他们的学术成就、历史贡献、性格与命运、个人与时代等关系进行一番解读。

这种选择，管继平是从文化与历史层面进行考虑的。有一次我与他谈及名人手稿信札拍卖这一话题时他说:"我更感兴趣的是在社会大动荡、大变革中,挺立历史潮头的那批文化名人,他们在五四运动前后站在时代前列,对历史发展起到关键作用,属于标杆性的人物,他们的书信、手稿可以为大时代提供更多的研究信息。"

所以一打开这本书,迎面就走来了蔡元培、陈独秀、鲁迅、胡适、郁达夫、茅盾……一个个都是迎风标举、个性粲然的人物。他们的道德文章、治学态度、传奇人生以及为人津津乐道的佳话逸闻,都成了后人心口相传、书之不尽的话题和精神遗产。

管继平认为:中国的传统文化,如果由孔孟算起,延绵两千多年,传承有序,生生不绝,但到了清末民初,有识之士提出了"中学为体,西学为用"的观点,使中西两种文化在民国初期发生了激烈碰撞。不过,尽管五四期间的那一批文人高举"砸烂孔家店、提倡新文化"的旗帜,然而,他们其实个个都是传统文化的饱学之士。有着非常深厚的国学根底,却不愿做迂腐无用的书蠹虫,不甘于民族的落后,而想借西方的先进文化来冲击和唤醒当时那沉闷的中华民族。所以,才有那愤世嫉俗的振臂一呼。

这是起点与定位。这本书的文化意义要从这个高度上来评估,而不能拘泥于技术层面。

这一代风云人物的故事,可以有多个版本,多种讲法,管继平作为"作家中的书法家,书法家中的作家",选择了一条山花烂漫、于他而言又是熟门熟路的小径:即以书法鉴赏为大框架,以信札、书稿、纯书法作品等为经,以一个个饶有趣味、性情毕现的故事为纬,编织成一篇篇史料性、文学性、艺术性兼具的美文。前辈大师们的那些故事,经过时间的沉淀,仍然如秋色黄花一般新亮艳丽,点缀着一个个远行的背影。其中一些篇什,已经在书法类报刊先行刊布并求教方家,据说书法界内不少前辈——如前书协主席周慧珺——从名人墨迹中看出了彼时的文化风气和文人的可爱行状,对作者的研究嘉许有加。而文坛中的书法爱好者也从名人性情的点划流露中获得了不少珍贵信息，加深了对中国传统文人的全方位认识。

管继平认为：清末民初、包括五四时期的文化名人旧学功底都很深，用毛笔书写是常态，而且审美水平、气格都相当高，书写时也不是为了卖钱，不是为了公开，性情自然流露，别有一番真情天趣。比如都说鲁迅的性格过于峻急，行文辞锋犀利，但他的字却有一种脉脉的温情，沉着隽永，意味深长。而郁达夫的字取势欹侧，造型瘦削，如锥划沙，但他的性情却如翩翩佳公子，看似相悖，其实暗合，字迹中可见他内心的刚毅、落寞与孤愤。

再比如谈到胡适的字，管继平分析他早年书法学苏东坡，后来不知为何，仅在起笔造型上还有些"苏体"的遗韵，而线条反倒似"瘦金体"了。若以书家的眼光来看，他的字在结体上似乎还存在很多问题，其线条虽瘦劲，但有些却明显偏细偏长，使整个字形略有松散之嫌。尤其是长撇和捺脚，都有"过"的感觉。但他又认为，正是这些特征，形成了胡适书法的明显标志性风格，使人一望便知的"胡适体"。接下来笔锋一转，往深里说："但开风气不为师"，是胡适先生经常借用的龚定庵名句。虽然适之先生作为一代宗师，做了许多"开风气"之先的"名山事业"，然而他的风格品性、他的字里行间中却丝毫不见孤傲、藐视一切的大师作派。也许正是他的谦逊、热情和"不为师"的品格，所以他的字读起来似乎也有一种平实、亲近的自然之风。

论字体有书法理论支撑，讲故事有文史资料及采访录可援，旁征博引，左右逢源，起承转合，意趣横生，成就了一段段佳话，在通俗性和知识性上相得益彰，令人手不释卷。短短三两年后，《民国文人书法性情》售罄，根据出版社的要求，他在原书基础上增加五十篇新写文章，体量上几乎翻了个倍，就转身为《纸上性情：民国名人书法》（上下卷），后来又顺势推出"姐妹篇"《梅花知己：民国文人印章》一书，从刻章与用章角度漫谈民国文人的日常生活与文化贡献。两本书里除了书法和篆刻,还专门谈及信札。信札是写给亲友的,不求公开,不事雕琢,就可能包含了不足为外人道的内容,也更接近事件真相,更体现人物性格,更烛照信函所涉双方的心迹。有些书信中还可能有骂人的话,也是生动的脚注。也因此,书信相对手稿而言更具私密性,更能满足人们的窥探欲望,保存也相当不易,所以近年来,名人信札越来越引起文史、档案机构及收藏爱好者的关注。

由此可见,旁敲侧击、剑走偏锋的写作往往能收到出奇制胜的效果。内行看出了热闹,外行也不至于索然,倘若能体味出一种隔代的寂寥,就算惯于电脑植字,也无意间承接了几滴传统文化的甘露。此书出版后引起广泛关注,销售情况相当可喜,一度在新书排行榜上连续数月名列前茅。我看到有读者在网上点评:"你为中国老一辈文人做了一件大好事,一些旧时文人的旧闻佚事,书法精华,尽在书中,使我们了解那个岁月中那些老先生感人的品行道德,艺术修养,在当今世风日下,唯利是图,人心浮躁的社会里,此书有现实意义和指导意义,对于当代社会大众人生的价值观有一定影响。"

在电脑写作成为终南捷径的当下,以技术为主导及表征的信息革命肆意削蚀了文化积淀,延续两千年之久的书写方式,有点仓皇地在终点界碑前磕得头破血流。毛笔被迫退出主流书写地位之后,我们有时会愕然地看到书法已经沦为低俗的表演,在一些场合居然还冠冕堂皇地承担着弘扬传统文化的使命。而且总有那么一些自诩"传统文化嫡传者"的人,在中外文化的交流场合顾盼自雄,洋洋自得,但作品不堪入目,使外国人对中国书法以及传统文化误判误读。

中国书法史告诉我们,传世佳作都是无意间诞生的,《兰亭序》如此,《鸭头丸帖》如此,《苦笋帖》也是如此,横空出世的大师只关心特定情景下的纵情倾诉,而不在乎后人如何评说。如果刻意追求眼球效应或商业价值,那就离艺术的本原越来越远了。现在,管继平提醒我们:当民国文人渐行渐远之时,当他们的墨迹渐渐褪色之时,我们不但失去了一种通过笔墨窥探大师内心世界的路径，还失去了一种抒情方法，供自己在日常生活的细节中缓缓摩挲。即使我们有闲有趣地重拾笔墨，附庸风雅，孤芳自赏，甚至发掘它的商业价值，但古典书写的时代已经结束了。

陈刚毅摄影作品《老鞋匠》

于是读者与作者一起怀想彼时的岁月,一起惆怅一番。

杨忠明的雅趣与情怀

在无所不能的魔都,有些作家一不小心就成了杂家,比如郑逸梅、周劭、施蛰存、唐振常、黄裳、郑重等,杨忠明也是一位杂家。

杨忠明博闻强记,许多事情亲力亲为,别人一提及,他就能追根溯源,娓娓道来,赛过一本活辞典。早在上世纪七十年代初,世道还不太平,受了种种屈辱与磨难的文化老人如入冬后的蟋蟀,蛰伏不出也不敢振翅作鸣,杨忠明却不避嫌,频频叩访陆澹安、郑逸梅、钱君匋、陈左高、朱大可、叶露渊、魏绍昌、苏局仙等老前辈,嘘寒问暖,解忧消闷。也经常在各位老前辈之间跑跑腿,递个消息。这对"遗老遗少"们而言是何等的慰藉啊!同时也听他们畅谈旧上海的奇闻轶事,感受他们的儒雅与睿智。历史大变革中文化老人的心理变化,他能体察入微。文化老人的回首一瞥,他也深深镌刻于心。

杨忠明博采众长,他善治印,印钮尤其精妙,刘旦宅还为他题了"二杨并举"的匾额,等于把他与康熙年间的寿山石雕艺人杨玉璇并列。他善写文饭小品一路的文章,删繁就简,以一当十,生动有趣,别有深意,被誉为"郑逸梅第二"。文章一经刊布,就赢得一片叫好,上海的前尘往事与风云际会,前辈文人的风范与市民阶层的智慧,如涓涓细流滋润着读者心田。他从陈老莲一路的白描及民间年画中汲取营养,创作了一系列老上海风情画,如弄堂游戏、风味美食、市井风情、老街剪影、老茶馆、老饭店等世相百态,或刻在印石上,或刻在紫砂壶上,可玩又可传。

我被大家视作美食家,这是一种嘉勉或讽喻,其实忠明兄吃过的盐比我吃过的米还多,他写的美食文章才大有可观之处。他写美食,不是得意于吃到了鱼翅海参,而是感恩大自然的慷慨馈赠,铭记父母的哺育之恩,感喟许多存在于老风俗之中的民间小吃在今天的喧嚣中渐行渐远。我以为,这样的美食文章就超越了味觉体验的层面,而上升至文化思考的境界。最近,上海文化出版社为他出版了一本随笔集《外婆买条鱼来烧》,就是他近年来美食文章的结集,在上海书展期间也得到读者的好评。我早在出版前就读到这本书的样稿,还遵嘱为他画了几十幅小插图,这是他对我的信任,引以为同调吧。

杨忠明的美食文章充满了市井趣味。他写上海人吃食堂,这是中年以上市民的集体记忆。居民食堂一般开办在弄堂里,由家庭妇女操办,是特定时期旨在解放生产力、以社会力量解决居民吃饭问题的思路体现。但吃过食堂的人,受制于自己的经济能力,均能品味出心知肚明的甜酸苦辣。尤其在粮食供应紧张的日子里,"有一天中午我从食堂买了二只光馒头拿在手里,走到重庆北路上,突然,从对面四楼屋顶上飞下一只麻雀,对着我手里的白馒头直冲下来就毫不客气地用嘴啄来吃,我一看,哈哈,从来也没有过的奇怪事,野生麻雀竟然不怕人,我让它吃个饱,站在我手上不想离开,同学看见说,这个麻雀是你养熟的吧?那麻雀好像听得懂人话,又吃了几口馒头,翅膀一振,连叫几声,仿佛是感谢的鸣声,呼的一下飞走啦,后来我明白,这只饥饿到极点的麻雀,不顾一切地抢人的食品吃,即所谓'鸟为食亡',今天我看到了这一幕!"

这能简单地视作美食文章吗?这是读之令人哭笑不得的"苦食文章"!

上海人嗜吃大闸蟹,每年金风送爽菊黄时节,谈吃蟹的文章连篇累牍,热灶头炒冷饭,但杨忠明却写出了另一番况味:"上世纪七十年代末,我去沪上刻印大家陈巨来先生家,只见他老人家正在方桌上拆蟹粉,巨老说:杨忠明,图章刻到一半,有人送来二串太湖大闸蟹,你知道吗,苏州太湖蟹要比昆山阳澄湖里的蟹味道更鲜,阳澄湖里的蟹都是从太湖里爬过去的!我拆蟹粉的水平一等一流,我把刻元朱文的功夫用在拆蟹粉上,今朝蟹粉拆得我手要断脱,人要昏过去了!小蟹脚里一点点蟹肉我都把它剔出来,有人拆蟹粉,小脚都丢掉,其实,小脚里的蟹肉最鲜,这是秘密,别人是不知道的!还有,拆蟹粉绝不能用死蟹拆,否则叫'叫花子吃死蟹',只只活,吃了死蟹,人就死蟹一只,图章就刻不动了,我告诉侬识别死蟹的窍门,把蟹往地上一摔,不动了,就是死蟹,脚颤抖,叫撑脚蟹,也是死蟹,不能吃的!……"

苦中作乐而不乏自嘲精神,就是陈巨来等文化老人彼时的普遍心态。

杨忠明写到一些离我们远去的风味,心怀惆怅,恋恋不舍,在《渐行渐远的风味》一文中,他勾沉了"花露"等名物,"'花露'可以解暑渴,增酒味,制糕点,入药方。上海人对此恐怕很陌生,我听郑逸梅先生说:'苏州有花露茶,味香极,为文人雅士所好。'所谓花露茶,就是把鲜花放在茶叶中,让茶叶汲取花中的精气,或用花提取的液汁用来点茶。老上海人喜欢在夏日饮用'金银花露',清热祛暑无上妙品。沈复《浮生六记》记:'夏月荷花初开时,晚含而晓放。芸用小纱囊撮茶叶少许,置花心。明早取出,烹天泉水泡之,香韵尤绝。'这是多么雅逸的文人闲趣啊!花露食之可以养颜延年。冒辟疆《影梅庵忆语》记董小宛擅制花露时称:'酿饴为露,和以盐梅,凡有色香花蕊,皆于初放时采渍之,经年香味颜色不变,红鲜如摘,而花汁融液露中,入口喷鼻,奇香异艳'"。

又说起连我都不知道的"顶山栗"。"曾听祖父说,常熟顶山栗,产顶山寺附近,栗比一般小,香味胜绝,又名麝香囊,原来在虞山北麓一带栗树混栽于桂花树之间,每年中秋,桂花盛开,香催栗熟,栗染桂馨,故有桂花板栗之名。生吃脆嫩,熟吃糯软,香溢满口,听说产量极少,旧时乡人仅得数十百枚,则以彩囊贮之,以相馈遗。常熟顶山栗是栗中罕见珍品。"从内容到述事风格,都不输于郑逸梅啊。一路读来不仅增长了知识,也颇觉有情有趣,但花露与顶山栗在繁荣繁华的商业街市已经销声匿迹许久,于是读者与作者一起怀想彼时的岁月,一起惆怅一番。至于《记儿时几种美食》中提到的咸橄榄、金丝蜜枣、枣泥糕、鱼皮花生、盐渍梅子等,我或者见过或者吃过,读到此时不由得舌底生津、心驰神往了。尤其是伊拉克蜜枣,在困难时期绝对是疗饥解馋的恩物,可谁知道它们带进了多少肝炎病毒啊!

杨忠明写美食文章,也是有实践经验作支撑的。他常常将一些不易采购的食材相赠于我,比如做红菜汤的红菜头,一般菜场没有供应,他从真如买来送我,我以此复制了旧时霞飞路上俄菜馆里的罗宋汤。

还有与上海暌违数十年的胡葱,也让我怀了一把旧。他在《胡葱往事》里写道:"胡葱最宜冬天吃,可以加白虾烧豆腐,要用猪油烧,要趁烫吃,极香、鲜、甜。胡葱炒豆腐干加肉丝也是一款佳肴。我听常州朋友说,从前在江苏常州、武进一带,当地百姓有冬至家宴上'胡葱煮豆腐'这道菜的习俗。谚云:'若要富,隔夜要吃胡葱笃豆腐。'上世纪六十年代我外婆用胡葱烧河鲫鱼塞肉真是好吃,常常是鱼还没有动筷,面上那些胡葱早就被吃光了。"天寒地冻时节,杨忠明打老远路赶来寒舍,送上一大捆胡葱,我烧了几道菜还是没吃完,只好扔掉,可惜。

杨忠明的美食文章如盛宴中的冷盘热炒,如酒窖中的陈醪佳酿,如过年时的香橼水仙,暗香浮动,五味杂陈,令人怀想。

陈刚毅摄影作品《弄堂生活》

文化传统、文化素质、文化结构类型和文化心理等，都是行为模式的基因。在当代世界各国朝着现代化迈进的过程中，文化发展的作用日益明显。

左手铁观音,右手白兰地

翻开沈琦华的新作《新与旧》(上海人民出版社2011年8月第一版),读到第四篇左右,我决定为这本书写一点心得。《新与旧》是他继《那些事,那些人》之后的又一本随笔集,是一本关于上海城市历史记忆、上海人群体品质与性格以及风尚流变的文化批评文集。沈琦华关注的话题,也是我感兴趣并着意积累的,所以他的字字句句都触动了我的心。迭个小阿弟,结棍额!

沈琦华是八零后,在一张青年人很喜欢的日报挑大梁,副刊部、采访部双肩挑,平时忙得脚也"掮起来了"。见缝插针而笔走龙蛇,要求一个记者不仅敢铁肩担道义,还须有厚实的文化积累,方可妙手著文章。早几年他被评为上海市"文化新人",激励了一批同龄才俊。不会铁砂掌,又没有金钟罩,怎么在江湖上混啊!

怀旧本是我们这帮"老绷瓜"的"世纪病",但八零后的沈琦华居然也怀起旧来,好在他并不伤感,也不做九斤老太,略一低头就昂首前瞻了。比如他写到上海第一座教堂"鸿德堂",这是一个中西合璧的产物,外观如中国庙宇,内部十字架、管风琴却一样不少。在1882年前后,不少上海人对洋教是有所提防和抵触的,美国传教士不得不以飞檐翘角的庙宇打掩护,美华书局的员工也近水楼台地成了第一批"迷途羔羊"。这个建筑的象征意义,似乎还没被上海史专家所重视。接下来,沈琦华顺着这个脉络分析了石库门房子、百乐门舞厅、陈歌辛的流行歌曲、情人节、家庭舞会等西方文化载体在中国的落地开花及多舛命途,进而揭示了上海这座城市"文化混血儿"的特质,也提示了海派文化包容性与开放性的时代背景与核心价值。

现在许多人都乐于对海派文化发一通议论,但个别同志没有可靠可信的案例与数据,那么他的结论是值得怀疑的。即使有了第一手材料,在分析上观点预设,考证过程又浮皮潦草的话,也难免失之毫厘,差之千里。沈琦华的好几篇着重梳理海派文化的文章,口子切得很小,但挖掘却很深,凭证据说话,结论水到渠成,同时留下很大的想象与讨论空间。他的这本书放在身边,你可以随便翻翻,嚼点小零嘴也无妨,但翻了之后,你会觉得有话要记,有话可说。

沈琦华也是极其敏感的,近年来上海滩出现的时髦玩意儿,包括流行文化、八卦新闻,一样也逃不过他的耳目。诸如集市式征婚、签约主持人、中国足球黑哨、网上星座卜卦、塑料上海话、恶搞、山寨等,沈琦华都能挖地三尺,进行一番鞭辟入里的解读与批评。有些现象看似是商业炒作及个人行为在起作用,其实内在动因还是与历史背景、城市文化有关。今天,文化问题已经从书斋走向社会,得到了民众的普遍关注。这是因为,随着经济体制改革的发展和人们视野的开阔,我们认识到有许多非经济的因素在影响社会的经济体制改革,文化问题就是其中之一。文化传统、文化素质、文化结构类型和文化心理等,都是行为模式的基因。

在当代世界各国朝着现代化迈进的过程中,文化发展的作用日益明显。文化已不再局限于抽象的概念之中,停留在具体的形式之上,而是逐渐成为寻找整个社会发展途径的宏大背景。所以,要构建和谐社会,要推动经济发展与民主建设,要提升民众的道德素养与社区文明,文化水准与审美品格的优化是一个先决条件。作为长期在文化界观察与评论的青年作家,沈琦华的思考是比较深入而具体的,也是有担当的。

最后想简单地谈谈《新与旧》一书的文风。当下强调"改文风",那么跻身于上海作家最年轻的方阵,沈琦华的文风很正,是有传承的,偶尔来点小幽默小调侃,也是"肉里噱"。他的写作或许受到前辈作家的影响,在他的文字里我依稀看到张中行、梁实秋、董桥甚至不那么"前辈"的小宝的影子,但他又不是刻意模仿,更不屑于玩弄网络语言和令人摸不着头脑的穿越,他有自己的语言与框架,转承启合、左右逢源,又有"明月松间照,清泉石上流"的意境。这一点比董桥还好——董桥总喜欢夹一两段

"英格利希",似乎学贯中西,其实有点卖弄。见惯真假洋鬼子的上海人不会买账,包括小青年沈琦华"童鞋"。

不得不指出沈琦华此书的一个缺点:书名太直白,噱头不够。其实书中不少篇什的标题都可以拿来做书名,比如《堂吉诃德的白日梦》、《恶搞时代》、《言承旭的牙刷》、《高邮的鸭蛋和巴黎的声音》、《咖啡馆的墓志铭》等,都比《新与旧》更能体现时代特征,也更能吸引读者眼球,这也证明沈琦华是个实诚的人。

解读上海是一个伟大的使命,也可看作是一场文人的游戏;解读上海是一场艰难的长跑,也可看作是一趟轻松的郊游。解读上海的路径有千百条,读了《新与旧》,我突然发现与沈琦华并肩跑在一条道上,而且他左手铁观音,右手白兰地,新与旧,人与事,许多题材都被他点石成金,敲骨吸髓,令我"鸭梨山大"啊!

陈刚毅摄影作品《喝老酒》

那种行文腔调,那种见识,那份阅历,特别是人情世故的练达,透着老北京的厚道与机智。

杨葵，在胡同口聊天

我与杨葵神交十多年了，可至今我还无缘识得韩荆州。十多年前他是作家出版社的编辑部主任，经朋友介绍，我将刚刚杀青的一部长篇小说寄给他看一眼。接着通了两三次信，他的行事风格给我留下极佳印象，干脆利落，没有客套和废话，我还根据他的建议将书名改为《暗香浮动》。有一天与太太坐地铁从陕西路站出来，顺便拐到季风书店，意外看到我的小说已经摆上了新书展台，马上买一本先睹为快，从地铁站上来，绿树红花，春风和煦，衣香鬓影，阳光灿烂。

照文人圈的风气，我应该请他吃顿饭，再约几个同好作陪。现时文人又穷又酸，得了点稿费只能以小酒的形式表示感谢。但谁叫他离中南海近而离黄浦江远呢，我可不是阿拉伯王子，没能力呼朋引伴飞到首都，拉他出来喝一顿。存着，这份情谊一直在心里存着，利息年年长。

后来得知，杨葵小我好几岁，但读他的信和文章，认定他是年轻的老北京。那种行文腔调，那种见识，那份阅历，特别是人情世故的练达，透着老北京的厚道与机智。结交这样的朋友，不管他龙潜京都，见首不见尾，仍可想象彼此在同一片雾霾下奔波的辛苦与疲惫。春雨潇潇，独立窗前，马路对面那个披一肩风雨赶路的帅哥应该就是他，正要喊他上楼喝口茶再去，转眼又消失在茫茫人海之中。那份惆怅，也存在心里，利息年年长。

杨葵在作家圈里有人缘，大家愿意将心血之作献给他，他创作和翻译了不少文学作品，这是他笑傲江湖的资本。他在出版界也是响当当的人物，策划编辑过《哈佛女孩刘亦婷》等百万册销量的优秀畅销书，获奖之类的俗事这里就不提了。但他曾经获得"全国优秀中青年编辑奖"，不能不说一下。

前不久，继《过得去》、《百家姓》之后，湖南文艺出版社再度推出杨葵两本随笔集《东榔头》、《西棒槌》。刚问世的时候似乎还上了榜单，正为他高兴着，两本新书就以雌雄宝剑的形式快递到我手头了，赶紧读，左右开弓地读。很快读完，像喝了牛栏山小二，特带劲。

中国人有句俗话：东一榔头西一棒槌。形容做事没个准头，说话没有预设主题，但在今天表面繁华实则末路狂奔的文化语境里，对借以抵抗物质诱惑的随笔这一文体而言，或许是一重高境界，随心所欲而不逾矩，遥遥九万里，一振翅就飞越过去了。但基本的价值追求，还有那种散淡文人的习性，在杨葵的笔头承载着，散发着。这样的书，就是性灵小品，是茶席上的倾诉，也是内心独白。

在《东榔头》中，杨葵用饶有趣味的语调讲述了一段段生活趣事，北京人的衣食住行，到了他这一代，居然还充满了乐观通达的态度和世俗的趣味，真有点灯火阑珊的况味。他在《小饭馆之恋》中写道："终于弄明白自己的口味了。口味这东西来不得半点虚假，越在意它，它越扭曲，任其自然好了，时间一长一切水落石出。于我个人而言，浮出水面的这个结果就是，我还是钟爱北京的那些小饭馆，雍和宫的岐山面、马连道的闽北农家菜、翠微路的翠清酒家……"语气平和冲淡，有周氏兄弟的风格，让读者分享从寻常生活中打捞出水的感悟。

《县城电影院里老掉牙的故事》确实是一个令人感动的故事，放今天可以拍成一部微电影。小时候的杨葵跟着父母看过不少电影，后来动乱来了，一切颠三倒四，一家人如涸辙之鲋，相濡以沫，市民社会的那些娱乐活动自然停止。杨葵穿着打满补丁的衣服，跑到建筑工地打零工，得了钱偷偷跑到电影院买了几张票送到父母面前想给他们一惊喜。想不到父亲"表情无比复杂地摸着我的头说，今天爸妈都有事要做，你也别去了，那电影不好看"。到底是有事，还是不好看，反正让小杨葵"委屈得不想活了"。这就是形势，就是人生，它让杨葵在挫折中体味人生，赶早成熟。

《西棒槌》是一本轻松的书评，在意境上看得到知堂老人的身影在书桌前的窗外晃悠，时而追忆，时而感慨，但杨葵凭着自己的人生经历和阅读经验，对他者的感情和表达进行分享和点评，享受思考带来的喜悦和乐趣,并以睿言智语引人入胜。比如他也拾起京派海派的话题,但看得更深一层。"看吵架要会看,吵架的人更得会吵,要不就成了街头泼皮,里弄大妈了"。"也可以不慌不忙反问一句:'我说你什么了?'"他还认为:会生活的人,即使无聊透顶的生活,也能过得有滋有味。这个,无意间透露了杨葵在皇城根下的生活经验。

在《榨油》一文中,我有点惊愕地了解到杨葵大学毕业后去出版社报到上班,老前辈给他上了一课:编辑工作的精义就有"榨油"一说。"老编辑教导我,对待新作者,一定要想方设法榨干他们。什么意思呢?看中的苗子,仔细琢磨,贡献自己全部的挑剔,帮作者找毛病,然后请作者修改。改好的稿子,即便可以通过,也不妨再榨一次,再请他们改一道……作者会有让你和他自己都意想不到的神来之笔。"

看到这里我浑身出汗。每个码字的人,都应该事先将自己榨一次,否则让杨葵一路文字酷吏来榨,岂不要哭爹喊娘啦!

一毛摄影作品《一幢老洋房的内部》

科幻知识及神秘元素构筑的那个框架,并非空中楼阁,它与现实世界粘合、重叠、交集在一起,互为促进、互为表里、互有因果,这是竹林一贯的创作风格和价值判断所决定的。

今日，正在呼唤昨夜

今日呼唤昨夜，这是穿越时空的邀游，是抚摸个人经验伤痕时的低吟，是对流逝岁月和青春韶华的怅叹，或是对历史的深情回望。在这里，是我对竹林长篇小说《今日出门昨夜归》的一种理解。在当下物欲泛滥、拜金主义盛行、道德滑坡、良知泯灭、信仰缺失、人情浇薄的社会环境和全民焦虑中，竹林的声声呼唤中，饱含了一个民族的良知与悲愤。

竹林的长篇小说《今日出门昨夜归》初版于2008年（江苏人民出版社），一问世即收获好评，后获得"五个一工程奖"，6年后由上海文艺出版社再版，再次证明这部小说具有较强的生命力和持久的阅读价值，在资讯空前发达的网络时代，在文化消费过度娱乐化的态势下，尤其难得。前不久上海市作家协会、龙游县人民政府联合在浙江龙游举行了作品研讨会，我有幸参加并发了言。

作品研讨会何以放在旅游景点龙游？这是一个有趣的问题。《今日出门昨夜归》小说描写了一群处在生活困境的中学生自立自强、积极向上、追求知识、崇尚科学，同贫困与恶势力进行斗争，并且将追查他们的恩师和校长的失踪之谜的过程变成对宇宙、对人生的探寻与领悟。小说的故事背景放在浙江南部的一个偏僻的小山村，村中的石窟群——七星窟的地质构造与未解之谜几乎和龙游石窟的北斗七星形状如出一辙，而在写这部小说时竹林并没有到过龙游，也不知道龙游有这样的石窟群，她是在小说初稿完成后，才偶然从朋友那里获知龙游石窟的存在，才前往龙游一睹奇观。当与小说吻合的客观世界呈现在眼前，她也只能感叹天人感应了。现在龙游有关部门欲与小说对应，增加景点的神秘性和文化附加值，从发展旅游经济这个角度来考量，想必也是有积极意义的。

　　这部小说一问世就被贴上了种种标签,"青春小说"、"校园小说"、"科幻小说"、"魔幻小说"、"探案小说"等都有,但我认为这是一部有着强烈的现实关照的作品,同时也散发着浪漫主义的情怀。科幻知识及神秘元素构筑的那个框架,并非空中楼阁,它与现实世界粘合、重叠、交集在一起,互为促进、互为表里、互有因果,这是竹林一贯的创作风格和价值判断所决定的。马克思说过:神话的依据在人间。同样,科幻想象的依据也在人间。但是科幻知识所描绘、所拓展的未知领域是人的现有知识难以穷尽的,又是激发人们去怀着极大的善意进行探索的。小说故事借以展开的那个石背村,所发生的一切令人悲伤和愤慨的故事,也有着坚实的、复杂的现实依据,比中学生们借以驰骋想象力的美妙世界更加真实、更加复杂。竹林在小说情节的设计中,导入了当下为人热议的诸多问题:比如环保、中国乡镇经济粗放式发展的路径、权钱交易、教育资源分配不公、弱势群体以及公平正义等,由此犀利地揭示了社会问题的深层次根源,也就是价值观问题、文化问题和心灵问题,从而使这部作品一跃而跳出一般科幻小说的桎梏,体现出强烈的现实关怀与社会责任。

　　竹林借小说人物之口提醒读者:"你看我们地球上的人,那么贪婪,那么自私,那么势利和冷漠……时光旅人从未来返回现在,就是为了向我们展示这种未来人性的光辉,帮助我们尽快摆脱黑暗,走上光明之路;摆脱愚昧,走上智慧之路;摆脱痛苦,走上幸福之路……"

　　《今日出门昨夜归》是以科幻小说为表、现实主义小说为里的作品,科普想象与现实关照双重价值的叠加,取得了一加一大于二的社会效果。这部小说中无疑有科幻的因素,据说竹林为了写这部小说,曾到浙江大学去亲聆霍金的报告,感受那"通过特殊的语音合成器传来的,带一点金属味,奇妙而空灵"的声音。小说中多处提到爱因斯坦广义相对论与霍金的"膜的世界",看得出她在这方面下过许多功夫。但竹林不是天真的技术崇拜者,她是有文化自觉的,不会止步于技术层面。她认为科学技术可供人类利用,是先进的工具，科学进步是人类发展的必然，科学理论可以被利用来为强权服务，也可以被用来包装我们的人文理想。最后一对矛盾，就成了小说推进与人物形象塑造的立足点。

再从阅读效果来看，这部小说可让人获得极大的快感。几乎所有传统意义上的讲故事方法与技巧，竹林在这部小说中都得心应手地用到了。悬念、伏笔、危机、曲折、疑团、猜测、希望……写得引人入胜、曲径通幽。小说一开始就将一个大大的悬念放在读者面前，然后从两条线索平行展开：寻找意外死亡的路校长的死因和尸体的去向，验证超验世界的存在和时光旅人的降临。当然，这不同于一般的寻宝故事，也不同于一般的探案小说，小说人物群体在寻找过程中，进入作者设置的一个个难关与圈套，要他们层层推进，突破重重障碍，最后却不一定能顺利抵达彼岸。于是，情节推进的不可预测性和人物性格的发展的曲折性都一一显现出来，构成了小说的阅读要素与思考空间。它拓展了小说的成长空间，锻炼了青少年的阅读能力，提升了他们的审美水平。特别是奇谲的想象力和广袤的宇宙描述，与青少年的成长经历、性格特征、探索性和创造性思维相吻合，而那个开放式的结尾也有助于掩卷返思，将自己的人生代入小说所营造的那个神奇世界之中。

从人物形象的塑造来看，竹林根据青少年读者的阅历与阅读经验，将人物群体主要分作两个阵营，彼此开展善与恶的交锋，但在这个交锋过程中，恶的势力相当强大、相当狡猾，处于咄咄逼人、得寸进尺的态势，善的一方虽然人多势众，却一直处于守势，相濡以沫，屡陷困境。但正是在这样的不平衡中，人性暴露得尤为充分，真善美显得尤其脆弱和珍贵，值得同情和关注，恶向善的转化（比如钱德拉灰）也彰显出觉悟的力量。这是欲扬先抑的技巧，更是现实世界的映射，还有美好的愿景在里面。

小说中代表正义一方的群像中，主要是学生、老师等，他们在当下社会中具有一定的代表性，在中国经济高速发展的繁荣局面中却一直处于弱势，处于不公平的状态，但他们身上体现或一直追求的是真善美，是人为普遍认同的道德和价值观。所以他们到小说后半部的情节推进中,将单一的关注案情、学校的生存,扩展到更大的范围,包括环境、生态、地球、宇宙等,这不仅体现了作者宽阔的视野、丰富的知识积累和艺术经验,也符合或可以引导青少年读者的求知欲,正确引导他们在技术层面之上,思考国家的发展模式和人类生存的哲学命题,使他们培养起一种对社会责任的自觉和一份担当。当然,小说自始至终没有用令人生厌的说教腔来表达这个宏大主旨,也不是自欺欺人的软弱搭建,更不是参照时下流行的网络语言或娱乐模式来夺人眼球,而是置于现实社会的大背景下,通过生活常态来展现矛盾冲突,通过真善美的困境来呼唤良知的回归,通过愿望与现实的巨大落差来考验读者的心理承受能力。所以,我要用"今日呼唤昨夜"来表达我的阅读感受。

《今日出门昨夜归》这部小说还有一个作用,就是引导读者思考未来、探索未来、把握未来。小说关注的命题有过去(案情),这是因,还有当下,矛盾双方的利益博弈和道德冲突,更有对神秘遗存及未知世界的探寻,这是小说的文化场域、文学趣味、科普价值和哲学思考,但无一不朝着未来发展。它告诉我们:我们不能沉醉于即时的享乐,挥霍青春与韶光,也不能迷失于错综复杂的当下,失去从容求学与做人的方向和定力,未来或许真有一个虫洞供某些人出逃,但它更像是球状雷电一般,突如其来地滚落在我们脚下,容不得犹豫与退却。我们必须积极应对。变化的是技术,不变的是人类共同的思考命题和普遍接受并通行的价值观,还有自强不息的精神,爱和责任。这样的思考很沉重,却是必须的功课。通过这部小说,读者可以获得情节之外的弦外之音,它的"溢出效应"是价值所在。成长中的青少年,能分享这样的思想资源,当是一件幸事。

最后,我想引用一段小说中的文字:"是的,太阳,会在未来50亿年间耗尽能量而死亡。我们的星球也会灭寂。然而作为一颗小星球上的一个物种,人类有着自己的骄傲、光荣和伟大,有着说不清的和谐与明亮、纯净与美好,它组成了永恒的灵光,在漫漫长夜闪烁,即使黑洞也不能将它吞噬。"

　　我们呼唤昨夜，因为昨夜星河仍然灿烂，那里一片片不停闪烁着的，其实是人类向往真善美的明眸！

陈刚毅摄影作品《花鸟市场》

黑暗中容易迷路,灯火璀璨的喧闹场景其实也会让人迷失方向,现代人往往看不清这一点。

北岛的城内城外

总算到了向儿子借书看的时候了,这次向他借阅的是北岛的《城门开》,北京三联书店出版。北岛在自序里说:"我要用文字重建一座城市,重建我的北京——用我的北京否认如今的北京。"他还向读者微微一鞠躬:"我打开城门,欢迎四海漂泊的游子,欢迎无家可归的孤魂,欢迎所有好奇的客人们。"

我儿子也许就是好奇的客人,我虽然不算空间物理上的游子,但自以为还属于"漂泊"的族群,漂泊在一个快速嬗变的时代。与北京遥相呼应的上海,这些年在轰轰烈烈的旧城改造中,无数座"城门"也化为断墙残垣,瓦砾堆中蹿起的野草刺破了寻常日子的记忆图像,成千上万市民的生态与社交圈随之改变,臆想中的三十年代,经过几番镀金与抛光,闪烁着妖魅的光芒。这也是怀旧浪潮裹挟着商业谋略阵阵袭来的宏大背景。当然,如果北岛仅仅是为了怀旧,还不能让我心动。正文开头有一段颇有镜头感的文字刺激了我:"2001年年底,我重返阔别十三年的故乡。飞机降落时,万家灯火涌进舷舱,滴溜溜儿转。我着实吃了一惊:北京就像一个被放大了的灯光足球场。那是隆冬的晚上。出了海关,三个陌生人举着'赵先生'的牌子迎候我……欢迎仪式简短而沉默,直到坐进一辆黑色轿车,他们才开始说话,很难分辨是客套还是威胁,灯光如潮让我分神。"

在灯光如潮的格局中,"在自己的故乡成了异乡人",诗人将如何重建他的北京呢?这是一个人实施的愚公移山式的工程,所以诗人只能从自己的记忆库存中翻寻稍大而粗糙的石头,一块块垒起在废墟之上。

力图重返历史现场的北岛,一头扎进北京人熟悉的感官之城,激活自己和读者的记忆,比如冬天的冬储大白菜味儿、煤烟味儿、灰尘味儿和大雪的云中薄荷味儿、春天令人昏睡的杏花梨花水仙花香、夏天游泳池中的福尔马林加漂白粉混合着尿骚味儿、秋天浸泡在雨水中的树叶霉烂味儿、大白兔奶糖味儿、味精味儿、桂皮味儿、臭豆腐味儿等。这是一个发育中的孩子对外部世界最敏感的信息采集和最可靠的档案开发。他还通过对男孩子而言非常重要的玩具，来折射自然灾害时期的艰难困苦。比如养兔子一节写得既欢欣鼓舞又直刺心尖，揭示了成人世界与孩子世界的本质区别。

还有男孩游戏中的"暴力倾向和冒险精神"、偷出父亲藏在阁楼里的"禁书"阅读的精神游历、发蒙之初随大人来到上海的原始印象，从而发现另一个空间参照系的惊喜……这些都为北岛与他的同学们参与文革进行了无意识的彩排。然后进入那个疯狂的时代，我也从北岛及他的同学中看到了真诚的革命理想以及甘愿走上祭台的勇士性格。别具意味的是，北岛参与的"实战"，有着小说般的情节线索设计。他带着一帮男孩儿，按倒一个叫陈咸池的邻居，给他剃了阴阳头，关进地下室。但是被关的人实在交代不出什么，两天后，因为轮流看管"累得人仰马翻，哈欠连天"而草草收场。

到此为止，我在与儿子的交流中，他表示都能读懂，比较迷惑的地方在后来的几段揭秘性的旧事。比如北岛也算大院里的孩子，父亲是某民主党派的高层专职干部，北岛经常去机关享受体制的便利，于是也在文字中流露出某种优越感——这种优越感在北京文化人中很普遍，但有一次某个类似钦差大人的机关干部把他们这群少不更事的干部子弟叫拢来，要他们主动汇报家长在家里的情况，还不准向父母透露，北岛因为表现很好而受到表扬。北岛还透露了一件事，1999年父母到美国探亲，他开车陪他们出游，一天回家路上父亲告诉他，自己曾被组织上安排去时任民进中央宣传部长的谢冰心的寓所，借汇报工作之机刺探她的言行，定期向组织汇报。这跟章诒和披露的某老作家当卧底的情节如出一辙。由此可见，有关方面对"同路人"一直抱有高度紧张和警惕，并希望以这种方法控制整个局面。

以及，大革命的暴行与青年人的理想，小人物的自保行为与出卖叛变，政治谋略与群众运动，这些互相反背的尖锐矛盾为何在特定时期成为阴阳合体的可能？八零后的儿子不明白，我解释再三也解不开他眉心的皱纹。

所以从这层意义看，北岛只能重建自己的北京，老北京的北京，而不是今天的年轻人愿意接受或能够进入的老北京。黑暗中容易迷路，灯火璀璨的喧闹场景其实也会让人迷失方向，现代人往往看不清这一点。还不得不说的是，离开故土十几年的北岛在叙事风格上似乎还停留在八十年代的语境里，有一根长长的脐带连着新文化运动和思想解放运动。我比北岛小六岁，应该算同时代人，他能激活我的想象力和理解力，但不能围合直径更大的读者群。他可能一直生活在中华文化圈里，如果他能离开母语环境更远，视野更加开阔，思考更加深刻，作为一种反冲力的回探也可能更为深入。

每个人的故乡都在沦陷。沦陷的故乡不仅城门倒塌，房屋倾废，居民作鸟兽散，铁杵成针的传统与冰雪梅花的精神也走失了。最后，我还隐约感觉到北岛在进入万家灯火的新北京后，其实还没有真正做好重建的准备，《城门开》只是一次热身。事实上，照朱学勤的说法，司马迁和托克维尔的著述成功，都证明历史写作的最佳时间，可能就是在距离那一时代五十年左右的间隔。他还进一步提示："放到当下，离我们五十年最重大的历史事件是什么？'文革'，为什么会发生'文革'，制度性原因是什么？又怎么逼出一个180度的掉头大转弯——改革？"

北岛在重建北京城时，还没有更深刻地表达这层思考。或许在今天，他只能做到将个人的经历放在一个大背景下展开，先让记忆的细胞在阳光下复活。不过让我稍感欣慰的是，至少像我儿子这样年龄的人也开始提问：谁是北岛？

石库门弄堂推倒后还可以重建,但市民生态却不复存在了。

外国媒体记者在采访即将拆迁的东台路古玩市场(沈嘉禄摄)

《同和里》与市民生态

作家的第一部长篇小说，往往从自己的童年寻找灵感与经验。我在王承志的第一部长篇小说《同和里》里，也处处看到他的童年身影，弄堂、学校、街头、河边……飘散着我们这一代人的记忆羽片。我与王承志年龄相仿，虽然订交已久，却属于"相见亦无事，别来常思君"的那种关系，这次通过阅读《同和里》，欣然走进他的童年与生命空间，而且是以小伙伴勾肩搭背的姿势。我从小生活在市民气息浓厚的太平桥街区，新天地的前身。我们那条弄堂叫六合里（于2015年拆除），型制、结构、规模与同和里一样，建筑等级上都属于旧里。生态方面，集聚了大量外来移民，以中低社会阶层为主体，南北方言并用，多种地域文化兼融，各色人等日日上演着人间的悲喜剧，是大都会的一个缩影。

《同和里》截取了主人公大耳朵成长史中的一段，这是感觉最为敏感、性格成长最为曲折、表达最为率真、生命最为茁壮、荷尔蒙开始勃发的青涩少年，对外部世界、人际关系以及自我的认知、体验过程。不幸的是，这是大耳朵的人生灰暗时期，言行举止、思维方法、性格发展，无不打上了特定时期的冰冷印记，然而又是他的幸运，顽劣少年由是变得早熟而坚强，在阵阵痛楚中体验到生活的磨难和荒诞，还有超过他能够承受的温情与想象。

一个单亲家庭的男孩，缺乏应有的关爱与教育，生存环境不说特别恶劣，却也无论如何谈不上正常和安全。这样的孩子容易误入歧途，而出类拔萃全凭运气，能够在平庸中一路走来应属上上大吉。这在我们这一代人的生命历程中已经获得了无数证明，也被动地构成这一时代普遍的却为史学家、社会学家所忽视的特征。

同和里是典型的上海市民社会，一个相对独立、又与外部世界休戚与共的小世界，这里蚁聚着产业工人和手工业者，尤以后者的生存智慧和江湖规则，无微不至地体现着上海这座移民城市的旺盛生命力和文化杂糅特性，或者说，不知不觉中构成了海派文化的一部分。小皮匠（大耳朵的父亲，男孩的对立面，又是领路人）、阿娟（主人公对从她身上获得对母性的深化认知与性觉醒，后来成了新疆知青，饱受摧残与凌辱）、陈翠英（差点成为主人公的晚娘）、自产自销甜酒酿的广东嫂嫂（主人公最终认可的继母）、纺织女工、卖黄鱼的家伙、剃头师傅、爆炒米花师傅、卖不干不净小零食的商贩、酱菜店女营业员……还有几位文化程度不一、管理手段比较落后却又立竿见影的里弄干部，构成了弄堂的群像。弄堂口的过街楼、古井旁（以前弄堂大都有一两口井，在自来水引入前为居民供水），其作用类似中国南方农村的"水口"，是自发形成的舆论场、公共空间，也是小说的基本场景。

小说以单一主线进行，故事情节围绕小皮匠孜孜以求寻找一个能为他洗衣烧饭陪他睡觉的女人、重建一个正常家庭而展开。而作为公人主和叙事主体的大耳朵，则常常在维持原始生命的艰苦努力中不自觉地与父亲的思想行为发生冲突，形成了戏剧性和荒诞性，致使枝蔓横生，牵引人物入场离场或者贯穿整个过程。随着小说的推进，身怀绝技的小皮匠被一步步逼入困境，这是他没有能力加以思考的，这也可能就是作者想要提示的：小人物在大历史的进程中只是个盲目的跟随者和承受者。不过，当历史提供了某种机会，他们常常出于一种生存本能和经验，响应或利用社会总动员，借助革命手段去谋求自身利益。这样的人物与故事，在《阿Q正传》里已经被鲁迅深刻地揭示过，在《同和里》中又一次被重演——事实是在整个中国的重演。最后，当小皮匠像阿Q那样被打回原形，垂头丧气地归位于过街楼下他的地盘，中国平民阶层劳动者的灵魂才回到一具遍体鳞伤的躯体内，整个人也满血复活了，他要寻找的老婆也开始向苦命人走近，此时，弄堂之外的世界已然"人间正道是沧桑"，似乎也与他无关了。

这部主体叙述直白而天真、细节描写密集而夸张，因此也显得有些滑稽的小说可读性很强，也有许多亮点。经达层层耐心而稳健的铺垫，小说在进入结尾时着重写了大耳朵与广东嫂嫂等人与邪恶力量的抗争，从医院中抢救出备受摧残的阿娟，这一桥段使小说走向能量完足的高潮，并站上道德的制高点。而我更加在意的是一些江湖规则与个体谋略的冲突。比如外来的皮匠（滨海小白脸）与小皮匠的"比武"，人家是有备而来，鸠占鹊巢，志在必得，先比文后比武。在类似杨子荣上威虎山接受土匪黑话测试的那种气氛中，小皮匠因准备不足钻进了人家的圈套，关键时刻在广东嫂嫂等人的帮助下，凭借不成文的江湖规则，化解了一场危机。

这次因抢地盘引发的冲突，与后来小皮匠帮人算命闹出事体后，广东嫂嫂摆圆台面从中周旋的一场戏，都证明了江湖规则从属于市民文化，是以传统道德和公序良俗为基础的，故而有着深远的内在生命力和社会影响力，在处理日常生活矛盾中有着不可低估的重要性与可行性。当然我们也可以通过小说描写的居委会干部实施居民调解、改善社区管理等努力，认识另一条带有新时代特征的路径。总之，《同和里》中所有的描写与叙事，都在生动展现离我们并不遥远的市民生态，这正是感动读者的核心价值，也是让读者掩卷遐思时忍不住深入思考的话题。

改革开放三十年来，上海的城市面貌变化巨大，老百姓居住条件大大改善，但同时，石库门弄堂的遗存成为文化界与全社会关注的焦点，有情怀、有责任感的作家对此感到遗憾、忧虑和惆怅。《同和里》出版以来即获得读者和文学圈的好评，说明它的主题契合了当下人们对岁月回望的冲动。小说以"寻找"与"重建"为出发点和落脚点，但当这两个关键词一旦活跃在字里行间，融化在人物的行为方式中时，人物命运的起伏、社会生态的变化，无时不刻影响着王承志击键植字的节奏与心绪。作者慢慢明白：石库门弄堂推倒后还可以重建，但市民生态却不复存在了。事实上，那些被抢救下来的弄堂却因为大耳朵们与小皮匠们等原住民的漂移，或过度商业化而成了假古董。所以，他想问一下读者：当我们的居住环境发生大幅度改善的时候，我们是否值得为已经瓦解的市民生态感到惋惜？那种相濡以沫、鸡犬相闻的人际关系是否应该修复或重建？如果是的话，那么在可能的重建中，又该注入哪种新内涵？

民谣歌手周云蓬（图片来自网络）

于是，他尝遍了人间的酸苦，全中国听到了他的歌谣。

坐《绿皮火车》，去心的远方

一年前在报上看到一张照片，仰视的角度，一个戴墨镜的男人义无反顾地走着，手持木棍，披头散发，一件宽大的条纹衫里面鼓动着大块肌肉，镜片后似有两道目光要穿透镜片打量前路。这是一个盲人歌手，他叫周云蓬。天啊，他还开专栏写文章，而且写得真棒！

从此，报刊上但凡有他文章的，先读。好样的老周，每回都不让我失望，让我有所得，有所悟，欲哭欲笑。最近我买了他的新书《绿皮火车》，以绿皮火车那种慢吞吞的节奏读了三天。他的文字如一道闪电，突然照亮了社会生活的角落，也像一支节奏缓慢、有点伤感的歌谣，讲述着差不多被人遗忘的传说。他总在路上，在我目光之外的陌生地，又似乎刚从我家阳台下走过。他披一肩风雨，让刚冲洗过的头发在烈日下冒烟。到一个地方，找一块地坐下然后开唱，脚尖处摆一个纸盒子，收钱。

他以卖唱为生，有人将他比作"中国的荷马"。他漂泊四方，将自己创作的新民谣播洒到贫瘠的乡村边陲。他说："我把我的歌献给平民，上班族，买不起房子，没有社会保险的人。"在他的演唱会上，成千上万粉丝如潮水般汇聚拢来倾听并狂喊，像迎接一个衣衫褴褛的布道者。主持人央求他不要唱那首《中国孩子》，他一口气把满满一瓶绍兴花雕喝干。他的民谣与传唱形式，继承了世界上一切优秀民歌的精神与苦难体验。

周云蓬不是生下来就失明的，童年的他，在视网膜上烙下了各种色彩，也许还傻乎乎地直视过头顶那颗燃烧的火球。在九岁那年，上帝喝高了，一失手剥夺了他张望的权利。从此，孩子的世界一片漆黑，但他还是凭着钢铁意志完成了学业。长大成人后，沈阳这座干冷的城市再也封锁不住一颗狂野的心，他留起长发，背起吉他，登上了拥挤、嘈杂、汗臭涌动而且不知下一站在哪里的绿皮火车。

于是,他尝遍了人间的酸苦,全中国听到了他的歌谣。忧伤愁苦而不屈不挠的云团聚拢在他周围,为歌手编织成打不散的气场。他往流血的伤口上撒糖,别人以为能产生痒兮兮的感觉,却不知糖与盐一样,也是一种凝固记忆的腌制。他行走在苦难中,不时爆发含泪的狂笑。他乐观、豁达、洒脱,今朝有酒今朝醉,风餐露宿,四海为家,以极大的善意与人交往,从底层民众中汲取智慧与友爱。在他的文字里,没有阴谋只有争吵,没有腐朽只有打拼,没有指责只有自省,没有怨艾只有自嘲。

他关心别人,尤怜贫困地区的孩子、无所归依的老者,为他们写歌并唱到喉咙出血。上世纪最后一年他生日的那天,在人们末日狂欢的情绪中,他冲出没有暖气也没有酒菜的租屋,去东直门地铁卖唱,将一晚上挣来的十七元钱捐给了希望工程。2008年他发起了"音乐照亮生活·贫困盲童帮助计划",召集一群歌手、朋友录制了童谣专辑《红色推土机》。收获的钱给盲童购买乐器、MP3、读书机、电脑软件。与所有的音乐人一样,他也珍爱助自己一臂之力的乐器,在吉他琴面开裂、琴轴生锈后,决定给琴养老,但后来又拿去义拍,把换来的五千多元捐给穷人,让心爱的琴"发挥余热"。周云蓬是浪漫的,又是现实的,如此,从体内蹦出来的文字才带着体温与血渍,坚挺着作为人的尊严,也弥漫着可亲可爱的人间烟火气。

老周写自己精彩,写别人也生动。《阿炳的一天》赛过一个短片,因为有着相似的命运与环境,他的描写如一个讲究的长镜头徐徐展开,"阿炳一摇钱罐子,很生气,钱不多。于是曲风一转,开始骂人……"看到这里,我一笑,也忍不住要骂人了。还有《我的爸爸》,爱恨情仇千转百回,却没有半句滥情的废话,可触摸的细节像一箩倒翻的小鸡,叽叽喳喳奔来眼前。我在想,也许是善写歌词的缘故吧,老周早已练成了删繁就简、以一当十的身手。他的文字,散文、诗、歌词,上接传统,下接地气,是中国气派与时代精神的忠实体现。

"哪里有贫困、不公、屈辱,哪里就会生长出悲伤或者倔强的民谣。"老周,这个"中国孩子",是一株蹿起在广袤原野的不屈的野草,散发着被车轮碾压后的草腥味。那味道,新鲜得呛人(仿老周语)。

日本九州熊本古城（沈嘉禄摄）

"一个叫做全球化的、资本的妖怪，正在地球上徘徊。它突破了民族、宗教、文化的墙壁，使资本主义的市场原教旨主义席卷世界。它是弱肉强食的同义语，造成了广泛的贫富差别、失业、贫困……"

日本值得敬重与惜别吗？

很巧，我在最近一段时间里读了好几本与日本有关的书。《菊与刀》、《日本论》是半个多世纪以前成书的，虽然对军国主义的形成作了解读，但总觉得有点概念化，而且与当下的现实有些距离。倒不如妹尾河童写的《窥视日本》、《杂记本》和吉本芭娜娜的《厨房》来得真实、贴切，让我窥视到今天日本青年人的内心感受和思维方式，特别是河童对中国的感情，温柔而不失理智。《我所认识的鬼子兵》，我愿意相信作者和被寻访对象的真诚，书中的信息也增加了我对日本国民性的认识。还有《寻访东洋人》，以比较翔实的史料勾勒出上海开埠后到租界收回这段时期在上海生活的日本侨民群像，是研究上海史与日侨史的珍贵文献。宏观面上的则有《日本为什么侵华》、《中日恩怨两千年》等，前者是学界的正史，后者是民间的说部，都力图在历史的天空拨云消雾地俯瞰现实，资料相当翔实，梳理条分缕析，讲叙也足够耐心，不少见解令人有振聋发聩之感。蔡澜写日本的几本书我也会在睡前随便翻翻，蔡的风文快马扬鞭，在恣意享受日本物质文明的同时，总不忘骂几句太平山门，美食、损人两不误。但这些都不如我读《敬重与惜别》时的"醍醐"（这是日本人爱用的词汇），那么有现场感，那么震撼，那么沉重。

《敬重与惜别》是张承志的新作，它还有一个副标题"——致日本"。在当下中日两国缺少互信的态势中，日本还值得我们去"敬重"去"惜别"，甚至彬彬有礼地去"致"它一下吗？在公共场合中，当一个日本人——即使他很体面很优雅——向我们深度鞠躬，我们多半会觉得他可笑、虚伪。我们领受，或无动于衷，在大国崛起的背景下，我们就牛给你看，你能拿我咋样？小样的！

张承志之于中国新时期文学是不容忽视的作家，在我走上文学道路时，将他当作一盏明灯。他的《黑骏马》和系列小说，以男子汉的血性和不可模仿的风格，大大刺激了我的想象与野心。后来他长期居留在日本，出任爱知大学法学部的助教（日本大学的教授远不如中国多，助教也就相当高级了），我也看过他几篇旅日印象之类的文章。但吃了几年"塞西米"，他就轻佻到要去"敬重与惜别"吗？我正是在一种普遍的国民心态主导下买了张大哥的书，并认真地读了。

其实张承志也不是一开始就"敬重"起来的，有一个名叫服部幸雄的日本人使他产生了探究诸多秘密的冲动，服部曾经参加过关东军，在抗战爆发前就主动潜入中国东乌珠穆沁当密探，他是真诚地怀着做一名"蒙古的劳伦斯"的理想而来。事态的发展给了他深刻教训，后来他娶了一个左翼的女演员做妻子，战后一直忏悔不止，并且来到青海，倾其所有给贫困孩子发放助学金，直到去世，一贫如洗。而且他一直不愿在媒体上露面，当然包括张承志替他写文章宣传的许诺。是的，战后日本民众，包括参加过侵华战争的军人以具体行动表示忏悔并不少见，但张承志的视野穿越更深的层面，比如中日两国知识阶层的交往。日本浪人宫崎滔天一直被视作右翼分子，但他全力支持避难于日本的清廷通缉犯孙中山搞革命。1917年，青年毛泽东也为他的"亚细亚主义"所倾倒，致信给他请求见上一面。这说明毛泽东在追求真理的道路上，视野非常开阔。但后来呢，"亚细亚主义"终于在昭和前后分流了，并被演绎为军国主义思想的理论依据，张承志写道："一面热衷于对白人殖民世纪的揭露批判，一面却对自己祖国的野蛮侵略百年嘴硬——用儒家的术语说乃为不知耻，更大的遗憾是，对一部分'真诚的亚细亚主义者'而言，梦想与认同，都被粉碎了。"

张承志揭橥的题目很多，这里只能取其一瓢而饮。再比如，"左翼思想的全球退潮，对中国崛起的警惕与不信、一百多年的狭隘民族主义，都助长着日本政客的运作。"后果呢，就是日本右翼近年来力图修改永远放弃宣战权的宪法。半个世纪来，日本主流社会一直没有放弃对和平的忠诚捍卫，与右翼势力冲突不断。早在五十年前，就有一个名叫桦美智子的日本女性，在参加捍卫宪法的游行时死于警察的枪弹，年仅22岁。

就在张承志写这本书的时候，他再次亲临阻止改宪示威游行的现场，桦美智子的同志们已经满头白发了，但他们仍然步伐坚定。"我站在他们之中，感觉着一种资格的尊严。"张承志抢过一份传单，开头是这么写的："一个叫做全球化的、资本的妖怪，正在地球上徘徊。它突破了民族、宗教、文化的墙壁，使资本主义的市场原教旨主义席卷世界。它是弱肉强食的同义语，造成了广泛的贫富差别、失业、贫困……"

张承志认为，这就是新的日本文明的基础。

我们为什么不去了解、感念、呼应这部分热爱和平的日本民众？难道这也要受制于"大局"？

所有这一切，中国民众知之甚少。我们知道，中国改革开放后，日本政治家和企业家，对中国经济的发展付出相当多，日本老一辈民众对中国留学生照顾有加，艺术家在日本办画展，几乎都有他们资助。最近，鉴于中国的崛起和本国的衰退，日本取消对华经援，资金流向西邻印度。但其中的诸多原因，似乎不见官方出面作客观解读。只在《南方周末》上，我读到了相关的报道与专家分析。

甚至有文化人说，冷战时期的"现实性"基础已不复存在，我们应该放弃"中日友好的乡愁"。

是的，中日关系也许进入一个新阶段，需要新思维，但前提仍是加深对中日两国民众的全面了解。而这一点，不光今天的媒体做得不够，老百姓做得也不够，在民间话语中，"汉奸"两字仍旧是一剑封喉的"必杀技"。事实上，许多事情不能用简单的概念来解读，立体地、深入地了解我们的邻居，是与邻居、特别是下一代"友好下去"的前提。

我再说一个事吧，十年前，与一帮画家朋友吃饭，有一旅日画家姗姗来迟，说是去派出所办一个手续，与自己的生身父母脱离关系。而这样做的目的竟然是为了做他的长期资助人的义子，可以在日本永远待下去。"认贼作父！"我当即掷杯而去。前不久他回沪探亲（探望已经脱离关系的年迈父母），我才知道他的日本义父死前将所有遗产都留给他，因为他认定义子很有艺术天分，值得扶助，条件只有一个：每年去华北某县扫墓。当年他也是侵华日军中一员，在那里欠下一辈子都偿还不清的血债。

　　这样的故事需要怎么来解读呢？即使老愤青张承志也需要费点思量吧。

图书在版编目（CIP）数据

城南花开/沈嘉禄著. -- 上海：上海文艺出版社，2017.6
ISBN 978-7-5321-6248-2
Ⅰ.①城… Ⅱ.①沈… Ⅲ.①散文集－中国－当代
Ⅳ.①I267
中国版本图书馆CIP数据核字(2017)第118046号

本书为上海市文化发展基金会资助项目

发 行 人：陈　征
责任编辑：韩　樱
封面设计：丁旭东

书　　名：	城南花开
作　　者：	沈嘉禄
出　　版：	上海世纪出版集团　上海文艺出版社
地　　址：	上海绍兴路7号　200020
发　　行：	上海世纪出版股份有限公司发行中心发行
	上海福建中路193号　200001　www.ewen.co
印　　刷：	上海文艺大一印刷有限公司
开　　本：	890×1240　1/32
印　　张：	10.625
插　　页：	3
字　　数：	301,000
印　　次：	2017年6月第1版　2017年6月第1次印刷
Ｉ Ｓ Ｂ Ｎ：	978-7-5321-6248-2/I・4986
定　　价：	37.00元

告 读 者：如发现本书有质量问题请与印刷厂质量科联系　T: 021-57780459